TEMPTING BOUNDARIES - TATTOOS UND GRENZEN

Montgomery Ink Reihe

CARRIE ANN RYAN

Tempting Boundaries - Tattoos und Grenzen

MONTGOMERY INK REIHE, BUCH 2

von
Carrie Ann Ryan

DER DUFT NACH GEGRILLTEM, das Gefühl eines kalten Bieres in der Hand und die Gesellschaft einer Familie, die ihn wirklich liebte, übten einfach etwas Besonderes aus, das Decker Kendrick nach einem langen Arbeitstag zur Entspannung verhalf. Wenn er diesem Umstand noch hinzufügte, dass er nach Hause fahren und die Frau an seiner Seite unter ihm, über ihm und überall um ihn herum haben könnte, wäre das eine ziemlich fantastische Art, den Tag zu beschließen.

Colleen, seine Begleitung zum Grillabend der Familie Montgomery und gleichzeitigen Verlobungsfeier, beugte sich zu ihm und klimperte mit ihren falschen Wimpern. Es war ihm schleierhaft, warum sie diese Wimpern überhaupt trug. Seiner Meinung nach sah sie ohne gut genug aus. Wie dem auch sei, es war ihr Körper, den sie nach Belieben verfälschen konnte. Monatelang hatte er sich nur gelegentlich mit Colleen verabredet, in letzter Zeit jedoch kam es öfter vor, und zwar in der Hoffnung, sich von einer gewissen langbeinigen Brünetten abzulenken, an die er eigentlich überhaupt nicht denken sollte.

Bislang war die fragliche Frau noch nicht zur Feier erschienen, wofür Decker dankbar war. Es war schwer, sie zu ignorieren und aus seinen Gedanken zu verbannen, wenn sie überall aufkreuzte, wo er sich blicken ließ. Wenngleich das in

Anbetracht der Tatsache, dass sie ein Mitglied seiner Familie war, eigentlich nicht fair war.

Eher gesagt, *er* gehörte zu *ihrer* Familie.

Er war ehrenhalber ein Montgomery und sie war die kleine Schwester.

Allerdings nicht für ihn.

»Decker? Schatz?«

Er blinzelte und blickte auf Colleen hinunter. Sie war nicht die Frau, die ihn in seinen Träumen heimsuchte und ihn bis spät in die Nacht wach hielt. Lieber Himmel, er war ein schlechter Mann. Ein sehr, sehr schlechter Mann. Sicher, er hielt es mit Colleen zwanglos – und das war etwas, was sie von Anfang an gewollt hatte –, aber er sollte nicht an eine Frau mit langen Beinen denken, die er nicht haben konnte, wenn er mit einer anderen hier war.

Das entsprach nicht der Art von Mann, der er sein wollte.

»Colleen?«, fragte er mit leiser Stimme zurück. Normalerweise brachte er seine Freundinnen nicht zu den Familienzusammenkünften der Montgomerys mit und deshalb war es ihm nicht recht, dass alle hörten, was er sagte. Sie alle waren auf diese »Wir-sind-die-Familie-und-können-neugierig-sein-wenn-wir-wollen« Art und Weise interessiert und er hatte gelernt, damit umzugehen. Er hatte überhaupt nicht vorgehabt, Colleen mitzubringen, doch als sie ihn angerufen und zum Abendessen eingeladen hatte, war er mit seinen Plänen herausgerückt, und sie hatte sich irgendwie selbst eingeladen. Zu dem Zeitpunkt hatte ihn das nicht sehr gestört, aber jetzt fühlte er sich wie ein unbeholfener Narr. Weil dies das erste Mal war, dass er Colleen zu irgendeiner Art von Veranstaltung zu den Montgomerys mitbrachte, war er darauf gefasst gewesen, von der Familie bis zum Umfallen mit Fragen gelöchert zu werden.

Bislang war das noch nicht passiert und offen gestanden sagte dies viel darüber aus, was die anderen in seinem Leben von dieser Beziehung hielten. Ihre Zuvorkommenheit und der Mangel an ihren neugierigen, bohrenden Fragen bedeutete, dass sie keine Zukunft für die beiden sahen. Wenn man bedachte, dass Colleen von Anfang an keine Zukunft mit ihm gewollt hatte, war das für ihn ganz in Ordnung. Er konnte sich jedenfalls nicht vorstellen, dass er diese Frau heiratete. Sie waren Freunde. Irgendwie.

»Du denkst zu angestrengt nach.« Sie rieb die kleine Stelle zwischen seinen Augenbrauen und er runzelte die Stirn. Normalerweise war sie weder so auf gefühlvolle Berührungen aus noch so aufmerksam. Merkwürdig.

Angesichts der Demonstration von Zuneigung – oder was auch immer es war – vor der Familie, die ihn vor so langer Zeit aufgenommen hatte, zog er sich unbehaglich zurück.

»Ich bin nur müde. Den ganzen Tag lang eine Toilettenschüssel nach der anderen die Treppe rauf und runter zu schleppen, ist harte Arbeit. Wir haben gestern auch noch unser anderes Projekt beendet. Also bin ich bereit für ein Schläfchen. Oder noch ein Bier.«

Sie krauste die Nase, was wahrscheinlich an der Erwähnung seines Jobs lag. Es war ein weiterer Grund, warum er es nicht zu ernst mit ihr werden lassen wollte. Sie hasste die Tatsache, dass er ein Handwerker war und kein Geschäftsmann im Anzug, der ihr Diamanten und Seide schenken konnte. Sie arbeitete wie ein Pferd in ihrem Beruf und trug die teure Kleidung, die zu ihrer Welt gehörte. Das wollte er langfristig gesehen nicht. Er arbeitete für Montgomery Inc., dem Bauunternehmen der Familie. Er war Projektmanager und direkt Wes und Storm unterstellt, den Montgomery-Zwillingen, die das Familienunternehmen übernommen hatten, nachdem ihre Eltern, Harry und Marie, sich zur Ruhe gesetzt hatten.

Wes war der besessene Planer des Unternehmens, der sich mit den alltäglichen Kleinigkeiten befasste, die in einem der renommiertesten privaten Bauunternehmen in Denver anfielen. Storm war der leitende Architekt und ein Genie, wenn es darum ging, den richtigen Arbeitsablauf für die Renovierung eines Gebäudes auszuknobeln oder auf einem Grundstück ganz neu zu beginnen.

Decker hatte als Jugendlicher unter Harry zu arbeiten angefangen und jegliche Art von körperlicher Routinearbeit erledigt, die er in die Finger bekommen konnte. Er war nur aufs College gegangen, weil sowohl die Zwillinge als auch sein bester Freund Griffin – ein weiterer Montgomery – ebenfalls dort gewesen waren und weil er finanzielle Unterstützung bekommen hatte. Sonst wäre er nicht imstande gewesen, sich das zu leisten. Er hatte die örtliche Universität besucht, sich für seinen Abschluss den Hintern wund geschuftet und dann ohne Umwege wieder für die Familie gearbeitet, die ihn aufgezogen hatte, als seine eigene Verwandtschaft versagt hatte.

Er knirschte mit den Zähnen.

Am besten dachte er im Augenblick nicht an die anderen. Nicht, wenn er weiterhin zivilisiert – er sah auf das Bier in seiner Hand hinab – und nüchtern bleiben wollte.

»Musst mit dich mit mir über diese Angelegenheiten unterhalten?«, fragte Colleen, die damit seine Gedanken durchbrach.

Er zuckte die Schultern. Ehrlich gesagt konnte er sich nicht erklären, warum er sie heute Abend mitgebracht hatte, außer dass er einfach nicht daran gedacht hatte, Nein zu sagen. Sie mochten einander recht gern, aber sie waren nicht ineinander verliebt. Er hatte schon seit Monaten nicht mehr mit ihr geschlafen. Trotz seiner Kavaliersschmerzen – zu mehr war seine rechte Hand einfach nicht imstande – hatte er nicht mit einer Frau schlafen wollen, während seine Gedanken bei einer anderen waren. Gewiss, er hatte versucht, sich zu verabreden, um diese Gedanken aus dem Kopf zu bekommen, aber er hatte nicht die Absicht, eine andere Frau einzig für diesen Zweck zu benutzen.

»Ich arbeite an allem, was mit einem Haus oder Gebäude im Zusammenhang steht«, entgegnete Decker leise. Gemäß der Frau, die nicht genannt werden sollte, besaß er eine tiefe, brummende Stimme, und wenn er ärgerlich oder emotional wurde, sank die Tonlage noch tiefer.

Colleen war das egal.

»Ja, Schatz, aber du musst nicht darüber reden.« Sie reckte das Kinn und sah auf den Garten hinaus. Als er vor Jahren versucht hatte, seinen Platz im Unternehmen zu finden, hatte er bei der Gestaltung mitgeholfen. Beim Graben von Löchern und dem Schleppen von Mulchsäcken hatte er seine Fähigkeiten besser unter Beweis gestellt als bei der eigentlichen Planung. Marie hatte die Ideen gehabt und dann ihm und ihren Söhnen gesagt, was sie tun sollten, und sie waren gesprungen.

Mit Unmengen von natürlich wirkender Vegetation anstatt schnurgerader Kanten und perfekt quadratischen Mustern, die keinen Sinn ergaben, sah der Garten am Ende großartig aus.

»Hast du mich gehört, Decker? Was ist los mit dir? Ich sagte, du sollst nicht über solche Dinge reden, und nicht, dass du ganz verstummen sollst.«

Kaum konnte er dem Drang widerstehen, die Augen zu verdrehen. »Es tut mir leid, dass ich dir auf die Nerven gehe«, murmelte er, wobei ihm eigentlich gar nichts leidtat. »Warum gehst du nicht, ähm, zu den jungen Frauen dort hinüber und unterhältst dich mit ihnen, während ich noch etwas zu trinken besorge?« Er konnte sich nicht an die Namen der beiden jungen Frauen erinnern, die für Sierra – die frisch Verlobte und der Star der Party – arbeiteten, aber sie schienen sich mit allen gut zu verstehen. Hoffentlich freundeten sie sich mit Colleen an, damit der Abend kein totaler Reinfall würde.

Sie zog eine Augenbraue hoch und blickte mit einem vielsagenden Blick auf seine Hand. Im Ernst? Du lieber Himmel. Er hätte sie nicht mit hierherbringen sollen. Oder besser gesagt hätte er ihr von vornherein nicht ermöglichen sollen, sich selbst einzuladen. Sie gehörte nicht hierher und er wusste nicht, warum er sich selbst etwas vormachte, indem er versuchte, die Sache am Laufen zu halten, wenn keiner von ihnen beiden dies wirklich wollte.

»Ich habe ein Bier getrunken und ich werde noch eines trinken, weil wir noch ein paar Stunden vor uns haben. Mehr als das werde ich nicht trinken.« Den Montgomerys gegenüber hätte er sich nicht rechtfertigen müssen. Sie wussten genügend über seine Herkunft, als dass die Gefahr bestünde, dass er sich – wenn auch nur leicht beschwipst – hinter das Steuer setzen würde.

»Wenn du das sagst«, gab sie schnippisch zurück und dann trottete sie zu den jungen Frauen auf der anderen Seite des Gartens hinüber.

Er entspannte die Schultern geringfügig und verfluchte sich dafür. Er *mochte* Colleen. Das tat er wirklich. Sie war kein schlechter Mensch. Sie verstand ihn nur einfach nicht.

Wessen Fehler war das?

Es war ja nicht so, als hätte er ihr sehr viel über sich erzählt, und er hatte noch nicht einmal seine Vergangenheit erwähnt.

»Mist, Kumpel, du siehst aus, als hättest du etwas Verdorbenes gegessen«, bemerkte Wes, als er auf ihn zukam. Er hatte die blauen Augen der Montgomerys und kastanienbraunes Haar, das allerdings ordentlich gestutzt war und zu seinem neurotischen Wesen passte.

Storm, Wes' Zwilling, ging neben ihm. Während Wes ein bisschen schlaksig war, hatte Storm eine kräftigere Figur. Er war mit seinem unfrisierten Haar, dem Stoppelbart und dem Flanellhemd über einem anderen leichten T-Shirt auch ein bisschen wilder im Vergleich zu Wes, der ein Hemd zu einer ordentlichen Jeans trug. Es hatte Decker nie eingeleuchtet, warum der Zwilling, der öfter als andere Bauunternehmer mit seinen Händen arbeitete, modischere Kleidung bevorzugte, während der Zwilling, der hinter seinem Schreibtisch saß und zeichnete, wenn er nicht draußen auf einer Baustelle war, lässigere Garderobe trug. Nun, in Anbetracht der Tatsache, dass sie beide Seite an Seite mit Decker arbeiteten und sich regelmäßig zu Tode schwitzten, war es egal, was sie jetzt trugen, solange sie während des Tages hart arbeiteten.

Und das taten sie.

»Kumpel?«, fragte Decker mit einem Lächeln auf dem Gesicht. »Arbeitest du jetzt mit den Jugendlichen aus Austins Laden?« Austin war der älteste der Montgomery-Geschwister und zur Hälfte Besitzer von Montgomery Ink, dem Tätowierstudio, das er zusammen mit seiner Schwester Maya besaß. Dies war auch Austins und Sierras Verlobungsfeier und der Anlass, warum sie alle heute zum Grillen hier waren.

Storm schnaubte. »Manchmal sagen wir Kumpel. Das

macht uns nicht zu irgendwelchen Jugendlichen, die eine schlechte Tätowierung wollen.«

»Ich mache keine schlechten Tätowierungen, Arschloch«, blaffte Maya, als sie auf sie zukam. Sie schlang einen Arm um Deckers Taille und er erwiderte ihre Umarmung. Warum konnte er sich nicht bei allen Montgomery-Frauen so ungezwungen fühlen?

Sie wich zurück, bevor er sie noch fester drücken konnte. Maya mochte ihren Freiraum und Decker mochte sie nur noch mehr dafür. Ihr dunkelbrauner Pony fiel ihr streng über die Stirn und sie hatte einen verrückten Eyeliner aufgetragen, der sie wie ein Rocker Pin-up-Girl aus den Fünfzigern wirken ließ. Mit dem roten Lippenstift sah sie aus, als würde sie einen anlächeln – und dann in den Hintern treten.

»Ich meinte, dass er eine schlechte Tätowierung will, weil er nicht weiß, was eine gute Tätowierung ist«, gab Storm einlenkend zu. Wes und Storm mochten die Zweitältesten in der Familie sein, aber niemand legte sich mit Maya an und kam ohne eine Ohrfeige davon. »Nicht dass du schlechte Tätowierungen machst.«

Wes lachte und dann verstummte er, als Maya ihn anstarrte.

Decker, der Kluge der Gruppe, bewahrte seinen neutralen Gesichtsausdruck.

Maya sah die drei mit einem misstrauischen Blick an und nickte. »Okay. Also erzählt mir, was los ist. Jake hatte heute keine Zeit und ich langweile mich.«

»Wann wirst du einfach zugeben, dass Jake dein Freund ist?«, fragte Wes.

Decker schloss die Augen. Es war, als wollten die Zwillinge heute durch ihre Hand sterben.

»Er ist nicht mein fester Freund«, knurrte Maya und dann reckte sie ihr Kinn, um mit weicher Stimme fortzufahren: »Er ist mein Freund. Ich weiß nicht, warum ein Junge und ein Mädchen nicht einfach Freunde sein können, ohne dass der Rest der Welt sich fragt, ob sie ficken.«

Decker zog eine Augenbraue hoch und sah auf die Stelle zwischen ihnen.

Maya winkte ab. »Du bist mein Bruder, kein Freund. Also würde die Welt niemals denken, dass du ein Montgomery-Mädchen fickst. Das wäre in jeder Hinsicht falsch.«

Er schluckte schwer und versuchte, ein Stirnrunzeln zu unterdrücken. Mist. Sie hatte recht. Niemand würde glauben, dass er je mit einem Montgomery-Mädchen zusammen sein würde. Maya war wie seine Schwester, genau wie Meghan, das älteste der Mädchen. Meghan war außerdem mit einem Arschloch verheiratet, aber sie war verheiratet.

Miranda allerdings … Miranda war die kleine Schwester seines besten Freundes und hatte ihn dazu noch in ihrer Familie als Bereicherung willkommen geheißen.

Auf keinen Fall durfte er jemals mehr in ihr sehen.

Oder er sollte jedenfalls aufhören, darüber nachzudenken, möglicherweise mehr in ihr zu sehen.

»Jedenfalls«, fuhr Wes fort, »sind wir hier herübergekommen, um zu fragen, was mit Decker los ist. Er sieht aus, als wäre er in einen Haufen Scheiße getreten oder so etwas.«

Decker verdrehte die Augen. Wes gefiel es wirklich, die Dinge schlimmer zu machen, als sie waren. »Mir geht es gut. Es war nur ein langer Tag.« Er rollte die Schultern und die Zwillinge taten das Gleiche. Sie hatten direkt an seiner Seite geschuftet und er wusste, dass sie unter den gleichen Schmerzen litten.

»Was du nicht sagst«, brummte Storm. »Ich will nie wieder eine Toilette sehen müssen.«

»Charmant«, bemerkte Maya trocken.

»Also, habt ihr jetzt eine neue Rezeptionistin gefunden?«, fragte Decker an Maya gerichtet, um das Thema von den Toiletten zum Dauerwitz der Familie zu lenken. Allein in diesem Jahr hatte der Laden vier oder fünf Rezeptionistinnen verschlissen. Sie hatten fantastische Künstler und sogar vor Kurzem Callie, ihrer Auszubildenden, eine Vollzeitstelle angeboten. Sie schafften es allerdings nicht, eine Rezeptionistin zu behalten, die ihnen das Leben erleichterte. Die Studenten vom College kündigten zum Teil wegen besserer Angebote und andere fanden es lustig, im berauschten Zustand in die Nähe von spitzen Nadeln zu kommen. Rauchen mochte vielleicht legal sein, aber das bedeutete nicht, dass sie ihrem Personal gestatteten, es während der Arbeit zu tun.

»Tabby könnt ihr nicht haben«, warf Wes ein. »Sie gehört uns.« Tabby war die Verwaltungsassistentin von Montgomery Inc. und eine Göttin der Organisation. Wes und sie waren ein Team im Himmel der Besessenen.

Maya fluchte leise. »Ich will Tabby nicht. Sie würde meine Tinte auf eine verrückte Weise mit einem Farbcode versehen und dann würde ich nichts mehr umstellen wollen. Und nein, wir haben noch keine neue Rezeptionistin gefunden. Ich weiß nicht, warum das so schwer ist. Der letzte Kerl wollte einfach eine kostenlose Tätowierung. Kostenlos. Ich bezahle für meine eigenen Tätowierungen, weißt du. Ich würde es Austin nicht umsonst machen lassen, weil seine Arbeit mein Geld wert ist. Es ist ein Zeichen von Respektlosigkeit, so etwas in unserem Laden kostenlos zu wollen.«

Decker schnaubte. »Wenigstens bekommst du einen Familienrabatt.« Maya sah über ihre Schulter und zeigte ihm diskret den Mittelfinger.

Decker runzelte die Stirn, weil sie versuchte, es zu verstecken, und dann lächelte sie, als Meghans Kinder, Cliff und Sasha, in den Garten liefen und auf ihre beiden Onkel auf der anderen Seite des Rasens zurasten. Sie würden mit Sicherheit bald hier bei ihnen sein, um den Rest von ihnen zu begrüßen. Er liebte diese verdammten Kinder.

»Du bekommst den Rabatt auch, lieber Bruder«, antwortete Maya. »Aber der Rabatt macht im Großen und Ganzen nicht so viel aus. Dieser Idiot wollte alles kostenlos. Also dampfte er ab und hat sehr wahrscheinlich in einem anderen Laden gefunden, worauf er aus war.« Sie zuckte mit den Schultern. »Nicht so gut wie unser Laden, aber wie auch immer.«

»Es gibt keinen, der so gut ist wie euer Laden.« Er rieb die Stelle zwischen seinen Schulterblättern. »Wo wir schon davon sprechen, ich muss einen Termin für die Tätowierung auf meinem Rücken machen.« Mayas Augen leuchteten auf und er fluchte. »Mit Austin, Süße. Er ist an der Reihe.« Alle Montgomerys wechselten sich bei den Geschwistern ab, wenn es um ihre Tätowierungen ging. Sie waren beide gleich talentiert und es war beinahe unmöglich, einen dem anderen vorzuziehen.

Abgesehen davon bekamen sie furchtbar schlechte Laune, wenn sie an den Kunstwerken ihrer Eltern oder Geschwister nicht beteiligt wurden.

»Also gut, ich verstehe. Du magst ihn lieber.« Sie schniefte und wischte sich eine nicht existierende Träne aus dem Augenwinkel. Sie berührte dabei nicht einmal ihr Make-up, aber die Geste erfüllte ihren Zweck.

Decker verdrehte die Augen und dann stieß er sie sanft an die Schulter. »Ach, halt doch den Mund. Du hast gerade an meinem Arm gearbeitet und als Nächstes bekommst du mein Bein. Jetzt ist Austin an der Reihe.«

Sie lächelte und er war nicht sicher, ob es ein gutmütiges Lächeln war oder eines, das besagte *Es wird dir noch leidtun*, aber er spielte mit.

Bei einem Blick über die Schulter sah er, dass Colleen sich in einer Unterhaltung mit einer von Sierras Angestellten befand, also ließ er sie in Ruhe, und dann fiel sein Blick auf die leere Bierflasche in seiner Hand. »Ich werde mir Nachschub holen. Möchte irgendjemand von euch etwas?«

Alle schüttelten den Kopf und er verabschiedete sich, ehe er zur Kühlbox hinüberschlenderte. Alex, ein weiterer Montgomery – wirklich, es gab acht Geschwister und unzählige Cousinen und Cousins, sodass er stets über einen oder zwei Montgomerys stolperte –, stand neben der Kühlbox und hielt ein Glas mit einer bernsteinfarbenen Flüssigkeit in der Hand.

Decker sah über seine Schulter in Richtung der Menschenmenge und runzelte die Stirn. »Wo ist Jessica?« Jessica war Alex' Highschool-Liebe und Ehefrau. Als sie noch frisch verheiratet waren, hatte sie regelmäßig an den Familienfesten teilgenommen, obwohl sie nie richtig dazu gepasst hatte. Es war allerdings auch nicht so, dass sie versucht hätte, sich einzufügen. Die Montgomerys hatten sich bemüht, sie in ihrer Mitte willkommen zu heißen, aber aus irgendeinem Grund hatte es nicht richtig geklappt. Wenn er darüber nachdachte, musste er feststellen, dass er sie schon seit einer ganzen Weile bei keiner Feier mehr gesehen hatte.

Alex schnaubte und nahm noch einen Schluck. Nach dem glasigen Ausdruck in seinen Augen zu urteilen war dies nicht sein erster Drink.

Nun, das war nicht gut.

»Als käme sie zu einer dieser Veranstaltungen«, antwortete er schleppend. Er klang nicht betrunken, aber das konnte Decker bei Alex nie genau sagen. Die Tatsache, dass er wusste, dass etwas nicht stimmte, beruhte allein auf seiner Erfahrung. Er hatte mit genügend Alkoholikern und Beinahe-Alkoholikern zu tun gehabt, dass es für ein ganzes Leben reichte. »Sie ist mit ihren Freundinnen im Spa oder sonst irgendwo. Sie hatte keine Lust, Sierras und Austins Verlobung zu feiern, weil sie Sierra noch gar nicht kennengelernt hat.«

Deckers Augenbrauen schossen bis zu seinem Haaransatz nach oben. »Sie hat Sierra noch nicht kennengelernt? Wie ist das möglich?« Jessica war schon lange eine Montgomery und es war ja nicht so, dass Sierra neu in der Familie wäre. Sie lebte bereits mit Austin zusammen und half ihm, seinen Sohn aufzuziehen.

»Es ist möglich, wenn du Jessica bist.« Alex trank einen weiteren Schluck und sah in die andere Richtung.

Nun denn. Die Unterhaltung war vorbei.

Decker verlagerte das Gewicht von einem Fuß auf den anderen. Alex war einmal witzig gewesen und hatte die Leute zum Lachen gebracht. Davon war im Augenblick nichts zu erkennen und es erschreckte Decker ein bisschen. Der Mann vor ihm wirkte verärgert ... und betrunken. Decker kannte Alkoholiker. Er hatte immer mal wieder mit einem zusammengelebt, bis er sich endlich von ihm hatte befreien können.

Er wollte das nicht noch einmal erleben.

»Möchtest du ein Wasser, Alex?«, fragte er ruhig. Es würde nicht helfen, auf Zehenspitzen um ihn herumzuschleichen, aber direkt zur Sache zu kommen und zu fragen, ob der Mann, den er seinen Bruder nannte, ein Alkoholiker war, auch nicht.

Alex sah ihn mit einem matten Lächeln an, anstatt

wütend zu werden, was Decker überraschte. »Nein danke, ich brauche nichts.« Der Mann ging nicht davon, um seinen Drink nachzufüllen, aber das bedeutete nicht, dass er das nicht tun würde, sobald Decker außer Sicht war. Er wusste nicht, was er tun sollte, aber solange Alex wusste, dass er hier war, könnte das vielleicht helfen.

»Okay. Es ist nur ... du weißt, dass ich für dich da bin, nicht wahr?«, fragte er leise.

Alex' Gesicht verschloss sich und er reckte das Kinn.

Verdammt.

»Ich brauche nichts«, wiederholte er.

Decker betrachtete forschend sein Gesicht und konnte keine Möglichkeit finden, die Barriere zu durchbrechen. Er würde ihn allerdings im Auge behalten. Dieser Mann war sein Bruder – ob blutsverwandt oder nicht.

Er nahm sich ein Mineralwasser anstatt eines Biers, denn sein Magen war nach dieser Sache nicht ganz auf Alkohol eingestimmt, und schlenderte zu seinem besten Freund Griffin hinüber. Der Mann hatte das gleiche Aussehen wie die übrigen Montgomerys – dunkles Haar und blaue Augen –, doch er besaß die gleiche schlanke Körperform wie Wes anstatt der klobigen Statur von Austin oder sogar Storm. Griffin war der Umgänglichste in der Familie, der Schreiber, der die meiste Zeit in seinem eigenen Kopf verbrachte anstatt in der wahren Welt. Sein Chaos von einem Haus spiegelte das wider, aber Decker liebte ihn so oder so. Sie waren im gleichen Alter, also waren sie eine Weile wie Zwillinge aufgewachsen. Decker mochte in gewisser Weise mehr mit Austin gemeinsam haben und er arbeitete eng mit Wes und Storm zusammen, aber auf der Gefühlsebene war Griffin derjenige, den er am besten kannte.

»Ich bin froh, dass du endlich deinen Weg zu mir hinüber gefunden hast«, witzelte Griffin. Er setzte sich in einen der Gartenstühle und winkte zu dem freien Stuhl. »Setz dich. Ich beobachte die Leute.«

Decker lachte und kam der Aufforderung nach. »Erstens hättest du zu mir hinüberkommen können. Es war ja nicht so, als hätte ich dich abgeblockt. Zweitens ist dies deine Familie. Warum beobachtest du sie?«

Griffin nahm einen Schluck von seinem Bier und schüttelte den Kopf. »Du hast mit Colleen zusammengestanden und da ich ihr Gekicher nicht ertragen kann, wollte ich mich nicht dazugesellen.«

»Gekicher?«, fragte Decker, ein wenig verstimmt darüber, dass Griff sich ein Urteil über seine Freundin erlaubte. Es war nicht so, dass er und Colleen verheiratet wären, aber trotzdem. So etwas hervorzuheben erschien ihm nicht richtig.

»Gekicher«, wiederholte Griffin. »Du weißt das. Wann immer sie kichert, spannen sich deine Schultern an und du bekommst dieses kleine Zucken an deinem Mundwinkel.«

Nun, jetzt, wo er es erwähnte … Nein, er würde nicht darüber nachdenken. Ihm blieb noch immer der Rest des Abends und wahrscheinlich mehrere Nächte mit der Frau. Es wäre nicht richtig, rumzumäkeln und diese Macken dann zu lange zu genau unter die Lupe zu nehmen. Er würde nicht darüber hinwegkommen.

»All das ist dir aufgefallen?«, fragte er, ehe er etwas von seinem Mineralwasser trank.

»Jawohl. Ich habe es dir gesagt, ich beobachte die Leute. In Wahrheit beobachte ich im Augenblick dieses Arschloch und meine Schwester. Ich möchte wirklich am liebsten die Scheiße aus ihm herausprügeln, aber ich bin nicht sicher, ob sie mir das danken würde. Es gefällt ihr nicht, wenn wir anderen drohen, ihren Ehemann zum Krüppel zu machen oder zu ermorden.«

Decker runzelte die Stirn und sah zu Meghan und ihrem Ehemann Richard hinüber. Mit Meghan, die drei Jahre älter war als er und immer liebevoll und freundlich erschien, verdarb man es sich nicht. Sie war wie die Mutterglucke des Clans und konnte sich normalerweise selbst behaupten.

Doch im Augenblick war dem nicht so.

Jetzt hatte sie die Schultern zusammengezogen und den Kopf gesenkt. Richard blaffte sie wegen irgendetwas an und jedes Mal, wenn er sprach, sank Meghan noch ein bisschen mehr in sich zusammen. Nein. So ging das nicht.

Decker erhob sich, stellte sein Mineralwasser ab und rollte die Schultern. »Bist du bereit?«, knurrte er Griffin zu, der mit ihm aufgestanden war, als würde es irgendeine andere Möglichkeit geben zu reagieren, wenn er mit ansah, wie jemand, den er gern hatte, emotional niedergemacht wurde.

»Jawohl. Lass uns nicht die Scheiße aus ihm herausprügeln, weil ihre Kinder hier sind und es Austins und Sierras Feier ist … doch ja, ich bin bereit.«

Sie marschierten auf das Paar zu und Richard warf sich in die Brust, als er sie bemerkte. Einst hatte der Mann sowohl einen bemerkenswerten Körperbau als auch Haare auf dem Kopf besessen. Nun sah es aus, als würde er ein bisschen kahl werden, aber er frisierte sich gerade auf die richtige Weise, sodass es nicht zu sehen war, es sei denn, man kannte ihn von früher. Er hatte auch einen kleinen Bauchansatz, der von einem Mangel an sportlichen Aktivitäten rührte. Obwohl er Anzüge trug, die ihren Preis nur herauszuschreien schienen, ging ihre Wirkung durch den straff sitzenden Knopf über seinem Bauch verloren.

»Was?«, blaffte der Mistkerl.

Decker lächelte, aber es war kein nettes Lächeln. Er legte den Arm um Meghan, die sich daraufhin versteifte. Das ließ er durchgehen und er behielt den Arm um sie. Je mehr Menschen sie gernhatten, umso besser.

»Ich habe nur meiner Schwester Hallo sagen wollen, das ist alles«, entgegnete er glatt.

Richard höhnte. »Sie ist nicht deine Schwester. Du bist nur der Abschaum. Nimm deine Hände von meiner Frau.«

Er zuckte bei dem Wort *Abschaum* noch nicht einmal zusammen. Ihm war schon Schlimmeres zu Ohren gekommen und das normalerweise von Menschen, die ihm mehr bedeutet hatten als dieser Scheißkerl.

»Richard«, ermahnte Meghan, deren Stimme an Kraft gewann. *Braves Mädchen.* »Decker gehört zur Familie.«

Decker drückte ihr die Schultern, aber sie entspannte sich nicht. Verdammt.

»In dieser Hinsicht hat sie recht«, bemerkte Griffin leichthin.

»Nun denn, Ehefrau, du bist keine Montgomery mehr«, stellte Richard mit gebleckten Zähnen klar. »Das solltest du am besten nicht vergessen. Geh und hol die Gören. Wir fahren nach Hause. Wir haben dem glücklichen Paar gratuliert – die beiden werden jedoch nicht sehr lange glücklich sein, wenn man bedenkt, wie dieser Rohling sich benimmt –, also, es ist Zeit zum Gehen.«

Warum um alles in der Welt war Meghan immer noch mit diesem Mann zusammen? Er behandelte sie wie Müll und machte sie emotional nieder. Decker glaubte nicht, dass Richard sie mit den Fäusten attackierte, aber das konnte man niemals sagen. Decker sollte das wissen.

Erinnerungsblitze fleischiger, feuchter Hände und einem nach billigem Fusel stinkender Atem erfüllten seinen Verstand und er schüttelte sie ab.

»Einmal ein Montgomery, immer ein Montgomery«, sagte Griffin von der Seite.

»Genauso ist es«, pflichtete Decker ruhig bei. »Wenn du es eilig hast, kannst du dich ja schon auf den Weg machen, und wenn Meghan und die Kinder so weit sind, werden wir sie nach Hause bringen.«

»Sie ist *meine* Frau. Nicht deine.«

»Decker. Griffin. Lasst es gut sein«, flüsterte sie.

Decker schüttelte den Kopf. »Tut mir leid, Süße, Austins und Sierras Feier hat gerade erst begonnen und wir haben noch nicht angestoßen. Du solltest bleiben. Wenn Richard gehen muss, kann er gehen.« Als er ihr in die Augen sah, betete er, dass sie verstand, dass er damit mehr als nur diesen einen Abend meinte.

»Also gut. Behalte die Gören hier.«

»Ich brauche die Kindersitze«, flüsterte Meghan.

»Dann solltest du mich begleiten«, blaffte Richard.

Meghan starrte ihn an. Gut. Es war also noch etwas Feuer in ihr. »Ich werde das Leben meiner Kinder nicht riskieren, weil du früh abfahren willst.«

»Unsere Kinder, Meghan. Das solltest du besser nicht vergessen.« Er lächelte kalt und Decker erstarrte.

Deshalb blieb sie also. Wegen der Kinder. Dieser Hurensohn.

»Wir haben Kindersitze im Haus«, bot Griffin an. »Mom und Dad haben sie für den Fall behalten, die Kinder einmal hierzuhaben.« Er erwähnte nicht, dass Decker sie gekauft hatte, als Richard Meghan einmal mit den Kindern allein gelassen und ihr Auto genommen hatte.

Sie musste nicht daran erinnert werden. Oder doch?

»Also gut.« Richard verabschiedete sich nicht einmal von Cliff und Sasha, bevor er davonstapfte. Meghan entspannte sich sichtbar, als ihr Mann verschwand.

»Meghan …«, setzte Decker an, aber sie hielt eine Hand hoch.

»Nein. Nicht hier. Ich muss mich um meine Kinder kümmern.«

Er nickte, denn er wusste, dass sie stärker war als seine eigene Mutter. Zumindest hoffte er das. »Ich bin hier, wenn du mich brauchst.«

»Ich auch«, fügte Griffin hinzu. »Wir sind alle hier.«

Sie legte ihre Hände an die Wangen der beiden und lächelte traurig. »Ich weiß. Ich liebe euch beide. Geht jetzt und unterhaltet euch mit Austin oder Sierra oder irgendwem. Ich brauche einen Augenblick.«

Decker nickte, bevor er sie mit Griffin allein ließ. Sein Freund würde sich um sie kümmern, bis sie ihn wegstieß, weil sie sich für zu stark hielt, um sich auf jemanden zu stützen. Er würde ihre Situation nicht so weit kommen lassen, bis sie seiner eigenen Vergangenheit ähnelte, aber er wusste auch, dass es für einen Menschen gewisse Grenzen gab. Mehr konnte er einfach nicht ertragen, ohne dass er physisch weggezerrt werden musste.

Doch das würde niemandem helfen.

»Ist der Mistkerl gegangen?«, knurrte Austin, als Decker bei ihm ankam. Sierra stieß ihrem Verlobten in den Bauch und er zuckte zusammen, bevor er den Arm um sie legte.

»Pass mit deinem Mundwerk auf«, flüsterte sie und sah über seine Schulter.

Austin und Decker sahen ebenfalls hin. Leif, Austins

Sohn, stand in der Nähe und hatte die Aufmerksamkeit glücklicherweise auf Storm gerichtet, dem er gespannt zuhörte, was immer dieser auch erzählen mochte, weswegen er nicht auf Austins Worte geachtet hatte. Leif war nach dem Tod seiner Mutter in die Familie gekommen, nachdem Austin von seiner Vaterschaft erfahren hatte. Es war merkwürdig, sich all das vorzustellen, aber Decker liebte den Jungen, als hätte er ihn von Geburt an aufwachsen sehen. Er passte gut hierher.

»Jawohl. Der Mistkerl ist gegangen. Ich mache mir Sorgen um sie. Und um Alex auch.« Er könnte ebenso gut alles zur Sprache bringen. Austin war sein großer Bruder und Sierra würde seine neue Schwester sein. Sie waren Familie.

Sierra schüttelte den Kopf. »Das tun wir alle. Die beiden wissen, dass wir hier sind, und wenn es etwas gibt, was wir tun können, werden wir es schaffen.«

Decker zog sie aus Austins Umarmung und drückte sie innig an sich, bevor er die Lippen zu einem harten Kuss auf ihre drückte.

»Hey, nimm deinen Mund von meiner Frau.«

Decker zog sich zurück und lächelte die errötete Sierra an. »Aber sie ist so eine hübsche Frau.« Er zog sie an seine Seite. »Siehst du? Sie passt genau hierher.«

Austin brummte und zog die lachende Sierra zu sich. »Nein, sie passt genau an meine Seite. Du bist ein Arsch.«

Decker grinste. »Ein heißer Arsch.«

»Ihr zwei seid Idioten, aber ich liebe euch.« Sierra lachte bei ihren Worten, doch Austin brummte. »Ich meine, ich liebe Decker auf eine brüderliche Art und Weise. Dich liebe ich auf eine aufreizende, heiße Weise, okay?«

Decker hob in gespielter Ergebenheit die Hände. »Ich muss ganz und gar nicht darüber nachdenken. Ich werde mal sehen, wie es Harry geht. Lasst mich wissen, wenn ihr Hilfe beim Anstoßen oder sonst etwas braucht.«

Austin nickte, doch sein Blick galt ganz allein Sierra.

Wie würde es sein, so eine Liebe zu haben? Jemanden an seiner Seite zu haben, egal was passierte.

Decker glaubte nicht, dass er das je haben würde. Nicht bei der Art und Weise, wie sein Verstand und sein Körper sich nach dem einen Menschen sehnten, den er nicht haben konnte. Seiner Erfahrung nach war die Liebe nicht von Dauer und Ehen waren lediglich Fesseln, aus denen sich – wie er wusste – einige Leute nie befreien konnten.

Natürlich war das nicht ganz richtig, denn das Paar, das er gerade verlassen hatte, schien auf dem richtigen Weg zu sein, aber er war sich noch nicht sicher. Andererseits war natürlich das Paar, das er jetzt vor sich hatte, seit über vier Jahrzehnten zusammen, und die beiden sahen immer noch so aus, als würden sie sich jeden Tag noch mehr ineinander verlieben.

Aber die Liebe tut weh, wenn ein Mensch krank ist.

Harry Montgomery war immer beeindruckend gewesen. Er war ein großer Mann mit einem noch größeren Herzen. Und dennoch sah der Mann in dem Stuhl vor ihm im Augenblick nicht so aus. Die extrakorporale Strahlentherapie – Decker hatte es nachgeschlagen –, die sich gegen Harrys Prostatakrebs richtete, hatte ihren Tribut gefordert. Der Mann wirkte so viel kleiner, schwächer und blasser, als Decker ihn je zuvor erlebt hatte. Die Ärzte hatten ihn informiert, dass sie den Krebs früh entdeckt hatten und es gut für ihn aussähe, aber die Behandlung schien quälender zu sein als der Krebs.

Und jetzt war Marie in Deckers Augen durch die Liebe, Verpflichtung und die Umstände gezwungen, ihrem Mann beizustehen, während er immer schwächer und schwächer wurde. Wie konnte das der Lohn für Liebe sein? Wie konnte es das wert sein? Der Schmerz und die Unsicherheit, die damit einhergingen, so eng mit jemandem verwachsen zu sein, ergaben für ihn keinen Sinn, und er war nicht sicher, ob er dies überhaupt verdient hätte.

»Komm her, Junge«, brummte Harry mit einem Funkeln im Blick. Gott sei Dank.

Decker hockte sich neben ihm hin und ihm zitterten die Hände. Er wusste nicht, was er tun sollte. Sollte er ihn umarmen? Es sah aus, als könnte Decker den Mann, den er wie einen Vater betrachtete, mit nur einer einzigen Umarmung zerquetschen.

»Wie fühlst du dich?«, fragte Decker und er sollte

verdammt sein, wenn seine Stimme dabei nicht gestockt hatte.

Harry tätschelte ihm den Arm, als Marie an Deckers Seite trat und sich so hinkniete, dass sie ihn umarmen konnte. Er legte den Arm um sie und atmete den süßen mütterlichen Duft ein, der ihn als Kind stets so beruhigt hatte.

»Es geht mir besser«, antwortete Harry leise. »Es sieht zwar nicht so aus, aber ich werde nicht sterben. Noch nicht.«

Decker fühlte sich bei diesen Worten, als hätte er einen Stich ins Herz erhalten. Lieber Himmel. Er durfte Harry nicht verlieren. Er durfte es einfach nicht.

»Hey, schau mich nicht so an«, forderte Harry. »Ich habe euch allen gesagt, dass ich in Hinsicht auf meine Genesung ehrlich sein werde. Wir haben das früh erkannt. Die Bestrahlung ist eine höllische Quälerei, aber wir werden sie durchziehen. Nun, ich habe dich gebeten, zu mir hinüberzukommen, weil du erstens mein Sohn bist und ich dich sehen wollte, und du zweitens bei dem Mistkerl von einem Ehemann geholfen hast, den meine Tochter sich ausgesucht hat. Ich konnte nicht aufstehen, um das in Ordnung zu bringen, also danke ich dir.« Der Anflug von Hilflosigkeit in Harrys Blick war zu viel.

Decker schluckte schwer und zwang die Tränen zurück, die seine Augen zu füllen drohten. Verdammt.

»Ich hätte ihn in den Arsch getreten …« Er ließ den Blick zu Marie schnellen. »Ich meine, in seinen Hintern, aber die Kinder waren da.«

»Du kannst auch Arsch sagen, wenn es Richard betrifft«, lenkte Marie ein. »Er ist ein Arsch.«

Decker warf den Kopf in den Nacken und lachte. »Ich liebe euch beide. Ich möchte nur, dass ihr das wisst.«

Maries Augen füllten sich mit Tränen. »Oh, das ist so lieb. Das ist das Allerliebste. Wir lieben dich auch, Schatz.«

Harry nickte und Decker lehnte sich in die starken Arme der Frau.

Seine Nackenhaare stellten sich auf und er erhob sich langsam. Er drehte sich um und entdeckte Miranda, die mit bloßen Beinen unter dem Sommerkleid in den Garten schlenderte.

Gütiger Himmel, sie sah umwerfend aus.

Angesichts der Tatsache, dass er zwischen ihren Eltern stand, zwang er seinen Schwanz, nicht anzuschwellen. Griffin trat an seine Seite und Decker wusste, dass es einen besonderen Platz in der Hölle für einen Mann gab, den es nach der kleinen Schwester seines besten Freundes gelüstete.

Harry und Marie sahen ihn mit einem wissenden Blick an und er unterdrückte ein Stöhnen. Er würde zur Hölle fahren. Er würde in Flammen aufgehen und er hatte jeden Augenblick davon verdient.

Miranda drehte sich mit glänzenden Augen zu ihnen um und lächelte strahlend.

Er bemühte sich, den Blick auf ihr Gesicht zu richten und nicht zu ihren Brüsten oder Beinen abzuschweifen, die nie stillzustehen schienen.

Er konnte es schaffen.

Dies war Miranda Montgomery. Die Frau, die kein Mädchen mehr war – und nicht für ihn bestimmt.

Er würde sie nicht anschmachten. Er würde sich nicht zum Idioten machen.

Griffin sah ihn mit einem merkwürdigen Blick an und Decker stöhnte innerlich.

Jawohl.

Er würde zur Hölle fahren.

Kapitel Zwei

MIRANDA MONTGOMERY WAR VERLIEBT. In Wahrheit
war sie schon verliebt, seit sie sechs war – und er zwölf. Ihre
Liebe war gewachsen, geschwunden, mit voller Wucht
zurückgekehrt und hatte sich zu dem entwickelt, was sie
jetzt war.

Unerwidert und unglaublich qualvoll.

Sie strich sich glättend übers Kleid und setzte ein strah-
lendes Lächeln auf. Weil sie sich noch auf den Unterricht am
nächsten Tag hatte vorbereiten müssen, war sie mit Verspä-
tung zu Austins und Sierras Verlobungsfeier erschienen, und
jetzt wünschte sie sich, einen weniger auffälligen Auftritt
gehabt zu haben.

Von ihren sieben Geschwistern samt Gatten, Partnern,
Kindern, Nachbarn und Freunden war der erste Mensch, den
sie zu Gesicht bekam, der Mensch, den sie fürchtete, überhaupt zu sehen. Colleen.

Sie sollte nicht sauer sein, dass Decker eine Freundin zu
diesem Familienfest mitgebracht hatte. Wenn Miranda eine
ernstzunehmende Beziehung gehabt hätte, hätte sie diesen
Mann wahrscheinlich auch mitgebracht. Im vergangenen
Monat hatte sie nur diese eine Verabredung mit einem der
langweiligsten Männer auf Erden erlebt, aber das war auch

alles. Vielleicht sollte sie anfangen, den Mann zu vergessen, in den sie verliebt war, und ihr eigenes Leben finden.

Vielleicht. Miranda mochte Colleen nicht. Obwohl Colleen den Mann hatte, den Miranda wollte, beruhte ihre Abneigung nicht darauf.

Colleen mochte Deckers Beruf nicht. Überhaupt nicht. Wenn ein Mensch sich die Hände schmutzig machen musste, um sich seinen Lebensunterhalt zu verdienen, war er unter Colleens Würde. Mirandas Brüder und Schwestern waren Tätowierungskünstler und Bauarbeiter, und es waren auch ein Schriftsteller und ein Fotograf darunter. Es gab keine aalglatten Anzugträger in dieser Familie. Und Colleen ging es nur um Status und Prestige. Abgesehen von Colleens Aussehen konnte Miranda keine Verbindung zwischen ihr und Decker erkennen.

Zusätzlich zu dem Problem der Berufswahl konnte Colleen anscheinend nicht verstehen, warum die Montgomerys Decker als Familie betrachteten.

Decker war eines Tages mit Griffin nach Hause gekommen, als Miranda noch ein Baby war, und außer den seltenen Gelegenheiten, zu denen er zwangsweise zu seinen leiblichen Eltern hatte zurückkehren müssen, war er nie wieder gegangen. Ihre Eltern hatten ihn aufgenommen, weil seine Eltern versagt hatten, die eine Sache zu tun, die von ihnen erwartet wurde – ihr eigenes Kind aufzuziehen. Das Gesetz erlaubte den Montgomerys nicht, Decker zu adoptieren, aber ihre Brüder betrachteten Decker dennoch als einen der ihren.

Miranda andererseits hatte ihn nie als einen Bruder betrachtet – dafür war sie viel zu verliebt in ihn –, aber für sie hatte er immer mehr als Familie bedeutet.

Sie war beinahe sicher, dass Colleen nichts von Deckers Vergangenheit wusste. Jeder konnte sehen, dass sie offensichtlich verwirrt über Deckers Platz innerhalb der Familie war. Es war seine Aufgabe, seine Geschichte zu erzählen. Die Tatsache, dass er sich Colleen nicht anvertraut hatte, bedeutete, dass sie noch keinen festen Bestandteil in Deckers Leben bildete.

Miranda hatte belauscht, wie Decker sich mit Griffin über

die lockere Art seiner Beziehung – sie war von beiden Seiten nichts Ernstes – mit Colleen unterhalten hatte, aber das gab ihr nicht das Recht, dazwischenzufunken und zu versuchen, Decker zu erobern.

Sie war nicht kleinlich und sie war kein Miststück, aber sie dachte wie eines, und in diesem Augenblick mochte sie sich selbst nicht.

Es war nicht so, als könnte sie Decker jemals haben.

Oder doch?

»Tante Miranda, warum bist du traurig?«, fragte Cliff, Meghans Sohn. Gott, warum hatte Meghan ihrem Ehemann gestattet, den armen Jungen Cliff zu nennen? Er wurde wegen seines Namens gehänselt, aber er stand es hocherhobenen Hauptes durch.

Miranda lächelte, als sie sich vor ihm hinkniete. Sie hatte nicht gehört, wie er sich genähert hatte, aber ihr kleiner Freund war die perfekte Medizin für ein gequältes Herz.

»Hey, Cliff. Ich bin nicht traurig. Ich habe mich nur in meiner eigenen Welt verloren. Bekomme ich eine Umarmung?« Sie breitete die Arme aus und er sprang hinein. Sie stöhnte auf und drückte ihn fest an sich. »Du riechst nach Schokolade. Hat Grandma oder Grandpa dir welche zugesteckt?« Sie kitzelte ihn, als er den Kopf schüttelte, bis er lachend zu Boden ging.

»Erbarmen! Erbarmen!«

»Sag es mir!« Miranda lachte und kitzelte ihn weiter.

»Schokolade ist lecker«, flüsterte er zwischen seinem Gekicher.

»Ich weiß. Jetzt möchte ich welche«, erwiderte Miranda und küsste ihn auf die Stirn. Sie stöhnte noch einmal auf, als Sasha, Meghans Tochter, ihr auf den Rücken sprang. Mit ihren drei Jahren war sie ein winziges Energiebündel im Vergleich zu ihrem sechs Jahre alten Bruder, der ein Tornado mit sogar noch mehr Energie war.

Gott, sie liebte diese beiden Kinder. Sie konnte kaum erwarten, dass Austin und Sierra anfingen, Babys zu bekommen, damit sie noch mehr Nichten und Neffen hätte, die sie verwöhnen könnte. Sie hatte Leif auf den ersten Blick ins

Herz geschlossen und wünschte sich, dass der Junge bald Geschwister haben würde. Nach den Andeutungen zu urteilen, die Austin und Sierra machten, hatte sie das Gefühl, dass es vielleicht nicht allzu lange dauern würde. Sie hatte immer gedacht, dass sie einmal Alex' und Jessicas Kinder zum Herumzutoben haben würde, doch nach all diesen Jahren war sie sich nicht sicher, ob das je passieren würde.

Jessica gehörte nicht gerade zu den angenehmsten Menschen und so großartig Alex als Vater auch wäre, machte Miranda sich bei dem Gedanken an sie als Mutter Sorgen.

Wann war sie nur so voreingenommen geworden? Es war an der Zeit, dem ein Ende zu setzen.

Sie schob Sasha von ihrem Rücken und kitzelte auch sie. Die Kinder lachten unter ihren Attacken und sie lächelte die beiden an. Diese Kinder konnten jedem den Tag aufheitern, und sie war dankbar dafür.

»Wie ich sehe, hat das Fußvolk dich gefunden«, stellte Meghan über ihr fest. Miranda sah auf und bekam dabei einen Fußtritt ans Kinn. »Cliff! Pass auf deine Füße auf, Schatz. Alles okay, Miranda?«

Miranda rieb sich über den Kiefer und ihr brannten die Augen. »Ja. Er hat mich nicht fest getroffen.« Gott sei Dank, denn sie war nicht sicher, ob sie die Zeit hatte, ihre Zähne ersetzen zu lassen. Oder das Geld dafür. »Ich habe mich nur ablenken lassen.« Sie stemmte die Hände in die Taille, als sie sich aufsetzte. »Okay, Leute, ich glaube, ihr habt eure Lektion gelernt.«

»Lektion?«, fragte Sasha und sah sie mit klimpernden Wimpern an. Oh ja, aus diesem Mädchen würde eine Herzensbrecherin werden. Sie war anbetungswürdig.

»Ich bin eure Lieblingstante, vergesst das nicht.«

»Das habe ich gehört«, rief Maya von der Seite, aber sie kam nicht hinüber.

Die Kinder kicherten und lächelten sie an.

Meghan grinste. »Siehst du? Lieblingstante. Egal, was Maya sagt.« Cliff und Sasha standen auf, küssten sie auf die Wange und dann liefen sie davon, um mit Leif zu spielen. Dort war sie, die nächste Generation der Montgomerys, und mit voller Kraft schrien und spielten die Kinder, als hätten sie alle Zeit der Welt.

»Da sind ja meine M&Ms«, sagte ihr Dad neben ihr. Sie blickte zu ihrem Vater hinüber und lächelte ihn an, wobei sie die Tatsache zu ignorieren versuchte, dass Decker direkt danebenstand.

Ihre Eltern hatten für jeden der Jungen der Familie einen Namen ausgesucht, ohne groß über süße Spitznamen nachzudenken. Obwohl Alex' und Austins Namen mit dem gleichen Buchstaben begannen, war das bei keinem anderen der Fall. Allerdings hatten sie die drei Mädchen Meghan, Maya und Miranda Montgomery genannt. M&Ms. In Anbetracht dessen, was sich in den vergangenen Monaten zugetragen hatte, würde Miranda das unter keinen Umständen ändern wollen. Es gefiel ihr, diese spezielle Verbindung nicht nur zu ihren Schwestern, sondern auch zu ihren Eltern zu haben. Es gab ihr das Gefühl, in diesem Meer von Montgomerys irgendwie besonders zu sein.

Miranda stand schnell auf und umarmte ihren Vater, wobei sie die Tränen zurückhielt. Verdammt.

Sie war stärker als das und es würde beim Anblick ihres Vaters, der so schwach wirkte, nicht hilfreich sein. Decker ragte an der Seite ihres Vaters auf und sein Gesicht war wie eine Maske. Sie wusste nicht, was er dachte, aber sie wusste genau, dass sie aus einem stärkeren Holz als diesem geschnitzt sein musste.

»Hey, Daddy«, flüsterte sie und umarmte ihn sanft. Er erwiderte ihre Umarmung nicht so fest wie sonst und sie biss sich auf die Lippe.

Decker zog sie an seine Seite, wie er es immer tat, und legte ihr den Arm um die Schultern. Sie sog die Luft ein und zwang sich zu entspannen. Er war immer sehr gut darin gewesen, ihre Stimmung zu lesen und dafür zu sorgen, dass es ihr gut ging, aber das bedeutete nur, dass er sich wie ein Bruder um sie kümmerte … und nichts weiter. Nichts hatte sich geändert, und wenn sie sich weiter so verhielt, würde sich auch nichts ändern.

Das war allerdings etwas, worüber sie später eingehender

nachdenken müsste. Im Augenblick musste sie sich auf die Gegenwart konzentrieren und nicht auf eine Zukunft bestehend aus *Was wäre, wenn.*

Meghan umarmte Harry und dann fing sie an, von Cliff und Sasha zu berichten. Miranda, die ihre Aufmerksamkeit auf Decker gerichtet hatte, hörte ihr nur mit halbem Ohr zu. Er hatte sie dort stehen gelassen, um einen Stuhl für ihren Vater zu holen, doch bei seiner Rückkehr trug er noch zwei weitere in der anderen Hand. Sie würde *nicht* auf seine sexy Unterarme starren, während er die Stühle hielt.

Sie. Würde. Es. Nicht. Tun.

Vielleicht nur ein Blinzeln.

Nein, beherrsche dich, Miranda.

Miranda setzte sich in einen der Stühle. Meghan winkte bei seinem Angebot des anderen ab und ging davon, um nach ihren Kindern zu sehen. Decker ließ sich in dem freien Stuhl auf der anderen Seite ihres Vaters nieder. Es hätte unbehaglich sein sollen, so nahe bei dem Mann zu sitzen, den sie liebte und nicht haben konnte, aber das war es nicht. Nicht wirklich.

Diese Menschen waren ihre Familie, und das würden sie immer sein, egal was passierte.

»Decker? Ich muss los. Ich muss morgen früh raus.«

Miranda lächelte Colleen an. Na also, sie konnte die Stärkere sein.

Oh, sie hätte die andere Frau am liebsten beiseitegestoßen und sich Decker an den Hals geworfen, aber das bedeutete nicht, dass sie das auch tun würde.

Decker zog sein Handy hervor und sah stirnrunzelnd nach der Uhrzeit. »Okay. Verabschieden wir uns von Austin und Sierra, und dann können wir verschwinden.«

Colleen seufzte, aber Decker schien es nicht zu bemerken. Es wurde immer schwieriger, so zu tun, als würde sie diese Frau mögen, und es war nicht so, als würde Miranda dies überhaupt besonders gut gelingen.

»Wir machen uns dann mal auf den Weg.« Diese Ankündigung war nicht wirklich notwendig. Er wandte sich zu

Harry. »Bitte lass mich wissen, wie es dir ergeht und ob du meine Hilfe mit dem Haushalt brauchst.«

»Du weißt, dass ich das tun werde«, antwortete ihr Dad mit ausgestreckter Hand. Decker umarmte ihn stattdessen und stand wieder auf.

Miranda erhob sich und fühlte sich für einen Moment unbeholfen, ehe sie die Arme ausbreitete. Sie umarmte Decker *immer*. Heute würde das nicht anders sein. Decker bot wirklich gute Umarmungen. Er klopfte einem nicht nur auf den Rücken und ließ es damit gut sein. Für die Menschen in seinem näheren Umfeld legte er wirklich alles in seine Umarmungen. Bei allen anderen bewahrte er Distanz.

Colleen hakte sich bei ihm unter und lächelte lieblich zu ihm auf. Im Ernst? Decker blinzelte zwischen ihnen hin und her. Nun, Mist. Es gab keine gute Möglichkeit, sich aus dieser Situation zu winden und nicht wie eine Idiotin auszusehen, oder zumindest so kleinlich wie Colleen. Miranda ließ einen Arm sinken und tätschelte seine freie Schulter. War er schon immer so gut gebaut gewesen?

Ja. Ja, das war er.

»Es war schön, dich zu sehen. Auf Wiedersehen.« Siehst du? Die. Stärkere. Sein.

»Okay dann, Winzling.«

Hach. Wie sie den Namen hasste. Verdammt, sie war erwachsen.

Nicht dass er das wahrnahm.

Nicht dass irgendjemand das erkannte. Sie war die kleine Schwester der Montgomerys. Das Baby. Es gab keine Möglichkeit, die Reihenfolge ihrer Geburt abzuändern, aber es wäre schön, wenn die anderen sie als die Erwachsene behandelten, die sie war. Hier zu sitzen und darüber zu schmollen war andererseits auch kein besonders reifes Verhalten.

Stattdessen lächelte sie das Paar an. »Ich heiße Miranda, nicht Winzling. Ich bin schon seit Jahren nicht mehr winzig. Ich wünsche euch noch einen schönen Abend.«

Ihr Vater schob seine Hand in ihre und sie entspannte

sich irgendwie. »Du bist mein kleines Mädchen, Schatz. Daran wirst du nichts ändern.«

Miranda drehte sich von Decker und Colleen weg und sah zu ihrem Vater hinab. »Du kannst mich ja so nennen, wenn du willst. Dieses Privileg hast du dir verdient.« Sie bemerkte, wie seine Augen bei ihren Worten aufleuchteten, und ihr war klar, dass sie von ganzem Herzen meinte, was sie gesagt hatte. Sie war das kleine Mädchen ihres Daddys – solange sie noch einen Dad hatte.

Krebs war schlimm.

Sie spürte mehr, als dass sie sah, wie Decker und Colleen gingen, und endlich entspannte sie sich vollkommen. Jedes Mal wenn Decker in ihrer Nähe war, drehte ihr Körper durch und rief zu ihm wie eine Sirene. Eine Sirene konnte einen Mann offensichtlich nicht anlocken, aber wie auch immer. Natürlich neigte sie dazu, sich in ein überspanntes Miststück zu verwandeln, sobald sie sich in Colleens Nähe aufhielt, und damit musste sie aufhören. Dass Decker Colleen gewählt hatte, war nicht deren Schuld – auch wenn er behauptete, dass es nichts Ernstes war.

Sie verbrachte noch eine weitere Stunde mit ihren Brüdern und Schwestern, bevor sie nach Hause musste. Am nächsten Morgen müsste sie früh raus und sie konnte das Gefühl nicht ausstehen, als hätte sie die ganze Nacht durchgefeiert. Es mochte gerade mal kurz nach sieben sein, aber es war dennoch mitten in der Woche und sie musste am nächsten Tag zur Schule.

Sie grinste. Zur Schule. Scheinbar drehte sich schon ihr ganzes Leben auf die eine oder andere Weise um die Schule. Jetzt, wo sie Mathematiklehrerin an einer Highschool war, würde dies bis in ihr hohes Alter so bleiben. Sie mochte alles daran, insbesondere die Herausforderung durch die Schüler, die nicht dort sein wollten. Sie wusste, sie konnte deren Einstellung ändern, wenn sie nur den richtigen Draht fand. Sie mochte sie vielleicht nicht alle erreichen, aber wenn sie nur zu einem einzigen Zugang fand, war das bereits als Erfolg zu werten.

Auf ihrem Weg aus dem Garten ihrer Eltern verabschiedete sie sich von allen und umarmte ihren Vater noch einmal, bevor sie nach Hause fuhr. Sie lebte nur etwa zehn Minuten von ihrem Elternhaus entfernt, aber es war weit genug, um das Gefühl zu haben, auf sich gestellt zu sein. Genau darum ging es. Sie liebte Golden, Colorado. Ebenso wie Arvada und Westminster, wo ein Teil ihrer Familie lebte, war es ein Vorort im Westen. Die Ortschaft lag eng an die Berge geschmiegt, im Gegensatz zu den Ebenen im Osten. Überall in ihrer Umgebung gab es Brauereien und Steinbrüche und ihre Wohnung war von einem kleinen bewaldeten Park umgeben.

Es war hilfreich, dass Decker in einem Haus nicht einmal zwei Kilometer entfernt wohnte.

Nicht dass sie diesen Vorort seinetwegen gewählt hatte. Sie hatte sich für Golden entschieden, weil sie dort einen Job an der Schule bekommen hatte. Es war für die Menschen in diesem Staat schwer genug, überhaupt Arbeit zu finden. Es war ein glücklicher Zufall, dass Decker so nahe lebte.

Und jetzt kam sie sich wie eine Stalkerin vor.

Genug davon.

Sie bog auf ihren Parkplatz ein und begab sich in ihr Apartment. Sie liebte ihr Reich. Obwohl es nur eine kleine Zweizimmerwohnung war – mehr konnte sie sich mit ihrem mageren Gehalt nicht leisten –, gehörte sie ihr. Sie hatte sie mit bequemen Möbeln und in leuchtenden Farben eingerichtet und weil die Küche eine Frühstückstheke anstatt eines kleinen Esstischs besaß, hatte sie dort ihren Schreibtisch und konnte arbeiten. Viel mehr brauchte sie nicht.

Sie fühlte sich sehr wohl, so wie sie lebte. Sie hatte ihre kleine Wohnung, einen Job, den sie wirklich mochte, Freunde und Familie, die sie liebten, und Schüler, die sie gernhatten. Zumindest die meisten von ihnen.

Ihr fehlte allerdings ein Mann in ihrem Leben. Sie brauchte keinen zum Überleben – so bedürftig war sie nicht –, aber sie war romantisch genug, um zu wissen, sie brauchte … einen Gefährten.

Sie schnaubte.

Und Sex. Sex half. Sie mochte Sex. Diesen hatte sie inzwischen schon seit so langer Zeit nicht mehr bekommen, dass es langsam ärgerlich wurde. Ja, sie sollte zu Bett gehen, ihren vertrauten Freund aus dem Nachtschränkchen benutzen, um sich zu entspannen, und von dem bärtigen, tätowierten Mann träumen, den sie nicht haben konnte.

Zumindest noch nicht.

～

»GEFÄLLT IHNEN IHRE ZWEITE SCHULWOCHE?«, fragte Jack, ihr Kollege, der im Aufenthaltsraum neben ihr stand.

Mit ihrem Kaffee in der Hand drehte Miranda sich um und nickte. »Ja, das tut sie allerdings. Es ist erst die zweite Woche meines ersten Jahres, in dem ich auf mich gestellt bin, aber noch bin ich nicht desillusioniert.«

»Die Ernüchterung überkommt uns irgendwann alle, Süße«, warf Mrs. Perkins, die etwa sechzigjährige Englischlehrerin, von ihrem Platz am Tisch aus ein. Jack und Miranda standen am Tresen und schenkten sich einen Kaffee ein, während andere Lehrer herumwuselten und sich für die erste Stunde bereit machten.

Miranda schüttelte nur den Kopf und lächelte. »Für den Augenblick werde ich das Glücksgefühl genießen, wenn das in Ordnung ist.«

Mrs. Perkins sah sie über ihre Brille hinweg an und bewegte dabei ihr gespitztes Kinn hin und her. »Wenn Sie damit durchhalten, bleiben Sie dabei. Wenn Sie vollkommen erschöpft zusammenbrechen, wissen Sie, an wen Sie sich wenden können.«

So viel Pessimismus? Miranda wünschte sich so sehr, im Alter nicht wie Mrs. Perkins zu werden. Die Frau war keine gemeine alte Krähe oder so – nicht wie einige von Mirandas früheren Lehrerinnen –, aber sie war auch nicht wirklich glücklich.

»Hören Sie nicht auf sie«, flüsterte Jack ihr ins Ohr. Sein Atem wärmte ihren Nacken und sie trat einen Schritt nach rechts. Er verursachte ihr nicht direkt Unbehagen, aber sie war bei der Arbeit und hatte keinen Bedarf, sich in irgendwelche Gerüchte über die Neue und den – laut den älteren

Schülerinnen und einigen Lehrerinnen – sexy Geschichtslehrer verstricken zu lassen.

Miranda drehte sich um und vergrößerte den Abstand zwischen ihnen. »Das werde ich nicht«, gab sie leise zur Antwort.

Jack lächelte und ihr wurde klar, was die anderen in ihm sahen. Er besaß ein großartiges Lächeln. Seine blauen Augen funkelten im richtigen Licht sogar. Mit seinem verwuschelten blonden Haar und der gebräunten Haut hatte er ein engelhaftes Aussehen. Es war wirklich nicht gerecht, dass er so attraktiv war … und ein Geschichtslehrer. Soweit sie das sagen konnte, war er ihr auch altersmäßig am nächsten an der Schule. Er musste um die dreißig sein, wohingegen sie dreiundzwanzig war. Nicht dass es wichtig war. Zuerst musste sie einen bestimmten Jemand vergessen, ehe sie überhaupt ein Auge auf einen anderen warf. Einen Kollegen auf diese Weise zu betrachten wäre gerade zu Anfang nicht das Klügste.

Sie trank den letzten Rest ihres Kaffees aus und sah auf die Uhr. »Ich sollte besser gehen. Diese Kinder werden sich Algebra nicht selbst beibringen.«

»Es wäre leichter, wenn sie es täten«, gab Mrs. Perkins zu bedenken. »Mit all den Tests, die der Staat uns auferlegt hat, wären sie so jedenfalls besser dran.« Die ältere Frau erhob sich und strich sich einige Fussel von ihrem matronenhaften Kostüm, ehe sie den Aufenthaltsraum verließ.

Miranda blickte auf ihre hübschen flachen Schuhe, die Leinenhose und das seidene Oberteil herab. Sie mochte vielleicht nicht aussehen, wie andere sich eine Lehrerin vorstellten, aber sie mochte gute Garderobe. Das war kein Verbrechen.

Sie hatte das Gefühl, dass ihre jetzige Garderobe unmodern wäre, wenn sie älter würde. Im Laufe der Zeit würde sie in die Persönlichkeit einer Highschool-Lehrerin schon noch hineinwachsen.

»Viel Spaß heute«, wünschte Jack ihr, bevor er vor ihr in Richtung Korridor ging. Er grinste sie an und sie lächelte zurück. Sie verspürte nicht das Flattern, das sie überkam, wann immer Decker in ihre Richtung lächelte, aber Jack war nichtsdestotrotz ein Mann, der nett anzuschauen war.

Sie ging zu ihrem Klassenraum und bereitete den Kameratisch vor. Die Schule hatte gerade ihr Projektionssystem modernisiert, womit es nicht mehr erforderlich war, auf Plastik herumzuschreiben und bei gedämpftem Licht zu arbeiten. Sie konnte das Arbeitsbuch direkt unter die Kamera legen, um zu zeigen, worüber sie sprach, und auch in Echtzeit schreiben. Sie benutzte auch die Whiteboards, wenn sie unterrichtete, weil sie auf beiden Seiten des Projektionsbildschirms Platz hatte, obwohl sie diesen meistens für ihre Schüler benutzte, die von ihren Plätzen aufstanden, um ihre Arbeit vorzuführen. Und wenn sie zu viele Kinder mit schläfrigen Augen bemerkte, konnte sie herumgehen und auch sich selbst aufwecken.

Mrs. Perkins hatte recht in Bezug auf die staatlichen Testverfahren und all die Bürokratie im Zusammenhang mit einer öffentlichen Schule, doch Miranda kam damit klar. Es war nicht so, als wären die schlechte Bezahlung, die langen Stunden, das niedrige Budget und das Bild überarbeiteter Lehrer etwas Neues. Das hatte sie von Anfang an gewusst. Nun, gegen Ende des Schuljahres würde sie wissen, wie sie sich machte. Überarbeitete Lehrer waren leider keine Seltenheit mehr.

Die Schulglocke ertönte und die ersten Schüler trudelten ein. Zunächst war Algebra für die neunte Klasse dran, obwohl sie ein paar Zehntklässler darunter hatte. Viele der Schüler an ihrer Schule hatten Algebra in der achten Klasse gehabt und hatten nun zu Geometrie gewechselt – dem Kurs der nächsten Stufe –, aber die Klasse bestand aus einer guten Mischung.

Es läutete zum zweiten Mal und die letzten beiden Schüler liefen mit gehetztem Blick herein, und sogar ein bisschen zerzaust, wenn Miranda sich nicht täuschte. Der Junge sah sie mit einem dreisten Grinsen an, während das Mädchen an seinem Arm errötete. Sie eilte auf ihren Platz, während er schlenderte.

Es hatte den Anschein, als wäre die Tradition, im Flur rumzuknutschen, mit ihrer Generation nicht ausgestorben.

Diese Kinder heutzutage.

Sie grinste und merkte sich ihre Namen, nur für den Fall. »Guten Morgen. Nach den Ankündigungen werden wir mit unserem Freund *x* beginnen, also schlagt eure Bücher bitte bei Kapitel zwei auf.«

Das gewohnte Gestöhne und Geflüster war zu hören, doch das ignorierte sie. Dies war jetzt ihr Leben. Sie würde es leben und genießen.

Komme, was da wolle.

GEGEN ENDE des Tages machten sich Schmerzen in ihrem Kreuz bemerkbar und sie wusste, dass sie ihre Yogaübungen intensivieren musste. Wenn sie nicht versuchte, etwas dagegen zu unternehmen, würden die Schmerzen und das Ziehen vom tagtäglichen, stundenlangen Stehen nicht so bald aufhören. Mit den Hausaufgaben des Vortages, die in ihrer Tasche verstaut waren, schaffte sie es gerade bis zu ihrem Wagen, als Jack auf sie zukam.

Sie blinzelte überrascht und stellte fest, dass er direkt neben ihr geparkt hatte. Das hatte sie nicht bemerkt, als sie heute Morgen eingetroffen war. Natürlich war sie in Gedanken mit dem Stundenplan des heutigen Tages beschäftigt gewesen und sie hatte ihre Aufmerksamkeit nicht auf die anderen Fahrzeuge auf dem Parkplatz gerichtet.

»Hatten Sie einen guten Tag?«, fragte Jack, als er ihr die Tasche von der Schulter nahm. Sie packte sie, denn sie wollte die Arbeiten ihrer Schüler nicht aus den Händen geben. Privatsphäre war wichtig und sie hatte nicht vor, wie die kleine Frau zu wirken, die auf Hilfe angewiesen war.

Sie war eine Montgomery. Sie konnte die Dinge allein bewältigen.

»Ich schaffe das schon«, sagte sie charmant. Er ließ ihre Tasche los und sie zog sie enger an sich heran. »Aber vielen Dank. Und ja, das hatte ich. Es mag vielleicht Montag sein, aber es ist dennoch Ende August, also haben wir Energie, nicht wahr?«

Er nickte und dann lehnte er sich an das Fahrzeug. »Ich bin froh, dass Sie hier zu arbeiten begonnen haben, Miranda. Sie bringen frischen Wind an diesen Ort.«

Das hoffte sie, und doch musste sie nach Hause fahren, um die Hausaufgaben zu korrigieren, sich auf den nächsten Schultag vorbereiten und dann ihren Vater anrufen, um sich zu vergewissern, dass seine Behandlung gut verlief. Okay, sie wurde schon ein bisschen müde, wenn sie an all das auch nur dachte.

Kopf hoch, Montgomery.

»Danke, dass Sie das gesagt haben, Jack.«

»Also, wie wäre es, wenn ich Sie an diesem Wochenende ausführe, um Ihren neuen Job zu feiern?«

Sie blinzelte ein bisschen verwundert. Er lud sie ein, mit ihm auszugehen? Sie hatte nicht gedacht, dass er auf diese gewisse Weise über sie dachte. Er war ein netter Kerl und es war ihr nicht zu Ohren gekommen, dass er ein Frauenheld war oder so etwas, also war das schon mal gut. Ja, sie arbeiteten zusammen, aber es gab einige Lehrer, die innerhalb der Schule Partnerschaften hatten, und deshalb wäre es kein Weltuntergang. In ihren Verträgen stand nicht, dass es ihnen untersagt war, Partnerschaften einzugehen.

Aber dennoch.

Im Augenblick war sie noch nicht ganz bereit.

Sie musste Decker überwinden … oder so ähnlich.

»Oh, ähm, ich bin sehr beschäftigt.« Das war keine Lüge. Sie hatte Unmengen von Arbeit zu erledigen. Sie wollte auch mit ihrem Vater über seine Behandlungen sprechen und dann mit Sierra über die Hochzeitsvorbereitungen. Sie hasste es, die Gefühle anderer zu verletzen. Warum konnte sie nicht einfach Nein sagen? »Vielleicht ein anderes Mal.« Warum um alles in der Welt sagte sie das?

Jack grinste sie kurz an. »Kein Problem. Ich werde Sie auf jeden Fall beim Wort nehmen. Fahren Sie vorsichtig, Miranda. Wir sehen uns dann morgen.«

Sie nickte und stieg in ihr Fahrzeug. Jack setzte sich in

seines und fuhr davon. Ihr Körper entspannte sich und sie begab sich auf den Heimweg. Der Mann war ein netter Kerl und wirklich gut aussehend. Wahrscheinlich hätte sie Ja sagen sollen, damit sie ein echtes Sozialleben hätte – einmal abgesehen von ihren Brüdern und Schwestern –, aber wie sie sich vorhin gesagt hatte, war sie nicht bereit, sich mit jemandem einzulassen, während sie einen anderen Mann liebte.

Sie fuhr auf ihren Parkplatz, nahm ihre Sachen und betrat die Wohnung.

Sie schrie, als sie erst Maya auf ihrem Sofa entdeckte und dann Jake, den Freund ihrer Schwester, der einen Blick in den Kühlschrank warf.

Maya schrie zurück und Jake fluchte.

»Verflucht. Ich habe mir den Kopf am Gefrierfach gestoßen«, murmelte er. Der Mann war äußerst heiß und Miranda wusste nicht, wie Maya ihre Hände von ihm lassen konnte – oder ob sie das überhaupt tat –, aber das beantwortete nicht die Frage, warum die beiden sich in *ihrer* Wohnung aufhielten.

»Was zur Hölle?«, fragte sie, sobald sie wieder zu Atem gekommen war. Sie stellte ihre Sachen auf dem Couchtisch ab und blickte ihre ältere Schwester finster an. »Ich habe dir den Schlüssel für Notfälle gegeben. Was ist los? Du hast mich zu Tode erschreckt.«

Maya hatte eine Hand auf ihr Herz gelegt und zog ihre gepiercte Augenbraue hoch. »Wir sind Familie und ich wollte wissen, wie dein Tag gelaufen ist.«

»Außerdem hast du etwas zu essen in deinem Kühlschrank«, stellte Jake mit einer Schüssel Kartoffelsalat in den Händen fest.

»Ihr habt beide eigene Kühlschränke. Geht einkaufen.«

Er grinste sie an und sie seufzte. Mein Gott, er war sexy. Nicht so sexy wie Decker, aber wie auch immer. »Ich mag dein Essen. Maya hat die Wahrheit gesagt. Wir wollten dich sehen.« Er pflanzte sich mitten auf das Sofa, sodass Maya auf der einen Seite saß und der Platz auf der anderen Seite frei blieb. Sie verdrehte die Augen und setzte sich zu ihnen. »Das war fürs Abendessen gedacht zusammen mit dem kalten gebratenen Hühnchen, das ich noch übrig habe.«

»Du hast Hühnchen? Halt das mal.« Jake reichte ihr den Salat und sprang auf. Bald darauf kehrte er mit Servietten, drei Löffeln und einer Schale mit dem Brathühnchen zurück. »Wir werden ein Sofapicknick veranstalten und du kannst uns von deinem Tag erzählen.«

Miranda nahm einen Löffel und verdrehte die Augen. Sie hätte nicht überrascht sein sollen, dass sie hier waren. Ihre gesamte Familie ging in den Häusern der anderen tagtäglich ein und aus, weil sie immer willkommen waren. Es war schön, jemanden zu haben, der einen fragte, wie der Tag gelaufen war.

»Ich wurde heute zu einem Rendezvous eingeladen«, sagte sie. Maya machte große Augen und biss in ihre Hähnchenkeule.

»Also, wie heißt er? Ist er heiß? Wann geht ihr aus?«

Miranda lachte und nahm sich einen Schenkel. Kaltes, übrig gebliebenes Brathuhn hatte irgendetwas, das sie glücklich machte. »Sein Name ist Jack. Er ist ziemlich heiß. Und ich habe Nein gesagt.«

»Warum? Macht er dir das Leben schwer?«, fragte Jake. »Möchtest du, dass ich ihn für dich verprügele?«

Sie lächelte und tätschelte Jake die Schulter. »Du bist so ein guter Freund. Und er war überaus charmant. Ich bin im Augenblick einfach noch nicht bereit, mich mit ihm zu verabreden.«

»Weil du etwas für Decker übrighast?«, fragte er und Miranda verschluckte sich fast an ihrem Hühnchen.

Jake nahm ihr sofort alles aus den Händen und klopfte ihr auf den Rücken. »Entschuldigung. Entschuldigung.«

»Blödmann. Du kannst doch nicht einfach damit herausplatzen«, blaffte Maya.

Miranda wischte sich die Augen und ihr zitterten die Hände. »Ich weiß nicht, wovon ihr beide sprecht.«

Maya sah sie mit einem mitfühlenden Lächeln an. »Oh doch, das weißt du, Süße. Ich glaube nicht, dass die Jungs es wissen, aber Meghan und ich tun es. Wir sind die M&Ms. Wir wissen immer, wenn wir in jemanden verknallt sind.« In Anbetracht der Tatsache, dass Miranda keine Ahnung hatte, was Maya für Jake empfand, war sie sich dessen nicht allzu sicher. Vielleicht war das eine Sache zwischen Meghan und Maya.

»Äh, also, ich weiß nicht, was ich sagen soll«, murmelte sie.

Als Maya sie darauf mit einem traurigen Lächeln ansah, wollte Miranda die beiden am liebsten bitten zu gehen. »Süße, du warst schon immer in ihn verknallt, aber ich glaube nicht, dass er es je bemerkt hat. Er ist ein Kerl.«

»Hey«, mischte Jake sich ein, »ich bin auch ein Kerl. Ich habe es bemerkt.«

Maja sah ihn taxierend an. »Das stimmt nicht, ich habe es dir erzählt. Das ist ein Unterschied.« Sie lenkte den Blick wieder zu Miranda zurück. »Und ich habe es nur gemacht, weil er Jake ist. Ich würde es jemals weder unseren Brüdern noch Decker erzählen. Ich verrate nur Sachen, die tatsächlich passieren, und nicht Dinge, die passieren *könnten* und möglicherweise schmerzhaft sind. Es ist deine Entscheidung, was du von Decker willst … oder sogar von Jack. Aber vergiss nicht, dass du etwas verpassen könntest, wenn du davonläufst, bevor du etwas in der Sache unternommen hast, weil du zu viel Angst davor hattest.«

Miranda schluckte schwer und nickte. »Ich … ich weiß nicht. Ich möchte einfach nicht darüber reden, in Ordnung?«

Maya lehnte sich zu ihr hinüber und Jake nahm ihre Hand. »Ich bin hier, wenn du mich brauchst. Ich bin immer hier.«

Miranda seufzte und biss von ihrem Hühnchen ab, das sie sich von Jake zurückerobert hatte. Sie wusste, dass Maya recht hatte. Sie musste mit Decker reden und es ihm sagen. Sie musste sich nicht über die Intensität ihrer Gefühle auslassen, aber sie musste zumindest … irgendetwas versuchen.

Sie würde es bereuen, wenn sie es nicht täte.

Doch was war mit dem Preis, den sie zu zahlen hätte, wenn sie alles ruinierte?

Der könnte höher sein.

Viel, viel höher.

Kapitel Drei

AUSTIN MONTGOMERY STÖHNTE LEISE und rollte sich herum, wobei er Sierra eng an sich zog. Er behielt die Augen geschlossen, denn er wusste, wie sie sich anfühlte – jeder Zentimeter von ihr –, wenn er sie mit seinen schwieligen Händen berührte. Sie wand sich zur Antwort und rieb ihren Hintern an seinem Schaft. Er würde behaupten, eine Morgenlatte zu haben, aber mit seiner Verlobten im Bett war all das nur auf sie zurückzuführen und nicht nur eine chemische Reaktion.

Langsam schob er die Hände an ihren Seiten empor und streichelte über die Narben aus ihrer Vergangenheit, bis er beide Hände um ihre Brüste legte. Ihre Brustwarzen verhärteten sich unter seiner Handfläche, also rollte er die Knospe zwischen seinen Fingern und genoss ihr schläfriges Keuchen.

Sie drehte sich herum, sodass sie nun auf dem Rücken lag, und als er die Augen öffnete, konnte er sehen, wie sie ihn anlächelte. Ihr langes, honigbraunes Haar umrahmte ihr Gesicht und war auf dem Kissen ausgebreitet. Er strich es ihr von den Wangen und liebkoste während dieser Geste ihre Haut.

Jesus, sie hatte eine so weiche Haut.

»Wir werden leise sein müssen«, flüsterte sie. Das kleine Lächeln auf ihrem Gesicht bettelte um einen Kuss, also drückte er die Lippen auf ihren Mundwinkel und atmete ihren süßen Duft ein.

Er zog sich zurück und sie leckte sich die Lippen, wobei sie in dem Versuch, ihn zu erreichen, den Rücken durchbog.

Er grinste und senkte die Lippen noch einmal auf die ihren. »Du bist diejenige, die laut ist, Legs.« Er brachte sich zwischen ihren Beinen in Position und suchte sich langsam seinen Weg in sie hinein. Sie war feucht und bereit für ihn, denn er hatte ihren Körper bereits lange genug gestreichelt. Es gefiel ihm, wie sie sich um seinen Schaft anfühlte, ganz nackt und einzig und allein die Seine.

»Dann solltest du mich besser küssen, damit ich nicht schreie.«

Er kam ihrer Aufforderung nach und stieß dabei in einem perfekten, trägen Rhythmus immer wieder in sie. Er liebte es, aufzuwachen und mit dieser Frau, seiner Verlobten, zu schlafen.

Er liebte dieses Wort.

Er konnte es kaum abwarten, sie seine Frau zu nennen.

Bald, dachte er. *Bald*.

Sie liebten sich träge und als sie in seinen Armen explodierte, legte er seinen Mund über ihren und erstickte ihr Stöhnen und ihre Schreie. Kurz darauf folgte er ihr und erlöste sich tief in ihr.

»Ich liebe dich«, gestand sie, sobald sie wieder zu Atem gekommen waren.

Wieder küsste er sie. »Ich liebe dich auch.«

»Sierra! Dad! Wir werden uns verspäten!«

Austin legte seine Stirn an Sierras und unterdrückte ein Lachen. »Nun, zumindest bin ich jetzt wach«, sagte er leise zu ihr. »Ich bin gleich da«, rief er Leif zu.

Sie lachte leise und stieß ihn an. »Geh, mach deinem Sohn Frühstück und vergewissere dich, dass er die Hausaufgaben in seiner Tasche hat. Ich habe sie gestern Abend dort hineingesteckt, aber du weißt ja, wie er manchmal Sachen herausnimmt, um zu schauen, ob sie da sind, und dann lässt er sie woanders liegen.«

Austin verdrehte die Augen und gab ihr dann einen Klaps

auf den Hintern, als sie aufstand. »Geh lieber duschen, obwohl mir der Gedanke gefällt, für den Rest des Tages in dir zu bleiben.«

Sie rümpfte die Nase. »Iiih, nein. Ich möchte gar nicht daran denken, wie du an meinem Bein hinabsickerst, während ich bei der Arbeit bin.«

Er versetzte ihr noch einen Klaps auf den Hintern und es gefiel ihm, wie ihre Augen sich bei dem brennenden Schmerz verdunkelten. Oh ja, sein Liebling brauchte dringend eine spezielle Behandlung von ihm. Er würde sich die Zeit nehmen. Seit Leif in ihr Leben getreten war, hatten sie sich mit einigen Aspekten ihrer Beziehung zurückhalten müssen, aber allmählich fanden sie ein Gleichgewicht. Heute Abend würde er sie mit etwas Schweißtreibendem und Perversem verwöhnen.

»Der Ausdruck in deinen Augen gefällt mir nicht, Austin Montgomery.«

Er leckte sich die Lippen, als er seine Jeans anzog und den Reißverschluss vorsichtig zuzog. »Das wird er noch. Geh jetzt duschen.«

Sie verdrehte die Augen und schlenderte daraufhin nackt ins Badezimmer. Er liebte sein Leben. Er ging hinaus in die Küche, wo Leif Rechtschreibung übte. Austin schnappte ihm das Blatt weg und fing an, ihn abzufragen.

Sein Sohn ärgerte sich, aber er antwortete und buchstabierte alles richtig. Das Kind war klug. Rasch bereitete Austin etwas Haferbrei und Obst für sie drei zu und brühte dann seinen und Sierras Kaffee auf. Sie waren nicht allzu spät dran und weil sie gern frühzeitig zur Arbeit erschien und sich beeilte, wenn es nötig war, würden sie wahrscheinlich alles rechtzeitig hinbekommen.

Der Morgensex war das absolut wert.

Als Austin schnell unter die Dusche stieg, war Sierra bereits fertig mit allem und Leif schon auf dem Weg zum Schulbus. Die Tatsache, dass er ein zehn Jahre altes Kind hatte, überraschte ihn noch immer jeden Tag aufs Neue. Leif war spät in sein Leben getreten und um nichts in der Welt würde er seine Zukunft ändern wollen.

Er hatte Sierra und Leif, Heiratsabsichten, eine Familie, die ihn tagtäglich zum Lachen brachte, einen Dad, der gesund wurde – zumindest behauptete der alte Mann das –, und einen Beruf, den er liebte.

Das Leben war schön.

Er bog auf den Parkplatz hinter Montgomery Ink ein und beugte sich hinüber, um Sierra zum Abschied zu küssen. Er liebte den Umstand, dass ihre Boutique Eden direkt auf der anderen Straßenseite seines Arbeitsplatzes lag. Natürlich hätte er sie nie kennengelernt, wenn das nicht der Fall gewesen wäre. Manchmal hielt das Leben schon Überraschungen bereit.

»Hab einen schönen Tag, okay?«, wünschte Sierra ihm, als sie in Richtung Straße gingen.

Austin schlang die Arme um ihre Taille und küsste sie erneut. »Das werde ich. Vergiss nicht, heute Abend keinen Slip zu tragen.«

Sie blinzelte und errötete. »Austin«, flüsterte sie und warf einen Blick über ihre Schulter.

Er hielt ihr Kinn fest und sah ihr fest in die Augen. »Keinen. Slip.«

»Okay«, antwortete sie leise und lächelte. »Oh! Und morgen haben wir eine Besprechung im Empfangssaal für die Hochzeit. Ich weiß, dass wir beide keine riesige Hochzeit wollen, aber bei so vielen Montgomerys werden wir nicht drum herumkommen.«

»Kein Problem, Legs.« Wieder küsste er sie und versetzte ihr einen Klaps auf den Hintern, ehe sie die Straße überquerte. Sie funkelte ihn über ihre Schulter an und er lächelte. Oh, sie würde mit einem weiteren Klaps für diesen Blick bezahlen. Sie schien die Bedeutung seines Blickes zu erfassen und errötete. Jawohl, es gefiel ihr.

Austin rollte die Schultern und betrat Montgomery Ink. Maya stand am Fenster und würgte.

»Wenn du noch ein bisschen näher gewesen wärst, hättest du sie gegen die Wand gefickt.«

Anstatt ihr eine Antwort zu geben, zeigte er ihr den Mittelfinger und begab sich in den hinteren Teil des

Raumes, wobei er auf seinem Weg dorthin an Decker vorbeikam. Er runzelte die Stirn und ihm fiel ein, welcher Tag heute war. »Mist, ich habe vergessen, dass wir den Termin verschoben haben. Lass mich meine Sachen vorbereiten.«

Decker zuckte die Schultern. »Ich bin ein paar Minuten zu früh, aber ich wollte die Arbeit an den Gipsplatten überprüfen, die ich letzten Monat gemacht habe.«

Austin nickte und begab sich ins Hinterzimmer, um seine Sachen zu holen. Als er wieder herauskam, lümmelte Decker sich auf seiner Arbeitsstation und trank Kaffee, den er von Haileys Café nebenan mitgebracht haben musste.

»Hast du mir auch welchen besorgt?«, fragte Austin, als er sich setzte.

Decker nickte und zeigte auf den Becher, der auf Austins Tisch stand. »Ja. Er könnte inzwischen ein bisschen kalt sein, weil ich nicht wusste, dass du dich heute verspäten würdest.«

»Leck mich«, entgegnete Austin. »Ich habe mich um fünf Minuten verspätet. Wenn überhaupt.«

Decker grinste nur, als er sein Hemd auszog. »Wir arbeiten an meinem Rücken, richtig? Ich wollte mich nur vergewissern, dass du deine Meinung nicht geändert hast und beschließt, irgendetwas auf mich zu tätowieren, das dir gerade in den Sinn kommt.«

Austin schnaubte. So etwas würde er mit seiner Familie nicht machen, obwohl er vielleicht darüber witzeln könnte. Rasch legte er Tinte und Nadeln zurecht, die er für dieses Projekt brauchte. »Ja, Maya hat den Drachen auf deinem Arm gemacht und ich habe die Hundepfoten tätowiert, aber ich bin mit deinem Rücken an der Reihe.«

»Ich bekomme seine Beine«, rief Maya.

Decker schmunzelte. »Schaut euch beide nur an. Immer streitet ihr euch um mich. Es ist mehr als genug von mir für alle da.«

»Wie ich schon sagte, leck mich«, entgegnete Austin.

»Nein danke. Dafür hast du Sierra.«

Austin schnaubte und bedeutete Decker, in die gegenüberliegende Richtung zu schauen, damit er seinen Rücken begutachten konnte. »Wir werden heute an dem toten Baum arbeiten. Ich werde noch etwas hinzufügen, Stück für Stück.«

»Alles klar.«

»Also, wo wir schon vom Lecken sprechen …«, bemerkte Austin, als er Deckers Rücken abwischte.

Decker lachte und Austin grinste. »Ja?«

»Wie stehen die Dinge zwischen dir und Colleen?«

Decker sah über seine Schulter. »Sind wir jetzt Mädchen? Wollen wir über unsere Gefühle sprechen?«

»Fickt euch beide«, blaffte Maya von ihrer Station.

Beide Männer zeigten ihr den Mittelfinger, ohne sich die Mühe zu machen, zu ihr hinüberzuschauen.

»Ich habe nur gefragt. Und Sierra wollte es wissen.« Sie hatte es nur nebenbei erwähnt, aber egal.

Decker zog eine Augenbraue hoch und durchschaute diesen Unsinn voll und ganz. »Wir sind nur locker zusammen. Ich weiß, ich wiederhole mich, aber das ist die Wahrheit. Manchmal gehen wir zusammen essen, aber das ist inzwischen auch alles.«

Austin blinzelte. »Du meinst, ihr beide …«

Decker stöhnte. »Nein. Hast du ein Problem damit? Und seit wann unterhalten wir uns über Sex?«

»Seit wir vor ein paar Jahren zusammen in der Szene waren. Aber wir sind beide aus der Öffentlichkeit raus.« Sie hatten jeder für sich ihre eigene Art von kleinen Vorlieben genossen, wie eine Menge anderer in seiner Familie und unter seinen Freunden auch, aber sie waren keine Dominanten im Alltagsleben wie so viele der Jungs, die er damals kannte.

Decker zuckte die Schultern. »Es gefällt mir, wie die Dinge stehen. Ich mag Colleen und alles, aber … ich weiß nicht.«

Austin runzelte die Stirn. »Okay. Wenn du jemanden brauchst, mit dem du reden kannst …« Er räusperte sich. »Ruf Maya an.«

»Wie ich schon gesagt habe, fickt euch beide, aber er hat recht. Du willst über Sex reden? Rede mit mir. Obwohl ich es nicht mit dir mache. Tut mir leid.«

»Im Ernst, Maya«, stöhnte Austin, »hör auf damit. Ich

möchte mir *wirklich* nicht vorstellen, dass eine meiner Schwestern Sex hat.« Decker räusperte sich und wandte sich mit einem merkwürdigen Gesichtsausdruck ab.

Nanu. Worauf sich das wohl bezog?

Wie auch immer. Er würde schon herausfinden, was mit seinem Freund nicht stimmte. Das war seine Aufgabe. Er war der älteste Montgomery. Er brachte die Dinge ins Lot. Und weil sein Leben inzwischen endlich dabei war, sich zu etwas Wunderbarem zu entwickeln, könnte er diesen Reichtum auch an andere weitergeben.

Kapitel Vier

WARUM UM ALLES in der Welt trug sie eine so kurze Hose? Ihre Beine sahen fantastisch darin aus und Decker konnte sie sich nur zu gut um seinen Hals geschlungen vorstellen, wenn er sie ausschleckte und sie dazu brachte, seinen Namen zu schreien.

Mist.

Damit hatte er sich seinen ganz speziellen Platz in der Hölle reserviert. Er hatte einen Hammer in seiner Hand und einen in seiner Hose, und seine Gedanken galten einer gewissen lieblichen Brünetten, die gar nichts dort zu suchen hatte. Die kleine Schwester seines besten Freundes sah ihn noch nicht einmal an und dennoch konnte er ihr Bild nicht aus dem Kopf bekommen.

War sie immer schon so sexy gewesen?

Nein.

Nein, er würde nicht darüber nachdenken.

Sex in Verbindung mit Miranda Montgomery würde nur zu schlechten Dingen führen.

Genau genommen zu seinen Hoden in einem Schraubstock, und zwar als nette Geste von Meghan und Maya, und einem kräftigen Tritt in den Hintern als Gefälligkeit der Montgomery-Brüder.

Grif, der Mistkerl, hatte ihn gebeten, zu Miranda zu

fahren und ihr zu helfen, ein paar Regale aufzubauen. Dafür musste er zuerst Maß nehmen, weil er sie selbst herstellen wollte. Ja, er war ein Weichling, aber er wollte, dass sie schöne Dinge hatte und nicht irgendwelchen Mist aus Pressholz, der unter ein paar Büchern zusammenbrechen würde. In Anbetracht der Anzahl von Büchern im Besitz dieser Frau hatte er Angst um die Wände.

Sicher. Rede dir das nur ein.

»Du musst das nicht tun, weißt du«, betonte Miranda erneut.

»Das weiß ich«, brummte er, als er einen Schritt zurücktrat.

»Nein, das tust du nicht. Ich weiß, dass Grif dich gebeten hat, mir mit den Regalen zu helfen, und ich denke, es ist großartig, aber ich kann das selbst erledigen. Mom und Dad haben es mir beigebracht.«

Decker lächelte sie an. »Ich weiß, dass sie das getan haben. Ihr Montgomerys wisst alle, wie man mit Elektrowerkzeugen umgeht. Nun, einige vielleicht mehr als andere, wenn man bedenkt, dass Grif einmal versucht hat, eine Säge zu benutzen.«

Miranda warf den Kopf in den Nacken und lachte. »Er hat sich nicht den Finger abgeschnitten, also war es ein Erfolg.«

»Das ist wahr. Aber mal im Ernst, deine Brüder möchten einfach nur, dass du ein schönes Heim hast, also werde ich helfen.« Sehen Sie? Brüderlich. Nicht auf die *Ich will dich ficken* Art.

»Ich werde dich nicht zum Aufhören bewegen können, oder?«

Decker schüttelte den Kopf und widmete sich erneut seiner Aufgabe, einen Nagel einzuschlagen. Weil er gerade hier war, hing er auch noch den großen Spiegel in ihrem Flur auf. Das Ding öffnete den Raum optisch, sodass er größer wirkte, als er war. Der Spiegel war zu schwer für sie gewesen, um es allein zu schaffen, und er wollte ihr helfen. Er hatte bereits den größten Teil der Messungen vorgenommen, die er für ihre selbst gebauten Regale brauchte. Sollte sie irgendwann mal umziehen, könnten sie die Regale abbauen und in ihrer nächsten Wohnung wieder zusammensetzen. Jede Wohnung wäre größer als die jetzige, also würde es funktionieren.

»Nun denn. Danke.« Miranda strich ihm mit einer Hand über den Rücken und er versteifte sich.

Lieber Schwanz, beruhige dich.

Um Gottes willen, beruhige dich.

Er warf einen Blick über die Schulter und nahm den Schock der Verletzung auf ihrem Gesicht wahr, ehe sie ihre Züge unter Kontrolle brachte. Mist. Er machte das nicht richtig. Er konnte einfach nicht denken, wenn sie in seiner Nähe war, und wenn sie ihn berührte, dann … verdammt.

Am liebsten jedoch hätte er seine Werkzeuge zur Seite gelegt, sie an die Wand gedrückt und jeden Zentimeter von ihr gekostet.

Er *würde* jedoch alles fertig ausmessen und dann nach Hause fahren, um an ihren Regalen zu arbeiten. Er konnte nicht Luft holen, ohne ihren süßen Duft einzuatmen. Sie benutzte immer wieder eine andere Lotion oder Spray, sodass es jedes Mal eine Überraschung war, wie sie roch.

Heute war es Heckenkirsche oder so etwas und er verabscheute sich dafür, dass er herausfinden wollte, ob sie ebenso süß schmeckte.

»Ich bin hier fast fertig«, bemerkte er brummig, »dann werde ich dich in Ruhe lassen.«

»Oh, in Ordnung. Möchtest du etwas zu Mittag essen oder so?«

»Nein. Ich will nichts. Ich muss noch einige Dinge erledigen.«

»Alles klar«, antwortete sie fröhlich. Sie klang nicht verletzt, aber es klang auch nicht so, als würde sie ihn auf diese Weise begehren. Es war mehr so, dass er sich wie ein Mistkerl aufführte gegenüber jemandem, den er gernhatte. Weil er sie zu sehr mochte. Weil er sie zu sehr begehrte.

Wenn er sie flirtend anmachen würde, würde sie ihm das Knie in die Hoden rammen. Ihm eine deftige Ohrfeige verpassen und dann ihre Brüder rufen, um ihn zu verprügeln.

Oder Maya.

Er unterdrückte ein Schaudern.

Er wollte Maya nicht im Nacken sitzen haben.

Oder an seinen Hoden.

»Du kannst tun, was immer du zu tun hast, und ich werde mich beeilen, damit du dein Reich wieder für dich hast.«

»Das ist schon in Ordnung«, blaffte Miranda. »Du musst deshalb kein Arsch sein. Wenn du das hier nicht tun willst, dann lass es einfach bleiben.«

Decker fluchte und drehte sich um. »Es tut mir leid. Ich bin müde und in schlechter Stimmung.« Einer schuldbewussten und sexuell erregten Stimmung, aber das war nicht der Punkt. »Ich will das tun. Du bist Familie.«

Sie verdrehte die Augen und dann ging sie davon, wobei sie sich über die Schulter umsah. »Wie auch immer. Danke jedenfalls. Sag Bescheid, wenn du etwas brauchst.«

»Ich brauche nichts«, flüsterte er. Jedenfalls brauchte er nichts, was sie ihm geben könnte. Er brachte seine Arbeit rasch zu Ende und verabschiedete sich mit einem Winken. Er musste aus ihrer Wohnung heraus, um wieder klar denken zu können. Sie lebte so nahe, dass er problemlos zu Fuß zu ihrer Wohnung gehen konnte – was gleichzeitig ein Segen, aber auch ein Fluch war –, sodass es eine kurze Heimfahrt war. Sein Rücken schmerzte noch immer von den Einstichen der Tätowierung, an der Austin gestern gearbeitet hatte, weshalb er dankbar war, dass heute Samstag war und er einen freien Tag hatte.

Er liebte seine Tätowierungen. Mit Maya und Austin hatte er die Besten der Besten, wenn es um Kunst ging. Jede Abbildung bedeutete etwas für ihn – nicht dass er jedem erzählte, was sie bedeuteten. Der Drache auf seinem rechten Arm war sein erstes Tattoo gewesen und ein Symbol für das Feuer und den Zorn, den er zu bezwingen versucht hatte, um zu dem Erwachsenen zu werden, der er heute war. Die Hundepfoten auf seinem linken Unterarm … nun, sie waren für Sparky.

Er ließ den Kopf auf das Lenkrad sinken, nachdem er vor seinem Haus geparkt hatte.

Verdammt.

Er wollte heute *nicht* an Sparky denken.

Er hatte diesen verfluchten Hund geliebt. Er hatte ihn so sehr geliebt, dass der eine Mann, von dem erwartet wurde, sich um Decker zu kümmern, den Hund tötete, nur weil er es gekonnt hatte.

Weil dieser Mistkerl eine Ratte ohne Seele war.

Verflucht.

Er stürmte aus seinem Geländewagen und lief ins Haus, wütend darüber, dass er den Mann, den er mehr hasste als alles andere auf der Welt, in seine Gedanken hatte eindringen lassen.

Das war ein weiterer Grund, warum er Miranda nicht haben konnte. Das Blut, das durch seine Adern floss, war wegen seines Samenspenders verunreinigt, und er hatte nicht die Absicht, Miranda auch nur in die Nähe kommen zu lassen.

Nicht dass sie ihn haben wollte.

Verdammt.

Er seufzte und stellte seine Sachen im Eingangsbereich ab. Nachdem er genügend Geld gespart hatte, hatte er ein voll unterkellertes Haus im Ranchstil mit drei Schlafzimmer gekauft. Für die meisten Leute wäre es wahrscheinlich ein Fass ohne Boden, aber er verdiente sich seinen Lebensunterhalt mit dem Bau von Häusern und wusste, dass die Struktur unter dem heruntergekommenen Äußeren erhaltenswert war.

Er schloss die Augen und fluchte. Heute war der Tag für versteckte Bedeutungen in seinen Gedanken. Es war an der Zeit, dies beiseitezuschieben und an etwas anderes zu denken.

Er nahm sich ein Mineralwasser aus dem Kühlschrank und ging in seine Garage. Beim Erwerb des Grundstücks hatte er die Garage in eine Werkstatt umgebaut, sodass er werkeln konnte, ohne den Rest des Hauses zu beschmutzen. Er liebte es, mit Holz zu arbeiten, zu zimmern und Dinge mit seinen eigenen Händen zu erschaffen. Sicher, er arbeitete mit Gipsplatten, Farben und anderen Dingen, wenn er an den Gebäuden für Montgomery Inc. tätig war, aber sein Lieblingsmaterial war Holz. Normalerweise baute er die Holztreppen, zimmerte die Geländer und brachte Zierleisten an, während Wes und Storm an anderen Dingen arbeiteten. Die Tatsache, dass sie ihm genügend vertrauten, bedeutete die Welt für ihn.

Und das war ein weiterer Grund, warum er nicht die Absicht hatte, ihre Schwester anzubaggern.

Jesus, er musste sich unter Kontrolle bringen.

Er musste sich aufreizende Brünette mit langen Beinen und Väter mit muskulösen Fäusten und Hämmern, um Schädel zu zerschmettern, aus dem Kopf schlagen. Decker hielt inne und schluckte die Galle hinunter, die ihm in die Kehle gestiegen war.

Jesus, er hatte so lange nicht mehr daran gedacht.

Nein, das war eine Lüge.

Jedes Mal wenn er einen Hammer ansah, erinnerte er sich an das Geräusch seines Hundes, als dieser von seinem Vater umgebracht wurde. Aber jedes Mal, wenn sein Blick auf die Hundepfoten auf seinem Arm fiel, erinnerte er sich an die guten Zeiten und nicht nur an die schlechten.

Vielleicht sollte er sich einen neuen Hund anschaffen. Seit Sparky hatte er keinen mehr gehabt. Er hatte sich zu sehr vor den Erinnerungen gefürchtet. Sie suchten ihn sowieso heim, also warum ging er nicht ins Tierheim und wählte einen Hund für sich aus?

Ein bisschen beruhigt schaltete er das Radio ein, nahm einen Schluck von seinem Getränk und machte sich an die Arbeit. Miranda hatte tolle Möbel, weich und entspannend. Die dunklen Holzfarben harmonierten sowohl mit den gedeckten als auch mit den leuchtenden Farben, die sie für ihre Dekoration benutzte. Ihre Regale sollten passen, also tat er sein Bestes, um dafür zu sorgen, dass sie beinahe perfekt waren. Er mochte Miranda vielleicht nicht als die Seine haben können, aber sie sollte nur das Allerbeste bekommen.

Die besten Dinge schlossen Decker Kendrick *nicht* ein.

Er hatte Ja zu Griffin gesagt, als dieser ihn um Hilfe gebeten hatte, weil es Miranda war. Jetzt hatte er jedoch Gewissensbisse. Grif hatte keine Ahnung, welche Gedanken sich in Deckers Kopf abspielten. Wenn er das täte, nun, dann hätte Decker wahrscheinlich seine Faust im Gesicht verdient. Die Montgomerys hatten ihm genügend vertraut, um ihn in ihrem Zuhause aufzunehmen. Das konnte er ihnen nicht damit vergelten, ihre kleine Schwester zu schänden. Selbst seine Gedanken und Sehnsüchte waren zu viel.

Er musste die Sache einfach überwinden. Dafür sorgen, dass sie glücklich war, und sich weiter mit Colleen oder irgendeiner anderen wie ihr treffen. Irgendeiner, die er gern genug hatte, um eine Chance zu haben, sie vielleicht glücklich zu machen. Er würde sie nicht benutzen, aber er würde sie auch nicht damit beschmutzen, wer er war.

Seufzend machte er sich an die Arbeit und verlor sich in seinem Handwerk. Er maß zweimal und schnitt einmal und zimmerte, bis ihm der Rücken von der langen Zeit in gebeugter Haltung schmerzte. Und dennoch kämpfte er sich durch. Er würde lieber ein bisschen Schmerz in Kauf nehmen und sich den Arsch abarbeiten, als zu lange herumzusitzen und über Dinge nachzudenken, über die er nicht nachdenken sollte.

Sein Handy summte auf dem Tisch und er legte das Werkzeug beiseite, um das Gespräch anzunehmen. Als er auf den Bildschirm sah, fluchte er.

Mom.

Er hatte im Augenblick nicht die Energie, sich mit ihr auseinanderzusetzen, aber wie immer konnte er sie nicht einfach aufgeben. Sie mochte vielleicht nicht die beste Mutter der Welt gewesen sein, aber sie hatte es von Zeit zu Zeit versucht. Sie hatte ihre eigenen Probleme, mit denen sie fertigwerden musste.

Er wappnete sich und nahm das Gespräch an. »Mom.«

»Oh, Decker, gut, dass ich dich erreiche.« In ihrer Stimme schwangen ein niederschlagender Unterton und ein Mangel an Energie mit, vor denen er sich als Kind gefürchtet hatte. Sie hatte immer zu leise gesprochen … zu zaghaft und zu ängstlich, sich frei zu äußern.

Er fuhr sich mit einer Hand durchs Haar und ging dann ins Haus. Er wollte nicht in der Nähe von irgendetwas sein, was er in Mirandas Wohnung einfügen würde, während er diese Unterhaltung führte. Das war Unsinn, aber er wollte mit seiner Vergangenheit nicht beflecken, was sie berühren würde.

Das schloss wiederum ihn selbst ein.

Er widerstand dem Drang, sich ein Bier aus dem Kühlschrank zu nehmen, weil Trinken seiner Familie noch nie geholfen hatte. Stattdessen lehnte er sich an den Küchentresen und zwang sich, sie nicht zu fragen, ob sie Hilfe brauchte. Jedes Mal wenn er das tat, fügte er ihnen beiden letztendlich nur Schmerzen zu. Sie müsste inzwischen wissen, dass er auf alle Fälle für sie da war, doch das war ohnehin bedeutungslos, wenn sie es ignorierte.

»Du hast mich erreicht. Was ist los, Mom?« Er achtete auf einen sanften, nicht bedrohlichen Klang seiner Stimme. Er hasste die Tatsache, dass sie erstarren oder aufhängen würde, wenn er seine Stimme so tief und rau klingen ließ, wie sie normalerweise war. Nie hatte er die Hand gegen seine Mutter erhoben, aber er besaß die gleichen Gene wie der Mann, der das getan hatte.

Sie räusperte sich und murmelte etwas, was er nicht ganz verstehen konnte. Sein Magen verkrampfte sich zu einem kalten Kloß, aber er schob die Empfindung beiseite.

»Ich habe dich nicht verstanden. Kannst du das wiederholen?« Gott, bitte lass es nicht sein, was er vermutete.

Bitte lass es ausnahmsweise mal etwas Gutes sein.

Es war niemals gut.

»Dein Vater wird morgen entlassen. Abendessen ist um halb sechs und es würde uns freuen, wenn du kommst.«

Das Summen in Deckers Ohren wurde stärker und er knirschte mit den Zähnen, während er sich zwang, nicht in das Telefon zu schreien, aufzuhängen oder es in seinen Händen zu zerquetschen. Seine Mutter hatte seine Wut nicht verdient, so sehr ihr Mangel eines Rückgrats ihm auch zu schaffen machte. Sie war durch Prügel zu dem Menschen geworden, der sie war, und er konnte ihr nicht die Schuld dafür anlasten. Er konnte nur versuchen, ihr zu helfen – wie sie ihm nicht geholfen hatte, während er aufwuchs.

Verdammt.

Er musste das Gespräch beenden oder er würde noch ausrasten.

»Ich dachte, er wäre noch ein weiteres Jahr hinter Gittern«, bemerkte er mit leiser, emotionsloser Stimme. Jesus, warum kam der alte Mann raus? Der Schweiß brach ihm aus und er sog die Luft ein.

Nein, er musste ruhig bleiben. Er war nicht mehr der kleine Junge. Er war ein Mann. Ein Mann mit kräftigen Händen und noch kräftigeren Armen. Er musste sich nicht mehr fürchten. Jedenfalls nicht für sich selbst.

»Oh Decker, du weißt, dass er in der Regel einen Weg findet.« Sie flüsterte den letzten Teil und sein Herz zog sich erneut zusammen. Verdammt.

»Was war dieses Mal die Entschuldigung?«

»Überbelegung, glaube ich. Es ist unwichtig, Schatz.« Sie hielt inne und er hielt die Luft an. »Er kommt nach Hause und du musst zum Abendessen kommen. Er möchte dich dabeihaben.«

Und was immer Frank Kendrick wollte, bekam er.

Nun, diesmal nicht.

»Nein, ich komme nicht, Mom.«

»Decker, du musst. Er … er sagt, dass du da sein sollst.«

Beim Stocken in ihrer Stimme schloss Decker die Augen. Er ballte die Hände zu Fäusten, aber er hielt sich zurück. Gewalt gegen die Androhung von Gewalt würde nichts helfen.

»Du musst ihn nicht wieder hineinlassen, Mom. Du kannst gehen.«

»Darüber haben wir uns unterhalten, Schatz.« Eine unbehagliche Stille breitete sich aus und Decker seufzte.

»Mom.«

»Alles wird jetzt anders sein.«

Das sagte sie immer.

Aber das war es nie.

»Ich werde nicht zum Abendessen kommen. Ich werde ihn nicht noch einmal sehen. Niemals. Du musst ihn verlassen, Mom. Du bist hier immer willkommen. Du bist in meinem Heim jederzeit willkommen.«

Bitte, Mom. Bitte verlasse ihn.

»Es tut mir leid zu hören, dass du nicht kommst. Ruf mich an, wenn du deine Meinung änderst, Schatz.«

Sie legte auf, bevor er sie davon abbringen konnte … ehe er ihr sagen konnte, dass er sie liebte … ehe er irgendetwas anderes tun konnte, als mit dem Telefon, das scheinbar an seiner Hand festklebte, in seiner Küche zu stehen.

Noch nie hatte er sich so nutzlos gefühlt.

Er legte das Telefon auf den Tresen und fuhr sich mit einer Hand übers Gesicht. Er versuchte schon, seiner Mutter zu helfen, seit er kräftig genug war, um gegen seinen Vater anzukämpfen. Egal, was er unternahm, nie war es genug. Schließlich war er gegangen – nachdem seine Nase zum zweiten Mal gebrochen worden war. Er hatte versucht, seine Mutter dort herauszuholen, und dafür Sorge getragen, dass sie wusste, er war für sie da, aber es funktionierte nicht.

Sie würde ihren Ehemann nie verlassen.

Sie hatte ihr Ehegelübde abgelegt, und so waren die Dinge nun einmal.

Er würde sie allerdings nicht aufgeben. Sie war seine Mutter. Der Umstand, dass sie aufgrund ihrer Schwäche nicht imstande gewesen war, ihn aufzuziehen – nicht einmal, als der Alte im Gefängnis saß –, tat nichts zur Sache.

Er konnte sie nicht aufgeben.

Ihm kam dieses Bier in den Sinn, als es an der Tür klingelte. Er hoffte inständig, dass es nicht seine Mom wäre, die ihn bitten würde, zum Abendessen nach Hause zu kommen. Vielleicht hatte sie mit ihrem Handy angerufen und lag wartend auf der Lauer. Sie kam niemals zu ihm, aber für alles gab es ein erstes Mal. Er wusste nicht, ob er die Kraft besaß, ihr Nein ins Gesicht und diese müden Augen zu sagen.

Als der die Tür öffnete, unterdrückte er ein Stöhnen. Heute war nicht sein Tag und seine Selbstkontrolle wurde gerade auf die Probe gestellt.

»Miranda, was tust du hier?« Er knurrte die Worte nicht hervor, aber er war sehr nahe dran.

Sie hatte sich umgezogen und trug anstatt dieser kurzen Hose nun ein noch kürzeres lila Kleid, in dem sie wahnsinnig sexy aussah. Es schien weich und aus Baumwolle zu sein, und er wollte mit seinen Händen an ihren Seiten auf- und abstreichen … an ihrem Kleid hinauf und überall über ihren Körper. Verflucht, er würde mit Sicherheit zur Hölle fahren. Anstatt verärgert über seine rüde Reaktion auf ihre Präsenz zu reagieren, legte sie den Kopf schief und lächelte. Sein Schwanz zuckte und er holte tief Luft.

Das war ein Fehler.

Er konnte diesen lieblichen Duft riechen und jetzt musste er zusätzlich zu allem, was in seinem Kopf bereits vorging, auch noch damit fertigwerden.

Wie sollte ein Mann allein trinken und mit dem ganzen Mist klarkommen?

Er würde lieber auf seinen Sandsack einschlagen oder ein Regal zusammenzimmern.

»Ich muss kurz mit dir reden. Darf ich reinkommen?« Sie klang nervös und trotzdem merkwürdig entschlossen. Er hatte keine Ahnung, was er davon halten sollte.

Er trat zurück und wusste nicht, was er sagen sollte. Es gefiel ihm nicht, sich überfordert zu fühlen, aber das passierte ziemlich oft, wenn er in Miranda Montgomerys Nähe war.

Sie rauschte an ihm vorbei und zog diesen Duft nach Heckenkirsche hinter sich her. Er schloss die Tür hinter ihr und schob die Hände in die Hosentaschen. Das schien der einzige sichere Platz für sie zu sein.

Er wollte sie nicht hierhaben. Er wollte sie nicht hier in seinem Zuhause. Es war schwer genug, sie aus seinen Gedanken zu verbannen, wenn sie sich draußen in der Öffentlichkeit oder bei den Montgomerys aufhielten, aber jetzt verbreitete sie ihren Duft in seinem Heim und er würde ihn nie wieder loswerden. Er wollte sie nicht in der Nähe von irgendetwas haben, was damit zu tun hatte, wer er war oder woher er stammte. Im Augenblick war sie in seinem Zuhause und er war von seinem Vater besessen.

Verdammt, er musste sie aus seinem Haus schaffen.

»Was willst du, Miranda?«, presste er hervor. Sie musste gehen. Sofort.

Sie leckte sich – unglaublich verführerisch – die Lippen und er knirschte mit den Zähnen. »Ich …«

Sie wirkte nicht so sicher wie noch vor einem Augenblick. Was wollte sie? Er war bereits wegen seines Vaters wütend und darüber, was seine Mutter für den alten Mann tat, und er hatte nicht die Energie, mit Miranda klarzukommen. Es lag nicht daran, dass sie etwas getan hätte; es ging einzig darum, wie er damit umging. Das war ein weiterer Grund, warum er nicht gut genug für sie war.

»Ich wollte fragen, ob du zum Abendessen mit mir ausgehen willst.« Sie sah aus, als hielte sie den Atem an.

»Abendessen?«, fragte er begriffsstutzig.

»Ja.« Sie räusperte sich. »Abendessen. Du weißt schon. Eine Mahlzeit abends irgendwo in der Öffentlichkeit, da ich gern ausgehe. Was sagst du?«

»Mit wem?« Lieber Gott. Er war ein verfluchter Idiot. Normalerweise brachte er mehr als zwei Worte über die Lippen, aber im Augenblick schien das nicht der Fall zu sein. Die Adern an seinen Schläfen pochten und er wusste, dass er am Scheidepunkt stand. Bilder von den Fäusten seines Vaters vermischten sich mit Mirandas Lächeln und er musste noch einmal tief durchatmen.

Sie lächelte ihn auf ihre spezielle Weise an und in seinen Taschen ballte er die Hände zu Fäusten. »Mit mir, du Dummkopf. Du und ich. Abendessen.«

»Warum?« Warum wollte sie mit ihm ausgehen? »Stimmt etwas nicht?« Mist. »Ist es Harry? Willst du über ihn reden? Ist etwas passiert und keiner hat es mir erzählt?« Er ging an ihr vorbei und schaute auf sein Telefon. Keine verpassten Anrufe, also war es kein Notfall. Oder vielleicht hatte er einen Anruf erhalten, während er mit seiner Mutter telefoniert hatte. »Vielleicht sollten wir rüberfahren und nachsehen.«

Sie verkroch sich buchstäblich vor Scham, als er aufsah, und er runzelte die Stirn. »Was? Was ist los?«

»Dad geht es gut.« Ihr Mund zitterte, aber sie behielt sich unter Kontrolle. Er hatte Miranda immer für stärker gehalten, als ihre Brüder und Schwestern glaubten. Sie mochte bei schlechten Nachrichten zwar mehr als die anderen weinen, aber das machte sie nicht schwach. Das war etwas, das er an ihr mochte.

Sie schnaufte und warf die Hände in die Luft. »Meine Güte, Decker. Normalerweise bin ich besser in diesen Dingen. Es ist nicht so, als wäre ich ein Neuling, wenn es um Verabredungen geht.«

»Verabredung?«, brummte er. Mit wem zum Teufel traf sie sich und was hatte das mit ihm zu tun?

»Ja. Verabredung. Ich möchte zu einem Rendezvous ausgehen. Mit dir. Zum Abendessen. Nicht, um über meinen Vater zu reden, obwohl das vielleicht zur Sprache kommen könnte, weil er für uns beide wichtig ist. Also, was sagst du?«

Sie lud ihn zu einem Rendezvous ein? Ihn? Jesus. Was zum Teufel stellte sie sich vor? Er war nun mal nicht gut genug für sie. Also war es egal, dass er sie wollte. Es war egal, wenn er davon träumte, sie nachts unter sich zu haben und tagsüber an seiner Seite. Es würde niemals passieren und dieser kleine Mädchentraum war idiotisch.

Vielleicht lebte sie irgendwelche Fantasien aus, mit dem Pflegekind aus den falschen Kreisen zusammen zu sein, aber das würde er nicht geschehen lassen. Miranda Montgomery war zu gut für jemanden wie ihn.

Immer noch wütend über das Justizsystem und den alten Mann legte er keinen großen Wert auf seine Wortwahl.

»Ist das irgendeine Art von Witz?«

Ihr Lächeln zerbröckelte und das Leuchten schwand aus ihren Augen. Er fühlte sich wie ein Mistkerl, weil er der Grund dafür war, aber es war besser, wenn sie es jetzt wüsste, als es später zu bedauern.

»Nein, Decker, das ist kein Witz. Ich bin hergekommen, um dich zum Abendessen einzuladen. Du musst dich deshalb nicht wie ein Arschloch benehmen.«

Decker schlich bedrohlich auf sie zu und sie wich einen Schritt zurück. Gut. Sie sollte sich fürchten. Sie wich zurück, bis sie mit dem Rücken an den Tresen stieß und er sie einkesselte, indem er die Handflächen flach auf den Tresen stützte.

»Ich bin ein Arschloch, kleines Mädchen. Das solltest du besser nicht vergessen. Ich bin zu viel für dich und dein erstes

Mal auf der Suche nach einer tollen, hemmungslosen Nacht.« Weil es unglaublich toll sein würde. Aber es würde nicht passieren.

Sie kniff die Augen zusammen und dieses Montgomery-Feuer loderte darin auf. »Fick dich. Ich habe mir bereits selbst zu ein paar hemmungslosen Nächte verholfen. Vielen herzlichen Dank. Du wärst nicht mein Erster, also kannst du von deinem hohen Ross heruntersteigen. Und hör auf, mir Angst einzujagen.«

Sie war mit jemand anderem zusammen gewesen? Er ballte die Hände auf dem Tresen zu Fäusten. Welcher kleine Wichser sie auch immer berührt hatte, er war tot. Das war allerdings nicht der Punkt. »Es ist gut, dass ich dich erschrecke. Wir sind Familie, Miranda. Du vögelst nicht mit der Familie, nur weil du gerade Lust darauf hast.« Verflucht, er benahm sich wie ein Arsch, aber wenn er sie nicht auf die richtige Weise abwies, bliebe die Gefahr bestehen, dass sie zurückkehren würde. Das konnte er nicht zulassen. Es war besser, ihre Gefühle jetzt so zu verletzen, dass sie ihr Leben weiterlebte, ohne später Schlimmeres zu riskieren.

Die Tränen traten ihr in die Augen, aber sie blinzelte einmal ... zweimal ... und dann waren sie verschwunden. »Verdammt, Decker. Was stimmt nicht mit dir? Warum reagierst du auf diese Weise? Wenn du glaubst, dass ich zu jung oder nicht gut genug für dich bin, dann sag es einfach. Benimm dich nicht so, als seist du nicht gut genug. Wir beide wissen, dass das nicht stimmt.«

Bei dieser Lüge sah er sie finster an. »Süße, das ist Fakt. Ich weiß nicht, wonach du suchst, aber hier wirst du es nicht finden.« Sie sah nicht aus, als würde sie zurückweichen, also tat er das Einzige, wozu er imstande war.

Er küsste sie.

Er konnte die weiche Haut unter seinen rauen Händen fühlen, als er sie um ihr Gesicht legte und den Mund auf ihren senkte. Mit einem Keuchen öffnete sie sich für ihn. Verdammt, er wollte mehr ... er verzehrte sich nach mehr, aber das würde nicht passieren. Ihre Zungen stießen aufeinander, ihre Zähne knabberten und rieben aneinander. Er wiegte seinen Körper an ihrem und drängte sie noch fester gegen den Tresen. Sein harter Schaft presste sich bereit gegen ihren Bauch.

Sie stöhnte und ihr Körper bebte.

Er packte ihr Haar und zog ihren Kopf so zurück, dass er ihren Kuss vertiefen konnte, und er fickte ihren Mund mit seiner Zunge, obwohl er genau wusste, dass er aufhören musste.

Bevor er es noch weitertreiben konnte, zog er sich zurück und drückte seine Stirn an ihre. Sein Atem ging stoßweise, im Einklang mit ihrem. Er musste sie vergraulen. »Verflucht, kleines Mädchen. Fühlst du das? So bin ich, wenn ich vorsichtig mit dir bin. Du kannst nicht bewältigen, was ich zu bieten habe. Du gehst besser zu Mommy und Daddy zurück und schlägst es dir aus dem Kopf, mit dem Mann aus den falschen Kreisen zu spielen, verstanden?«

»Was?« Sie stieß ihn gegen die Brust und er trat zurück. Egal, wie sehr er sie verscheuchen wollte, um sie auf Abstand zu halten, er würde ihr niemals Schaden zufügen.

Der Widerspruch in seinen Handlungen entging ihm nicht.

»Fahr nach Hause, kleines Mädchen.« Er bettelte nicht, aber er war auf dem besten Wege, genau das zu tun.

Mit verwirrtem Blick leckte sie sich über die aufgesprungenen, geschwollenen Lippen. An ihrem Kiefer und Nacken hatte sie rote Stellen von seinem Bart und es schien, als hätte er die Hände mit ihrem Haar verflochten und fest daran gezogen.

Das hatte er.

Wenn sie in diesem Moment zu einem ihrer Brüder oder Schwestern ginge, würden sie Decker in den Hintern treten.

Und das hatte er verdient.

»Was ist los, Decker?«

»Du musst gehen, Miranda. Das ist los. Ich will dich nicht hierhaben.«

Sie schüttelte den Kopf. »Nein. Ich werde nirgendwo hingehen. Du wolltest mich verscheuchen? Gut. Das hast du getan. Ich werde dich nicht wieder zum Essen einladen. Ich werde mich nicht noch einmal lächerlich machen. Aber wie du es vorhin so eloquent ausgedrückt hast, wir sind Familie. Du warst schon gestresst, bevor ich überhaupt durch diese Tür kam, und ich war so auf meine eigenen Sorgen konzentriert, dass ich die deinen ignoriert habe. Was ist los?«

Er fuhr sich mit der Hand übers Gesicht und zupfte an seinem Bart. »Geh einfach, Miranda.« Er seufzte.

Sie stemmte die Hände in die Hüften. Wenn sie diesen Blick aufsetzte, wusste er, dass es wahnsinnig schwer sein würde, sie zu irgendetwas zu bewegen, was sie nicht wollte.

Verflucht.

»Na schön. Willst du ein Bier? Ich brauche ein verdammtes Bier.« Er ging an ihr vorbei und nahm eine Flasche für sich.

»Ja. Ich könnte eines gebrauchen. Es war ein merkwürdiger Tag, so viel ist sicher.«

Er nahm für sie ebenfalls eine Flasche heraus und öffnete sie beide. Nachdem sie ihm ihre Flasche abgenommen hatte, nahmen sie beide einen großen Schluck, ehe sie erneut Luft holten.

»Erzähl es mir«, flüsterte sie, stellte sich auf Zehenspitzen und rieb die Stelle zwischen seinen Augenbrauen. Er schloss die Augen, atmete ihren Duft ein und beruhigte sich bei ihrer Berührung. Als Colleen das getan hatte … ihn so angefasst hatte … hatte er sich beklommen gefühlt, als würde die andere Frau sich zu sehr anstrengen.

Aber Miranda?

Verdammt.

Er trat einen Schritt zurück und ignorierte dabei den Schmerz in ihrem Blick.

Es wäre besser, ihr alles zu erzählen, damit sie fortging und ihn mit seinem eigenen Mist fertigwerden ließ.

»Meine Mom hat heute angerufen. Und stell dir vor, mein Dad wird morgen aus dem Gefängnis entlassen und ich soll zum Abendessen zu ihnen kommen.«

Miranda wusste nicht alles, was sich in seinem Elternhaus abgespielt hatte, wenn er nicht mit ihrer Familie zusammen gewesen war, aber weil sie eine Montgomery war, wusste sie genug. Nicht einmal Griffin wusste alles, und damals waren Decker und Grif sich näher als Zwillinge gewesen.

Ihre Gesichtszüge wurden weicher, obwohl ein Funke Wut in ihrem Blick aufloderte. »Oh, Decker. Es tut mir so leid. Ich hasse deinen Dad. Ich weiß, es hat nichts zu bedeuten, dass ich das tue, aber ich wünschte, es gäbe einen besonderen Platz für ihn, wo er dir nicht mehr wehtun könnte.«

Er glaubte nicht, dass es irgendetwas gab, was sie hätte tun können, aber die Tatsache, dass sie sich sorgte? Das war etwas … und zwar etwas, was er ignorieren würde, weil er so nicht weitermachen konnte. Miranda betrachtete die Tätowierung auf seinem Unterarm und runzelte die Stirn. Sie konnte nicht wissen, was sie bedeutete … oder doch?

»Ich hasse ihn«, flüsterte sie und ließ die Finger über die Hundepfoten wandern.

Er ballte die Hand zur Faust. »Warum schaust du auf meine Tätowierung?«

Sie sah ihn mit ihrem feuchten Blick in die Augen und er fluchte. »Niemand hat es mir erzählt … aber ich habe Mom und Dad belauscht, wie sie sich darüber unterhalten haben, als du sie bekommen hast. Werde nicht sauer auf sie, aber sie wussten, was mit deinem Hund passiert ist und warum du die Hundepfoten auf deinen Arm hast tätowieren lassen. Es tut mir so leid, dass wir nicht dort sein konnten, um das zu verhindern.«

Er schluckte die Galle bei dieser Erinnerung herunter und schüttelte den Kopf. Unter keinen Umständen hätte er gewollt, dass Miranda daran teilgehabt hätte, und auf gar keinen Fall wollte er sie mit der Erinnerung an die Gewalttätigkeit seines Vaters verstricken.

»Es ist schon lange her«, erwiderte er mit rauer Stimme. Ihr Blick sagte ihm, dass sie ihm ebenso wenig glaubte wie er sich selbst.

»Können wir irgendetwas tun? Irgendetwas, damit du sicher bist?« Sie legte die Hand auf seinen Arm über der Tätowierung und er ließ sie gewähren. Sie hatte ihn schon früher berührt und er war nicht in Flammen aufgegangen. Er würde versuchen, das jetzt auch nicht passieren zu lassen.

»Wir können gar nichts tun«, knurrte er. »Wir können nur weitermachen und versuchen zu vergessen, wie beschissen meine Familie ist.«

»Du hast deine Familie, Decker, und das sind nicht sie. Und wenn mein Vorschlag heute das vermasselt hat, dann tut es mir leid. Ich werde mir große Mühe geben, damit es nicht wieder vorkommt.«

Er seufzte und schüttelte den Kopf. »Wir werden es vergessen.« Als könnte er je ihren Geschmack auf seiner Zunge vergessen, aber das war ein anderes Thema.

Sie schrak zusammen, doch dann lächelte sie ihn zaghaft an. »Okay. Und es tut mir leid, Decker. So leid, dass er aus dem Gefängnis entlassen wird und wir nichts dagegen unternehmen können. Ich wünschte, ich könnte ihn in den Hintern treten oder so etwas, aber das wäre keine Lösung.«

Miranda verstand. Sie verstand immer.

Deshalb konnte er nicht mit ihr zusammen sein.

Sie wusste zu viel und sah alles.

Oder zumindest das meiste.

Er war nicht gut genug für sie und eines Tages würde sie das auch einsehen.

Kapitel Fünf

SIE HATTE sich ihm an den Hals geworfen.

Lieber. Gott.

Sie war zu ihm gekommen und das größte Risiko ihres Lebens eingegangen … nur um herauszufinden, dass es umsonst war.

Hätte sie sich noch mehr zum Narren machen können? Sie schlug mit dem Kopf gegen ihre Schlafzimmerwand und verfluchte sich. Sie hoffte nur, dass sie nicht ruiniert hatte, was sie mit ihm verband. Er war ihr Freund. Der Mensch, der sie genauso gut kannte wie jeder andere von ihrer Familie. Wenn nicht sogar besser, wenn sie ehrlich zu sich selbst war. Natürlich würde die Situation bei den Familienzusammenkünften jetzt furchtbar unbehaglich sein, aber sie würde darüber hinwegkommen. Sie *musste*.

Sie hatte von Anfang an gewusst, dass Decker ein Teil der Familie Montgomery war, und selbst wenn keine Blutsverwandtschaft bestand, würde sie ihn nicht entkommen lassen. Sie hatte aus erster Hand erlebt, was passierte, wenn seine alte Familie ihre Klauen nach ihm ausstreckte und ihn zurückzerrte, während er mit aller Kraft dagegen ankämpfte. Sie würde nicht zulassen, dass er sich von der einzigen Familie zurückzog, die er kannte.

Verdammt.

Nachdem sie sich schnell ausgezogen hatte, ging sie unter die Dusche und wollte den Tag am liebsten von sich abwaschen. Ein kleiner Teil von ihr – nun gut, ein größerer Teil von ihr, als sie zugeben wollte – hätte seinen Duft lieber auf ihrer Haut gehabt, aber sie wollte die imaginäre Grenze zur Besessenheit nicht überschreiten. Das Wasser lief ihr über die Haut und sie schloss die Augen. Dieses Gefühl von … Unzulänglichkeit? Verlust? Was immer es war, es würde vergehen. Sie war aus stärkerem Holz geschnitzt als ein schmollendes kleines Mädchen, aber im Augenblick war das unglaublich schwer.

Diesen Schritt zu tun und mit Decker zu reden war wichtig für sie gewesen. Wenn sie Abstand gehalten und sich aus der Ferne nach ihm gesehnt hätte, hätte sie es bereut. Sie hätte bereut, es nicht zu wissen, selbst wenn diese Erkenntnis schmerzhaft war. Mit einer Hand rieb sie sich über die Stelle zwischen ihren Brüsten, an der ihr Herz schlug. Ja, es tat unglaublich weh, dass er sie nicht wollte, aber jetzt wusste sie es.

Und ja, er hatte sie geküsst.

Er hatte sie *richtig* geküsst, aber es war eine Demonstration gewesen.

Bei dieser Erinnerung stöhnte sie laut auf. Er war so grob gewesen, kontrolliert, so machtvoll, dass sie beinahe an seinem Körper wie an einem Baum emporgeklettert wäre. Der Mann besaß einen vollendeten Körperbau und sie hatte seine harte Erektion gespürt, die an ihren Bauch drückte. Er war riesig. Lang, dick und so bereit, in ihr zu sein. Vielleicht in ihrer Muschi, vielleicht in ihrem Mund, vielleicht sogar zwischen ihren Brüsten. Sie wimmerte leise und ließ die Hand zwischen ihre Beine sinken.

Nur noch einmal.

Nur noch ein einziges Mal, und sie würde sich nie wieder gestatten, bei dem Gedanken an ihn zu masturbieren.

Das war so, *so* schlecht, aber es war ihr egal. Zumindest in diesem Moment.

Sie legte eine Hand um ihre Brust, während sie die andere zwischen ihre Oberschenkel gleiten ließ. Decker hatte sie so schnell auf Touren gebracht und sie so heiß gemacht, dass sie seine Präsenz noch immer fühlte, selbst nachdem sie sich zwanzig Minuten mit ihm über Dinge unterhalten hatte, die nichts mit ihren Bedürfnissen zu tun hatten. Sie konnte ihn noch immer an ihr riechen, das raue Kratzen seines Bartes immer noch an ihrem Hals fühlen.

Oh Gott, wie würde es sich anfühlen, wenn dieser Bart über die seidige Innenseite ihrer Oberschenkel streifte, während er sie ausschleckte, an ihrer Muschi lutschte und saugte und an ihrer Klitoris knabberte? Wie würde es sich anfühlen, diesen anderen Drang zu erleben, dieses andere Verlangen?

Sie rollte ihre Brustwarze zwischen ihren Fingern und zupfte und drehte, um diesen köstlichen Schmerz hervorzurufen, den sie stets so genoss, wenn sie sich selbst befriedigte. Kein Mann war bislang auf diesen Drang aufmerksam geworden, aber sie hatte das Gefühl, dass Decker ihn sehr schnell entdecken würde.

Sie hob ihre Hüften, sodass das heiße Wasser zwischen ihre Finger und über ihre Muschi rann. Das Stöhnen, das ihr über die Lippen kam, wurde lauter, als sie sich seinen dicken Schwanz vorstellte, wie er sich zwischen ihre Beine schob, um mit einem harten Stoß in sie zu dringen. Sie bewegte die Finger in ihrer Muschi vor und zurück und ahmte damit das Gebaren nach, das sie sich von ihm mit ihr wünschte. Er würde den Takt angeben und sie würde es ihm gestatten. Gott, wie liebend gern wollte sie die Kontrolle aufgeben und einfach nur *fühlen*.

Sie stellte sich Decker vor, wie er über die Haut an ihrem Hals leckte und in ihre Brustwarzen biss. Fest. Mit einer Drehung ihres Handgelenks drückte sie fest auf ihre Klitoris und kam. Ihre Beine wankten und sie glitt langsam an der Duschwand hinunter, bis sie auf dem Boden saß und das Wasser um sie herum plätscherte. Oh Gott, wie sehr sie ihn begehrte! Mehr von ihm begehrte.

Sie würde ihn allerdings nie haben und lernen müssen, diese Tatsache zu akzeptieren. Niemand bekam alles, was er wollte, und Miranda wusste, dass sie positiv eingestellt bleiben musste.

Obwohl es wehtat und sie ihn immer lieben würde, verschlimmerte es die Sache nur, sich nach einem Mann zu sehnen, der ihre Liebe niemals erwidern würde.

Sie stand auf und wusch sich schnell das Haar und den Körper, wobei sie versuchte, Decker aus ihren Gedanken zu verdrängen. Sie hatte getan, was sie sich vorgenommen hatte, und ihn eingeladen, mit ihr auszugehen. Ihr Vorhaben hatte nicht funktioniert und hoffentlich hatte sie ihre Verbindung nicht zerstört. Sie schwankte nicht in ihrem Wunsch, bewahren zu wollen, was sie hatten, selbst wenn sie die Oberfläche angekratzt hatte. Das brachte sie nur dazu, ihr Herz und ihre Verbindungen zu beschützen. Jetzt würde sie den nächsten Schritt ihres Plans in Angriff nehmen und dafür sorgen, dass sie glücklich war, bevor sie sich einen anderen suchte. Sie hatte nicht geplant, ihr Leben allein zu verbringen, aber sie wollte es auch nicht um einen Mann aufbauen. Es wäre allerdings nett, einen gesunden Mittelweg finden zu können.

Es wäre nur einfach nicht mit Decker Kendrick.
Und das musste in Ordnung sein.
Irgendwann einmal.

»SIE MACHEN DEN EINDRUCK, als hätten Sie alles im Griff.«

Miranda sah über ihre Schulter zu Jack und lächelte. Es waren zwei Wochen vergangen, seit sie sich ihrem Herzschmerz ausgesetzt hatte, und die Welt war davon nicht untergegangen. Vierzehn Tage, in denen sie sich weiterentwickelt hatte und reifer geworden war.

Die Dinge würden in Ordnung kommen.
Sie *waren* großartig.

»Ich glaube schon«, antwortete sie, als sie die Aktenmappe zuklappte, die sie mit nach Hause nehmen wollte. Die Glocke zum Schulschluss hatte vor etwa zwanzig Minuten geläutet und sie freute sich auf das Wochenende. Vielleicht sogar mehr als die Schüler.

Das Halbjahr war in vollem Gange und die erste Prüfungsrunde bahnte sich für die nächste Woche an. Sie hoffte, dass ihre Schüler vorbereitet waren, sie jedenfalls hatte ihr Bestes gegeben. Irgendwann mussten die Kinder anfangen, selbstständig zu lernen oder mit ihren Eltern, und Miranda zeigen, was in ihnen steckte.

Gott, war es immer so stressig gewesen, als sie noch eine Schülerin war?

»Sie sehen aus, als könnten Sie ein Gläschen vertragen. Was würden Sie zu einem Abendessen sagen?«

Sie blinzelte zu Jack auf und war überrascht, dass er sie noch einmal fragte. Er hatte sie seit jenem Nachmittag auf dem Parkplatz nicht mehr eingeladen, also war sie davon ausgegangen, dass er entweder aufgegeben hatte oder in ihr nichts weiter als eine Kollegin sah. Für einen Moment überlegte sie, freundlich abzulehnen und nach Hause zu fahren, aber aus irgendeinem Grund war sie nicht ganz dazu bereit.

Sie wusste, dass sie Decker überwinden musste, und ein Rendezvous könnte ihr dabei helfen. Außerdem war Jack kein unattraktiver Mann. Er war sogar durch und durch gut aussehend. Sie könnte es schlimmer treffen als Jack. Die Schule hätte kein Problem damit, es sei denn, sie machte ein Problem daraus. Sie hatte die Vorschriften nachgeschlagen für den Fall, dass er mit seiner Einladung eine Grenze überschritten hatte, und das traf nicht im Mindesten zu.

Und deshalb wusste sie, dass sie es versuchen musste.

»Wissen Sie was, das klingt großartig. Was schlagen Sie vor?«

Ein Anflug von Befriedigung huschte über sein Gesicht und er lächelte strahlend. Er hatte ein schönes Lächeln. Nicht so schön oder gefährlich wie Deckers, aber …

Nein. Das reichte. Sie würde den Mann vor ihr, der sich mit ihr verabreden wollte, und den Mann, der ein Freund bleiben musste und *nur* ihr Freund, nicht miteinander vergleichen.

»Lassen Sie uns in diese Pianobar in der Nähe meiner

Wohnung gehen. Dort gibt es tolles Essen, noch bessere Drinks und eine sogar noch bessere Unterhaltung.«

Sie war noch nie in einer Pianobar gewesen, aber für alles gab es ein erstes Mal. »Das klingt großartig. Um wie viel Uhr?«

Jack nahm ihre Tasche von ihrem Schreibtisch und schob sich den Riemen über die Schulter. Sie seufzte innerlich, aber sie bewahrte das Lächeln auf ihrem Gesicht und nahm die Tasche von ihm zurück. Sie war durchaus in der Lage, ihre eigenen Sachen zu tragen. Jack zog eine Augenbraue hoch, gab ihr die Tasche jedoch zurück.

»Neunzehn Uhr wäre gut für mich. Wie wäre es, wenn ich Sie abhole?«

Sie schüttelte den Kopf. »Ich kann mich dort um sieben mit Ihnen treffen, wenn Sie mir den Namen oder die Adresse geben.« Unter keinen Umständen würde sie einen Mann bei ihrer ersten Verabredung einfach ihre Adresse geben. Sie war klüger. Ein unbestimmter Ausdruck huschte schnell über sein Gesicht, bevor er wieder lächelte und die Adresse herunter ratterte. »Wir sehen uns dann um sieben, Miranda. Ich kann es kaum erwarten, Sie in einem Kleid zu sehen.«

Offensichtlich sollte sie heute Abend ein Kleid anziehen. Nun, das war in Ordnung, weil sie ohnehin geplant hatte, eines zu tragen, aber aus irgendeinem Grund ärgerte es sie ein bisschen, dass er davon ausging, seinen Willen zu bekommen. Es war wie die Sache mit der Tasche auf dem Parkplatz gewesen. Nichtigkeiten, die aus irgendeinem Grund Alarmglocken bei ihr auslösten.

Vielleicht musste sie das einfach verdrängen, weil es wahrscheinlich etwas mit Decker zu tun hatte. Sie war nur auf der Suche nach etwas, woran sie herumnörgeln konnte, und sie sollte nichts ruinieren, bevor sie überhaupt eine Chance hatte herauszufinden, wie es lief.

»Bis später dann.«

Er begleitete sie nach draußen zu ihrem Fahrzeug und sein Körper streifte flüchtig den ihren. Sie bewegte sich ein bisschen zur Seite und sorgte dafür, dass sie so viel Abstand wie möglich voneinander hielten, ohne wie Idioten auszusehen. Obwohl es kein Problem war, zu einem Rendezvous auszugehen, wusste sie, dass es nicht klug war, dies bei der Arbeit offen zu zeigen.

»SIEBEN GESCHWISTER? Das ist ja Wahnsinn.«

Miranda verdrehte die Augen und nahm einen Schluck von ihrem einzigen Glas Wein des Abends. Jacks Reaktion auf die Anzahl ihrer Familienmitglieder war nichts Neues. Heutzutage waren so viele Geschwister eine Kuriosität. Sie wusste das, wie auch ihre Familie, aber sie würde es nicht anders haben wollen. Es gefiel ihr, wie sie zu acht aufgewachsen waren. Sie mochte den Lärm, die permanente Gesellschaft und den Verdruss, der gelegentlich damit einherging, dass sich so viele Leute in ihre Angelegenheiten mischten.

Sie war mit ihren Eltern und sieben älteren Geschwistern aufgewachsen, die anscheinend immer über alles Bescheid wussten, was sie anbelangte. Gelegentlich war das unheimlich nervig gewesen, denn sie hatte sich nie aus dem Haus stehlen und feiern können wie einige Mädchen aus ihrer Klasse, doch davon hatte sie am College dann genug gehabt. Mit ihrer unmittelbaren Familie, den zahlreichen Cousinen und Cousins und Decker hatte sie immer jemanden, mit dem sie zusammen sein konnte, sodass sie nie einsam war. Das konnten außerhalb ihrer Familie nicht viele Menschen behaupten.

Und damit sollte sie jetzt das letzte Mal an Decker gedacht haben.

»Es war laut und ging stets turbulent zu, doch da ich so aufgewachsen bin, habe ich es geliebt«, antwortete sie schließlich. Sie spielte mit dem Stiel ihres Weinglases. »Ich weiß im Grunde nicht, wie es ist, keine große Familie zu haben. Ich bin das Nesthäkchen und deshalb hatte ich immer so viele Geschwister. Die Älteren hatten zumindest eine gewisse Zeit weniger Geschwister, bevor wir anderen geboren wurden.«

Jack schüttelte den Kopf. Er hatte ein Lächeln auf dem

Gesicht, das sie nicht erzittern ließ, aber es wirkte zumindest sehr ansprechend.

Ansprechend?

Ach du meine Güte, sie müsste sich schon mehr anstrengen.

»Ich kann nicht glauben, dass Ihr ältester Bruder wie viel – fünfzehn Jahre? – älter ist als Sie. Sein Name ist Austin, nicht wahr?«

Dann lächelte sie und dachte an ihren großen Bruder, der nie wie ein Elternteil für sie gewesen war, so wie manch andere Geschwister in Großfamilien. Irgendwie hatten ihre Eltern es geschafft, den Altersunterschied nie so zu nutzen, dass die älteren Kinder die jüngeren großziehen mussten.

»Ja, er heißt Austin. Und jetzt scheint der Altersunterschied keine große Rolle mehr zu spielen.« Nun, die Älteren bemutterten sie immer noch ein bisschen, doch das hatte sich inzwischen gelegt. Zumindest ein wenig.

»Ich habe nie erfahren, wie es ist, so viele Geschwister zu haben. Haben Sie Nichten oder Neffen?«

Er schien ehrlich interessiert zu sein, anstatt nur zu plaudern, um die Zeit herumzubringen, also lächelte sie. »Ja, ich habe zwei Neffen und eine Nichte.«

Jack riss die Augen auf. »So wenige bei so vielen Geschwistern?«

Miranda zuckte die Achseln. Sie war nicht gewillt, sich über die ganze Geschichte mit dem verheimlichten Baby auslassen, die im Augenblick mit Austin im Gange war, oder die Tatsache, dass Alex und seine Frau keine Kinder hatten, obwohl sie der Meinung war, dass er immer welche gewollt hatte. Gewisse Dinge sollten nicht verraten werden, wenn der andere nicht wirklich Teil ihres Lebens war. Jack war das nicht.

»Von uns sind nur ein paar verheiratet oder verlobt. Ich denke jedoch, dass wir zurzeit in einer Lebensphase stecken, in der es weitere Hochzeiten und Babys geben könnte. Oder zumindest möchte ich das gern glauben.«

Jack zwinkerte ihr zu und Miranda errötete verlegen.

»Ich meinte damit die anderen. Meine Güte. Entschuldigung. Das kam ganz falsch rüber. Ich meinte damit keineswegs, dass ich auf eine Ehe oder so aus bin. Bitte. Erschießen Sie mich jetzt einfach.«

Jack warf den Kopf in den Nacken und lachte. »Keine Sorge. Ich habe durchaus verstanden, was Sie meinten.« Er zog eine Augenbraue hoch. »Oder zumindest hoffe ich das.«

Miranda nahm einen Schluck von ihrem Wasser und es gefiel ihr, dass er darüber nicht in Panik geraten war. Sie meinte es im Augenblick vielleicht nicht so, wie es sich angehört hatte, aber sie *wollte* heiraten und Kinder haben. Irgendwann.

»Also, ich weiß nun, dass Sie Lehrerin sind und einige Ihrer Geschwister im Baugewerbe arbeiten. Was ist mit den anderen? Was macht Austin?«, fragte Jack, als die Kellnerin die Vorspeise zwischen sie stellte. Sie fingen an, ihre Calamari zu verspeisen, während der Mann auf dem Klavier ein bisschen Billy Joel spielte – wie könnte es auch anders sein.

»Austin und Maya besitzen ein Tätowierstudio namens Montgomery Ink. Es ist direkt neben dem Einkaufszentrum an der sechzehnten Straße. Sierra, Austins Verlobte, ist die Besitzerin der Boutique Eden, die auf der anderen Straßenseite liegt. So haben die beiden sich kennengelernt.«

Jack legte den Kopf schief und Missbilligung zeichnete sich auf seinem Gesicht ab. »Ein Tätowierstudio? Das ist ... interessant.«

Miranda gab sich die größte Mühe, um das Lächeln auf ihrem Gesicht zu erhalten. Gott, sie hasste es, wenn die Menschen urteilten, ohne zu wissen, was Tätowieren bedeutet. Die meisten dieser Leute nahmen einfach an, dass es sich um hirnlose, degenerierte Kriminelle handeln musste, wenn jemand Tätowierungen hatte oder in solch einem Laden arbeitete. Sicher, in der Kunstlandschaft und der neuen Generation – ihrer Generation – waren immer mehr Tätowierungen zu finden und sie wurden immer mehr akzeptiert, aber die Künstler, die Schöpfer der eigentlichen Kunst, waren noch immer mit diesem Stigma behaftet.

Möglicherweise wäre Jack anders.

Möglicherweise.

»Ja, es ist tatsächlich interessant. Austin und Maya sind die gefragtesten Künstler im Westen außerhalb von Los Angeles. Es kommen sogar Leute von dort, um sich von den beiden tätowieren zu lassen. Sie haben ihren kleinen Laden mit nichts gegründet und jetzt beschäftigen sie sechs Künstler in Vollzeit, während einige freie Künstler in Schichten arbeiten, wenn sie in der Stadt sind.«

Jack nickte und die Missbilligung verschwand von seinem Gesicht. Er lächelte nicht, aber er sah auch nicht aus, als würde er es verurteilen. Das war wohl schon mal etwas.

Sie wusste auch, wie die nächste Frage lauten würde.

»Also, haben Sie Tätowierungen?«

Na also. Es war eine vorhersehbare, aber nicht unwillkommene Frage. Ihre Tätowierungen mochten wegen ihrer Arbeit und der Art und Weise, wie die Menschen darauf reagieren könnten, vor fremden Blicken verborgen sein, aber sie würde sich von niemandem die Haut tätowieren lassen, wenn sie nicht stolz darauf wäre.

Sie musste sich jedoch ins Gedächtnis rufen, dass dies ein Rendezvous war und kein Verhör. Jack war einfach nur neugierig und sie hatte nicht viel Geduld mit Menschen, die über ihre Familie urteilten. Sie war eine Montgomery. Es war ihr egal, was andere dachten.

Anstatt sich über die Fragen zu ärgern, ließ sie sie direkt von sich abprallen. Zumindest versuchte sie das. Sie legte den Kopf schief und lächelte, wobei sie sich das Haar von der Schulter schob. Jacks Augen verdunkelten sich, als sein Blick an der Länge ihres Halses entlang zu der bloßen Haut ihrer Schulter tiefer wanderte.

Schau einer an. Sie hatte es noch in sich.

»Das könnte schon sein, aber es gehört nicht zu den Dingen, die ich bei einer ersten Verabredung offenbare«, entgegnete sie und flirtete ein bisschen.

Jack grinste und griff über den Tisch nach ihrer Hand. Sie drehte die Hand lässig um, damit er mit ihrer Handfläche spielen konnte.

»Das gefällt mir. Ich habe Tätowierungen nie für aufreizend gehalten … aber … nun, dies ist immerhin ein erstes

Rendezvous.« Er deutete zur Kellnerin, die die Andeutung verstand und nickte. »Tanzen Sie mit mir«, forderte er Miranda auf, als er sie wieder ansah.

»Aber was ist mit dem Abendessen?«, fragte sie und war von der Wendung der Dinge überrascht.

»Als wir hereingekommen sind, habe ich die Kellnerin gebeten, unsere Bestellung zurückzuhalten, falls wir tanzen wollen. Sie wird sie jetzt weiterleiten, sodass wir ein oder zwei Lieder tanzen können und unsere Mahlzeit erst dann serviert wird, sobald wir an den Tisch zurückkehren.«

Wow. Er hatte all das wirklich gut geplant. Und dennoch schien es ein wenig … arrangiert. Nein, das war nicht das richtige Wort, aber es fühlte sich so an, als hätte er das ganz bestimmt früher schon einmal getan.

Reiß dich zusammen, Miranda. Es war nicht so, als wäre sie noch nie mit jemandem ausgegangen. Sie wusste beim besten Willen nicht, warum sie sich so benahm. Zugegeben, sie wusste es, doch sie hatte nicht die Absicht, an *diesen* Namen zu denken.

Jack stand auf und hatte die Hand immer noch um die ihre geschlossen, sodass sie sich mit ihm erhob. Er führte sie zur Tanzfläche und sobald die sie Mitte erreicht hatten, legte er ihr die andere Hand auf den Rücken.

»Sie sehen heute Abend großartig aus.«

Er tanzte gut, aber nicht, als hätte er Tanzunterricht genommen, sondern als fiele es ihm natürlich zu.

Jack schien der Sorte Mann anzugehören, dem viele Dinge wie von selbst zufielen. Und schon wieder ertappte sie sich, wie sie urteilte, weil sie etwas betrübt war.

»Vielen Dank«, gab sie zurück. »Sie sehen auch gar nicht so schlecht aus.« Er zog sie enger zu sich, sodass ihre Oberkörper auf ganzer Länge aneinandergeschmiegt waren. Sie konnte seine Erektion an ihrem Bauch spüren und wieder einmal fühlte sie sich nicht von ihm erregt. Stattdessen wich sie ein wenig zurück, damit sie sich nicht so eingepfercht vorkam. Das Problem war, dass sie dieses Prickeln schon seit Jahren bei dem Mann verspürte, dessen Namen nicht genannt werden sollte, womit die Tatsache, dass sie nicht genau das Gleiche bei dem Mann empfand, der sie in den Armen hielt, nicht Jacks Fehler war. Es war einfach nur schlechtes Timing.

Sie würde allerdings nicht aufgeben. Es war keine Pflichterfüllung, mit Jack zu tanzen, mit ihm zu Abend zu essen und seine Gegenwart zu genießen. Nur weil sie kein heftiges Funkensprühen verspürte, das allen anderen Funken ein Ende setzen würde, bedeutete das nicht, dass sie überhaupt nicht vorhanden waren. Vielleicht würde es ein sich langsam entfachendes Feuer sein.

Er wirbelte sie elegant auf der Tanzfläche herum und brachte sie mit einem kleinen Solo zum Lachen, als wüsste er, dass sie mehr lächeln müsste. Nach ein paar Tänzen wurde ihre Mahlzeit serviert und sie kehrten an den Tisch zurück. Sie unterhielten sich über die Arbeit, weil dies eine Gemeinsamkeit war und offen gestanden eine ihrer Leidenschaften, und dann sprachen sie weiter über ihre Familie. Sie befassten sich nicht so sehr mit seinem Leben, abgesehen von der Tatsache, dass er keine Geschwister hatte und seine Eltern vor Jahren gestorben waren. Ihr blutete das Herz für seinen Verlust und sie hielt seine Hand, obwohl es den Anschein hatte, als wollte er das Ganze abtun. Sie wusste nicht, was sie tun würde, wenn sie ihre Familie verlöre. Sie schluckte schwer bei der harschen Erinnerung an das, was ihr Vater im Augenblick durchmachte. Sie hatte bisher nichts davon erzählt, und das würde sie auch nicht, insbesondere nicht bei ihrer ersten Verabredung. Es war zutiefst persönlich und es sei denn, er kannte ihre Familie und ihren Vater, könnte er den tiefen Schmerz und brutalen Einschnitt in ihrem Herzen wohl nicht nachempfinden, dessen war sie sich sicher.

Sie verabscheute es, unwissend zu sein und die Vorgänge nicht unter Kontrolle zu haben. Doch aus diesem Grund legte sie Listen an und machte Pläne, wenn es um Dinge ging, die sie kontrollieren konnte, oder zumindest Dinge, von denen sie *glaubte*, sie kontrollieren zu können.

Verabredungen waren einfach eine Sache, die sie auf ihre Liste gesetzt hatte. Hoffentlich würde sie nicht scheitern.

~

NACH DEM ABENDESSEN und dem Nachtisch begleitete Jack sie hinaus zu ihrem Wagen. Anders als bei ihrem Treffen in der Schule war diesmal mehr Erwartung im Spiel. Sie liebte Küsse. Sie liebte Sex.

Als sie bei ihrem Fahrzeug angelangt waren, drehte sie sich zu ihm um und in ihren Pumps reichte ihr Kopf gerade bis zu seiner Stirn, sodass der Abstand nicht zu groß war für den Fall, dass sie sich einen Abschiedskuss geben wollten. Obwohl sie nicht das Prickeln verspürt hatte, nach dem sie sich gesehnt hatte, hatte sie dennoch Spaß gehabt, und das musste etwas zu bedeuten haben.

Jack stand vor ihr und hatte die Hände um ihre Arme gelegt. Sie lächelte und hob den Kopf. Mit gerecktem Kinn ließ sie zu, wie er mit den Lippen über ihre streifte, bevor sie ihm gestattete, den Kuss ein wenig zu vertiefen.

Er war kein schlechter Küsser, bei Weitem nicht. Er war nur … nicht Decker. Oder vielleicht dachte sie zu eingleisig und musste einfach im Augenblick leben.

Sie zog sich zurück und sah ihn mit einem kleinen Lächeln an. Er schien nicht enttäuscht, aber sie konnte ihrerseits die Emotion nicht unterdrücken. Es war schön gewesen. Gut. Nicht großartig, aber gut.

»Nun, vermutlich werde ich dich dann am Montag sehen«, sagte sie freundlich und versuchte, nicht zu schnell in ihren Wagen zu steigen. Er war ein netter Kerl, aber er brachte einfach ihre Hormone nicht zum Tanzen. Die Tatsache, dass sie davonlaufen und es sich mit einer Packung Eiscreme in ihrem Jogginganzug bequem machen wollte, machte ihn nicht zu einem schlechten Mann.

»Ich würde dich gern noch einmal ausführen, Miranda.«

Sie unterdrückte ein Seufzen. Es gab wirklich keinen Grund, warum sie Nein sagen sollte, außer der Tatsache, dass sie nicht an seinem Körper hinaufkriechen und sich an ihm laben wollte wie eine verhungernde Frau.

Es war nicht sein Fehler.

Schließlich wollte sie Decker vergessen.

»Das klingt gut«, antwortete sie.

»Ich muss an diesem Wochenende einige Arbeiten korrigieren und andere Dinge erledigen, also vielleicht dann am nächsten Wochenende?«, fragte Jack, dessen Lächeln erneut aufleuchtete.

»Wir können etwas planen, sobald wir unsere Arbeitsbelastung kennen. Wie wäre das?« *Langweilig, Miranda. Absolut langweilig.*

Jack ließ einen Finger an den Konturen ihres Kiefers entlangwandern. Nichts. Kein Kribbeln. Keine Funken. Vielleicht mit mehr Zeit ...

»Das können wir machen. Wir sehen uns dann am Montag, Miranda.« Wieder küsste er sie und als er sich zurückzog, seufzte sie. Sein Blick wurde bei ihrem Seufzen liebevoll, aber sie hatte nicht das Herz, ihm zu sagen, dass Leidenschaft nicht der Grund dafür war.

Nur weil Jack nicht Decker war, musste er deshalb nicht verkehrt für sie sein.

Das musste sie einfach in Erinnerung behalten.

Und einen gewissen bärtigen, düsteren, tätowierten Mann vergessen.

Das war leichter gesagt als getan.

Kapitel Sechs

»SEIN NAME IST Gunner und er ist drei Jahre alt.«

Decker hatte die Hände in die Taschen geschoben und sah auf den Hundezwinger hinab. »Was für einer Rasse gehört er an?« Ehrlich gesagt konnte er es an den großen Ohren, den braunen und schwarzen Flecken und den Pfoten, die viel zu groß für seinen Körper waren, nicht sagen. Weil der Hund drei Jahre alt war, schlussfolgerte Decker, dass er ausgewachsen sein musste. Es war zu schade, dass er nie in seine Pfoten hineinwachsen würde.

»Wir vermuten, er ist ein Schäferhundmischling. Bei einigen dieser Mischlinge ist es schwer zu sagen, aber er ist an das Haus gewöhnt. Er kaut allerdings gern, also sollten Sie Hundekauknochen zur Hand haben und Ihre Schuhe in Sicherheit bringen, bis er an Sie gewöhnt ist.«

Perfekt. Ein Hund, der draußen pinkeln mochte, aber gern alles fraß, was ihm in die Quere kam. Nun, das klang vertraut.

Um ehrlich zu sein, hatte dieses hässliche Ding ein Gesicht, das nur ein Montgomery lieben konnte.

Decker wollte ihn.

Es gab nichts Besseres, als ein Streuner zu sein, der um Abfälle bettelte. Nie wieder würde er dieser Junge sein und er würde ganz sicher dafür Sorge tragen, dass dieser Hund das auch nicht tun musste.

»Ich werde ihn nehmen«, brummte Decker, bevor er sich vor den Zwinger kniete. Gunner legte seine Pfoten auf die Metallbarriere, die sie voneinander trennte, und bellte. Er ließ die Zunge aus seinem Maul hängen und hechelte. Es sah wirklich so aus, als würde der Hund lächeln.

Ein Anfall von Trauer überkam ihn, als ihm eine Erinnerung an Sparky in den Sinn kam, der dasselbe getan hatte, doch er verdrängte sie. Er konnte für das Haustier, das er verloren hatte, nichts mehr tun, aber er würde sich sehr gut um dasjenige kümmern, das er vor sich hatte. Er würde nicht zulassen, dass der alte Mann diesen Hund anrührte. Deckers Fäuste waren größer, sein Körper kräftiger. Er würde beschützen, was sein war, so wie er es bereits tat, seit er dazu in der Lage war.

Mit diesem erbaulichen Gedanken stand er auf und legte eine Hand an die Tür des Hundezwingers. »Lassen Sie uns den Papierkram erledigen, damit Gunner aus diesem Zwinger herauskommt.«

Die Angestellte des Tierheims sah zu Gunner. »Ich habe den Eindruck, Sie beide passen zueinander.« Sie sah ihn mit klimpernden Wimpern an und er musste ein Schnauben unterdrücken. *Es tut mir leid, Süße, aber du bist sogar noch jünger als Miranda. Nein danke.*

Jesus, er musste aufhören, an Miranda zu denken.

»Papierkram?«, grunzte er erneut.

Ihr Lächeln verblasste, aber sie hüpfte dennoch im Raum umher. Sie war wie einer der kleineren Hunde, für die sie ein Zuhause zu finden versuchte. Putzmunter und sorglos. Nun, sie konnte gern damit weitermachen, solange er hier schnell herauskam. Der Krach durch das Bellen und die hoffnungslosen Fälle gingen ihm allmählich an die Substanz. Er konnte nur ein einziges Haustier mit nach Hause nehmen und er wusste, dass er nicht standhaft bleiben würde, wenn er länger bliebe.

Wenn er mit Miranda gekommen wäre, hätte sie wahrscheinlich jedes einzelne Tier adoptieren wollen. Sie wäre sogar so weit gegangen, jeweils ein oder zwei dieser Geschöpfe jedem ihrer Geschwister als Geschenk zu übergeben. Sie war immer so gewesen und hatte jede kleine Kreatur gerettet, während sie aufwuchs. Sie hatte versucht, ihn zu retten, indem sie einfach sie selbst war. So viel hatte er verstanden.

Verflucht. Okay, genug von Miranda.

Er füllte die Formulare aus, entrichtete die Gebühr, die dazu beitrug, das Tierheim zu unterhalten, und hatte Gunner innerhalb von dreißig Minuten an einer Leine. Es war kein urplötzlicher Beschluss gewesen, herzukommen und sich einen Hund zuzulegen, denn er hatte sein Haus vorbereitet. Und er hatte die Idee weit länger als ein paar Tage im Hinterkopf gehabt. Seitdem er Miranda aus seinem Haus gescheucht hatte, nachdem er seine Probleme ausgeplaudert und ihr seinen Kuss aufgezwungen hatte, war er in übelster Stimmung. Dies würde vielleicht helfen.

Möglicherweise wären die Verarbeitung und Überwindung der Untaten seines Vaters – oder zumindest der Versuch – langfristig hilfreich. Wer zum Teufel wusste das schon, aber jetzt hatte er einen Hund an seiner Seite.

Er nahm Gunner und setzte ihn auf den Beifahrersitz seines Geländewagens, um dann die Tür zu schließen und zur Fahrerseite hinüberzugehen. Gunner saß stockstill, als wüsste er nicht, was los war, oder vielleicht vertraute er auch einfach nicht darauf, dass die Geschehnisse etwas Gutes zu bedeuten hatten. Decker hatte das erlebt.

Er musste wirklich aufhören, sich in diesem Hund zu sehen. Das tat seiner ohnehin schon beschissenen Stimmung nicht gut.

Bevor er den Motor anließ, sah er zu Gunner hinüber, der aus seinen großen Augen, die mit etwas – Hoffnung? – gefüllt waren, zu ihm zurückstarrte. Er konnte es nicht genau sagen, aber zumindest sah es nicht nach Angst aus. Er wusste nicht, ob er im Augenblick mit einem Hund umgehen könnte, der sich vor ihm ängstigte ... nicht wenn er gerade sein Bestes gegeben hatte, um Miranda zu verschrecken.

»Also ... du kommst mit mir nach Hause.« Der Hund

bewegte sich nicht. »Ich hatte schon lange keinen Hund mehr. Ehrlich gesagt hatte ich nichts, worum ich mich wirklich kümmern müsste, außer mich selbst, also werden wir zusammen lernen, wie es gemacht wird.«

Gunner legte den Kopf schief und musterte Decker.

Sonderbar.

»Ich werde dafür sorgen, dass du gefüttert wirst, Wasser hast und Platz zum Herumrennen. Ich werde dich nicht den ganzen Tag im Haus einsperren. Ich möchte sogar wetten, dass du mit mir auf die Baustellen kommen kannst, wenn du dich benimmst. Wes und Storm würden großen Spaß daran haben.« Er grinste bei dem Gedanken daran, wie Wes versuchen würde, das Leben eines Hundes zu organisieren, während er sein eigenes ordnete. Ja, das wäre es wert. »Nun, ich werde all das tun, aber pinkele mir nicht in mein Haus und kau nicht auf irgendwelchem Zeug herum. Ich weiß, dass du das tun willst, also werden wir eine Lösung finden, aber versuche bitte, es nicht zu tun, okay?«

Gunner senkte den Kopf und hob ihn dann wieder.

Also wirklich, das konnte kein Nicken gewesen sein, aber er betrachtete es als solches. Der Hund grinste schon wieder und Decker hätte beinahe zurückgelächelt.

Zumindest bis er es roch.

»Jesus, versuchst du etwa, mich in meinem eigenen Geländewagen zu vergasen?« Er hustete und öffnete die Fenster. »Du meine Güte! Das stinkt, Gunner. Was zum Teufel hast du dir dabei gedacht?« Gunner steckte einfach seinen Kopf aus dem Fenster und stieß ein kleines Seufzen aus.

Wunderbar. Eine perfekte Familie. Decker startete den Geländewagen und fuhr mit wässrigen Augen nach Hause. »Ich habe keine Ahnung, was du gefressen hast, um so einen Gestank zu verbreiten, aber wir werden zu Hause etwas Besseres finden, weil verdammt, Hund …«

Gunner sah über seine Schulter, bellte und dann drehte er sich zurück und versuchte mit dem Kopf aus dem Fenster, Luft oder Insekten zu fangen oder irgendeinen Unsinn. Nun, der Hund wirkte glücklich, und das war ein guter Anfang. Als

Decker in seine Auffahrt einbog, sah er, dass er nicht der Erste dort war.

Er parkte den Geländewagen und öffnete die Tür. »Du hast einen Schlüssel, Dummkopf. Warum sitzt du einfach in deinem Wagen?«

Grif sah über die Beifahrerseite seines Fahrzeugs aus dem Fenster. »Was? Mist. Ich habe nicht bemerkt, dass ich so lange hier draußen war. Ich habe endlich herausgefunden, wie ich dieses eine Kapitel verbessern kann, und musste es aufschreiben. Mein Wagen schien dafür ein ebenso guter Platz wie jeder andere zu sein.«

Decker sah seinen Freund an und verdrehte die Augen. Manche Dinge änderten sich nie. »Wenigstens bist du nicht gefahren.«

»Hey, ich bin kein Idiot.« Decker blinzelte nicht. Grif seufzte. »Na gut, da gab es dieses eine Mal, und weil du auf dem Beifahrersitz gesessen hast, warst du stinksauer. Ich habe schon lange niemanden mehr mit meinen Tagträumen in Gefahr gebracht. Und wenn ich es als nötig erachtet hätte, wäre ich dieses Mal an den Seitenstreifen gefahren.« Grif runzelte die Stirn. »Kumpel. Du weißt, dass du so eine Art hässlichen Hund in deinem Wagen hast, oder?«

Decker grinste und dann sah er über seine Schulter zu Gunner. Sein neuer Hund hatte den Geländewagen nicht verlassen, obwohl er die Tür offen gelassen hatte. Das war ein gutes Zeichen. Er hatte Glück, dass Gunner nicht davongelaufen war, da er ihm die Gelegenheit dazu geboten hatte. Das nächste Mal wäre er nicht so ein Idiot.

»Hey Gunner. Du kannst jetzt herauskommen. Komm zu mir.« Er streckte eine Hand aus und Gunner gehorchte ihm bereitwillig. Decker nahm das Ende der Leine, die er an seinem Halsband gelassen hatte, und sah zu dem überraschten Grif hinüber. »Braver Junge. Grif, das ist Gunner. Ich habe ihn gerade aus dem Tierheim geholt. Gunner, das ist Grif. Er ist ein Idiot, aber er ist ein guter Kerl.«

Grif zeigte ihm den Mittelfinger und stieg aus seinem Fahrzeug. »Mein Gott, Decker. Ich wusste nicht, dass du einen Hund haben wolltest. Wie schön.« Grif ging um die

Vorderseite seines Fahrzeugs herum und streckte die Hand aus. Gunner sah zu Decker hinüber und Decker nickte. Der Hund ging zu Grif und beschnüffelte ihn, bevor er sich streicheln ließ.

»Er benimmt sich, als sei er gut erzogen. Gut gemacht.«

Decker zuckte die Schultern. »Ich denke, ich hatte einfach Glück. Ich habe ihn in dem Zwinger gesehen und vermutet, dass er ein braver Hund sein würde.«

»Nun, er ist so hässlich, dass niemand ihn für sein kleines Kind oder was auch immer haben wollte.« Grif lächelte strahlend. »Vermutlich passt diese Visage gut zu deinem hässlichen Gesicht.«

»Leck mich«, entgegnete Decker und zeigte seinem Freund den Mittelfinger.

»Später, Baby. Du musst erst unter die Dusche.«

Decker schnaubte. »Himmel, setz mir nicht dieses Bild in den Kopf. Jetzt muss ich erst mal duschen, um mich zu reinigen, weil du ein Widerling bist.« Es war nicht die Vorstellung eines Mannes mit ihm zusammen, die ihn anwiderte; es war diese ganze Brudergeschichte.

»Ich tue mein Bestes. Hast du Bier?«

»Natürlich habe ich Bier. Ich musste meine Vorräte wieder auffüllen, nachdem du das letzte Mal hier warst.« Er fuhr mit der Hand über Gunners Kopf. »Komm schon, Junge. Ich zeige dir dein neues Zuhause.«

»Aber ich habe doch schon ein Zuhause.«

Decker boxte Grif gegen den Arm und öffnete dann die Tür. »Du kannst hineingehen, Gunner. Mist.« Er sah über seine Schulter. »Würdest du vielleicht die Tasche mit den Hundesachen und den Sack Futter holen, den ich hinten im Geländewagen verstaut habe?«

»Über welche Größe von Sack sprechen wir?«, fragte Griffin und fuhr sich mit der Hand über die Arme. Der Mann war nicht wie seine Brüder gebaut, aber er konnte ebenso gut heben wie die anderen. Es schien ihm nicht zu schaden, den ganzen Tag stundenlang auf seinem Hintern zu sitzen und zu schreiben. »Geh zweimal, während ich meinen Hund herumführe. Ich werde dir ein Bier holen.«

Grif brummte und stampfte davon. Er hätte ohnehin ein Bier bekommen, aber auf diese Weise konnte Decker beobachten, wie Gunner sich verhielt. Der Hund pirschte im Haus umher, während er alles beschnüffelte und anstieß, was in seiner Reichweite war. Decker lief hinter ihm her und fing gerade noch eine Lampe auf, ehe sie zu Boden fiel, da Gunner mit dem Schwanz wedelte, als würde es um Leben und Tod gehen.

Er hörte, wie Grif hinter ihm schnaufte, und sah dann, wie er mit einem zehn Kilo schweren Sack Hundefutter auf einer Schulter und einer Tasche mit Schüsseln, Spielzeug und anderen Dingen in seiner freien Hand in die Küche ging. Decker nahm zwei Biere aus dem Kühlschrank und lehnte sich gegen den Tresen. Ein Hundebett hatte er bereits in die Küche gestellt, da er normalerweise keine impulsiven Entscheidungen traf. Dass er heute einen Hund bekommen würde, hatte er gewusst. Er hatte bloß nicht gewusst welchen.

Gunner schnüffelte an dem Bett und legte sich darauf.

Es sah aus, als würde es gut passen.

»Gib mir das.« Griffin nahm Decker eine der Flaschen aus den Händen und öffnete sie, ehe er einen großen Schluck nahm. »Gott, das ist gut.«

Decker zog eine Augenbraue hoch und trank ebenfalls einen Schluck, nachdem er seine eigene Flasche geöffnet hatte. »Es ist erst sechzehn Uhr. Warum brauchst du ein Bier?«

Griffin verdrehte die Augen. »Weil es Bier ist. Außerdem hat diese Szene mich fast umgebracht. Ich habe vier Tage gebraucht, um dieses Kapitel abzuschließen, was mich normalerweise einen Tag kostet. Ich verabscheue es, wenn es mir so schwerfällt, die richtigen Worte zu finden, das ist wie beim Zähneziehen.«

Decker fuhr sich mit der Zunge über seine eigenen Zähne und zuckte zusammen. »Nun, darüber möchte ich gar nicht nachdenken. Ich bin froh, dass du es geschafft hast. Nicht dass deine Anwesenheit mich stört, aber gibt es einen Grund, warum du in meiner Auffahrt kampiert hast?« Decker stellte sein Bier ab und dann fing er an, alles aus der

Tasche zu nehmen. Er füllte eine Schüssel mit Wasser und stellte sie neben Gunner, der das Wasser fröhlich schlabbernd trank und dabei aus sich selbst und dem Fußboden eine Sauerei machte. Nun, wenigstens hatte er Hartholz verlegt und es mit vielen Schichten Holzlack behandelt. Was für ein Glück.

»Was? Oh, ja. Mein Haus ist eine Katastrophe.«

Decker zog eine Augenbraue hoch. »Ach ja? Erzähl mir etwas, was ich noch nicht weiß.«

»Ja, nun, es war schon immer eine Katastrophe und es wird auch eine Katastrophe *bleiben*, es sei denn, ich ändere etwas. Ich kann einfach nicht anders. Sobald ein Abgabetermin näher rückt, wird alles andere, wie zum Beispiel Hausarbeit und das Einkaufen von Lebensmitteln, verschoben. Wenn ich Meghan nicht hätte, die gelegentlich vorbeikommt und dafür sorgt, dass ich etwas esse, würde ich sterben.«

Decker schnaubte und nahm noch einen weiteren Schluck von seinem Bier. »Du bist ein verwöhnter Arsch. Meghan hat zwei Kinder und einen Ehemann, der ein verdammter Scheißkerl ist, und sie verbringt ihre Zeit obendrein damit, sich um dich zu kümmern. Verwöhnt, sage ich nur.«

Griffin verzog die Lippen zu einem Knurren. »Ich weiß, dass ich Glück habe. Maya und Miranda wechseln sich ab und sehen auch nach mir. Ich glaube sogar, dass die anderen vorbeikommen, um sich ebenfalls um mich zu kümmern, aber das endet immer damit, dass sie mir den Kühlschrank leer essen. Austin hat es längst aufgegeben, nach mir zu sehen. Nicht dass ich ihn je gebeten hätte, sich um mich zu kümmern.«

Decker ignorierte absichtlich die Erwähnung von Miranda. »Verflucht noch mal. Du bist neunundzwanzig, Grif. Werde erwachsen.«

Griffin warf die Hände in die Luft. »Ich weiß. Ich habe einen Beruf, der mir den Verstand zu rauben pflegt. Ich weiß das. Deshalb brauche ich Hilfe.«

Decker nahm einen Ball aus der Tasche auf dem Tresen und ging zur Hintertür, um Gunner zu zeigen, wo er sich erleichtern und herumlaufen konnte. Der Hund folgte ihm und schmiegte sich an sein Bein, so gut er konnte. Sie hatten Glück, dass Decker nicht stolperte und sie beide umwarf.

»Ich werde nicht dein Dienstmädchen spielen, Grif, also schlag dir das aus dem Kopf.«

»Aber du würdest in der Tracht eines französischen Hausmädchens absolut heiß aussehen.«

»Fick dich.« Decker warf den Ball zur anderen Seite des Gartens, er blieb jedoch immer noch auf seiner Seite des Zauns. »Los, hol den Ball, Gunner, und bring ihn mir zurück.« Der Hund sah mit diesem Lächeln und der langen Zunge zu ihm auf und als er dann in voller Geschwindigkeit bis zum Ende des Gartens rannte, stolperte er dabei über seine eigenen Füße.

Verdammter Hund.

»Ich brauche kein Dienstmädchen. Ich brauche … Organisation.«

»Organisation«, wiederholte Decker. Gunner lief mit dem Ball zurück und legte das mit Speichel überzogene Ding Decker zu Füßen. »Braver Hund.« Trotz des Speichels und des Drecks nahm er den Ball und warf ihn erneut. Gunner rannte hinterher.

»Ja, Organisation. Ich habe viele Bücher.«

Das war eine Untertreibung, aber Decker hatte das Gefühl, dass Griffin das wusste. »Stimmt.«

»Ich brauche Bücherregale.«

Gunner ließ den Ball mitten im Garten liegen und ging dazu über, hinter seinem Schwanz herzujagen. Nun ja, wenn es ihm Spaß machte.

»Bücherregale.«

»Ja, Bücherregale. Und hör auf, meine Worte zu wiederholen.«

»Entschuldige. Aber wie werden Bücherregale dein restliches Haus sauber halten und all diesen Mist?«

»Es wird helfen.«

Decker nickte und stimmte zumindest darin zu. Es würde nicht viel helfen, aber es wäre ein Anfang. »Du möchtest, dass ich dir ein paar Bücherregale baue, damit du dein Haus sauber halten kannst.«

»Ja. Ich brauche Hilfe.«

»Nun, das versteht sich von selbst«, bemerkte Decker mit einem Grinsen.

»Du kannst mich mal.«

»Du bist nicht mein Typ«, entgegnete Decker freundlich und gab sein Bestes, genau diejenige, die sein Typ war, aus seinen Gedanken zu verbannen. »Und ja, ich werde dir ein paar Bücherregale bauen. Du sagst mir, was du haben willst, und ich kann das erledigen. Warum hast du nicht Wes oder Storm gefragt?«

Griffin zuckte die Schultern. »Das hätte ich gemacht, aber du bist mir zuerst eingefallen. Und weil ich nicht noch einmal eine Säge benutzen darf, kann ich es nicht selbst machen.«

»Du darfst aus einem guten Grund keine Säge mehr benutzen«, gab Decker zu bedenken.

»Ich habe meinen Finger nicht verloren«, blaffte Griffin zurück.

»Das ist nicht gerade das vielversprechendste Argument für die Benutzung einer Säge, Grif. Komm mit in meine Werkstatt und ich werde ein paar Ideen für dich skizzieren. Gunner! Komm rein, Junge.« Gunner rollte sich noch eine weitere Minute im Dreck herum, ehe er nach drinnen stürmte. Er rutschte über den Fußboden und hinterließ Schmutz und Laub in seinem Kielwasser.

»Nett«, bemerkte Griffin mit einem Grinsen. »Es sieht ganz so aus, als wäre ich nicht mehr der Einzige mit einem chaotischen Haus.« Er beugte sich herab und rieb Gunner kräftig übers Fell. »Weißt du, ich bin überrascht, dass er so wohlerzogen und trainiert ist.«

Griffin ging in die Hocke und tätschelte Gunners Kopf. »Ja, ich auch. Aber wer weiß, wie er sich während eines Sturms benimmt, oder selbst, wenn er sich heimischer fühlt. Die Dame im Tierheim wusste nicht, woher er stammte, außer dass er eines Morgens abgegeben wurde. Also weiß ich zum Beispiel auch nicht, wie er sich im Beisein von Kindern verhält. Ich werde Austin und Meghan anrufen und Bescheid sagen, damit wir weder die Kinder noch Gunner erschrecken.«

»Das ist klug. Du wirst es schon hinbekommen. Das tust du immer.«

»Das hoffe ich. Komm schon, lass uns gehen. Wenn wir schon dabei sind, kann ich mir gleich mal überlegen, was ich in Bezug auf eine Hundeklappe oder so etwas machen kann. Ich will ihn nicht zwingen, die ganze Zeit drin zu sein. Ich weiß nicht, wie er bei dem Geräusch der Säge und den anderen Werkzeugen reagiert, und ich will ihn an seinem ersten Tag nicht verrückt machen. Bleib hier, Gunner.« Hoffentlich würden seine Möbel mit Gunner unbeaufsichtigt im Haus nicht schlimm zugerichtet werden, aber irgendwann musste er ihn ja mal für eine Weile allein lassen.

»Ah, es sieht so aus, als wärst du ein guter Hundedaddy«, neckte Griffin ihn und dann duckte er sich, als Decker ihn mit einem schwachen Boxhieb attackierte. »Zu langsam, alter Mann. Verdammt!« Er zuckte zusammen und rieb sich die Schulter, als Decker ihn dieses Mal mit der Faust traf.

»Spotte nicht«, riet Decker lässig, als sie zur Garage gingen.

»Hey, schau dir diese Regale an«, rief Griffin beim Eintreten aus. »Sie gefallen mir. Sind sie für Miranda?«

Decker schluckte schwer. Wenn Griffin je herausfinden würde, was sich vor nur wenigen Tagen in Deckers Küche abgespielt hatte … nun … Decker wäre tot. So viel war sicher.

»Ja, ich bin fast fertig damit.« Dann musste er sie nur noch in ihrer Wohnung aufstellen. Hoffentlich könnte er das erledigen, während sie nicht dort war, weil er nicht sicher war, ob er noch einmal mit ihrer unmittelbaren Nähe und der knappen kurzen Hose fertigwürde.

»Sie sehen toll aus. Vielleicht sollte ich dich begleiten, wenn du sie aufbaust, damit ich sie über ihren neuen Kerl, diesen Jack, ausfragen kann.«

Decker erstarrte und das Klingeln in seinen Ohren vervielfachte sich. Er musste sich verhört haben, weil er ziemlich sicher war, dass Griffin gerade einen Todgeweihten namens Jack erwähnt hatte, der mit Miranda ausging.

»Was?«

Griffin sah ihn mit einem sonderbaren Blick an. »Ich will Miranda über ihren neuen Freund Jack ausfragen. Er arbeitet offenbar mit ihr zusammen. Er ist Lehrer oder so etwas. Ich weiß nicht viel über ihn, also werde ich jede Einzelheit aus ihr herausquetschen, wenn ich die Gelegenheit habe. Du kannst sie mit den Regalen ablenken und ich werde ihr Informationen abschmeicheln.«

»Sie geht mit jemandem aus? Sie geht mit einem Lehrer namens Jack aus?«

Griffin zog die Augenbrauen hoch. »Ja, Kumpel. Bleib auf dem Teppich. Jedenfalls hat ihn noch niemand kennengelernt und ich habe gehört, dass sie bislang nur zu einem Rendezvous verabredet waren. Das hat Maya mir zumindest erzählt. Maya hat uns nicht mehr verraten, weil sie dieses schwesterliche Bündnis oder irgendeinen Mist haben.«

Nun, es sah so aus, als hätte Miranda keine Zeit verschwendet, ihre Annäherungsversuche ihm gegenüber in seiner Küche zu vergessen. Er konnte ihr keinen Vorwurf machen, nicht nach seinem Verhalten. Aber verflucht, er wünschte, dass sein Plan nicht so gut funktioniert hätte, nicht so schnell.

Er hatte nicht viel Spielraum, um etwas zu sagen, da er technisch gesehen immer noch mit Colleen zusammen war. Zugegeben, er hatte seit einer Woche nicht mehr mit ihr gesprochen und seit sechs Monaten nicht mit ihr geschlafen, aber trotzdem. Miranda gehörte ihm nicht, und er hatte nichts mit ihr zu tun.

Das durfte er nicht vergessen.

»Ist alles in Ordnung, Decker?«

Er räusperte sich und nickte. »Ja. Ich versuche nur, mir eine Möglichkeit zu überlegen, wie ich sie ausfragen kann«, log er. Nun, vielleicht war das gar keine so große Lüge, aber trotzdem.

Griffin lächelte. »Ich wusste, dass ich auf dich zählen kann.«

Nein, Kumpel, das kannst du wirklich nicht.

Sein Telefon summte und er nahm das Gespräch an, ohne auf die Anzeige zu sehen. Ein Fehler.

»Decker, Liebling, Gott sei Dank hast du abgenommen.«

Er fluchte und stellte sein Bier ab. Griffin zog eine Augenbraue hoch und tat das Gleiche, ehe er die Arme über der Brust verschränkte.

»Was ist, Mom? Geht es dir gut?« Er konnte die Frage nicht unterdrücken, mit der er herausplatzte. Er war verrückt, dass er seine Mutter aus einer Situation heraushaben wollte, vor der zu flüchten sie sich sträubte und es ablehnte, ihn davor zu beschützen.

»Ja, natürlich.« Er konnte die Lüge ahnen, doch er sprach sie nicht darauf an. Dieses Mal nicht. Griffin fluchte im Stillen und packte Decker am Ellbogen. Er ließ sich zurück ins Haus und ins Wohnzimmer führen, während seine Mutter über Belanglosigkeiten aus der Nachbarschaft plauderte. Er setzte sich an das eine und Griffin an das andere Ende des Sofas. Gunner sprang zwischen sie und Decker ließ ihn gewähren. Es war eine schlechte Angewohnheit, aber es war ohnehin nicht so, als besäße er Qualitätsmöbel. Ein Mann brauchte seinen Hund und ein Hund brauchte einen Platz zum Liegen.

»Mom.« Er unterbrach ihr Geplauder über Marmelade oder irgendeinen anderen Mist, der ihm egal war. Das war nicht der Grund, warum sie ihn anrief. Das wussten sie beide. Zur Hölle, sogar Griffin wusste das.

»Oh, Liebling. Du musst zum Abendessen kommen«, bat sie mit kleinlauter Stimme. »Dein Dad will dich hier. Und du weißt, wie er werden kann.«

Ja, er wusste, wie der Alte werden konnte. Deshalb fuhr er auch nicht hin. Verdammt, er konnte seine Mutter einfach nicht allein dort lassen, aber er hatte sich vor langer Zeit geschworen, den Alten nicht gewinnen zu lassen.

»Mom, ich werde nicht kommen. Du weißt, warum ich das nicht tun kann. Solange er dort ist, werde ich keinen Fuß in das Haus setzen. Sobald er wieder im Gefängnis ist, und du weißt, dass es so kommen wird, werde ich für dich da sein. Möchtest du zum Essen herkommen? Ich werde etwas kochen oder wir können ausgehen. Nur wir beide.«

»Du weißt, dass ich das nicht tun kann«, flüsterte sie.

»Mom.« Er schloss die Augen und bemühte sich, die Erinnerungen verblassen zu lassen. Das würden sie jedoch nie. »Bitte.«

»Ich kann nicht. Wenn du nicht zum Abendessen kommst … dann werde ich ihm das sagen.« Sie legte auf und Decker schrie.

Mist. Sobald sie ihm mitteilen würde, dass er Nein gesagt hatte, würde der Alte es an ihr auslassen. Wenn sie Glück hätten, würde Frank nur brüllen und schreien. Seine Zeit im Gefängnis war hoffentlich noch nicht lange genug her, um seine Fäuste wieder zum Einsatz zu bringen.

Dennoch.

»Es ist nicht dein Fehler, Decker.«

»Zum Teufel noch mal, natürlich ist es das. Er wird ihr wahrscheinlich die Scheiße aus dem Leib prügeln, weil ich nicht zum Abendessen komme. Ich sollte mich einfach zusammenreißen und hinfahren.«

Griffin fluchte. »Nein. Das solltest du nicht. Es ist nicht dein Fehler, verstehst du das? Es ist nicht dein Fehler, dass dein Vater ein Trunkenbold ist und es an ihr auslässt. Das ist alles ihm zuzuschreiben. Die Tatsache, dass deine Mom ihn nicht verlassen will, obwohl du versucht hast, sie dort herauszuholen, nun, ich weiß nicht, ob ich sagen kann, dass das ihre Sache ist, aber es ist in jedem Fall alles seine Schuld. Es ist nicht deine Schuld.«

Decker fuhr sich mit der Hand über den Schädel, während Gunner den Kopf auf seinen Schoß legte. Der Hund zuckte und Decker seufzte. Großartig, jetzt erschreckte er auch schon Hunde. »Entschuldige, Kumpel.« Er tätschelte Gunner und mahlte mit den Zähnen.

»Du wirst nicht auf mich hören, und ich verstehe das. Aber du wirst in deinen Geländewagen steigen und mir zu Mom und Dad folgen. Ich wollte sowieso zum Abendessen zu ihnen fahren, um zu erfahren, wie Dads Behandlung verläuft, also kommst du mit mir.« Er sah auf Gunner herab. »Der Hund auch. Sie werden sich freuen, euch beide zu sehen.«

»Ich bin keine gute Gesellschaft, Grif.« Er wollte nur allein sein und all diesen Mist um ihn herum vergessen. Vielleicht würde er noch ein bisschen auf seinen Sandsack einprügeln. Es hatte ihm nicht geholfen, sich Miranda aus dem Kopf zu schlagen, und seine wunden Fingerknöchel brannten höllisch, aber das würde er jederzeit diesen Qualen vorziehen.

»Na und? Du gehörst zur Familie. Los, beweg deinen Arsch, kipp den Rest deines Biers herunter und lass uns gehen. Ich werde kurz anrufen und Mom Bescheid sagen. Auf diese Weise wird sie nicht überrascht sein. Aber bitte, Decker, komm zum Abendessen zu uns.«

Decker rieb sich über den Nasenrücken. »Ich wollte nicht zum Abendessen zu meiner Mom gehen. Warum sollte ich dich begleiten?«

»Weil wir Familie sind«, antwortete Griffin schlicht.

Decker seufzte und wusste, dass er wie ein Sohn, Bruder und Freund begrüßt würde, wenn er heute Abend mit Grif ging. Selbst Gunner würde ohne Zögern als einer der ihren akzeptiert werden. Das war ein weiterer Grund, warum die Montgomerys die besten Menschen in seinem Leben waren. Er würde sie für nichts auf der Welt eintauschen. Ohne diese Beziehung mit Marie und Harry – nun, er wäre nicht der Mann, der er heute war. Sie hatten ihn mit offenen Armen empfangen und nie wieder gehen lassen.

Das hatte er mehr gebraucht, als ihnen je klar sein würde.

Er brauchte das *immer* noch.

Und das war noch ein Grund, warum er nicht mit Miranda Montgomery zusammen sein konnte.

Die Gründe stapelten sich und trotzdem konnte er sie nicht vergessen. Er würde allerdings einen Weg finden. Es gab keine andere Möglichkeit.

Kapitel Sieben

ÄLTER ZU WERDEN WAR SCHEISSE.

Sich mit neunundzwanzig alt zu fühlen war die Hölle.

Sierra Elder rieb sich die Hüfte und zuckte zusammen. Der Unfall hatte sich vor einem Jahrzehnt zugetragen und dennoch verspürte sie allmorgendlich und nach einem langen Tag auch an den Abenden Schmerzen. Manchmal tat es sogar an den Nachmittagen weh. Es gab kein Entkommen vor den Verletzungen eines Motorradunfalls – weder äußerlich noch innerlich.

Mit einem Seufzen drehte sie sich so, dass sie ihre Narben in all ihrer runzeligen Herrlichkeit betrachten konnte. Sie kam gerade aus der Dusche und deshalb liefen Wassertropfen über ihre geschundene Haut und die Gänseblümchen, die Austin dort sorgfältig tätowiert hatte. Sie ließ die Fingerspitzen über die Blüten tanzen, wohl wissend, dass ihr Verlobter jede einzelne von ihnen zärtlich, grob und voller Leidenschaft berührt hatte.

Sie streckte die Arme über den Kopf und ignorierte den Schmerz. Ihre Brüste hoben sich und in der kühlen Luft des Badezimmers verhärteten sich ihre Brustwarzen. Austin hielt ihren Körper, den er als *seinen* ansah, für perfekt und nachdem sie endlich eingelenkt hatte, stimmte sie ihm nun zu. Sie war perfekt für sich selbst. Perfekt für ihn. Ihre Haut war mit den

Beweisen ihres groben Liebesspiels von der Nacht zuvor übersät. Auf den Innenseiten ihrer Oberschenkel und an ihrem Nacken brannten die wunden Stellen von seinem Bart. Bissspuren zeichneten sich auf ihren Brüsten und ihrem Bauch ab. Sie konnte die schwachen Umrisse von Austins Händen auf ihren Hüften ausmachen, die entstanden waren, als er sie hart gepackt und unbarmherzig in ihre Muschi gestoßen hatte. Sie hatte ihn mit ihren Beinen umklammert und um mehr gebettelt. Ihre Handgelenke waren am Bettpfosten festgebunden gewesen, weshalb sie die Hände nicht nach ihm hatte ausstrecken können. Ihr Körper erschauderte bei der Erinnerung.

Austin wusste genau, wie er sie lieben … wie er Liebe mit ihr machen und sie einfach sie selbst sein lassen musste.

Deshalb liebte sie ihn so wahnsinnig. Es war erschreckend zu denken, dass sie ihn beinahe verloren hätte, nur aus Angst, diese Chance zu ergreifen. Denn sie hatte sich gefürchtet, sich zu gestatten, wieder zu lieben. Nachdem sie ihren ersten Verlobten bei dem Unfall verloren hatte, war sie zu dem Schluss gekommen, dass sie ihre Chance gehabt hatte. Sie hatte ihn und das Baby verloren, das sie in sich trug. Zu dem damaligen Zeitpunkt hatte sie nicht gewusst, dass sie schwanger war. Nein, das war erst später als eine hässliche Überraschung im Krankenhaus ans Licht gekommen.

Jetzt schmerzten ihre Gelenke wegen jenes Tages und dieser schrecklichen Erinnerung wie die einer Achtzigjährigen, und sie musste sich mit Austin über ihre Zukunft unterhalten. Sie würde ihn heiraten, das würde sich nicht ändern. Aber sie war so schrecklich besorgt, dass sie nie schwanger werden würde. Es war nicht so, als hätten sie das bislang überhaupt versucht, aber es war eine Sache, die schon viel zu lange in ihrem Hinterkopf rumorte.

Sierra war erst neunundzwanzig Jahre alt, und hätte sie diesen Unfall nicht gehabt, lägen noch gut fünf bis zehn Jahre zum Kinderkriegen vor ihr. Im Augenblick war sie allerdings nicht so sicher. Der Unfall hatte ihr Herz lädiert und auch viele Organe. Es würde nicht leicht sein. Der Arzt hatte das Thema vor Jahren angesprochen. Und nun musste sie also mit Austin darüber reden, was passieren würde, falls – nein, wenn – sie versuchten, ein Baby zu bekommen.

Sie hatten reichlich Zeit, bevor ihre kleine – jedenfalls so klein, wie ein Montgomery-Ereignis sein konnte – Hochzeit stattfand. Austin würde nächstes Jahr vierzig Jahre alt werden und sie wusste, dass er mit seinen Kindern herumtollen wollte, ohne sich dabei wie ein alter Mann zu fühlen. Er würde nie ein alter Mann für sie sein, weil er mit neununddreißig unglaublich sexy war, und sie wusste, dass sich das so bald nicht ändern würde. Sie beide wollten allerdings, dass sein Sohn Leif Geschwister hätte, die ihm altersmäßig nahe waren.

Leif war erst vor Kurzem in ihr Leben getreten, nachdem er Austin für die ersten zehn Jahre seines Lebens von seiner leiblichen Mutter verschwiegen worden war. Nach ein paar holprigen Episoden fügte er sich wunderbar in ihre neue Familie ein. Er nannte Austin Dad und sie Sierra. Es schmerzte sie nicht im Mindesten, dass er sie nicht Mom nannte. Er hatte eine Mom gehabt, die für ihn gesorgt hatte – wenngleich sie seine Existenz die ganzen Jahre vor Austin geheim gehalten hatte. Aber jetzt war Maggie tot und Sierra zog Leif an Austins Seite auf.

Sierra mochte ein Einzelkind gewesen sein, aber Austin stammte aus einer riesigen Familie. Sie wollten sich in der Mitte treffen.

Wenn nur ihr Körper mitspielte.

Sicher, sie wusste, dass sie übertrieb und sich um etwas Sorgen machte, bevor tatsächlich etwas passiert war – oder nicht passierte, wie es in diesem Fall sein könnte –, aber sie konnte es nicht ändern. Sie weigerte sich, Dinge zu verschweigen, also würde sie Decker von ihren Sorgen erzählen müssen. Ja, sie könnten sich für eine Adoption entscheiden, sollte sie nicht schwanger werden. Sie war dieser Lösung nicht im Mindesten abgeneigt. Wenn sie wirklich eine größere Familie haben wollten, hielt sie eine Adoption für eine fantastische Lösung, um das zu erreichen. Sie konnte einfach nur diesen lästigen Hintergedanken nicht zum Schweigen bringen, der ihr sagte, das irgendetwas mit ihr nicht stimmte, wenn sie kein eigenes Baby haben könnte.

Wie dumm war das?

Idiotisch.

Unwahr.

Und schrecklich unsinnig.

Deshalb musste sie mit Austin reden. Wenn sie ein eigenes Baby haben könnte, dann wäre das großartig. Wenn nicht, dann würde sie eine andere Lösung finden. Dafür gab es mehrere Möglichkeiten und wenn sie sich wegen irgendetwas verrückt machte, was sie nicht ändern konnte, würde das niemandem helfen.

»Klopf, klopf«, rief Austin leise auf der anderen Seite der Tür. Sie fuhr sich mit der Hand über das Gesicht und seufzte.

»Ich bin nackt.«

Die Tür öffnete sich und Austin stürzte herein. »Nackt?« Sein Blick verdunkelte sich. »Mmm. Das ist mein Lieblings-outfit an dir.«

Sie verdrehte die Augen und ihr wurde ganz warm bei seinen Worten. Er schlang die Arme um ihre Taille und sie lehnte sich an ihn. »Du bist ein Trottel. Ich dachte, dir hätten die schwarzen Dessous gefallen, die ich neulich Abend getragen habe.«

Austin knurrte und packte ihren Hintern. Sie seufzte und genoss seinen festen Griff. »Die sind ebenfalls eines meiner Favoriten. Ich scheine jede Menge Favoriten zu haben, was dich anbelangt.« Mit den Fingern spielte er am Spalt ihres Hinterns und rutschte immer tiefer, bis sie bei seinem Necken erschauderte.

»Austin«, keuchte sie, »ich muss mich mit den Mädchen im Taboo treffen und dann zur Arbeit gehen.« Er schob seine Finger in sie hinein und zog sie langsam und neckend wieder zurück.

Dann knabberte er an ihren Lippen und ihrem Nacken, und sie drehte den Kopf so, dass er besseren Zugang hatte. Weil sie wusste, dass sie beide es brauchten, öffnete sie den Knopf seiner Jeans und nahm seinen Schaft in die Hand.

Zischend stieß er die Luft aus und dann biss er ihr in den Nacken.

»Verflucht, lass mich kommen, Sierra. Lass mich auf deinem Bauch kommen, deinen Brüsten. Tu es.«

Sierra erschauderte und bearbeitete ihn, indem sie seinen Schaft fest mit einer Hand packte, während sie sich auf die Zehenspitzen stellte, sodass er sie im gleichen Rhythmus streicheln konnte. Sie beide atmeten stoßweise und ihr Blick verschwamm, als er einen Daumen gegen ihre Klitoris presste.

»Austin.«

»Komm, Baby. Komm an meiner Hand. Mach sie feucht.«

Sie tat, was er verlangte, und bog den Rücken durch, als sie kam. Seine Lippen schlossen sich um ihre Brustwarze und saugten sie in seine warme Mundhöhle. Sie gestattete sich nicht, ihre Hand stillzuhalten, und benutzte ihren eigenen Daumen, um die Flüssigkeit an der Spitze seines Schafts zu verreiben. Er kreiste mit seinen Hüften und unterstützte sie, und dann schrie er ihren Namen heraus, als er sich erlöste. Er spritzte auf ihren Bauch und einige Tropfen landeten auf ihren Brüsten.

Er küsste sie zärtlich und hielt dabei ihr Gesicht. »Vermutlich brauchen wir beide noch eine Dusche«, brummte er, sobald er sich zurückzogen hatte.

Sierra lächelte und verdrehte die Augen. »Vermutlich brauchen wir das wohl. Getrennt.« Er stöhnte und sie schnaufte. »Geh in das Gästebadezimmer und benutze die Dusche dort. Wir werden nie hier herauskommen, wenn wir ganz nackt und nass sind.«

Er knurrte und küsste sie erneut. »Du meine Güte, Frau. Hör auf, mich dazu zu bringen, dich zu begehren. Ich muss zur Arbeit fahren und sieben Stunden am Stück an einer Tätowierung arbeiten. Ich kann das nicht mit einem verfluchten Steifen tun.«

Sie lachte, dann schluckte sie schwer. Gott, ihr Kopf dröhnte und ihre Gelenke schmerzten schlimmer als normal.

Vielleicht bereitete sie sich so viel Stress, dass sie krank wurde. Das war kein Spaß.

Austin legte die Hände um ihr Gesicht. »Ist alles in Ordnung, Legs?«

Sie nickte und schmiegte sich in seine Berührung. »Ja, ich bin nur ein bisschen wund.«

Besorgnis zeichnete sich auf seinem Gesicht ab und er streichelte ihr über den Rücken. »Es tut mir leid. War ich zu grob?«

Sie schüttelte den Kopf. »Das könntest du nie sein. Du kennst unsere Grenzen. Ich bin nur müde und jetzt muss ich duschen. Noch einmal.«

Er musterte ihr Gesicht und nickte, bevor er ihr einen Kuss gab. »Solange du sicher bist. Ich werde im Gästebadezimmer duschen. Allein. Wenn du Zeit hast, kannst du später im Laden vorbeikommen und Hallo sagen.«

Sie nickte, ehe sie ihn erneut küsste und ihm dann nachsah, als er davonging. Sie liebte seinen Anblick von hinten.

Nun, sie liebte seinen Anblick von allen Seiten, aber das war ja selbstverständlich.

Ihr bärtiger Tätowierungskünstler war ein begehrenswerter Mann.

Mit diesem angenehmen Gedanken im Kopf nahm sie eine weitere, kurze Dusche und machte sich so schnell sie konnte fertig. Sie war nicht spät dran, aber sie war auch nicht zu früh. Nun, ein Orgasmus am Morgen lohnte sich wirklich.

Als sie im Taboo ankam, waren Callie, Miranda und Hailey bereits dort. Hailey arbeitete hinter der Theke und bereitete die Getränke für die anderen Kunden zu, während Callie und Miranda auf der anderen Seite saßen und redeten und lachten. Hailey war die Besitzerin des Lokals, das durch eine Seitentür mit Montgomery Ink verbunden war, und Sierra hatte sich rasch mit der Frau angefreundet. Sie war klug und mit dieser strohblonden Bobfrisur wunderschön, und sie redete nicht um den heißen Brei herum.

Callie war die neue Tattookünstlerin bei Montgomery Ink und war bereits über ein Jahr lang Austins Auszubildende gewesen, bevor Sierra in die Stadt gezogen war. Die Frau war jünger als Sierra, etwa in Mirandas Alter, und hatte die Energie von einem Dutzend Zwanzigjähriger. Das verhieß Gutes für Callies vierzigjährigen Verlobten Morgan.

Wenngleich Sierra technisch gesehen Maya und Meghan altersmäßig näherstand als Miranda, fühlte sie sich Miranda aus irgendeinem Grund verbundener. Sicher, sie ging mit Meghan essen, wenn sie konnte, und sie verbrachte oft Zeit mit Maya, aber Miranda war diejenige, der sie sich am nächsten fühlte. Vielleicht lag es daran, dass sie beide zur gleichen Zeit neue Lebensphasen begannen.

»Hey, du«, begrüßte Callie sie und verengte die Augen. »Du hattest Morgensex. Toll.«

Sierra errötete, während Miranda laut lachte. »Oh Gott. Ich möchte mir wirklich nicht vorstellen, wie Austin flachgelegt wird. Vielen Dank dafür.«

»Es war mir ein Vergnügen«, entgegnete Callie und dann grinste sie. »Oder war es Sierras Vergnügen?«

»Hör auf«, gebot Sierra mit einem Lachen, als sie sich auf Mirandas andere Seite setzte. Hailey stellte unverzüglich einen Karamell-Latte vor sie. »Danke, Süße. Laufen die Geschäfte gut?«

Hailey wischte sich die Hände an der Schürze ab und nickte. »Es war sehr turbulent heute Morgen und wir erreichen gerade diese Flaute, die es mir tatsächlich ermöglicht, mit euch Mädels zu schwatzen. Also, ein Schäferstündchen? War es gut?«

Sierra verdrehte die Augen und nahm einen Schluck von ihrem Getränk. Perfekt. »Natürlich war es gut. Es war Austin. Nein, bitte hör auf, ehe Miranda unseretwegen noch einen Herzanfall bekommt.«

Austins Schwester grinste nur. »Vermutlich muss ich die Tatsache akzeptieren, dass meine Brüder Sex haben. Ich meine, ich habe Sex. Nicht in letzter Zeit, aber es ist in der Vergangenheit schon vorgekommen, also sollte ich mir diesen Zusammenhang einfach aus dem Kopf schlagen.«

Callie sah über Miranda hinweg zu Sierra. »In letzter Zeit nicht? Also lässt du es mit Jack langsam angehen?«

Sierra merkte auf. Jack? »Wer?«

»Oh! Das weißt du ja noch gar nicht. Offensichtlich geht Miranda mit einem Kollegen namens Jack aus. Laut Maya ist er ein goldblonder Adonis.«

Miranda schloss die Augen und dann stöhnte sie. »Ich werde Maya umbringen.«

»Wenn es nicht Maya gewesen wäre, dann jemand anderes«, erwiderte Hailey. »Unter den Montgomerys gibt es keine Geheimnisse.«

»Das stimmt«, pflichtete Sierra bei. »Also, Jack?«

Miranda nickte und lächelte, doch es wirkte nicht so strahlend. Eher sonderbar. »Wir sind zu einem Rendezvous ausgegangen und haben für dieses Wochenende ein weiteres geplant. Es ist keine große Sache.«

Callie klopfte Miranda auf die Schulter. »Aha, also keine Funken? Das ist Mist.«

Miranda seufzte. »Da könnten vielleicht Funken sein. Ich bin einfach nur in einer depressiven Stimmung. Jack ist ein großartiger Kerl, also werde ich es mit einem weiteren Treffen versuchen.«

Sierra nickte beipflichtend, als die anderen sich weiter über Jack und dann Morgan und andere Dinge in ihrem Leben ausließen. Miranda sah nicht allzu glücklich mit diesem neuen Kerl in ihrem Leben aus, aber es war noch früh. Sonderbar, denn Sierra hätte schwören können, dass sie zwischen Miranda und Decker Funken erspäht hatte. Nicht dass sie glaubte, Decker würde auf diese Funken reagieren. Das könnte vielleicht der Punkt sein. Der Kodex unter Brüdern und Familie erschwerte solche Dinge. Obwohl es traurig war, dass dieses Aufblitzen, das Sierra wahrgenommen hatte, nie fruchten würde, probierte Miranda zumindest etwas anderes aus. Sie versuchte etwas Neues.

Sierra nippte an ihrem Kaffee und ließ sich von den Stimmen der Menschen in ihrem Leben, die sie lieben gelernt hatte, vereinnahmen. Die Dinge änderten sie jeden Tag und bei den Montgomerys schien nichts je gleich zu bleiben. Sie würde sich einfach nur festhalten und sich mitreißen lassen.

Kapitel Acht

DAS RENDEZVOUS NUMMER zwei würde sich als besser erweisen, oder?

Miranda trug ihren Lippenstift auf, während sie versuchte, die Aufregung aufzubringen, die zu einem zweiten Rendezvous mit einem attraktiven Mann gehörte. Sie wusste wirklich nicht, warum sie etwas erzwang. Sie hätte einfach Nein zu Jack sagen sollen, als er sie früher in dieser Woche telefonisch zum Abendessen eingeladen hatte. Oder sie hätte sogar Nein zu ihm sagen sollen, als sie draußen vor der Pianobar auf dem Parkplatz gestanden hatten.

Jetzt saß sie fest – mit einem Rendezvous, zu dem sie nicht gehen wollte, mit einem Mann, der vielleicht nett war, aber nicht der Mann, den sie begehrte. Gott, manchmal war sie eine kleinliche Zicke. Der ganze Grund, warum sie anfangs Ja gesagt hatte – abgesehen davon, anderer Leute Gefühle nicht verletzen zu wollen –, bestand darin, über Decker hinwegzukommen und neue Dinge zu probieren. Sich über etwas zu ärgern, das noch gar nicht passiert war, würde niemandem helfen. Und am allerwenigsten ihr.

Als sie ihren Lipgloss über den Lippenstift auftrug, dachte sie sich Gründe aus, um das Rendezvous nicht in letzter Minute abzusagen. Zum einen wäre es schrecklich unhöflich. Sie musste tagtäglich mit Jack arbeiten, und sich aus der

Affäre zu ziehen würde ihr Verhältnis unbehaglich machen. Das brachte sie zu Grund Nummer zwei, der Tatsache, dass sie mit Jack arbeitete. Nicht mit ihm auszugehen, wenn sie zugesagt hatte, könnte ihrem Arbeitsverhältnis mit ihm schaden. Sie hatten nicht mehr getan, als sich zweimal zu küssen und zu tanzen, also war es nicht so, als würde sie ihm das Herz brechen, aber es war dennoch nicht einfach. Das war allerdings ihr Fehler, weil sie überhaupt zugestimmt hatte. Drittens musste sie über Decker hinwegkommen. Wenn sie darüber nachdachte, klang das idiotisch, aber das konnte sie nicht ändern. Mit Jack auszugehen, wenigstens noch ein Mal, würde helfen, ihr den Weg ohne Decker zu ebnen. Der Mann, der schon so lange in ihrem Leben war, wollte sie nicht auf die gleiche Weise, wie sie ihn begehrte – Küsse hin oder her –, also musste sie darüber hinwegkommen und nach vorn schauen.

Dies war ihr Schritt nach vorn.

Es war nur zu dumm, dass es mit einem Mann passieren musste, der wirklich nett war, aber einfach nicht für sie geeignet.

Wider besseres Wissen hatte sie eingewilligt, dass Jack sie abholte für ihre Verabredung zum Abendessen. Es war ihre zweite Verabredung und weil sie zusammenarbeiteten und, wie sich herausstellte, nur ein paar Häuserblocks voneinander entfernt wohnten, schien es das Einfachste zu sein, ihn fahren zu lassen. Am Ende des Abends, wenn er sie absetzte, würde es allerdings keine Einladung für ihn geben, mit hereinzukommen. Selbst wenn sie keine Zweifel über das Rendezvous an sich hätte, war sie nicht bereit, mit ihm zu schlafen. Ihr mangelte es an diesem gewissen *Zing* mit ihm und obwohl sie Sex wirklich mochte, würde sie nicht mit einem Mann ins Bett gehen, nur weil es schon eine Weile her war.

Naja, wenn dieser gewisse Mann bärtig wäre …

Nein.

Hör damit auf, Miranda.

Die Dinge liefen gut für sie. Die meisten ihrer Schüler hatten die Prüfungen bestanden und diejenigen, die es nicht geschafft hatten, hatten auf ihr Drängen eine Unterhaltung mit ihr geführt. Sie überlegte, sich mit den beiden Elternpaaren zu treffen, um herauszufinden, ob das in der Situation hilfreich sein könnte, aber abgesehen davon war sie dabei, sie auf den kommenden Unterrichtsstoff und die nächste Prüfung vorzubereiten.

Die Planung für Austins und Sierras Hochzeit war schon halbwegs abgeschlossen, oder zumindest hoffte Miranda das. Ihre Freundin Callie war mit einem wundervollen und attraktiven Mann namens Morgan verlobt und Meghan hatte heute gelächelt und mit ihr gewitzelt, als sie zum Mittagessen mit den Kindern vorbeigekommen war.

Die Dinge würden in Ordnung kommen.

Ihr Telefon klingelte und sie nahm ab, als ihr Puls zu rasen begann. Das passierte ihr immer, wenn sie die Telefonnummer ihrer Eltern auf dem Bildschirm sah. »Hallo?«

»Hey, Liebes, ich wollte mich nur melden.« Ihre Mom klang nicht panisch oder als ginge die Welt unter, also beruhigte Miranda sich ein bisschen. Gott, sie musste damit aufhören. Sie durfte nicht ständig an das schlimmste Szenario denken. Aber sie konnte es nicht ändern. Nicht, wenn ihr Dad krank war und die Welt sich trotzdem weiterdrehte.

»Mom, ist alles in Ordnung?« Sie konnte nicht anders, als mit dieser Frage herauszuplatzen.

Ihre Mutter seufzte und Miranda biss sich auf die Lippe. »Er ist müde, Kleines, aber es geht ihm besser. Er macht im Augenblick ein Nickerchen, sonst hätte ich ihn ans Telefon geholt. Dein Dad mag vielleicht krank sein, aber er ist noch nicht außer Gefecht. Du musst dich nicht bei jedem Telefonanruf aufregen. Manchmal möchte ich mich einfach mit meinem jüngsten Kind unterhalten.«

Miranda setzte sich auf den geschlossenen Toilettensitz und holte tief Luft. »Ich liebe dich, Mom.«

Sie konnte beinahe das Lächeln in der Stimme ihrer Mutter hören. »Ich liebe dich auch, meine Kleine. Nun, ich habe gehört, dass du heute Abend ein Rendezvous hast, also pass auf dich auf und amüsiere dich.«

Miranda errötete bis zu den Haarwurzeln. »Ich werde

Maya umbringen, das schwöre ich.« Gab es denn keine Geheimnisse in ihrer Familie?

Nun, niemand wusste, dass sie Decker liebte – abgesehen von der verfluchten Maya –, und das war schon etwas.

»Drohe deiner Schwester nicht. Du weißt, wie sehr ich es hasse, wenn ihr einander droht, euch umzubringen und zu verschandeln. Wie dem auch sei, hab Spaß heute Abend, und wenn du diesen jungen Mann wirklich magst, würden wir ihn gern bald zum Abendessen einladen.«

Miranda verdrehte die Augen. Oh ja, das Montgomery-Verhör würde bei ihm Wunder wirken. Das war genau, was sie brauchte.

»Tschüss, Mom. Und richte Dad aus, dass ich ihn liebe.«

»Das werde ich, Liebes. Amüsiere dich.«

Sie beendete das Gespräch und rieb sich mit der freien Hand über die Schläfe. Die Tatsache, dass ihr Vater krank war, weckte in ihr manchmal den Wunsch, zu weinen und sich wie ein Igel zusammenzurollen, und ein anderes Mal, zu schreien und mit all ihrer Kraft zu kämpfen. Sie vermochte nichts anderes zu tun, als zu beten und ihrem Vater zu helfen, wann immer sie konnte.

Und heute Abend ging es um sie und Jack und nicht um die Sorgen und Qualen, die nie verschwinden würden.

Rasch vollendete sie ihr Make-up und war gerade dabei, ihr kleines Abendtäschchen zu füllen, als jemand an ihre Tür klopfte. Mit einem schnellen Blick auf die Uhr – pünktlich – zog sie den Reißverschluss ihrer Handtasche zu und ging zur Tür.

Jack hatte angekündigt, sie zu einem der exklusiven Restaurants in Denvers Innenstadt auszuführen. Er hatte etwas Geld von seinen Eltern geerbt und so konnte er sich das bei seinem Gehalt als Lehrer leisten. Miranda konnte sich so etwas gewiss nicht selbst erlauben. Sicher, ihre Eltern konnten das vielleicht, nachdem sie sich für Montgomery Inc. jahrelang zu Tode geschuftet hatten, aber sie war nicht ihre Eltern.

Sie strich einen Fussel von ihrem schwarzen, mit Spitze verzierten Kleid und rollte die Schultern. Sie würde Spaß haben. Es war egal, dass er nicht der Mann war, den sie wollte. Sie würde über *diesen* Mann hinwegkommen.

Als sie die Tür öffnete, stand Jack dort in einem Anzug und einem offenen Hemd. Sein blondes Haar war zurückfrisiert, was seine Wangenknochen sogar noch mehr betonte, während seine blauen Augen hervorgehoben wurden. Selbst wenn sie dieses *Zing* nicht verspürte, war er trotzdem heiß. Das musste doch für etwas zählen, oder?

Nein, *das* war oberflächlich.

Okay, dann würde sie zumindest versuchen, Spaß zu haben. Sie konnte mit Jack befreundet sein.

»Du siehst atemberaubend aus«, schmeichelte Jack und ließ den Blick über ihren Körper wandern.

Sie trug ein kurzes Spitzenkleid mit Empire-Taille und breiten Trägern. Auf den ersten Blick wirkte es fast wie ein Babydoll-Kleid, aber es war etwas majestätischer. Sie hatte es mit einer niedlichen Bolero-Jacke und sexy Pumps kombiniert – weil, nun ja, aufreizende Pumps einfach alles besser machten.

Ihr dunkelbraunes Haar fiel ihr in weichen Locken über die Schultern und nach dem Ausdruck auf Jacks Gesicht zu urteilen wusste sie, dass sie es richtig gemacht hatte. Sie hatte sich hübsch gemacht, um sich selbst zu gefallen, aber wenn er es auch mochte, war das ein Bonus.

»Danke, du siehst auch nicht so schlecht aus.«

Er streckte eine Hand aus und sie ergriff sie, als sie über die Türschwelle ins Freie trat. Sie ließ ihn los, um hinter sich abzuschließen, und dann gingen sie zu seinem Wagen. Er war ein perfekter Gentleman und öffnete die Tür für sie, ehe er ihr mit ihrem kurzen Kleid half, in das niedrige Fahrzeug zu steigen.

Als er um den Wagen zu seiner Seite ging, atmete Miranda tief durch. Das Rendezvous Nummer zwei würde klappen. Es war besser, als allein zu Hause zu bleiben und Schokolade zu essen. Obwohl sie Schokolade liebte.

Auf der Fahrt zum Restaurant unterhielten sie sich schon wieder über die Arbeit und ihre Familie. Wenngleich sie beides liebte, war sie allerdings auch der Meinung, dass es ihr eigentlich noch lieber wäre, wenn sie mit ihm über *sein* Leben redete anstatt nur ihres.

»Also, hast du schon immer Lehrer sein wollen?«, fragte sie, als sie beim Parkservice vorfuhren. Er sah sie mit einem merkwürdigen Blick an und stieg aus, ohne zu antworten. Sonderbar.

Sie ließ sich von ihm beim Aussteigen helfen, da sie sonst in ihrem Kleid ungelenk gewirkt hätte. Wahrscheinlich hätte sie eine Hose tragen sollen, aber es ging doch nichts über ein kurzes, schwarzes Kleid, um komische Stimmungen zu vertreiben.

»Also? Hast du?«

Jack runzelte die Stirn und Miranda stieß ihn spielerisch mit dem Ellbogen an. »Hast du immer schon Lehrer sein wollen?«

»Ja, ich genieße es, Leben zu bereichern. Ich bin sicher, dass du genauso bist. Es ist nicht wie deine anderen Geschwister und ihre … ihre eigentümliche Berufswahl.«

Oha. Da klingelten gleich die Alarmglocken. Sie blieb auf ihrem Weg zum Tisch abrupt stehen, aber Jack stieß sie in den Rücken. Anstatt eine Szene zu machen, was sie wirklich liebend gern getan hätte, ließ sie sich von ihm zum Tisch führen.

»Wie bitte?« flüsterte sie, nachdem die Hostess ihnen ihren Platz zugewiesen hatte.

»Ich meine nur deinen Bruder und deine Schwester und ihren eigentümlichen Beruf als Tätowierer. Wenngleich es nett ist, dass sie das mit der Art von Menschen tun, die ihr Etablissement aufsuchen, bin ich mir nicht sicher, ob es für einen Lehrer angemessen ist, solche Verbindungen zu haben. Die Leute reden.«

Miranda blinzelte. Die Leute redeten? Was zur Hölle? Er war ein bisschen komisch gewesen, als sie bei ihrem letzten Rendezvous erwähnt hatte, was Austin und Maya beruflich machten, aber dies hier war eine derartige Grenzübertretung, dass es nicht einmal mehr lustig war.

»Weißt du was? Ich werde ein Taxi rufen. Ich bin nicht in der Stimmung, das Leben meines Bruders und meiner

Schwester von dir schlecht machen zu lassen, nur weil du es nicht verstehst. Du urteilst über Menschen und ihr Leben, weil du scheinbar nicht über den Tellerrand hinausblicken kannst, und deine Meinung, obwohl es deine ist, interessiert mich nicht wirklich. Du wirst den Menschen nicht diktieren, wie sie ihr Leben zu leben haben.« Sie erhob sich, doch er packte ihr Handgelenk. Fest.

Ihr Puls beschleunigte sich und sie zog. Gott sei Dank ließ er sie los. »Geh nicht, Miranda. Es war falsch, das zu sagen. Es tut mir leid.«

Sie wusste nicht, ob es die Wahrheit war, die sie in seinem Blick sah, aber sie wusste, dass sie sich nicht mehr mit diesem Mann treffen würde. »Ich bin nicht sicher, ob du das auch so meinst, Jack.«

Er wanderte mit einem Finger über ihren Arm und sie zog sich zurück. »Es tut mir leid, Miranda. Das war tatsächlich voreingenommen von mir. Ich entschuldige mich zutiefst. Bitte setz dich und lass uns den Abend noch einmal von vorn beginnen.«

Sie wollte nach Hause fahren und ihre Pumps ausziehen, die sie nun umbrachten. Offenbar halfen die Gedanken an einen schönen Abend Frauen dabei, Todesfallen in Form von Pumps zu trotzen.

»Bitte«, sagte er wieder.

Miranda seufzte und setzte sich. Sie würde ein schönes Mahl verspeisen und versuchen, ihr Arbeitsverhältnis zu retten, weil sie von jetzt an nichts mit dem Mann zu tun haben wollte, der über ihre Familie geurteilt hatte, ohne sie zu kennen. Und dann würde sie nach Hause fahren.

»Danke«, sagte er mit der Hand auf ihrer. Sie zog sie zurück. Dies würde ein Abendessen zwischen Kollegen sein. Kein Rendezvous.

Der Kellner kam zu ihnen und Jack bestellte, ohne sie nach ihren Wünschen zu fragen. Sie zog eine Augenbraue hoch. Sie hatte ihre Ansage heute Abend bereits gemacht und würde keine weitere machen, es sei denn, ihr blieb keine Wahl. Sie hatte keinen besonderen Appetit auf kornische Wildpoularde, aber sie war nicht in der Stimmung, ihm dieses

Lächeln in aller Öffentlichkeit mit einem Schlag aus dem Gesicht zu wischen.

»Du wirst die Poularde mögen«, versprach er, als der Kellner davonging.

»Werde ich das?«, fragte sie ungezwungen. »Vermutlich könnte ich das, obwohl es besser gewesen wäre, wenn ich mein eigenes Menü hätte wählen können.«

Jack sah sie mit einem herablassenden Lächeln an, das ihr durch Mark und Bein ging. Wer zum Teufel war dieser Mann? »Ich wollte nur galant sein. Du wirst die Poularde mögen«, wiederholte er.

»Nur ein kleiner Hinweis. Frauen heutzutage mögen es nicht, wenn sie ihrer Wahlmöglichkeiten beraubt werden. Ob beim Abendessen oder bei ihren Familienmitgliedern.«

Jack trank einen Schluck von seinem Wein. »Manche Frauen tun das. Du wirst es verstehen.«

Oh nein, das glaubte sie nicht. Sie trank einen Schluck Wasser. Sie würde ihren Wein heute Abend nicht einmal anrühren. Sie musste all ihre Sinne beisammenhalten, weil sie diesem Kriecher nicht ein bisschen über den Weg traute.

Warum zum Teufel tat sie das?

»Weißt du was, Jack? Ich denke, ich werde gehen. Ich glaube, es wäre am besten, wenn wir bloß Kollegen blieben. Wir haben ganz offensichtlich nicht viel gemeinsam.« Sie erhob sich, legte etwas Bargeld auf den Tisch – sie würde sich nicht als Schmarotzerin bezeichnen lassen – und marschierte zum Eingangsbereich, wo man ihr hoffentlich ein Taxi rufen würde. Wenn nicht, würde sie die zwei Blocks bis Montgomery Ink einfach zu Fuß gehen. Es war früh genug, sodass Sloane oder einer der anderen Künstler immer noch dort wären.

Jack war ihr dicht auf den Fersen und sie drehte sich auf dem Absatz herum, als sie den Eingangsbereich erreichten. »Miranda. Geh nicht. Lass uns diesen Abend retten.«

Sie schüttelte den Kopf. »Nein, ich glaube wirklich nicht, dass wir das können, Jack.«

»Sei nicht kleinlich. Wir haben uns beim letzten Mal gut amüsiert.«

»Kleinlich? Im Ernst? Nein, es tut mir leid. Das bin ich nicht und du bist ein Arsch, das zu denken.«

Jack sah über ihre Schulter und zog sie dichter an die Wand. Sie entzog sich seinem Griff. »Werde nicht grob zu mir.«

Er hob beide Hände. »Es tut mir leid. Ich habe uns nur aus dem Weg manövriert, damit wir keine Szene machen.«

Sie war auch nicht zu erpicht darauf, eine Szene zu machen, weil sie niemandes Abend ruinieren wollte, aber verdammt sei dieser Mann und sein Betragen.

»Ich möchte nach Hause, Jack. Wir passen ganz klar nicht zusammen. Du magst meine Familie nicht, obwohl du sie nie kennengelernt hast, und dir gefällt es ein bisschen zu sehr, alles allein in die Hand zu nehmen.«

»Miranda, du verstehst nicht.«

»Doch, ich fürchte, das tue ich.«

Als er aufseufzte, drehte sie sich von ihm weg und erstarrte. Decker stand dort in einem Anzug mit Colleen am Arm.

Natürlich tat er das.

Weil das Schicksal ein launisches Miststück war.

Obwohl er einen ähnlichen, wenn auch schlichteren Anzug als Jack trug, ähnelte er in nichts dem Mann hinter ihr. Während Jack nur aus glatten Zügen und zurückgekämmtem Haar bestand, wirkte Decker ... gefährlich. Er hatte seinen Bart behalten, doch er war gestutzt und sah gepflegt aus und nicht so, als wäre Decker gerade aus dem Bett gestiegen und hätte eilig das Haus verlassen. Miranda gefiel beides. Sein Haar, das sich um die Ohren kräuselte, war zu lang und musste geschnitten werden, aber es schien dennoch darum zu betteln, verwuschelt zu werden. Er hatte die beiden obersten Knöpfe an seinem Hemd offen gelassen, sodass seine gebräunte, goldene Haut sichtbar war. Seine Schultern füllten die Anzugjacke auf eine Weise aus, wie kein anderer Mann es vermochte. Breit, sexy und gut gebaut.

Sie schluckte schwer und dann blinzelte sie, als er ihren Blick erwiderte. Stirnrunzelnd sah er über ihre Schulter.

Jack legte ihr einen Arm um die Taille, und weil sie bei

Deckers Auftauchen mit Colleen an seiner Seite erstarrt war, bewegte sie sich nicht schnell genug, um sich zu entziehen.

Verdammter Mist.

In dem roten Kleid, das ihre Figur umschmeichelte, sah Colleen umwerfend aus, doch das nahm Miranda kaum zur Kenntnis. Ihre gesamte Aufmerksamkeit galt Decker. Er deutete mit dem Kinn ein Nicken an, das so viel wie *Hallo* besagte, und folgte der Hostess zu seinem Tisch. Colleen warf einen Blick über ihre Schulter und runzelte die Stirn, doch sie ging weiter.

Nun denn.

Jack schob die Hand, die er um ihr Handgelenk gelegt hatte, bis zu ihrem Arm hoch und zerrte sie nach draußen. Grob. Sie zuckte zusammen und entzog sich ihm. »Was zum Teufel war das?«, knurrte er.

Sie rieb sich den Arm und war sicher, dass sie am nächsten Tag einen Bluterguss haben würde. »Äh, wie bitte? Du wirst mich nicht anfassen. Nie. Wieder.«

Der Angestellte vom Parkdienst kam mit weit aufgerissenen Augen herüber und der Spott auf Jacks Gesicht glättete sich zu einem Lächeln. »Du bist mit mir hier, Liebling. Sieh andere Männer nicht so an, das ärgert mich.«

Sie zog die Lippe bei ihrem eigenen Knurren hoch. »Weißt du, was mich ärgert? Deine Besitzgier. Ruf mich nicht an. Rede nicht mit mir. Ich nehme mir ein Taxi und fahre nach Hause.«

Sie stampfte davon, als Jack ihren Namen rief. Zum Glück wartete direkt vor dem Restaurant ein Taxi. Sie stieg ein und dankte Gott, dass sie genügend Bargeld für die Fahrt bei sich hatte.

Woher zum Teufel war diese Seite von ihm gekommen? Sie rieb sich den Arm und in dem Versuch, nicht zu weinen, holte sie tief Luft. Sicher, er hatte ihr wehgetan, aber noch mehr hatte er ihren Stolz verletzt. Er war ihr nicht wie der Typ Mann erschienen, der eine Frau bedrängte und herumzerrte, um seinen Willen durchzusetzen, aber diese Grenzen hatte er heute Abend deutlich überschritten. Jetzt würde sie nach Hause fahren, ihre Tür abschließen und ein Schaumbad nehmen oder so etwas. Bei der Arbeit würde es verdammt unbehaglich werden und sie würde ihn auf keinen Fall ansehen können, ohne sich an das Gefühl seiner Hand auf ihrem Arm zu erinnern.

Als das Taxi vor ihrer Wohnung vorfuhr, bezahlte sie und sah sich nach Jacks Wagen um. Sie konnte nicht vorsichtig genug sein.

Der Taxifahrer machte den Eindruck, als wollte er aus ihrer Wohngegend verschwinden und einen anderen Fahrgast aufnehmen, also stieg sie aus und lief zu ihrer Tür. Sie hatte nicht allzu viel Angst, aber sie wollte auch nicht töricht sein. Sie hatte den Schlüssel griffbereit in der Hand, um die Tür aufzuschließen, als jemand sie gegen die Wand schleuderte.

Ihr Körper zitterte und ihre Lunge versagte ihr den Dienst. Ihre rechte Wange prallte an die Ziegelmauer vor ihrer Tür und ihre Augen brannten von dem Aufprall.

»Du kannst mich nicht einfach verlassen, Miranda.«

Wie erstarrt versuchte sie, sich umzudrehen und sich zu wehren. Irgendetwas. Ihre Brüder hatten ihr beigebracht, wie sie sich schützen konnte, aber es war etwas anderes, wenn es ihr tatsächlich passierte. Vielleicht würde ihn jemand hören und hinauskommen. Aber darauf konnte sie sich nicht verlassen. Sie hatte nur sich selbst.

»Lass mich los, Jack. Du willst das nicht tun.« Sie wand sich hin und her, und er zog an ihren Armen, um sie umzudrehen, ehe er sie mit dem Rücken an die Wand presste.

»Ich will was nicht tun? Dir zeigen, dass du mir gehörst und du mich nicht verlassen darfst? Du hast mich in Verlegenheit gebracht, Miranda. Das darf nicht wieder passieren.«

Sie würde nicht weinen und ihm diese Genugtuung geben. Sie kämpfte gegen seine Arme, mit denen er sie umfing, und er schlug sie auf die rechte Wange. Heftig.

Tränen rollten ihr über die Wangen und sie wütete gegen seinen Griff.

»Schrei nicht, sonst mache ich es schlimmer.«

Sie schrie nicht, denn sie hatte Angst, dass er ihr wehtun würde, aber sie kämpfte weiter. Er schlug sie erneut. Sie schmeckte Blut auf der Zunge und ihre Sicht verschwamm.

»Du wirst aufhören, dich gegen mich zu wehren, und du wirst einsehen, dass wir füreinander bestimmt sind, Miranda.«

Nein, das konnte nicht wahr sein. Das würde nicht passieren. Er lehnte sich dichter an sie und sie spürte seinen Atem in ihrem Nacken.

Sie hob ihr Knie und rammte es ihm mit aller Kraft in die Hoden. Er fluchte und löste sich von ihr, um seinen Schritt zu umklammern. Mit dem Schlüssel in der Hand öffnete sie die Tür und schlug sie rasch wieder zu. Ihr Herz raste und sie nahm das Handy aus ihrer Tasche. Das hätte sie die ganze Zeit in der Hand halten sollen. Verdammt.

Sie verständigte den Notruf und zitterte, als sie erzählte, was passiert war.

Ja, sie war drinnen.

Nein, sie wusste nicht, wo er jetzt war.

Nein, sie fühlte sich nicht sicher.

Ja, es gab jemanden, den sie anrufen konnte.

Ja, sie konnte warten, bis die Polizei kam.

Sie kroch zu ihrem Festnetzanschluss und drückte die erste Kurzwahltaste, die ihr auffiel – Maya. Ihre Wange schmerzte und ihr Rücken auch. Ihre Arme taten von seinen Händen weh und ihr Körper zitterte. Sie wollte weinen, heulen oder schreien, aber sie tat nichts davon. Stattdessen sagte sie der Telefonistin in ruhigem Ton, dass sie ihre Schwester anrufen würde und sie dranbleiben sollte.

»Was ist los, Mäuschen?«, fragte Maya, als sie abnahm.

Miranda machte den Mund auf, um etwas zu sagen, aber sie brachte kein Wort hervor. Sie wusste nicht, ob Jack noch dort draußen war. Was, wenn Maya herkäme und ihr etwas zustieß?

»Miranda? Was ist los?« Die Stimme ihrer Schwester wurde schärfer. Miranda holte zitternd Luft.

»Ich brauche dich«, flüsterte sie.

»Jake und ich sind gleich da. Was ist passiert?«

»Jack … hat geschlagen …« Sie konnte nicht zu Ende sprechen und hasste sich dafür.

»Verflucht. Hast du die Polizei angerufen? Rede mit mir, Kleines.«

Miranda nickte und dann fiel ihr ein, dass Maya sie nicht sehen konnte. »Ich bin noch mit dem Notruf verbunden und die Polizei ist auf dem Weg.«

»Okay, Liebes. Soll ich auch bei dir am Telefon bleiben?«

Miranda holte tief Luft. Sie durfte nicht zusammenbrechen. Noch nicht. »Nein. Die Polizei ist unterwegs.«

»Ich bin auf dem Weg. Bleib drin. Ich liebe dich.«

Sie legte auf und hörte der Telefonistin zu, die ihr sagte, dass die Polizei in zwei Minuten dort sein würde. Als jemand an ihre Tür klopfte, schrie sie und dann schüttelte sie den Kopf.

»Hier ist die Polizei! Miss Montgomery? Geht es Ihnen gut? Können wir reinkommen?«

Auf zittrigen Beinen stand sie auf und spähte durch den Türspion. Sie sah nur die Polizisten und ihre Dienstmarken, jedoch nicht Jack. Sie stieß einen Atemzug aus und öffnete die Tür.

ALS MEGHAN, Maya und Jake eintrafen, hatte Miranda bereits eine Reihe von Fragen hinter sich und auf ihrem Auge lag ein Eisbeutel. Miranda versuchte beim Anblick der schieren Wut, die sich nicht nur auf Mayas, sondern auch auf Jakes Gesicht abzeichnete, nicht zusammenzuzucken. Offenbar hatte Maya Meghan angerufen, sobald sie in den Wagen eingestiegen war. Die drei M&Ms mussten zusammenhalten. Als die Beamten den Nerv hatten, Jake zurückzuhalten, weil sie dachten, er könnte Jack sein – der eine hatte dunkles Haar und der andere blondes –, machte Miranda dem Mann wegen seiner erstarrten Haltung keinen Vorwurf.

Meghan kam an Mirandas Seite und legte einen Arm um ihre Schultern. Miranda wollte nicht zusammenbrechen. Nicht, bis die Polizisten gegangen waren und sie wieder atmen konnte.

»Sie sind also sicher, dass er nur ein wenig grob zu Ihnen

war? Sind Sie sicher, dass es nicht zu Ihrem Rendezvous gehörte?« Der ältere Polizist sah mit einem Blick auf ihr kurzes Kleid und ihre hohen Absätze an ihr herab und Miranda war sich nicht ganz sicher, ob ihr das gefiel.

»Wie bitte?«, brauste Maya auf. »Haben Sie gerade gefragt, ob meine Schwester von einem Mann verprügelt wurde, den sie *nicht* in ihre Wohnung eingeladen hatte, weil sie es wollte?«

»Ich habe nicht Sie gefragt, Miss. Ich habe die Frau neben Ihnen gefragt. Seit dieses eine Buch herauskam, müssen wir uns davon überzeugen, dass dies nicht Bestandteil eines dieser ... Spiele war.«

Miranda erstarrte und ließ ihren Eisbeutel sinken. Sie wusste nicht, wie sie aussah, aber nach den Flüchen, die sowohl Jake als auch Maya über die Lippen kamen, war es nicht gut. »Nein. Ich habe nicht darum gebeten, dass er mich gegen die Wand schleudert und mich dann ohrfeigt.«

»Wie lautet die Nummer Ihrer Dienstmarke?«, fragte Jake. Er nahm sein Handy heraus und schoss ein Foto des Polizisten.

»Sie werden das Handy lieber weglegen wollen«, sagte der Polizist langsam.

»Nein, das glaube ich nicht.« Jake schoss ein weiteres Foto, während Meghan die Nummer notierte. Gott, Miranda wollte einfach nur, dass alle gingen und sie schlafen ließen. »Sie werden jetzt gehen und wir kümmern uns um sie.«

»Ist sie Ihre Freundin oder die andere? Oder sind es beide? Vielleicht alle drei?«

»Sir«, flüsterte der jüngere Polizist.

Verdammte Idioten.

»Danke, dass Sie gekommen sind, um meine Aussage aufzunehmen«, sagte Miranda hölzern. Als sie aufstand, waren Meghan und Maya sofort an ihrer Seite. »Ich möchte Sie bitten, jetzt zu gehen. Bitte sagen Sie mir Bescheid, wenn ich noch eine weitere Erklärung abgeben soll oder wenn Sie Jack verhaftet haben.«

Der ältere Polizist zog eine Augenbraue hoch. »Wir

sammeln noch immer Beweise.« Er stand trotzdem auf. »Wir lassen Sie wissen, wie es ausgeht.«

Der Arschloch-Polizist und sein kleiner Helfer gingen, und Miranda blinzelte einmal. Zweimal.

»Süße«, flüsterte Maya.

Ihr reichte es. Ihr entfuhr ein Wimmern und dann ließ sie alles aus sich heraus.

Miranda brach zusammen und ein herzzerreißendes Schluchzen brachte ihren Körper zum Erzittern.

»Oh, Liebling.« Meghan zog sie in eine feste Umarmung, während Maya sie von hinten umarmte. Sie fühlte, wie Jake sie zur Couch führte, und dann verließ er das Zimmer, um ihnen ein bisschen Privatsphäre zu geben.

Sie weinte in den Armen ihrer Schwestern, ihr tat der Kopf weh, ihre Privatsphäre und Sicherheit waren zerstört. Gott, wie hatte all das so schnell geschehen können?

»Wir sind bei dir«, flüsterte Maya und Miranda schluchzte erneut.

Das waren sie tatsächlich, das wusste sie. Egal was mit den Polizisten und anschließend mit Jack passierte, sie wusste, dass ihre Schwestern zu ihr hielten. Sie wusste, dass alle Montgomerys zu ihr halten würden, sobald ihre Brüder und Eltern es herausfanden.

Sie war gesegnet.

Und eines Tages würde sie das auch wieder fühlen.

Kapitel Neun

BEI DEN ABENDESSEN der Montgomerys ging es stets laut, ausgelassen und voller Dramatik zu. Normalerweise war das Drama nicht allzu groß und hatte mehr mit Familienstreitigkeiten oder der Arbeit zu tun, aber manchmal steckte auch mehr dahinter.

Aus irgendeinem Grund hatte Decker das Gefühl, dass es dieses Mal mehr sein würde.

Es war sein erstes Abendessen bei den Montgomerys, seit er Miranda geküsst hatte.

Es war sein erstes, seit er sie mit diesem aalglatten Kerl, der offenbar ihr Freund Jack war, im Restaurant beim Abendessen gesehen hatte.

Sein erstes, seit er mit Colleen Schluss gemacht hatte und ihn nun niemand mehr von Miranda abhalten konnte.

Niemand außer er selbst.

Und besagte Montgomerys.

Harry hatte eine weitere Runde von Behandlungen hinter sich, doch sein Energiepegel war steigend. Marie wusste, was sie tat, wenn sie solche Ereignisse plante. Sie hätte alle anderen nicht zum Abendessen eingeladen, wenn Harry wirklich erschöpft gewesen wäre, aber auf diese Weise hatte das Oberhaupt der Montgomerys seine Familie um sich, als es ihm langsam besser ging. Und die Kinder erkannten bereits ein wenig von ihrem alten Vater wieder, anstatt den gebrechlichen Mann zu sehen, zu dem er sich so schnell entwickelt hatte.

Austin und Sierra unterhielten sich in einer Ecke mit Wes und Storm über eine Vergrößerung ihres Hauses, während Leif draußen mit Gunner und Meghans Kindern spielte. Der Hund hatte sich auf den ersten Blick in die drei Kinder verliebt, und während die Erwachsenen zusahen, hatten die vier schnell Freundschaft geschlossen. Meghan und Maya hatten sich in einer anderen Ecke zusammengekauert und unterhielten sich über etwas Ernstes. Etwas, bei dem er nicht sicher war, ob sie bereit waren, mit der Familie darüber zu sprechen. Sie alle würden früh genug davon erfahren, denn in dieser Familie hatte nie jemand Geheimnisse. Zumindest nicht allzu lange.

Griffin steckte mitten in einem Gespräch mit Harry, das sie beide sowohl zum Lächeln als auch zum Lachen brachte. Grif war immer gut darin, Geschichten zu erzählen, die zu dem Menschen passten, der zuhörte, oder aber, was noch öfter vorkam, in denen die Leute zu den Geschichten passten, die er erzählte. Genau das machte ihn zu einem großartigen Schriftsteller.

Meghan telefonierte mit ihrem Handy und bemühte sich mit gerunzelter Stirn zu flüstern, wobei Decker das Gefühl hatte, dass ihr Arschloch von einem Ehemann am anderen Ende der Leitung war. Der Versager war nicht zum Abendessen erschienen, obwohl Decker wusste, dass der Mann mit Sicherheit eingeladen worden war. Und auch Alex' Frau war nicht anwesend. Stattdessen stand Alex mit einem Stirnrunzeln im Gesicht und dem allgegenwärtigen Drink in der Hand am Fenster. Verdammt, der Mann wirkte blasser als sonst und die dunklen Ringe unter seinen Augen hoben sich, zusammen mit dem Ausdruck von Verlorenheit und Wut auf seinem Gesicht, noch schärfer ab.

Decker war sich im Klaren darüber, dass es ihn nichts anging, aber er schlenderte zu Alex, weil er wusste, dass in einem Zimmer voller Menschen niemand allein trinken sollte. Außer Miranda waren alle anwesend und bereit zum Abendessen. Die anderen zwei Drittel der M&Ms hatten angekündigt, dass sie sich verspäten würde und bald hier wäre. Ihre verschlossenen Mienen verrieten ihm, dass etwas im Busch war, aber er war sich sicher, dass er bald Genaueres herausfinden würde. Das tat er immer. Oder er versuchte es zumindest.

»Hey, Mann«, sagte Decker lässig, als er neben Alex trat. Er hielt eine Limonade in der Hand anstatt eines Bieres, da er noch fahren musste und nichts riskieren wollte. Alex hatte dagegen eine bernsteinfarbene Flüssigkeit in einem Glas. Wieder einmal.

»Hey«, grunzte Alex, aber er sah ihn dabei nicht an.

»Was tust du denn hier ganz allein?«

Alex blickte sich langsam um und blinzelte. »Ich bin nicht allein. Du bist hier. Plus fünfzig Montgomerys im Zimmer, die es einem schwer machen, allein zu sein.«

Decker runzelte die Stirn. »Ist alles in Ordnung?«

Alex seufzte und nahm einen Schluck. »Mir geht es gut. Ich wünschte, dass alle aufhören würden, das Gefühl zu haben, mit mir würde etwas nicht stimmen, und mich zu fragen, ob alles in Ordnung ist.«

Decker zog die Augenbrauen hoch. »Wenn du vielleicht aufhören würdest, zu knurren und dich wie ein Arschloch aufzuführen, würden wir eventuell aufhören, uns zu fragen, ob es dir gut geht.«

Er strotzte heute nur so vor Taktgefühl.

Für einen Augenblick war Decker besorgt, dass sein Gegenüber zu einem Fausthieb ausholen könnte. Stattdessen warf Alex den Kopf in den Nacken und lachte. Die anderen verstummten und sahen dem Mann, den sie so liebten, beim Lachen zu, wenngleich es kein fröhliches Lachen war. Nein, dieses grenzte an Manie.

»Ich bin ein Arschloch, Decker. Das wird sich so schnell nicht ändern.«

Decker seufzte und legte Alex eine Hand auf die Schulter. Er hatte Glück, dass der andere Mann sie nicht wegstieß. Oder ihn schlug.

»Was ist los, Alex?«

Alex erwiderte Deckers Blick aus seinen glasigen Augen. »Hast du gemerkt, dass jemand fehlt?«

Miranda.

Doch er glaubte nicht, dass Alex sich auf sie bezog.

»Wo ist deine Frau?«

»Sie hat mich verlassen.«

»Echt?«, entgegnete er leise und fluchte, als Alex' Blick ausdruckslos wurde.

»Sie hat was getan?« Marie Montgomery trat eilig neben ihren Sohn. »Alex, Schatz, warum hast du uns nichts gesagt?« Sie legte die Hände um das Gesicht ihres Sohnes und unterdrückte tapfer ihr schmerzliches Zucken, als er sich ihr entzog.

Alex zuckte mit den Schultern und Decker seufzte. »Ihr habt es alle kommen sehen, also lügt nicht.« Er hob sein Glas zu einem Trinkspruch. »Es ist vorbei und ich will nicht darüber reden, verstanden?«

Marie schüttelte den Kopf und Harry zog sie näher zu sich. Alex' Brüder klopften ihm auf den Rücken und murmelten die üblichen Beileidsbekundungen, doch sie äußerten nichts wirklich Bedeutsames. Was gab es auch zu sagen, wenn eine offensichtlich unglückliche Ehe zu Ende war? Es bekräftigte nur, was ihm von Anfang klar gewesen war.

Die Ehe bedeutete nicht mehr viel. Die Scheidung war ein leichterer Ausweg, als die Mühen auf sich zu nehmen, die es kostete, sie erfolgreich zu machen. Wenn eine Ehe gescheitert war, egal ob aufgrund einer Entscheidung oder durch äußere Umstände, wurde immer jemand seinem Leid überlassen. Es widerstrebte ihm, zu Harry und Marie zu sehen, denn er wusste, dass sie zu viel erkennen würden, wenn sie ihn jetzt anschauten.

Stattdessen konzentrierte er sich auf Meghan, die erschüttert zu sein schien. Ihr blasses Gesicht ließ ihre Augen groß und ängstlich wirken. Decker hatte keine Ahnung, worum es ging, aber er wusste, dass es nichts Gutes bedeuten konnte. Alex und sie waren die einzigen der Montgomery-Geschwister, die verheiratet waren, und ihrer beider Ehen waren keine guten. Ja, Meghan war weiterhin mit diesem Arschloch verheiratet, doch jeder konnte sehen, dass die Sache auf der Kippe stand.

Als wüsste sie, dass er sie ansah, blinzelte sie ihn an und setzte dann ein freundliche Gesicht auf. »Ich muss nach den Kindern sehen. Es ... es tut mir leid, Alex.« Mit diesen Worten ging sie hinaus und ließ die restliche Familie unbehaglich um einen Mann herumstehend zurück, der augenscheinlich nicht hier sein wollte, um sich mit seiner Familie auseinanderzusetzen.

Allerdings zeugte die Tatsache, dass Alex dort war, von der grundlegenden Stärke der Montgomerys. Er hoffte einfach, dass sie ausreichte, um Alex aus der Depression herauszuholen, in der er sich befand.

Und Miranda war verflucht noch mal immer noch nicht da.

Gott, er wollte ihren Gesichtsausdruck nicht sehen, wenn sie von Alex und Jessica erfuhr. Sie sorgte sich um ihre Familie, aber sie war eine Schlichterin. Sie wollte es allen Beteiligten recht machen. Das konnte sie nicht, aber das war ihr egal, und sie beharrte immer wieder darauf, es zu versuchen.

Sein Telefon summte und er sah auf die Anzeige. Mit einem Fluch tippte er auf *Ignorieren* und seufzte dann. Er konnte nicht mehr viel länger mit diesen Menschen in einem Raum stehen. Sie mochten ihn vielleicht ein Familienmitglied nennen, aber das war er nicht. Nein, die Familie, die er hatte, rief ihn immer wieder an und versuchte, ihn wieder in den Abgrund zu ziehen, aus dem er sich vor Jahren befreit zu haben glaubte.

Grif warf ihm einen merkwürdigen Blick zu und Decker hob das Kinn in Richtung Haustür. Sein Freund runzelte die Stirn, aber Decker murmelte nur: »Zwei Minuten«, bevor er zur Tür hinausging und dabei seine Lederjacke mitnahm. Er brauchte nur ein bisschen frische Luft und die würde er im Haus bei so vielen Menschen um ihn herum, die ihre eigenen Probleme zu lösen versuchten, nicht bekommen. Austin und Sierra wollten heiraten. Die Zwillinge hatten höchstwahrscheinlich ihre eigenen Sorgen bei der Arbeit. Maya erweckte den Eindruck, als würde sie etwas geheim halten. Meghan hatte ihren Mistkerl von Ehemann, und Alex betrank sich in einer Ecke. Harry und Marie hatten mit Harrys Krankheit zu kämpfen, und Griffin fing an, zu viel zu sehen.

Sie alle sahen zu viel.

Decker ging hinaus zu dem großen Baum im Vorgarten und schob die Hände in die Taschen. Er würde sich nicht vor dem Abendessen verabschieden. Das würde Maries Gefühle verletzen und sie hatte in letzter Zeit genügend Schläge eingesteckt. Zu gehen, ohne ein Wort zu sagen, würde es nur noch schlimmer machen.

Er wusste nicht, warum Miranda sich verspätete, aber sie würde kommen. Sie würde hineingehen und herausfinden, dass ein Teil ihrer Welt zusammengebrochen war, und er wäre dort, um die Scherben aufzusammeln. Das war er immer gewesen. Als sie von der Krankheit ihres Vaters erfahren hatte, war er derjenige gewesen, der sie in seinen Armen gehalten hatte. Er war derjenige, bei dem sie sich anlehnte. Vielleicht lag es an ihrer Schwärmerei oder was auch immer sie bewegte, aber das konnte nicht alles sein. Sie war immer ein Teil von ihm gewesen, sogar schon während ihrer Jugend war sie ihm nahe gewesen.

Er war sich bloß nicht mehr sicher, ob er damit noch umgehen konnte. Nicht nach diesem Kuss. Nicht, nachdem er sie aus seiner Küche vertrieben hatte. Nachdem er sie geradewegs in Jacks Arme gescheucht hatte. Verflucht, im Restaurant hatte das Paar perfekt zusammen gewirkt, groß und selbstbewusst. Der Scheißkerl hatte Miranda angefasst, als hätte sie ihm dies gestattet. Miranda hatte sich weder zurückgezogen noch so gewirkt, als wäre ihr ein anderer Mann lieber gewesen. Dass Colleen an seinem Arm gehangen und ihr der Ausdruck auf seinem Gesicht bei ihrem Eintreten nicht gefallen hatte, war nicht hilfreich gewesen. Er war der Ansicht, dass sie sich in Bezug auf ihre Beziehung einig gewesen waren, und im Hinblick darauf, dass sie monatelang nicht miteinander geschlafen hatten, hätte sie nicht überrascht sein sollen, als er Schluss machte. Im Grunde war er sich nicht sicher, ob es da überhaupt etwas zu beenden gegeben hatte, mal abgesehen von ein paar gelegentlichen Abendessen. Sie war extrem sauer geworden, aber jetzt war es vorbei und er war frei.

Wenigstens was Colleen anbelangte.

Die eigentlichen Fesseln und verworrenen Gedanken waren auf eine andere langbeinige Brünette zurückzuführen.

Diejenige, die im Augenblick in die Straße einbog, in der die Montgomerys lebten. Er blieb, wo er war, und hatte die Hände noch immer in den Taschen. Er war kein galanter Mann und das musste sie einsehen. Er würde ihr nicht die Tür aufhalten und ihr heraushelfen oder sie mit der Hand an ihrem Rücken ins Haus führen. Sie würde allein klarkommen und er ebenso.

Sie trug eine große Sonnenbrille, doch sie verbarg nicht alles.

Was. Zur. Hölle?

Seine vorigen Gedankengänge ignorierend zog er die Hände aus den Hosentaschen und stürzte auf sie zu. Sie erreichte den Bürgersteig und ihr entfuhr vor Schreck ein leiser Schrei, als sie ihn wahrnahm. Sie fuhr sich mit der Hand an die Kehle und er fluchte. Er hatte sie dieses Mal nicht erschrecken wollen, aber Mist.

Kam sie deshalb so spät?

»Was zum Teufel ist passiert?«

»Decker ...« Sie streckte eine Hand aus, aber er berührte sie nicht. Das konnte er im Augenblick nicht. Er war so sauer, dass er fürchtete, sie noch mehr zu verletzen. Er war der Sohn seines Vaters und konnte sich selbst nicht trauen.

»Wen muss ich dafür umbringen? Wer hat verdammt noch mal Hand an dich gelegt? War das dieser Wichser, Jack?« Er zog seinen Schlüssel aus der Hosentasche und sie legte eine Hand auf sein Handgelenk.

Er beruhigte sich bei ihrer Berührung, die so zart ... so zurückhaltend war.

»Miranda, sag es mir.«

Mit zitternder Hand nahm sie die Sonnenbrille ab. Sie hatte sich nicht die Mühe gemacht, Make-up aufzulegen, weil es die Schwellung und Blutergüsse in ihrem Gesicht ohnehin nicht verdeckt hätte. Jeder einzelne Zentimeter, wo jemand sie verletzt hatte, war für ihn zu sehen. Er prägte sich jeden Bluterguss, jeden Kratzer und jeden Abdruck auf ihrem perfekten Gesicht ein. Er würde diesen Mistkerl blutig schlagen und darauf achten, diese Blutergüsse nachzuahmen und ein paar weitere hinzuzufügen.

Schließlich war er kein netter Mann.

»Ich habe mich darum gekümmert.« Sie sprach leise, aber sie war eindeutig ungebeugt. Gütiger Himmel, diese Frau war stark.

Er nahm sie sanft bei den Schultern und zog sie an seine Brust. Vergessen war, was auch immer in seinem Kopf vor sich ging. Er musste sie berühren und fühlen, dass sie noch immer dort war, noch immer in Ordnung.

Sie erstarrte für einen Augenblick und dann schmiegte sie sich an ihn und schloss die Finger um die Vorderseite seines Hemdes.

»Natürlich hast du dich darum gekümmert«, murmelte er. Er hätte von Miranda nichts Geringeres erwartet – und von Maya und Meghan, nach ihren Blicken von vorhin zu urteilen. Mit einer Hand strich er ihr über das Haar und ihren Rücken, um sie zu besänftigen. »Erzähl mir, was passiert ist, damit ich mich auch darum kümmern kann.«

»Wenn du dich einmischst und jemanden verprügelst, wirst du es nur schlimmer machen. Ich will einfach nur, dass es verschwindet.«

Er knurrte leise und drückte sie so fest, dass sie protestierte. Daraufhin lockerte er seine Umarmung und legte den Kopf auf ihren Scheitel. Sie standen mitten auf dem Bürgersteig, wo alle sie sehen konnten, aber in diesem Augenblick war ihm das scheißegal. Die Leute konnten denken, was sie wollten. Er musste dafür sorgen, dass sie in Ordnung war, und dann würde er mit den anderen fertigwerden.

»Jack hat das getan, oder?«

Sie nickte an ihn geschmiegt und er bemühte sich verzweifelt, weder zu fluchen noch zu knurren.

»Was ist passiert?«

Als sie erschauderte, zog er seine abgetragene Lederjacke

aus und legte sie ihr um die Schultern. Sie seufzte und schmiegte sich noch enger an ihn.

Sie erzählte ihm von dem Rendezvous und wie sie am Anfang nicht wirklich mit Jack hatte ausgehen wollen. Er würde die Tatsache später verarbeiten müssen, dass sie nicht mit dem Mann hatte zusammen sein wollen und sich dennoch dazu gezwungen hatte. Als sie zu dem Teil ihrer Erzählung kam, an dem sie ein Taxi gerufen hatte, unterbrach er sie.

Er zog sich zurück und hob ihr Kinn mit seinem Fingerknöchel an. »Ich war dort im Restaurant, Mir. Du hättest zu mir kommen können und ich hätte dich gefahren.«

Sie schüttelte den Kopf. »Hätte ich das? Hätte ich das wirklich tun können nach dem, was in deiner Küche passiert ist?«

Er schloss die Augen und fluchte innerlich. Er hatte dort verdammt gute Arbeit geleistet. »Ja, Mir. Egal was in dieser verdammten Küche passiert ist, ich hätte dich nach Hause gefahren. Aber vergessen wir das.«

Sie betrachtete sein Gesicht und sah offenbar etwas, das sie in seinen Augen erkannt haben musste, denn sie nickte. »Ich bin bis zu meiner Eingangstür gekommen. Ich hatte meinen Schlüssel in der Hand, weil ich mich gefürchtet hatte, weißt du?«

Sein Griff wurde fester, doch er nickte. »Erzähl weiter«, presste er hervor.

Sie seufzte. »Er hat mich an die Wand geschleudert.« Sie zeigte auf ihr Gesicht. »Ich denke, das meiste stammt davon. Dann hat er mir in übelster Weise Angst gemacht, mich herumgerissen und mich einmal geschlagen.«

Er knurrte geradeheraus. »Ich werde ihn umbringen.«

Sie schüttelte den Kopf. »Er hat mich nicht noch einmal geschlagen, weil ich ihm das Knie in die Hoden gerammt habe und es irgendwie in meine Wohnung geschafft habe, wo ich die Tür hinter mir abgeschlossen habe.«

Daraufhin grinste er. Ja, es war kein angenehmes Grinsen, aber Miranda wusste zweifelsohne, wie sie ihn überraschen konnte. »Gut gemacht. Ich hoffe, du hast ihn hart getroffen.«

Sie grinste mit ihm und ebenso bedrohlich. »Ich denke schon. Er hat ein bisschen geschrien und ich habe all meine Kraft aufgewandt, um es zu tun.« Dann zuckte sie mit den Schultern und obwohl dieser Teil ihr ein besseres Gefühl bescherte, wusste er, dass noch ein langer Weg vor ihr lag, ehe sie sich wieder wie sie selbst fühlen würde. Wenn er nur wüsste, wie er ihr dabei helfen könnte. »Ich habe die Polizei gerufen und dann Maya. Ich habe es sogar irgendwie gleichzeitig gemacht. Gott sei Dank hatte Dad mich überzeugt, meinen Festnetzanschluss zu behalten.«

»Stimmt.« Aus irgendeinem Grund wünschte er, sie hätte ihn angerufen, weil er von allen Montgomerys und Freunden am nächsten lebte. Aber er war nicht daheim gewesen und sie hatten nicht miteinander geredet.

Nun, so ein Mist.

»Also sind Maya, Jake und Meghan gekommen und haben sich um mich gekümmert, da ich einen kleinen Zusammenbruch hatte, nachdem die Polizeibeamten gegangen waren.«

Er zog eine Augenbraue hoch. »Du darfst einen Zusammenbruch haben, ob klein oder nicht. Der kleine Wichser hat dich zu Tode erschreckt, also wenn dir noch einmal nach Weinen zumute ist oder du auf etwas einschlagen möchtest, lass es mich wissen.«

»Du gestattest mir, auf dich einzuschlagen?«

Er schnaubte. »Klugscheißerin. Wenn du möchtest, darfst du das gern versuchen. Ich meinte den Sandsack, den ich zu Hause habe.« Er runzelte die Stirn. »Eigentlich könntest du das sowieso mal ausprobieren, damit ich dafür sorgen kann, dass du imstande bist, dich selbst zu verteidigen. Ich weiß, dass deine Brüder dir ein paar Griffe beigebracht haben, aber ich will mich selbst davon überzeugen.«

Sie seufzte. »Ich dachte auch, dass ich die Griffe kennen würde, aber es ist etwas anderes, wenn du sie wirklich anwenden musst, weißt du?«

Traurigerweise wusste er das, aber das sagte er ihr nicht.

»Was hat die Polizei gesagt?«

Ihr Blick wurde finster und sie schüttelte den Kopf.

»Was zum Teufel? Was haben die Beamten gesagt, Mir?«

»Nun, abgesehen davon, dass der Ältere mir ziemlich deutlich die Schuld zugewiesen hat, weil ich eine Frau bin, nicht viel.«

»Du musst mich verflucht noch mal auf den Arm nehmen. Hast du die Nummer seiner Dienstmarke? Verdammter Idiot.«

»Du hast in den letzten zwei Minuten etwa zehnmal verdammt gesagt. Beruhige dich, Decker.«

»Verdammt.« Trotz seiner größten Anstrengung zuckten seine Mundwinkel. »Mir.«

»Deck«, antwortete sie in seinem tiefen Tonfall. »Jake hat die Nummer der Dienstmarke und er hat außerdem ein Foto von dem Kerl geschossen. Das hat den Idioten noch wütender gemacht, aber egal. Was Jack anbelangt, nun, sie haben gesagt, da nicht viele Beweise vorliegen und es keine Zeugen gibt, steht Aussage gegen Aussage. Ich weiß nicht, was passieren wird, aber Jack hat weitaus mehr Geld als ich, er könnte das Ganze also leicht anfechten, wenn er das wollte.«

Wenn er überlegte, dass er ein Leben gelebt hatte, in dem sein Vater – trotz der Beweise – stets seinen Willen bekommen hatte, weil seine Mutter zu eingeschüchtert war, um etwas zu sagen, überraschte ihn das traurigerweise nicht. Es gab gute Polizisten dort draußen, großartige sogar, aber meistens trafen sie nicht mit Decker zusammen.

Ihm kam eine Idee. »Ich bin ein Zeuge. Nun, nicht für das, was passiert ist, aber ich habe dich mit ihm im Restaurant gesehen. Das kann ich ihnen sagen.«

Sie schüttelte den Kopf. »Das kannst du gern versuchen, aber selbst der Angestellte des Parkdienstes konnte nicht helfen, und er hat uns streiten sehen.«

Decker knirschte mit den Zähnen. »Ich tue alles, was ich tun kann, Mir. Du musst es nur sagen. Wenn ich dem kleinen Wichser die Scheiße aus dem Leib prügeln soll, damit er genau versteht, mit wem er sich angelegt hat, werde ich das tun.« Und es genießen, aber diesen Teil erwähnte er nicht.

»Du kannst nichts tun, Decker. Abgesehen davon habe ich mich selbst darum gekümmert«, wiederholte sie.

»Ich bin stolz auf das, was du getan hast, aber das heißt nicht, dass du die Sache beendet hast. Ich möchte mich auch darum kümmern und du weißt sehr gut, dass deine Brüder sich ebenfalls darum kümmern wollen.«

Daraufhin zuckte sie zusammen. »Ich weiß. Verflucht. Ich wollte heute nicht kommen, weil, nun …« Sie zeigte auf ihr Gesicht und er nickte. Ja, da gab es nichts zu verstecken. »Ich will die ganze Geschichte nicht wieder und wieder erzählen, und das müsste ich, wenn ich *nicht* gehen würde. Auf diese Weise sind alle da und ich kann es hinter mich bringen. Dann kann ich nach Hause fahren oder so.«

Decker wusste, dass es ein Fehler war, aber er würde helfen. Er konnte nicht anders. »Wie wäre es damit … ich gehe mit dir rein. Du erzählst deine Geschichte und dann hole ich dich da raus. Komm mit mir nach Hause und ich sorge dafür, dass dein Gesicht in Ordnung kommt, und du kannst Gunner kennenlernen.«

»Gunner?«

»Himmel, ich habe ganz vergessen, dass du das noch gar nicht weißt. Ich habe einen Hund, Gunner. Er ist gerade hinten im Garten und spielt mit den Kindern. Also, bist du dabei?«

Forschend betrachtete sie sein Gesicht. »Einen Hund? Das muss ich sehen. Ich bin dabei.«

Jawohl, er war ein Masochist.

Er trat einen Schritt zurück und sie legte ihre Hand in seine. Er schluckte schwer und dann schob er das Gefühl beiseite. Er würde ihr helfen, weil er nicht anders konnte, und dann müsste er einen Weg finden, sie zu vergessen. Er war sich nicht sicher, wie er die nächsten paar Jahre überstehen sollte, wenn ihm das nicht gelang.

Langsam gingen sie auf die Tür zu. Als er die Hand auf den Türknauf legte, drückte sie seine Hand.

»Bist du bereit?«, fragte er.

»Nein, aber das muss ich wohl.«

»Ich gehe zuerst hinein«, schlug er vor und wusste, dass es das Unvermeidliche nur hinauszögern würde.

Die Familie erblickte ihn zuerst und Neugierde spiegelte

sich auf ihren Gesichtern. Dann beobachtete er, wie einer nach dem anderen den Blick auf Miranda konzentrierte.

Der Raum explodierte.

»Oh mein Gott, Kleines.« Marie lief zu Miranda und legte die Hände um das Gesicht ihrer Tochter – an den unverletzten Stellen. »Was ist passiert?«

Miranda stieß zischend die Luft aus, und da er ihre Hand noch immer hielt, zog er seine beste Freundin weg.

»Beruhigt euch alle«, gebot Decker mit dröhnender Stimme, um die hitzige Debatte zu übertönen. »Sie wird alles erklären, aber ihr müsst zurücktreten.«

»Wirklich?«, fauchte Austin. »*Ich* muss zurücktreten?« Sein Blick wanderte zu Mirandas und Deckers umschlungenen Händen hinab. »Würde es dir etwas ausmachen, mir zu erklären, was zum Teufel hier los ist?«

Für einen Augenblick dachte Decker, dass der Mann, den er einen Freund und einen Bruder genannt hatte, der Annahme wäre, dass er derjenige war, der die blauen Flecke auf Mirandas blassem Gesicht hinterlassen hatte. Er verwarf den Gedanken allerdings, denn das konnte nicht sein. Das würden sie nicht denken ... wenngleich sie jedes Recht der Welt dazu hatten. Schließlich stammte er von dieser Sorte Mann ab ... hatte diese Art von Blut in seinen Adern. Die Annahme, dass er der Verantwortliche war, wäre nicht zu weit hergeholt, obwohl er noch nie in seinem Leben die Hand gegen eine Frau erhoben hatte.

»Würdest du es uns allen bitte erklären?«, bat Storm. Der Mann hatte einen starren Blick aufgesetzt, während sein Zwillingsbruder neben ihm keinen Ton hervorbrachte. Der mörderische Ausdruck auf seinem Gesicht sagte alles.

Alex stand an der Wand und äußerte sich nicht. Zunächst war Decker der Meinung, dass der Mann zu betrunken war, um sich für irgendetwas zu interessieren, doch der Ausdruck von Wut in seinen Augen war die erste echte Emotion, die er seit langer Zeit dort erblickte.

Das war schon etwas.

Auch Griffin sagte nichts. Er stand einfach neben seinem

Vater mit einem Gesichtsausdruck, den Decker nicht ganz enträtseln konnte.

»Hört auf damit. Hört auf, ihr alle!«, schrie Maya und es wurde still im Raum.

»Wenn ihr damit fertig seid, wie ein Haufen Neandertaler herumzubrüllen, werde ich jetzt Cliff und Sasha nach Hause bringen«, warf Meghan ein. »Es war ein langer Tag und ich denke, es ist an der Zeit, dass sich alle setzen und miteinander reden.« Sie trat zu Miranda und küsste ihre Schwester auf die Schläfe. »Halt dich tapfer und ruf mich an, wenn ihr ihn habt.«

Cliff und Sasha umarmten Miranda schweigend, denn sie spürten die Stimmung im Raum.

Sierra und Austin tauschten einen Blick aus und nach seinem Nicken ging sie mit Leif und Gunner wieder nach draußen. Decker war sich sicher, dass sie von ihrem Verlobten später alles erfahren würde, aber dies war nicht der richtige Moment für die Kinder.

»Mir scheint, die Mädchen wussten schon vor uns anderen Bescheid, was vor sich geht«, stellte Griffin ruhig fest. »Jetzt weiß Decker Bescheid. Es gefällt mir nicht, wenn ich nicht eingeweiht bin. Es passt mir insbesondere nicht, wenn es den Anschein hat, als hätte irgendjemand meine kleine Schwester als Sandsack missbraucht.«

»Ruhig«, sagte Harry leise. Er trat vorsichtig auf seine Tochter zu. Decker ließ ihre Hand nicht los. Er war sich eigentlich nicht sicher, ob er das überhaupt konnte.

»Ist die Person tot, die dir das angetan hat?«, fragte Harry.

Miranda schüttelte den Kopf und Tränen traten ihr in die Augen. »Nein, aber ich habe es geregelt.« Dann erzählte sie ihrer Familie die Geschichte genauso wie Decker vor einigen Minuten. Sie hatte recht mit der Vermutung, dass sie dies nicht immer und immer wieder erzählen wollte. Auf diese Weise brachte sie die Angelegenheit mit einem Schlag hinter sich und konnte sie abhaken. Jedenfalls soweit das möglich war.

Mit einem Finger zeichnete Harry die Spuren auf der

geprellten Seite ihres Gesichts nach, wobei er sie kaum berührte, sodass Miranda nicht einmal zuckte.

»Ich möchte nicht, dass meine Söhne ins Gefängnis kommen, und auch nicht meine Töchter oder meine Frau, weil sie das Gesetz selbst in die Hand genommen haben«, verkündete Harry ruhig. »Du sagst, du hättest das unter Kontrolle, und ich glaube dir. Aber eins sollst du wissen, Kleine, wenn du uns brauchst, sind wir da.« Er küsste sie auf die Stirn und sah zu Decker hinüber. Decker reckte das Kinn und Harry nickte.

Ja, der Mann wusste, was Sache ist. Decker würde helfen und keinen Rückzieher machen. Manchmal war jemand nötig, der nicht offiziell der Familie angehörte, um die Schutzschilde zu durchbrechen und zu helfen.

Wenn sie nur alle *genau* wüssten, was zwischen ihm und Miranda vor sich ging.

Was genauer gesagt gar nichts war, rief er sich in Erinnerung.

Miranda war nicht die Seine.

Er würde ihr helfen und sich darum kümmern, dass sie auf sich selbst aufpassen konnte, um sie dann ihren Weg gehen zu lassen.

Sie begegnete seinem Blick und er las die Bitte in ihren Augen. Er nickte ihr zu. »Ich fahre jetzt nach Hause«, sagte sie leise. »Ich weiß, ich bin gerade erst eingetroffen, aber ich bin nur gekommen, um ... nun ja ...« Sie zeigte auf ihr Gesicht. »Ihr habt es gesehen, ihr wisst genauso viel wie ich, und jetzt will ich mich ausruhen.«

»Ich kümmere mich darum, dass sie gut nach Hause kommt.« Griffin sah ihn an und eine Frage lag in seinem Blick. Eine Frage, die Decker nicht zu beantworten gewillt war – selbst wenn er die Antwort wüsste.

»Bleib hier und verabschiede dich. Ich hole Gunner«, flüsterte er ihr ins Ohr. Heute duftete sie nach Rosen.

Sie nickte und begann mit dem langen Abschied, der zu jeder Veranstaltung der Familie Montgomery dazugehörte. Es waren einfach zu viele Leute, als dass es leicht wäre, sie zu verlassen. Er betrat den Garten hinter dem Haus und nahm

Leif den herumtollenden Gunner weg. Sierra legte eine Hand auf Deckers Arm, aber er schüttelte den Kopf. Er hatte nicht das Recht, die Geschichte zu erzählen, und es hatte ganz den Anschein, als müsste Austin sich später Luft machen und sich alles von der Seele reden.

»Du bist ein guter Mann, Decker«, sagte sie leise und küsste ihn über seinem Bart auf die Wange.

Er stimmte ihr nicht zu, aber er ließ sie in dem Glauben. Darin war er gut.

Er nahm Gunner an die Leine und kehrte ins Haus zurück. Marie hatte den Hund auf den ersten Blick geliebt und ließ ihn in ihrem sauberen Haus herumstreunen. Gunner war, genau wie er, ein weiteres Ehrenmitglied der Familie Montgomery. Decker täte gut daran, das nicht zu vergessen.

Miranda sah, wie er sich näherte, und senkte den Blick, ehe auf ihrem Gesicht ein Lächeln aufleuchtete.

»Oh, er ist bezaubernd.« Sie ging in die Hocke und ließ Gunner auf sich zukommen. Der Hund schnupperte um sie herum und schmiegte sich sanft an ihren Hals. Gunner schien zu wissen, dass Miranda von einer Zerbrechlichkeit war, die Herzschmerz verursachte, und er achtete darauf, sie nicht umzustoßen – anders als Maya, als sie ihn kennengelernt hatte.

»Bezaubernd?« Storm stutzte. »Miranda, Süße, wie schwer hast du dir den Kopf verletzt? Autsch!« Storm rieb sich seinen eigenen Kopf an der Stelle, an der Wes ihm einen Hieb versetzt hatte.

Miranda lachte nur und schüttelte den Kopf, ehe sie sich erhob. »Wir sehen uns bald wieder. Danke für euer Verständnis.«

Sie verabschiedeten sich und er begleitete sie zu ihrem Wagen. »Ich fahre hinter dir her«, kündigte er an.

»Es ist dein Zuhause. Warum folge ich nicht dir?«, fragte sie und zog seine Jacke enger um sich.

»Ich möchte sicherstellen, dass ich dich jederzeit sehen kann«, antwortete er. »Hab Geduld mit mir. Nur heute.«

Er legte die Hände um ihr Gesicht und fühlte dabei, wie sie die Luft einsog. Mit seinem Daumen streichelte er ihre

Lippen und sie teilte sie für ihn, wobei sie die Zunge hervorschnellen ließ, um seine Daumenkuppe zu lecken. Er schluckte schwer und erwiderte ihren Blick. Das war unvernünftig, oh, so unfassbar unvernünftig. Aber er würde es durchziehen. Und dann würde er es vergessen und nach vorne schauen.

Wenn auch nur für einen Augenblick.

»Wir sehen uns bei mir zu Hause«, raunte er leise.

»Decker«, flüsterte sie.

»Später, Mir. Später.«

Gott, er war ein egoistischer Mann. Egal, was als Nächstes geschah, und selbst, wenn er sie nie wieder berührte, er wusste, dass er sie zu sich nach Hause bringen und in Sicherheit wissen musste.

Er wäre nicht ihre Zukunft. Nein, das konnte nicht sein, aber vielleicht, nur vielleicht, könnte er leben, um ihre Gegenwart zu sein. Vielleicht würde er einen flüchtigen Blick auf ihr Glück erhaschen, bevor sie die Wahrheit erkannte.

Bevor sie herausfand, wer er war.

Kapitel Zehn

NACHDEM SIE BEI seinem Haus angekommen waren, zog Miranda endlich Deckers Jacke aus. Sie hatte sich nicht davon trennen wollen, aber es wäre mehr als offensichtlich gewesen, wenn sie sie anbehielte, während sie drinnen waren, und dann damit fortlief. Seit sie sich in seiner Küche zum Narren gemacht hatte, war sie nicht mehr bei ihm gewesen, doch wenn auch nicht viel Zeit vergangen war, schien alles anders zu sein.

Sie war sich nicht sicher, in welcher Weise, aber sie hatte die Veränderung vor dem Haus ihrer Eltern gespürt.

Sie wusste nicht, was es zu bedeuten hatte, und auch nicht, was sie hier machte. Er würde ihr zeigen, wie sie sich selbst schützen konnte, hatte er gesagt, aber sie hatte nicht geglaubt, dass das unverzüglich passieren sollte. Nein, er hatte dafür gesorgt, dass sie sicher war, aber auch wieder unbeschwert Luft holen konnte. Obwohl sie ihre Familie mit jeder Faser ihres Wesens liebte, war es schwierig, sich keine Gedanken darüber zu machen, wie sie vor dem Vorfall geschützt werden konnte, wenn sie nicht einmal sich selbst zu schützen vermochte.

»Willst du etwas zu trinken?«, fragte er und hatte dabei die Hände abermals in den Hosentaschen. Gern würde sie glauben, dass er das deshalb tat, weil er die Hände nicht von ihr lassen konnte, doch darauf würde sie nicht wetten.

Trotz der Tatsache, dass sie Decker kannte … über seine Eigenheiten Bescheid wusste und mit seiner Vergangenheit vertraut war … kannte sie ihn nicht so gut, wie sie dachte.

Ja, sie liebte ihn immer noch, war weiterhin in ihn verknallt, aber wenn sie ihn besser kennen würde, könnte sie vielleicht eine Lösung finden, mit dieser Liebe zu leben.

Gott, jetzt klang sie wie eine jämmerliche, liebeskranke Idiotin.

Offene, ehrliche Kommunikation wäre die einzig richtige Lösung, damit umzugehen.

Entweder das oder es lächelnd durchzustehen, während sie ihre Gefühle ignorierte.

So oder so.

Gunner kam zu ihr und drückte sich an ihr Bein. Sie sah auf den hinreißend hässlichen Hund hinab und kraulte ihn hinter den Ohren. Er ließ die Zunge aus dem Maul hängen und schenkte ihr ein bezauberndes Lächeln.

Dann würgte sie.

»Lieber. Gott.«

»Verfluchter Hund«, murmelte Decker. »Komm, raus hier, du stinkendes Etwas. Weißt du nicht, dass man ein Zimmer nicht vollstänkern darf, wenn ein Mädchen anwesend ist? Hast du keinen Anstand?«

Miranda tränten die Augen und sie konnte sich das Lachen nicht verkneifen, das in ihrer Kehle aufstieg. Decker nahm Gunner mit hinaus und kehrte dann mit lächelndem Gesicht zurück ins Zimmer. Gunner und seine grauenhaften Anfälle von Blähungen hatten die Unbeholfenheit zwischen ihnen vorerst durchbrochen. Wenn es nur nicht so eklig stinken müsste, um das zu bewerkstelligen.

Decker nahm Miranda an der Hand und führte sie in die Küche. Die Rauheit seiner schwieligen Hände fühlte sich vertraut an. Oh Gott, sie war eine Närrin. Aber sie würde es hinnehmen. Fürs Erste. »Du hast nicht meine Frage beantwortet, ob du etwas trinken willst oder nicht. Ich habe Durst, und wir müssen aus dem Wohnzimmer raus, sonst könnten wir an Sauerstoffmangel zugrunde gehen.«

Sie stimmte in sein Lachen ein und lehnte sich an den Küchentresen, während er zum Kühlschrank ging. »Ich nehme eine Limonade, wenn du welche hast.«

»Ich habe Cola. Richtige, keine Cola light.«

Sie verdrehte die Augen. »Du kennst mich schon seit wie vielen Jahren und denkst, ich würde Cola light trinken?«

Er sah über seine Schulter. »Nein, aber du könntest dich verändert haben, als ich nicht hingesehen habe.« Er sprach nicht von der Limonade, und sie beide wussten es.

»Ich trinke nicht oft Limonade, da sie schrecklich ungesund ist, aber wenn ich mich einmal gehen lasse, ist mir der Zucker lieber als synthetischer Süßstoff.«

»Das klingt logisch.« Er hielt eine Dose hoch und runzelte die Stirn. »Brauchst du ein Glas und Eis oder so?«

Sie stieß die Luft aus, nahm die Dose und zog die Lasche auf. »Nein, ich bin nicht wählerisch. Sie ist kalt, und nur das ist wichtig. Decker, was ist los? Warum fühlt es sich so merkwürdig an?«

Decker begegnete ihrem Blick und ihr Magen krampfte sich zusammen. Sie war keineswegs sicher, ob die Reaktion von der guten oder schlechten Sorte war. Und sie war ganz und gar nicht sicher, ob sie das wissen wollte.

»Als wir uns das letzte Mal in diesem Raum aufhielten, habe ich dich gegen denselben Tresen gedrängt, an den du dich gerade lehnst, und dich geküsst. Heftig. Als du das letzte Mal hier warst, hatte ich meine Hände in deinem Haar und meine Zunge in deinem Mund. Seitdem ist viel passiert. Und doch nicht genug.«

Bei der Erinnerung an seine Berührung … seinen Geschmack … musste sie ein Schaudern zurückhalten. All das wollte sie noch einmal, und sie wollte mehr. Das bedeutete allerdings nicht, dass es geschehen würde. Vor allem nicht, wenn sie sich daran erinnerte, mit wem er zusammen war, als sie ihn das letzte Mal gesehen hatte.

»Wie geht es Colleen?«, fragte sie und ließ ihre Stimme so

ungezwungen klingen, wie sie nur konnte. Das hieß, eigentlich gar nicht ungezwungen.

Decker zog eine Augenbraue hoch. »Sie ist nicht hier.«

Sie knurrte ein wenig. »Blödmann. Das meine ich nicht. Du warst neulich Abend mit ihr zusammen.«

»Ja, und das war das letzte Mal, dass ich mit ihr zusammen war. Davor war es nichts Ernstes. Und jetzt haben wir gar nichts mehr miteinander.«

Sie leckte sich die Lippen und war ärgerlicherweise erfreut über diese Tatsache. Und dennoch ... »Also hast du sie einfach abserviert?« Vielleicht hatte er recht, vielleicht kannte sie ihn gar nicht.

Er seufzte. »Nein, das habe ich nicht. Es war ganz zwanglos mit uns. Wir waren keine richtigen Freunde, weil wir nicht viel gemeinsam hatten.«

»Warum warst du dann mit ihr zusammen?« Sie hätte sich die Zunge abbeißen können. Natürlich gab es einen Grund, warum er mit ihr zusammen war. Nicht dass sie überhaupt in irgendeiner Weise über diesen speziellen Grund nachdenken wollte.

Er zuckte mit den Lippen. »Es ist nicht, was du denkst.« Wieder seufzte er. »Wir hatten seit Monaten nicht mehr miteinander geschlafen, Mir.«

Sie riss die Augen auf. »Im Ernst?«

»Nicht dass es dich etwas anginge, oder vielleicht geht es dich etwas an, wenn es irgendeinen Grund dafür gibt, warum wir darüber reden. Colleen und ich haben seit Monaten nicht mehr miteinander geschlafen, wie ich schon sagte. Ich glaube sogar, dass wir nicht einmal wirklich zusammen waren, weil wir nicht viel unternahmen, sondern nur ab und zu zusammen aßen. Es war nicht meine Idee gewesen, dass sie dieses eine Mal zu der Montgomery-Veranstaltung mitgekommen ist, sondern sie hatte sich sozusagen selbst eingeladen. Sie ist eine nette Frau, aber keine, mit der ich wirklich zusammen sein will.« Er begegnete ihrem Blick und Miranda sog die Luft ein.

»Decker.«

»Miranda.«

Sie lachte leise. »Ich weiß nicht, was ich hier mache.« Sie presste die Hände vors Gesicht und fluchte.

Mit seiner ungeöffneten Dose Cola in der Hand trat Decker neben sie. Er hielt sie an ihre geschwollene Wange und sah ihr forschend ins Gesicht. »Tu dir nicht selbst weh, Mir.«

Sie schloss die Augen. Wenn sie diesen Schritt wagte – und du meine Güte, wie gern sie diesen Schritt tun wollte –, mochte sie nicht diejenige sein, die den Schmerz verursachte.

»Ich habe die blauen Flecke ganz vergessen«, entgegnete sie stattdessen.

Er fasste sie am Kinn und hob ihr Gesicht zu seinem. »Ich nicht«, stellte er mit leiser Stimme fest. »Ich könnte ihn dafür umbringen, dir das angetan zu haben.« Wegen des Versprechens, das in seiner Stimme mitschwang, glaubte Miranda ihm.

»Es ist vorbei«, gab sie zurück und hoffte, dass dem so war. Der Montagmorgen bei der Arbeit würde unangenehm und schrecklich werden, aber sie würde es durchziehen. Sie war eine Montgomery.

Er wanderte mit einem Finger über ihr Gesicht hinab, während er mit der anderen Hand noch immer ihr Kinn hielt. »Noch nicht, aber bald. Ich werde nicht zulassen, dass er dir noch einmal wehtut.«

»Was machen wir hier?«, fragte sie mit einer ärgerlicherweise atemlosen Stimme.

Decker betrachtete forschend ihr Gesicht und trat einen Schritt zurück. Sie verabscheute das Gefühl der Kälte, das sich bei dieser Distanz einstellte. »Wir werden unsere Getränke trinken und dann werden wir uns unterhalten.«

»Worüber?«

»Über die Tatsache, dass ich dich zwar weggestoßen habe, aber offenbar nicht imstande bin, dich fernzuhalten.«

Betroffen schloss sie die Augen. »Das hört sich von dir an, als sei ich ein Käfer, der sich nicht zerquetschen lässt.«

Er öffnete sein Getränk und nahm einen Schluck. »Komm, setz dich zu mir.«

Es entging ihr nicht, dass er ihren Vergleich mit dem

Käfer nicht berichtigt hatte. Mistkerl. Ein heißer Mistkerl, aber dennoch ein Mistkerl. Nichtsdestotrotz folgte sie ihm ins Wohnzimmer und war dankbar, dass Gunners duftige Hinterlassenschaft sich verzogen hatte.

Sie setzte sich neben Decker auf das Sofa und ließ genügend Platz, sodass sie sich nicht berührten, aber sie konnte seine Wärme spüren. War das eine große Folter?

Er erwiderte ihren Blick und zuckte.

»Was?«

»Ähm, ich habe ganz vergessen, dass du den ersten Teil des Abends versäumt hast. Mist! Ich weiß nicht, wie ich es sagen soll.«

Sie runzelte die Stirn. »Was? Was ist passiert? Geht es allen gut?« Sie war so auf sich selbst fixiert gewesen, dass sie die anderen gar nicht richtig wahrgenommen hatte. Verfluchter Mist. Das sah ihr gar nicht ähnlich.

»Körperlich sind alle in Ordnung.« Er holte tief Luft. »Ich kenne weder die ganze Geschichte, noch hat er sie, wie es scheint, jemandem erzählt, aber Jessica hat Alex verlassen.«

Miranda stellte ihre Coladose auf dem Couchtisch ab. »Im Ernst? Oh, der arme Alex. Ich meine, wir alle haben Jessica gehasst, obwohl wir versucht haben, es nicht zu tun, weil sie seine Frau war. Er nimmt es nicht gut auf, nicht wahr?«

Ihr blutete das Herz für ihren großen Bruder. Was das Alter anbelangte, stand er ihr am nächsten, obwohl er ihr ganze fünf Jahre voraus war. Er hatte zu schnell und zu jung geheiratet und jetzt musste er mit den Folgen klarkommen. Doch das spielte keine Rolle. Er war ihr Bruder und sie würde alles tun, was sie vermochte, um ihm durch diese Sache zu helfen. Auch wenn er ihre Einmischung nicht wollte.

Decker seufzte und stellte sein Getränk neben ihres. »Nein, das tut er nicht, aber er hat genügend von euch, die dafür sorgen, dass er bei der Stange bleibt.« Sein Blick verriet ihr, dass sie beide das Gleiche dachten.

Es mochte nicht viel sein, doch bei ihrem Versuch, das geschehen zu lassen, würde sie ihr Bestes geben.

»Ich weiß, dass sie Probleme hatten. Es ist dennoch hart, das zu hören, weißt du.«

Decker zuckte die Achseln.

»Was?«

»Es kam nicht allzu überraschend und solche Dinge mussten ja passieren.« Da war eine Schärfe in seiner Stimme, die sie nicht verstand.

»Was meinst du?«

»Es ist nichts, Mir. Mach dir darüber keine Gedanken.«

Sie schüttelte den Kopf. »Behandele mich nicht so. Behandele mich nicht wie ein kleines Mädchen, das nichts versteht.«

Er murmelte etwas vor sich hin und seufzte. »Na schön. Die beiden haben zu jung geheiratet. Oder vielleicht haben sie einfach die falschen Partner geheiratet. Was auch immer passiert ist, sie kannten sich nicht gut genug, und jetzt macht Alex die Hölle durch. Manchmal kennt man den Menschen, mit dem man zusammen ist, erst, wenn es schon zu spät ist.«

Bei dieser bitteren Bemerkung stieß Miranda einen Fluch aus. »Das ist eine sehr zynische Sichtweise in Bezug auf Beziehungen.«

Er zog eine Augenbraue hoch. »Ich bin ganz natürlich draufgekommen.«

Volltreffer. »Wie dem auch sei, wenn du das als eine nicht sehr kluge Art und Weise benutzt, um über uns zu reden, liegst du vollkommen daneben.«

Er schnaubte. »Es gibt kein uns, Mir.«

Sie legte ihm eine Hand auf den Arm und war dankbar, dass er sie nicht wegschob. »Doch, es gibt ein uns. Vielleicht gibt es keine Beziehung zwischen uns, aber es gibt ein uns. Wir müssen uns nur darüber im Klaren sein, was das heißt.«

Er erwiderte ihren Blick. »Du willst mich. Ich will dich. Ist das klar genug?«

Sie schluckte schwer und ihr wurde bei seinen Worten warm. »Ich bin überrascht, dass du es laut ausgesprochen hast.«

Er legte seine Hand um die unverletzte Seite ihres Gesichts. »Ich werde dich nicht anlügen. Nicht bei dieser

Sache. Aber Miranda? Willst du mich? Du wirst mit mir im Ganzen klarkommen müssen. Dass ich mit dir zusammen bin, wäre eine Torheit.«

Getroffen wich sie zurück. »Wie bitte?«

»Mist, das meinte ich nicht. Siehst du? Ich versaue alles. Du bist zu jung für mich. Du gehörst zur Familie. Du bist die kleine Schwester meines besten Freundes. Wenn wir das hier tun und es dann beenden? Dann ruinieren wir alles, was wir zusammen hatten, und verletzen mehr als nur uns. Verstehst du das? Verstehst du, dass wir all das für eine Gelegenheit opfern könnten, die vielleicht nichts bedeutet?«

»Sie wird keineswegs nichts bedeuten«, flüsterte sie. Das könnte nicht sein. Nicht für Decker und nicht für sie.

»Wir sind nicht mehr die Menschen, die wir früher waren. Wir sind nicht mehr dieselben, mit denen wir aufgewachsen sind. Wir sind erwachsen geworden und haben uns weiterentwickelt. Wir haben unser Leben gelebt. Wir sind nicht diese Hüllen. Du bist nicht mehr das kleine Mädchen, das ich vor all den Jahren in dir gesehen habe, und ich bin ganz bestimmt nicht mehr der Junge, der ich damals war. Wenn wir es tun, wird es ganz anders sein. Wir müssen einander kennenlernen. Ich bin nicht der Mann, für den du mich hältst. Das musst du verstehen. Ich bin kein Traummann oder was auch immer du in deinem Kopf hast. Du kennst mich nicht wirklich.«

Sie schloss die Augen und holte tief Luft. Sie wollte nicht wütend werden, doch andererseits … scheiß drauf.

»So ein herablassender Schwachsinn«, brauste sie auf.

»Was?« Er schien aufrichtig verwirrt.

»Ich bin nicht irgendein kleines Kind, Decker. Du willst mich kennenlernen? Na schön. Ich will, dass du das tust. Ich will auch mehr über dich erfahren. Ich will herausfinden, wie wir zusammenpassen. Ich weiß, dass wir uns gut ergänzt haben, als … nun, als was auch immer wir vorher waren, und ich möchte wissen, wie es sein wird, wenn wir mehr sind. Menschen verändern sich, wenn sie zusammen sind.« Sie hob eine Hand. »Ich sage nicht, dass das etwas Schlechtes ist, ganz im Gegenteil. Diese kleinen Veränderungen geschehen, wenn Menschen sich in eine Beziehung fügen. Ich bin nicht so jung, wie du glaubst, und ich denke, das musst du lernen. Du bist auch niemand, zu dem ich aufschauen muss. Ich bin nicht das Mädchen mit den verträumten Augen, und das muss uns beiden klar sein.«

»Mir.«

»Deck.«

Er zog die Augen kraus und sie seufzte. »Decker, du kapierst es nicht, oder?«

»Was kapieren?«

Sie legte die Hände um sein Gesicht und sein Bart kitzelte in ihren Handflächen. »Ich mag *dich*. Ich möchte *dich* kennenlernen. Ich will den Mann kennenlernen, nicht den Jungen, mit dem ich aufgewachsen bin. Ich bin nicht blauäugig.« Sie zeigte auf ihr Gesicht. »Ich habe bereits erfahren, dass Männer hinter ihrem Lächeln und den Engelsblicken Arschlöcher sein können.«

Decker knurrte. »Ich werde ihn umbringen.«

Sie tätschelte seine Wange. »Hör auf mit den Drohungen, Leute umzubringen.«

»Siehst du? Ich bin kein guter Mensch. Ich bin nicht gut genug für dich.«

»Du kennst mich nicht, das hast du gerade gesagt, und ich kenne dich nicht. Das heißt, du kennst mich nicht gut genug, um zu wissen, dass du nicht gut genug bist.«

Er schloss die Augen und seufzte. »Miranda. Ich werde dir wehtun.«

Ihr Herz flatterte und sie hatte das Gefühl, dass er genau das tun könnte. Aber es würde sich lohnen. Wenn sie es nicht versuchte, würde sie es bereuen.

»Küss mich.«

Er schlug die Augen auf und erwiderte ihren Blick. »Wenn wir das tun, gibt es kein Zurück.«

»Ich will kein Zurück.«

Er zog sie in seine Arme und auf seinen Schoß. Bevor sie ihren nächsten Atemzug tun konnte, war sein Mund auf ihrem, und sie war verloren. Er zwickte und saugte an ihren Lippen, an ihrer Zunge. Mit den Händen umrahmte sie sein Gesicht und sein Bart kratzte, aber andererseits war er auch seltsam prickelnd. Er hatte die Hände mit ihrem Haar verschlungen und hielt sie fest. In ihrem gespreizten Sitz auf ihm konnte sie seinen Schaft zwischen ihren Beinen spüren, hart und bereit. Sie wackelte mit den Hüften und wollte mehr.

Keuchend riss er die Lippen von ihren los und legte eine Hand an ihre Hüfte, um sie zu stützen.

»Decker.«

»Nun, wenigstens wissen wir, dass dieser Teil gut ist.«

Sie grinste erfreut. »Ach tatsächlich?«, neckte sie. »Vielleicht sollten wir das noch einmal machen. Nur, um auf Nummer sicher zu gehen.«

»Verführerin.« Er beugte sich vor und biss ihr in die Lippe. Fest. Die Erregung, die sie daraufhin durchfuhr, überraschte sie mehr, als sie für möglich gehalten hätte.

»Gut zu wissen«, murmelte er.

»Was ist gut zu wissen?«

Er schüttelte den Kopf. »Mir geht nur etwas durch den Kopf.«

Sie legte den Kopf schief. »Du weichst mir aus.«

»Stimmt. Jetzt werde ich dir nach Hause folgen, um mich zu vergewissern, dass du dort ankommst, und dann kehre ich hierher zurück, um zu essen und zu schlafen. Allein.«

Sie blinzelte überrascht. »Wirklich?« Sie wippte auf seinem Schoß, bis er die Finger um ihre Hüfte fester anspannte.

»Willst du das hier?«

Sie lächelte wie die Grinsekatze. »Ja.«

Er verdrehte die Augen. »Ich meine damit uns beide zusammen. Willst du das? Wir gehen zuerst zu einem richtigen Rendezvous aus. Wir werden uns darüber klar, was wir uns wünschen, ehe ich dich ausziehe und jeden Zentimeter von dir schmecke.«

Sie schluckte schwer und erschauderte. »Du bestimmst, wie wir zusammen sein werden?« Aus irgendeinem Grund wollte ein Teil von ihr das. Der andere Teil wollte ihm eine Ohrfeige für seine Eigenmächtigkeit verpassen.

Er küsste sie zärtlich. »Wenn das als Ergebnis dabei

herauskommt. Ich hole dich morgen früh um sieben ab. Wenn du dann immer noch mit mir zusammen sein willst, mit meinem ganzen Selbst, dann sei bereit.« Er hielt inne. »Trag Jeans und ein altes Hemd.«

Ihr Verstand drehte sich. Es geschah wirklich. Wie um alles in der Welt war es dazu gekommen? In der einen Minute war sie einsam und voller Schmerz, in der nächsten saß sie auf Deckers Schoß und hörte ihm zu, wie er davon sprach, sich am nächsten Tag mit ihr zu treffen. Vielleicht hatte er recht damit, dass sie diese Nacht zum Nachdenken und Begreifen brauchte.

Er tippte ihr ans Kinn. »Siehst du? Du musst nachdenken. Zieh deine Jeans an. Die sexy Jeans mit dem Loch im Knie.«

Sie zog eine Augenbraue hoch. »Du weißt, was für Jeans ich habe?«

»Ja. Und ich weiß, dass sie sexy sind.« Er erhob sich mit ihr in den Armen und mit einem Quietschen schlang sie die Arme und Beine um ihn. Sie fühlte, wie er mit seinen Händen ihren Hintern liebkoste, und seufzte. Echt. Heiß.

»Was machen wir morgen?«

»Du wirst schon sehen. Oh, und zieh deine alten Wanderschuhe an.«

Sie runzelte die Stirn. »Ich bin mir nicht sicher, ob du weißt, was ein Rendezvous bedeutet, Decker. Das klingt ein bisschen schmuddelig.«

Daraufhin grinste er und sie musste einen mädchenhaften Seufzer unterdrücken. »Ich gehe mit dir aus, mehr musst du nicht wissen.« Sie rutschte langsam an seinem Körper herunter, ehe er sie auf den Boden stellte. Sie grinste, als er einen Fluch ausstieß.

Decker hatte recht damit, dass wenigstens dieser Teil zwischen ihnen funktionierte.

Sie hoffte nur, dass alles andere ebenfalls klappte.

»WANDERN?«, fragte sie ungläubig. Sie waren ins Vorgebirge gefahren.

»Wandern«, wiederholte Decker. Offenbar verzückt über die Wendung der Ereignisse sprang Gunner ihnen um die Füße. »Ich habe mir überlegt, dass in der Regel das Abendessen- und Kino-Programm abläuft, und das ist gut und schön, aber es macht nicht so viel Spaß wie das hier. Wir werden wilde Tiere beobachten und einfach genießen, was es da draußen gibt, ohne uns mit anderen herumschlagen zu müssen.« Er drehte sich zu ihr und nahm ihr Kinn zwischen seine Finger. »Auf diese Weise können wir zusammen sein, ohne uns mit Leuten herumschlagen zu müssen, die dich anstarren oder glauben, die Polizei rufen zu müssen, weil der große Kerl an deiner Seite dich geschlagen haben muss oder so.«

Sie seufzte und lehnte sich gegen ihn. »Die können mich mal, wenn sie so denken.« Obwohl ihr der Gedanke in den Sinn gekommen war. Sie hatte die wenigen Leute bemerkt, die an ihnen vorübergegangen waren und einen großen Bogen um Decker geschlagen hatten. Er war ein mächtiger Kerl mit Tätowierungen und einem Bart, hinter dem sein Lächeln versteckt war, das man erst sah, wenn man ihm ganz nahe war. Und ihr Gesicht sah mit all den Blutergüssen derzeit so aus, als hätte es jemand in fünf verschiedenen Farbtönen besprüht. Es gefiel ihr irgendwie, sich hinter der Maske zu verstecken.

Er beugte sich herab und als er sie küsste, schmolz sie dahin. Sie mochte diesen Decker *wirklich*. Er war nicht auf diese schräge Weise zärtlich wie die Jungs, die sich während öffentlicher Zuneigungsbekundungen unbehaglich fühlten, oder noch schlimmer, die ihr Revier zu markieren versuchten.

Er berührte sie gerade genug, um sie heiß zu machen – und sie konnte nicht genug von ihm bekommen –, aber nicht so übertrieben, dass einer von ihnen beiden sich unwohl fühlte. Sie wusste immer noch nicht, wie sie hier zusammen gelandet waren … seine Lippen auf ihren. Wenn sie zu viel darüber nachdachte, würde sie sich vor sich selbst fürchten, aus Angst, dass es nicht real war.

Gunner drückte sich an ihre Seite und sie schüttelte den Kopf.

»Bist du noch hier?«, fragte er und sie nickte.

»Entschuldige, ich habe mich kurz in meinen Gedanken verloren. Jetzt geht es mir besser.«

Er lächelte und nahm ihre Hand. »Wenn du müde wirst, sag Bescheid. Ich habe Proviant eingepackt und wir nehmen nicht den schweren Weg. Kein Felsenklettern oder angstein-flößende Trampelpfade.«

Sie nickte und holte tief Luft. Wandern stand zwar nicht an erster Stelle auf ihrer Aktivitätsliste, aber es war Sonntag und sie hatte ihre Korrekturen bereits am Vortag erledigt. Auf diese Weise konnte sie Zeit mit Decker verbringen und ihn kennenlernen.

Er nahm sie an der Hand und sie starteten den Wanderweg mit Gunner, der sie anführte und dabei alles witterte, was er nur konnte. Nach dreißig Minuten wusste sie, dass er ihretwegen den leichten Weg gewählt hatte. Sie beschwerte sich nicht. Sie wollte sich ihre Knöchel lieber nicht verstauchen, nur um sich zu beweisen.

»Bist du oft hier draußen?«, fragte sie.

Decker drückte ihre Hand und nickte. »Ja, zur Genüge, denke ich. Ich war früher oft mit Griffin hier draußen.« Er seufzte. »Verflucht.«

Sie seufzte ebenfalls. »Er wird es verstehen.«

Decker sah sie mit hochgezogener Augenbraue an. »Sicher, Mir. Sicher wird er das.«

Und damit blieben sie bei sichereren Themen. Wie der Arbeit – ohne wirklich die Tatsache zur Sprache zu bringen, dass er mit ihrer Familie arbeitete und sie mit dem Arschloch, das sie geschlagen hatte. Sie unterhielten sich über ihre Wohnung und darüber, wie sehr sie ihr für den Augenblick gefiel. Irgendwann wollte sie umziehen, doch für den Punkt in ihrem Leben, an dem sie sich derzeit befand, war sie gut geeignet.

Sie wanderten noch zwei Stunden und legten dabei eine kurze Pause ein, um einen Müsliriegel und etwas Wasser zu sich zu nehmen, ehe sie sich auf den Rückweg zu seinem Geländewagen machten. Ehe sie einstiegen, blickte sie auf die Bergkette zurück und lächelte.

»Gott, ich liebe es, hier zu leben«, schwärmte sie. Ihre Muskeln schmerzten und ihre Jeans war schmutzig, aber sie fühlte sich, als hätte sie neuen Schwung bekommen.

Decker trat von hinten an sie heran und schlang die Arme um sie. Er antwortete: »Ach ja?«

Sie seufzte und lehnte sich an ihn. »Ja. Wo sonst kann man einfach so wandern gehen und einen Hirsch, einen Fluss, Vögel und andere Dinge sehen?«

»Plus diesen Bären da.«

Sie schrie und sprang ihm in die Arme. Decker taumelte gegen seinen Geländewagen zurück und lachte sich kaputt.

»Ich kann nicht glauben, dass du darauf reingefallen bist«, prustete er lachend. Gunner bellte und trottete spielerisch um sie herum.

Sie stellte ihre Füße wieder auf den Boden und funkelte ihn an, während ihre Mundwinkel zuckten. »Das war gar nicht lustig.«

»Ach nein? Warum lachst du dann?«

Sie verdrehte die Augen und kraulte Gunner hinter den Ohren. »Lass uns zum Mittagessen zu dir nach Hause fahren. Ich bin am Verhungern und jetzt fürchte ich mich davor, mir den großen Schatten genauer anzusehen.«

Er schnaubte, küsste sie und versetzte ihr einen Schlag auf den Hintern. Sie schluckte schwer. War es verkehrt, dass ihr das gefiel? Nein? Also gut.

»Steig in den Wagen. Dieser Schatten ist nur ein Schatten. Von einem Baum.«

Als sie bei ihm zu Hause ankamen, stiegen sie aus und tranken Wasser in seiner Küche. Miranda sah an sich herab und erschrak. »Ich habe einen großen Teil des Waldes mitgebracht.«

Decker grinste. »Nun, du bist diejenige, die gegen den Baum gelaufen ist.«

»Du hast mich abgelenkt.« Sie errötete. Sie hatte nicht gemerkt, dass er es gesehen hatte.

»Du hast auf meinen Hintern gestarrt.«

Das stimmte, doch das hätte er nicht so betonen müssen. »Wie auch immer. Kann ich deine Dusche benutzen?« Sie ließ den Blick über seinen Körper wandern und schluckte schwer. »Du könntest auch eine Dusche gebrauchen.«

Seine Mundwinkel zuckten. »Ich habe zwei Duschen, Mir. Wir können jeder eine nehmen. Wir gehen es langsam an, erinnerst du dich?«

Sie seufzte. »Natürlich. Allerdings ist küssen die einzige Veränderung bisher.«

Er hob ihr Kinn. »Ja. Und obwohl mir das Küssen gefällt, weil du einfach phänomenal darin bist, werde ich dich nicht drängen, Frau. Wenn wir die Dynamik zu abrupt wechseln, ruinieren wir alles, kapiert?«

Sie zog sich zurück, damit sie ihn nicht ansprang. »Na schön. Ich gehe duschen. Hast du was zum Anziehen für mich?«

Seine Augen verdunkelten sich und sie hoffte, dass er sie sich nackt vorstellte. Sie hatte ihn sich schon oft nackt vorgestellt.

»Weshalb wirst du rot?«

Sie hustete. »Ach, nichts. Also, wie steht es mit der Kleidung?« Unter keinen Umständen würde sie ihm ihre schmutzigen, dreckigen Fantasien gestehen. Zumindest nicht im Augenblick.

Er räusperte sich. »Ich habe etwas für dich.«

Rasch duschte sie und trocknete sich dann ab, während sie das alte T-Shirt und die Jogginghose begutachtete, die er ihr gegeben hatte. Die Jogginghose war zu groß und würde wahrscheinlich herunterrutschen. Am besten würde sie sie ganz weglassen. Schließlich reichte das T-Shirt ohnehin bis zur Mitte ihrer Oberschenkel. Sie brauchte nichts weiter als das und ihren Slip, und sie wäre angezogen.

Decker würde Augen machen.

Schnell löste sie den Dutt auf ihrem Kopf, sodass ihr Haar in weichen Wellen um ihre Schultern fiel. Als sie aus dem Badezimmer trat, stieß sie gegen einen sehr harten, sehr nackten und sehr sexy männlichen Oberkörper.

Decker fluchte und sah mit weit aufgerissenen Augen nach unten. »Verdammt, Mir. Habe ich dir nicht eine Jogginghose gegeben?«

Ihr Blick wollte sich einfach nicht von seinem Oberkörper lösen und die Wassertropfen bildeten kleine Rinnsale, die über sein Brusthaar bis hinunter zu seinem Bauchnabel und der kleinen Spur weicher Härchen liefen, die zu sehr, sehr guten Dingen führte.

Er zupfte an ihrem Haar und zwang ihren Kopf damit nach hinten und ihren Blick zu seinem. »Mir. Süße. Schau mich an. Das ist keine gute Idee.«

»Hör auf zu versuchen, Entscheidungen für mich treffen zu wollen«, antwortete sie leise. Er runzelte die Stirn und sie fuhr fort: »Ich habe es begriffen. Du willst mich beschützen, aber es törnt mich nicht an, wenn du mir sagst, was ich denke und was ich will. Du kennst mich gut genug – auch wenn du das Gegenteil behauptest –, um zu wissen, dass ich mir das nicht gefallen lassen werde. Wenn du nicht mit mir schlafen willst, na schön.« Nun, es war nicht schön, aber das war ein Thema für ein anderes Mal. »Aber wenn das der Fall ist, dann musst du das einfach klar sagen. Du kannst es nicht auf mich schieben, weil ich diejenige bin, die zugegeben hat, dich zu wollen. Ich war diejenige, die den ersten Schritt in deiner Küche getan hat, und jetzt tue ich das wieder. Wenn du mich willst, dann nimm mich. Nimm mich, wie ich bin. Barrieren zu errichten, die es eigentlich gar nicht gibt, hilft niemandem.«

Er fuhr ihr ein paarmal mit der Hand übers Haar und seufzte. »Ich weiß nicht, was ich mit dir machen soll, Miranda Montgomery.«

Sie legte eine Hand an seine Brust und streichelte seine Haut, immer tiefer und tiefer, bis sie seinen von Jeansstoff verhüllten Schaft packte. »Ich weiß, was *ich* mit *dir* machen will«, schnurrte sie.

Sie war nicht das kleine Mädchen, für das er sie hielt, und nach dem Ausdruck in seinen Augen zu urteilen erkannte er das in diesem Moment.

Gut.

»Wenn wir das machen, gibt es kein Zurück mehr.« Seine Stimme war leiser geworden und gefährlich.

»Es hat nie ein Zurück gegeben, Decker, und das weißt du.«

Er leckte sich die Lippen und packte sie an den Hüften, wobei er das T-Shirt in seinen Fäusten zusammenknüllte und ein wenig hochzog. »Du weißt über meine Vergangenheit Bescheid und über mein Leben, aber du weißt nicht, wie ich ficke, Kleine.«

»Ach nein? Dann zeig es mir.«

»Ich bin nicht einfach«, gestand er, während er sich herabbeugte und mit den Lippen über ihren Hals streifte. Er küsste sie nicht, sondern atmete die Wärme ihrer Haut ein und löste an ihrem ganzen Körper eine Gänsehaut aus. »Du weißt, wozu ich früher gehört habe.«

Sie nickte. »Du warst mal Teil der Szene. Wie Austin.« Ihr zitterten die Knie, aber sie fiel nicht hin, da Decker sie aufrecht hielt.

»Ja, wie Austin. Und auch wieder nicht wie er.« Er zog sie zurück und sie runzelte die Stirn. »Ich bin kein echter Dominanter, wie du es dir vielleicht vorstellst, Miranda. Ich bin einfach ich. Ich habe lange gebraucht, um das herauszufinden. Ich habe gern die Kontrolle im Schlafzimmer und auch außerhalb, aber die meisten Dinge, die mit Perversion zu tun haben, gefallen mir nicht.«

Sie nickte. »Jeder hat das Recht auf seine eigenen Wünsche, Decker. Ich …« Nun, wenn sie ehrlich wäre … »Es gefällt mir, wenn du mir sagst, was ich tun soll«, flüsterte sie. »Es gefällt mir, wenn du mich an den Haaren ziehst und küsst. Ich fühle mich … machtvoll, weil du das in erster Linie mit mir machen willst. Macht das Sinn?«

Er grinste und sie entspannte sich. »Ich begreife es. Und ich glaube, wir können es uns beiden recht machen. Es geht nur um dich und mich, Mir. Keine Familie, keine Fesseln, keine Ex, keine Regeln, außer, einander Lust zu bereiten. Verstehst du das?«

»Das tue ich. Küss mich jetzt.«

Er schnaubte. »Du sagst mir, was ich tun soll?«

Sie zuckte zusammen. »Äh, nein?«

Er schlug ihr auf den Hintern. Fest. Sie japste und dann

seufzte sie, als er über die brennende Stelle rieb. »Mir wird es gefallen herauszufinden, was du gernhast, Mir. Ich werde es sehr mögen. Warum gehst du nicht ins Schlafzimmer zurück? Geh langsam, damit ich sehen kann, wie sich mein T-Shirt bei jedem Schritt, den du machst, nach oben schiebt.«

Sie schluckte schwer, doch dann tat sie, was er ihr befohlen hatte, und war sich sehr bewusst, dass sein Blick direkt auf ihren Hintern geheftet war. Bei jeder Bewegung fühlte sie, wie sein T-Shirt sich nach oben schob. Sie konnte sich bildlich vorstellen, wie ihr Oberschenkel hervorlugte, und wenn sie nicht bereit gewesen wäre, sich gleich hier auszuziehen, hätte sie ihn vielleicht noch ein bisschen mehr geneckt.

Als sie das Schlafzimmer erreichte, war sie nicht sicher, was sie als Nächstes tun sollte. Sollte sie sich aufs Bett legen? Behielt sie ihre Kleidung an? Er hätte ihr wirklich mehr Anweisungen geben sollen. Unter den gegebenen Umständen atmete sie seinen Duft im Zimmer ein. Es gab große, maskuline Möbel und der Raum war in dunklen Farben gehalten. Die Tatsache, dass das Zimmer so sehr Decker war, beruhigte und erregte sie zugleich.

»Mir gefällt der Anblick von dir in meinem T-Shirt.«

Sie drehte sich auf dem Absatz um und sah ihn in der Türöffnung stehen. Er wirkte dunkel, sexy und als gehörte er wirklich ihr. Zumindest für eine Nacht.

Nein, sie würde nicht darüber nachdenken. Sie würde nicht über eine Zukunft nachdenken, was das alles zu bedeuten hatte oder irgendetwas, das wehtun könnte. Sie würde im Augenblick leben und jedes bisschen davon genießen. Dies passierte endlich und sie würde es so nehmen, wie es war. Wenn sie sich morgen trennten und es vorbei wäre, dann hätte sie zumindest diese Nacht gehabt.

Sie würde nicht zulassen, dass das, was im Augenblick zwischen ihnen vorging, das zerstörte, was sie bereits miteinander hatten. Sie hatte gedacht, sie hätte das schon früher getan, und jetzt würde sie ihr Herz schützen – und das seine.

Decker bot ihr keine Versprechen an und sie würde die Wahrheit anbieten.

Er kam auf sie zu und sie legte den Kopf zurück, damit er

ihren Mund in Besitz nehmen konnte. Du meine Güte, der Mann konnte küssen. Er leckte und saugte an ihrer Zunge, ihren Lippen. Sie warf den Kopf in den Nacken, als er seine Lippen an ihrer Kehle herabwandern ließ. Er biss sie zart in die Vertiefung zwischen ihrem Hals und der Schulter, worauf sie erschauderte.

»Decker«, raunte sie keuchend.

Dies passierte wirklich. Sie würde mit Decker schlafen. Sicher, sie hatte darüber fantasiert, aber sie hatte nie geglaubt, dass es wirklich einmal passieren würde. Jetzt, wo es so weit war, wollte sie, dass es nie endete.

Decker zupfte an ihrem Haar und zwang sie, seinen Blick zu erwidern. »Hör mir zu, Mir. Du willst das? Dann bekomme ich alles von dir, verstanden?«

Das meinte er allerdings nicht. Er meinte nicht alles von ihr, und es bedeutete auch nicht, dass er ihr alles von sich geben würde.

Trotzdem nickte sie atemlos.

»Sag es.«

»Ja, ich verstehe.«

»Sag meinen Namen. Sag meinen Namen, während ich dich ausziehe, deine Muschi verschlinge und dich dann heftig ficke. Sag es.«

Bei seinen Worten presste sie die Beine zusammen und ihre Klitoris pochte. Lieber Gott, der Mann verstand sich auf schmutziges Bettgeflüster. In der Regel war sie kein Fan davon, aber mit ihm? Zur Hölle, ja. Bei ihm klang es nicht, als wäre er ein Junge, der lernte, zu einer Frau zu sprechen, nur weil er die Worte sagen konnte. Nein, er war ein Mann, der diese Worte von sich gab, weil er sie aussprechen wollte. Weil er genau wusste, was diese Worte bei ihr bewirkten. Was sie für sie beide bewirkten.

»Decker. Ich verstehe es. Bitte. Tu alles davon. Können wir es jetzt machen?« Sie lächelte ihn an, als sie das sagte, und seine Lippen zuckten.

Er ließ seine Finger an ihrer Seite herabwandern und über das T-Shirt, bis er auf Haut stieß. Sie sog die Luft ein, während er den Saum langsam über ihre Hüfte schob. Sie hob die Arme, als er den Stoff immer höher schob, damit er ihr das T-Shirt über den Kopf ziehen konnte.

Nur mit ihrem Slip bekleidet stand sie vor ihm, und noch nie hatte sie sich aufreizender gefühlt. Sein Blick verdunkelte sich und er stieß ein kleines Stöhnen aus.

Er leckte sich die Lippen und streifte mit seinem Daumen über ihre Brustwarze.

»Gott, bitte. Berühre mich.«

»Du wirst nehmen, was ich dir gebe und wann ich es dir gebe.«

Ja, bitte.

Sie schluckte schwer und ließ sich von ihm begutachten. Hätte jemand anderes ihren Körper auf diese Weise betrachtet, hätte sie sich unwohl gefühlt, aber Decker gab ihr das Gefühl, eine Königin zu sein. Er sah sie an, als wollte er jeden Zentimeter von ihr schmecken und genießen.

»Ich habe dich früher in diesem verdammten Bikini draußen im Schwimmbad gesehen und ich musste immer eher gehen oder in das verflucht kalte Wasser springen, weil ich meine Shorts ausgebeult hatte. In Gegenwart deiner Brüder einen Steifen zu bekommen ist keine gute Idee. Ich wollte nicht, dass du es weißt. Ich fürchte mich noch immer davor, dass du es weißt. Damals hast du nur aus Kurven und Sex-Appeal bestanden, aber im Moment? Im Moment habe ich das Gefühl, ich hätte so viel verpasst, weil ich noch nie eine Frau wie dich gesehen habe. Du bist fantastisch, Süße. So unglaublich fantastisch. Ich will jeden Zentimeter von dir lecken, bis dein Geschmack für immer auf meiner Zunge verewigt ist.«

Sie errötete und dachte an die Tage im Schwimmbad zurück, wenn sie ihn aus dem Augenwinkel beobachtet hatte. Sie hatte sich alle Mühe gegeben, ihn nicht zu eindringlich anzusehen, während sie sich gesonnt oder Wasserball gespielt hatte. Wenn ihre Körper sich im Wasser berührt hatten und aneinandergestoßen waren, weil sie gegnerischen Mannschaften angehörten, hatte sie schnell wegschwimmen müssen oder sie hätte etwas Dummes getan, wie zum Beispiel ihn mit sich unter Wasser zu ziehen und ihn um den Verstand zu küssen.

Er runzelte die Stirn und dann zog er eine Spur über ihren Bauch. »Das ist neu. Ich wusste nicht, dass du ein Bauchnabelpiercing hast, Süße. Es gefällt mir.« Er spielte mit den Fingern an dem Stab und sie musste ein Kichern unterdrücken. Sie war kitzelig, doch im Augenblick würde es nicht besonders sexy wirken, wenn sie lachte.

»Es ist ziemlich neu«, antwortete sie und sog die Luft ein. Mein Gott, durch seine Berührung passierten verruchte Dinge mit ihr. »Maya hat es gemacht, nachdem sie ihre Piercing-Zulassung erhalten hatte.«

Decker grinste. »Es ist verdammt heiß. Und ich bin froh, dass du es damals nicht hattest, als du diese winzigen Stoffstücke getragen hast. Ich hätte es nicht ausgehalten.«

Sie leckte sich sehnlich die Lippen. »Sollte ich vielleicht erwähnen, dass ich das kleine Schwarze für dich gekauft hatte?«, fragte sie lässig.

Sein Blick schoss zu ihr und er lächelte langsam. »Ach ja? Nun, du hast mich gequält, Mir.«

Machtvoll. Das war genau das Gefühl, das er ihr gab.

»Du hast mich auch gequält, weißt du. Überall gebräunt und so gut gebaut. Ich musste die Sache ein paarmal selbst in die Hand nehmen, nachdem ich dich in deiner Badehose gesehen hatte.«

Sie machte den Mund fest zu und riss die Augen auf. Das hatte sie gerade *nicht* laut ausgesprochen!

Dann lächelte er und in seinen Augen tanzte das Vergnügen. »Oh, das hättest du nicht sagen sollen, Süße. Jetzt will ich dir zusehen, wie du deine kleine Hand in deinen Slip schiebst und dich selbst befriedigst.«

Sie erschauderte. Konnte sie das tun? Sich selbst berühren, während Decker zusah?

Sie begegnete seinem Blick.

Ja. Ja, das konnte sie.

Er strich mit dem Daumen über ihre andere Brustwarze und sie biss sich auf die Lippe. »Nächstes Mal, Mir. Nächstes Mal werden wir das tun. Vielleicht werde ich sogar masturbieren, während ich dir zusehe.« Sie sog die Luft ein. Er nickte und lächelte bei ihrer Reaktion. »Oh ja, das wirst du mögen. Ich habe unzählige Male Orgasmen gehabt, während ich an dich gedacht habe, Süße. Du bist nicht allein.«

»Gott sei Dank«, neckte sie ihn.

Decker zog sie näher und presste seinen Mund auf ihren. Sie gab sich dem Kuss hin … und ihm. Er glitt mit den Händen an ihrem Rücken hinab und über ihren Hintern.

»Du hast so einen knackigen Hintern. Gott, eines Tages will ich ihn ficken, Mir. Was sagst du dazu? Willst du meinen Schwanz in deinem sexy Hintern?«

»Äh …«

Er lachte rau. »Zu schnell?«

Sie schüttelte den Kopf. »Nicht schnell genug. Bitte, ich brauche dich in mir.« Sie verengte die Augen. »In meiner Muschi erst mal, wenn das in Ordnung ist.«

»Mir gefällt der Klang von diesem Wort, wenn es aus deinem sittsamen und züchtigen Mund kommt. Wenn du möchtest, dass ich dich ausfülle, kann ich das tun. Dreh dich für mich um.«

Sie zog die Augenbrauen zusammen, doch sie tat, was er wollte. Er sog die Luft ein und sie schluckte.

»Ich habe vergessen, dass du deine Montgomery-Tätowierung im Kreuz hast.«

»Ja, ich habe die Arschgeweih-Ausführung. Ich konnte mir keine andere Stelle vorstellen, an der ich es hätte haben wollen, damit es unter meiner Kleidung versteckt ist und sich immer noch nach mir anfühlt, weißt du?«

Sie sah über ihre Schulter und nahm das Verlangen in seinem Blick wahr. Nicht nur das Verlangen nach ihr, sondern das Verlangen nach der Tätowierung, die sie trug. Jedes Mitglied ihrer Familie hatte die Tätowierung, und doch hatte Decker sie – soweit ihr bekannt war – nicht. Er sollte sie allerdings haben und sie ihn davon überzeugen.

Später.

Im Augenblick allerdings wollte sie, dass diese Party ein bisschen an Tempo zulegte.

Sie wackelte mit dem Hintern und dann drehte sie sich

dem Bett zu. Den Kopf noch immer über die Schulter gedreht, damit sie ihn sehen konnte, beugte sie sich vor, drückte den Oberkörper auf das Bett und schob die Hände seitlich in ihren Slip.

Deckers Blick verdunkelte sich und er nickte ihr zu.

Langsam zog sie ihren Slip über ihren Hintern und bis zum Ansatz ihrer Oberschenkel herunter. Weiter konnte sie in diesem Winkel nicht gelangen und nun war sie seinem Blick preisgegeben und vollkommen seiner Gnade ausgeliefert.

Verflucht, sie liebte es.

Bei der Art und Weise, wie sich der Stoff unter ihrem Hintern spannte, fühlte es sich an, als ob er sich ein bisschen hob, als ob er ausgestellt und für ihn eingerahmt war.

Er legte seine große Hand darum und drückte. »Du raubst mir den Atem, Mir.«

Sie seufzte, denn sie liebte das Gefühl seiner Hand auf ihr. »Du mir auch.«

Wieder lachte er leise und ging in die Knie, bis er direkt hinter ihr hockte und sein Gesicht wirklich dicht an ihrer Muschi war. Sie versuchte, sich nicht zu winden und sich so ausgeliefert zu fühlen, aber sie konnte es nicht verhindern. Sie *war* ausgeliefert. Außerdem gefiel es ihr, dass er dort war.

Sogar sehr.

»Ich wusste, dass du so rosa sein würdest, so zartrot.« Sanft zog er einen Finger über ihre Schamlippen und sie sog die Luft ein. »So hübsch«, murmelte er und beugte sich herab.

»Decker!«

Er drückte den Mund um ihre Muschi und leckte und saugte. Gott, sein Mund. Sein verfluchter Mund. Sie zappelte herum und versuchte, näher heranzukommen. Deckers Zunge verfehlte ihre Klitoris weiter und wie sie ihn kannte, tat er das mit Absicht, um sie zu necken, bis ihr die Luft wegblieb.

Er gab ihr einen Klaps auf den Hintern und liebkoste sie dann, und sie holte schaudernd Luft. »Beweg dich nicht, Mir, oder ich werde dich fester versohlen.«

Ohne nachzudenken, zappelte sie erneut.

»Verflucht, Mir. Du willst meine Hand auf dir spüren? Du willst, dass ich deinen süßen kleinen Arsch versohle, bis er ganz rot ist?«

Sie sog die Luft ein und er schlug sie auf die andere Pobacke.

»Benutze Worte.« Seine Stimme war eine Droge für sich, so tief, so rau, so *Decker.* Na schön. Wenn er die Wahrheit wollte, wenn er alles wollte, würde er es bekommen. »Ja. Ja, ich möchte, dass du mich schlägst. Ich möchte, dass du mich verschlingst, mich kommen lässt, mich versohlst, mich fickst, mich fesselst. Ich will alles, okay?«

Erneut sah sie über ihre Schulter und Decker grinste sie mit einem sündhaft glücklichen Lächeln an. War es falsch, dass sie ihn mit dem Bart sexyer fand?

»Mir gefällt deine Einstellung, Süße. Ich werde all das tun. Vielleicht nicht alles gleich jetzt, aber alles. Jetzt lass mich dir deinen Slip ausziehen. Ich werde diese saftige Muschi verschlingen und dann werde ich dich ficken. Bist du bereit?«

Sie stieß ein Stöhnen hervor, denn sie war unfähig, deutlich zu sprechen. Er schien mit dieser nonverbalen Antwort zufrieden zu sein, denn er schlug sie nicht erneut.

Er zog sie nackt aus und spreizte ihre Beine weiter. Die kühle Luft richtete nichts gegen die Hitze aus, die in ihrem Inneren loderte. Gott, sie wollte ihn, sie wollte kommen.

Als er den Mund auf ihre Klitoris drückte, packte sie die Bettdecke und biss sich auf die Lippe. Sie grub ihre Finger in den Stoff und wenn sie nicht aufpasste, würde sie ihn ganz zerreißen. Gott, seine talentierte Zunge sollte mit einem Warnhinweis versehen werden. Das raue Kratzen seines Bartes zwischen ihren Oberschenkeln war sogar noch erotischer und sinnlicher, als sie erwartet hatte. Er leckte und saugte an ihrer Klitoris und fickte sie mit der Zunge.

Als er sie mit zwei großen Fingern buchstäblich aufspießte, schrie sie auf und klammerte sich um ihn. Der Orgasmus überkam sie heftig und sie wölbte den Rücken, sodass sie sich an sein Gesicht presste. Ihre Gliedmaßen zuckten und ihre Sicht verschwamm.

Ehe sie wieder Luft holen konnte, hatte Decker sie auf

den Rücken gelegt und die Lippen auf ihre gedrückt. Sie konnte sich an ihm schmecken und beinahe wäre sie noch einmal gekommen. Er trug noch immer seine Jeans und das raue Gefühl des Stoffes an ihrer übersensiblen Haut trieb sie in einen weiteren Kontrollverlust.

Sie zog ihren Mund zurück, denn sie musste zu Atem kommen. »Bitte, um Gottes willen, zieh die Hose aus und dring in mich ein.«

Er grinste und stand auf. Den Blick auf sie gerichtet, löste er den Knopf an seiner Jeans und zog den Reißverschluss herunter. Als seine Hose zu Boden glitt, verlor sie jegliches Denkvermögen.

Ihr Decker trug keine Unterwäsche.

Heiliger, verfluchter Mist.

Er war lang, dick und bereit. Und lieber Gott, er war gepierct. Er hatte ein Prinz-Albert-Piercing, das aussah, als würde es sich absolut wunderbar anfühlen, wenn er tief in sie drang. Sein Schaft pochte, was beinahe schmerzhaft wirkte, und die bläuliche Ader hob sich unter der Röte seines gesamten Schafts ab. Die Eichel war rund und hatte diesen kleinen Tropfen Flüssigkeit an der Spitze um das Piercing, der eine Spur auf seinem Bauch hinterließ, weil sein Schwanz, der hart und bereit war, gegen seine Haut schlug.

»Wenn du mich weiter so anschaust, werde ich explodieren, ehe ich noch in deine enge Muschi eingedrungen bin.«

Sie blinzelte. »Du bist … ähm, groß.« *Sehr gut, Miranda. Clever.*

Er lächelte beinahe verschmitzt. »Du sagst die nettesten Dinge.« Er ging um das Bett herum zum Nachttisch, nahm eine kleine Folienpackung hervor und riss sie auf, ehe er das Kondom vorsichtig über die Metallkugel an der Spitze rollte.

Sie würde ihm ein anderes Mal sagen, dass sie die Pille nahm und keine ansteckenden Krankheiten hatte. All diese Unterhaltungen würden sie ein anderes Mal führen. Im Augenblick jedoch schützten sie sich, und sie wollte ihn in sich spüren. Sofort.

Er kniete sich aufs Bett und schob sich zwischen ihre

Beine. Sie fühlte sich mit seinen Unterarmen auf beiden Seiten ihres Kopfes eingepfercht, aber sicher.

Mit den Fingern spielte er mit ihrem Haar und sie seufzte. »Du bist so wunderschön, Miranda.«

Ihr brannten die Augen und sie schluckte schwer. Sie durfte jetzt nicht weinen. Das würde sie nicht tun. Der Mann, den sie liebte, war so irrsinnig süß, dass sie weinen wollte, aber das würde sie nicht. Das könnte sie später tun.

Er senkte den Kopf zu ihr und küsste sie zärtlich. Sie schob die Hände an seinem Rücken empor und grub die Nägel in sein Fleisch, während sie den Kuss vertiefte. Er stieß ein Stöhnen hervor und bewegte die Hüften, sodass sein Schaft an ihren Eingang stieß. Sie hob die Hüften ein wenig an, damit er besseren Zugang hatte, und dann zog sie sich von seinem Mund zurück, um ihm in die Augen sehen zu können.

Als er langsam in sie drang, öffnete sie den Mund. Er war so dick, so … Decker. Sie fühlte sich so voll, so gedehnt, wartend. Es schien wie eine Ewigkeit, und dann war er tief in ihr und blieb ruhig, als er darauf wartete, dass sie sich dehnte und ihn aufnahm.

Er stöhnte und zog sich teilweise zurück, ehe er erneut in ihre Öffnung stieß. »Jesus, Mir, du fühlst dich so gut an.«

Sie lächelte, bog den Rücken und schlang die Beine um seine Taille. »Du bist so irrsinnig groß, dass du mich allein damit zum Orgasmus bringst.« Sie leckte sich die Lippen. »Fick mich, Decker. Fick mich hart.«

»Im Ernst, Süße, du sagst die schönsten Dinge.«

Er grinste und küsste sie, ehe er dazu überging, wieder und wieder in sie zu stoßen, wobei er das Tempo mit jedem Stoß steigerte. Sein Piercing traf sie an der richtigen Stelle und sie erbebte. Sie warf den Kopf auf das Kissen zurück und schrie, als sie kam. Er hörte allerdings nicht auf. Nein, er legte einfach seine Hand zwischen sie und spielte mit ihrer Klitoris, während er an ihrer Brustwarze saugte.

Gott, dieser Mann besaß so talentierte Hände, die seinen sündhaften Mund perfekt ergänzten.

Nun, er war im Ganzen überaus talentiert.

Als sie neuerlich ihren Höhepunkt erreichte, küsste Decker sie und fing seinen Namen auf ihren Lippen ein. Er kam sofort nach ihr, erlöste sich in das Kondom und bewegte sich trotzdem weiter. Sie waren schweißnass und ihre ausgelaugten Körper waren ineinander verschlungen.

Er gab ihr einen letzten, langen Kuss und zog sich dann aus ihr zurück, um sich des Kondoms zu entledigen. Obwohl sie sich durch seine Abwesenheit leer fühlte, war er wieder zurück, ehe das Bettlaken abgekühlt war.

Bei seiner Rückkehr hob er sie hoch und überraschte sie. »Decker?« Im Ernst, dieser Mann brachte sie manchmal dazu, in Ohnmacht zu fallen.

Er küsste sie auf die Schläfe, hielt sie mit einem Arm und zog die Bettdecke zurück. »Du wirst dich erkälten«, sagte er leise und deckte sie zu.

Als er sich von hinten in der Löffelchenstellung an sie schmiegte, stieß sie ein Seufzen aus. »Ich …« Nein. Das konnte sie nicht sagen. »Möchtest du, dass ich uns etwas zu essen mache?«, fragte sie. Es war noch früh am Abend, aber sie schmuste gern. Sie wollte nur nicht davon abhängig werden. Nicht, solange sie nicht wusste, was Decker wollte.

Mit einer Hand spielte er mit ihrer Hüfte und sie leckte sich glücklich die Lippen. »Wir können später zusammen kochen. Entspann dich einfach, Mir. Wir werden nirgendwohin gehen.«

Sie seufzte und ließ sich gehen, wie er es gesagt hatte. Sie würde sich später darüber Gedanken machen, was als Nächstes passierte, und sich dann damit auseinandersetzen. Im Augenblick wollte sie diese Zeit in Deckers Armen festhalten. Sie wusste nicht, was der morgige Tag bereithielt, und das ängstigte sie so sehr, dass sie den Gedanken beiseiteschieben und sich später damit beschäftigen musste. Jetzt hatte sie Decker. Das reichte. Es musste reichen.

Kapitel Elf

»WARUM IST es mir nicht gestattet, dieses Arschloch zu finden und umzubringen?«, knurrte Austin. Er tigerte in seinem Schlafzimmer auf und ab und brummte vor sich hin. Es war eine Woche vergangen, seit er seine geliebte kleine Schwester gesehen hatte, nachdem sie von diesem Mistkerl grün und blau geschlagen worden war, und er war nicht imstande gewesen, irgendetwas in der Sache zu unternehmen. Der Wichser war viel zu leicht aus der Sache herausgekommen und Austin war nicht sicher, ob er sich noch viel länger zurückhalten konnte. Miranda war die Sanfteste unter ihnen und verdammt sollte er sein, wenn er zuließ, dass sie solche Schmerzen erlitt.

»Liebling, nein, du kannst ihn nicht umbringen. Wenn du im Gefängnis landest, weil du einen Mann umgebracht hast, würde das unserer Hochzeit einen Dämpfer verpassen. Ich glaube nicht, dass ein orangefarbener Overall in unsere Farbpalette passt.«

Austin hielt inne und dann sah er zu seiner Verlobten hinüber. Mit einem gerissenen Lächeln saß sie mitten auf dem Bett und hielt ihr Tablet in der Hand. Ihr honigbraunes Haar fiel ihr auf die Schultern und gab ihr eine junges und verführerisches Aussehen. Sie trug eines seiner alten Hemden und nichts weiter. Er grinste. Ja, genau so gefiel sie ihm.

Nun, sie gefiel ihm auf jede Weise, aber das war nicht der Punkt.

Ihre Worte kamen ihm wieder in den Sinn und er schüttelte den Kopf. »Hast du wirklich gerade gesagt, dass ich den Mann nicht umbringen kann, weil mein Overall nicht zu den Farben der Hochzeitsdekoration passen würde?«

Sie seufzte und fuhr sich mit der Hand übers Gesicht. In letzter Zeit hatte sie das oft getan. Eigentlich sah sie aus, als könnte sie ein Schläfchen gebrauchen. Er hatte versucht, die Hände von ihr zu lassen, weil sie die ganze Zeit so müde war. Zuerst hatte er gedacht, dass es sich nur um die Belastung durch die Geschäftseröffnung, die Hochzeitsplanung und die Lernerfahrung handelte, Leif mit ihm aufzuziehen, aber jetzt war er sich nicht mehr so sicher.

Er würde sich besonders gut um seine Frau kümmern müssen.

»Ich sage nur, dass Miranda – und übrigens auch Decker – es scheinbar gut im Griff hat. Wenn du jemanden zu Tode prügelst, wird das in dieser Angelegenheit nicht hilfreich sein.« Sie hob eine Hand. »Ja, ich weiß, es ist Mist. Gott, ich möchte diesem kleinen Arschloch die Scheiße dafür aus dem Leib prügeln, dass er es gewagt hat, eine von uns anzurühren, aber wir können nichts tun. Wir können nur beten, dass das Justizsystem funktioniert.«

Er bedachte sie mit einem langen Blick und sie seufzte. Sie wussten beide, dass sie bei der Art und Weise, wie die Justiz funktionierte, manchmal betrogen wurden ... während andere davonkamen, egal, wie sehr sie sich auch bemühten.

»Hat sie irgendetwas über die Arbeit zu dir gesagt?«, fragte er, als er auf die Matratze neben ihr sank. Sie lehnte sich an ihn und schüttelte den Kopf.

»Nicht wirklich. Er lässt sie in Ruhe, obwohl die Polizei noch nichts unternommen hat. Es gab eine Menge Fragen von den anderen Lehrern, den Schülern und ich wette den Eltern, aber abgesehen davon schlägt Miranda sich tapfer.«

Er knurrte leise und zog Sierra näher zu sich heran. »Das gefällt mir nicht.«

»Ich weiß, Austin, ich weiß. Aber es wird ihr gut

gehen. Sie lernt, die Dinge in die Hand zu nehmen und auf sich aufzupassen. Und sie hat Decker. Alles wird gut.«

Austin erstarrte. »Was meinst du damit, sie hat Decker?«

Sierra zog sich zurück und zuckte mit den Schultern. »Decker kümmert sich um sie. Weißt du, er sorgt dafür, dass sie sich sicher fühlt und auch wirklich sicher ist.«

Er kniff die Augen zusammen, aber er konnte nicht sagen, was ihn daran beunruhigte. Es war schön, dass Decker sich um seine Schwester kümmerte, aber irgendetwas … stimmte nicht.

Ehe er noch weiter darüber nachdenken konnte, stöhnte Sierra und hastete ins Badezimmer. Mit einem Satz war er vom Bett und folgte ihr.

»Was ist los, Sierra?«

Er hielt ihr das Haar zurück, als sie am ganzen Leib zitternd ihren Mageninhalt von sich gab. Dann nahm er einen Waschlappen und ließ kaltes Wasser darüber laufen, ehe er ihr das Gesicht abtupfte.

Sie holte zittrig Luft. »Ich weiß es nicht. Ich denke, es ist die Grippe. Mir tut alles weh. Oder zumindest mehr als gewöhnlich.«

Er streichelte ihr über den Rücken und hielt sie, als sie sich an ihn lehnte. »Es tut mir so leid, Süße. Soll ich dich zum Arzt bringen?«

Sie schüttelte den Kopf. »Nein, ich fühle mich schon besser, denke ich. Wenn es nicht bald verschwindet, werde ich zum Arzt gehen, aber ich bin sicher, dass es mir gut gehen wird.«

Austin legte die Wange auf ihren Kopf. Er hatte es nie für möglich gehalten, dass er einmal einen Menschen so lieben würde wie Sierra. Hier war er und hielt seine Verlobte, auf dem Badezimmerfußboden sitzend, nachdem sie ihren Mageninhalt von sich gegeben hatte. Das würde er für nichts in der Welt tauschen.

»Ich bin hier, Legs.«

»Hör auf, mich Legs zu nennen.« Das sagte sie ganz leise und er wusste, dass sie es nicht so meinte.

»Du sagst mir einfach, was du brauchst, und ich bin für dich da.«

Sie bewegte den Kopf und sah lächelnd zu ihm auf. »Ich weiß. Deshalb weiß ich, dass es Miranda gut gehen wird. Sie hat euch Montgomerys, die sich um sie kümmern. Wir sind Familie, Austin.«

Er küsste ihre Schläfe. »Ja, wir sind Familie.«

Und wenn irgendjemand noch einmal versuchte, seine Familie zu verletzen, würde er einen Weg finden, sich zur Wehr zu setzen.

Kapitel Zwölf

DECKER STREICHELTE mit der Hand über Mirandas
Gesicht und ihm gefiel die Art und Weise, wie sie sich sogar
im Schlaf an seine Handfläche schmiegte. Ihr Mund öffnete
sich ein wenig und sie saugte an seinem Daumen. Er unterdrückte ein Stöhnen, um sie nicht zu wecken, und zog
langsam seine Hand zurück. Sie wimmerte und vergrub sich
wieder in den Kissen. Er stand für die Arbeit angezogen
neben dem Bett und fühlte sich in ihrem Zimmer mit seiner
alten Jeans und den Stiefeln, die noch älter waren, merkwürdig fehl am Platz. Ja, er war über Nacht geblieben, aber er
hatte das Gefühl, als hätte er eine saubere Hose oder irgendetwas Anständiges tragen sollen.

Miranda schien das allerdings nicht zu kümmern. Wie
zum Teufel hatte er so ein Glück gehabt?

Es war über eine Woche her, seit er sein Versprechen sich
selbst gegenüber gebrochen und sich eine Prise Glück zuge-
standen hatte. Sie hatten vier dieser Nächte zusammen und
meistens bei ihm verbracht, weil er Gunner und das große
Haus hatte. Gestern hatten sie allerdings den Abend bei ihr
verbracht, da Austin den Hund bei sich zu Hause hütete,
damit Leif üben konnte, sich um ein Haustier zu kümmern.
Decker hatte nicht erwähnt, wo er in Gunners Abwesenheit

schlafen würde, weil Austin ihn wahrscheinlich verprügeln würde, wenn er davon erführe.

Miranda und er sprachen weder über die Zukunft noch über Verpflichtungen, sondern über alles, was sie normalerweise machten, nur hatten sie nun Sex hinzugefügt. Nun hatte er nicht mehr das Gefühl, er würde explodieren, weil er sich zurückhielt. Er musste sich nicht auf die Zunge beißen, wenn er ihr sagen wollte, dass sie wahnsinnig heiß aussah. Er musste seine Hände nicht in die Tasche schieben, wenn er sie berühren wollte, sie halten wollte.

Er war ein sehr glücklicher Mann.

Zumindest im Augenblick.

Sobald die Montgomerys jedoch herausfanden, was er mit ihrem kleinen Mädchen anstellte, nun ja, dann wäre sein Leben verwirkt. Oder zumindest das Leben, das er mit ihnen geführt hatte.

Sie war die Qualen wert, aber er hoffte, sie würde nie herausfinden, dass er nicht den gleichen Wert besaß.

Er musste früh zur Baustelle aufbrechen, sodass er eine schlafende Miranda im Bett zurückließ. Sie würde in einer Stunde aufstehen, um zur Arbeit zu gehen, und sie brauchte ihren Schlaf. Er hatte sie am Abend zuvor noch lange wach gehalten. Trotz allem grinste er bei der Erinnerung in sich hinein.

»Decker?«

Er fluchte. Er hatte sie nicht aufwecken wollen, weil sie ihren Schlaf brauchte. Er sah über seine Schulter zu der schläfrigen Miranda, die in der Türöffnung stand. Ihr Haar sah aus, als hätte irgendjemand es stundenlang mit seinen Händen durchwühlt – *schuldig*. Sie hatte das Oberteil angezogen, das er am Vortag getragen hatte, und das lange T-Shirt streifte den Ansatz ihrer Oberschenkel. Verflucht, sie sah so bezaubernd aus. Er drehte sich herum und sein anschwellender Schaft drückte gegen seine Jeans. Er konnte es gerade wirklich nicht gebrauchen, dass sein Reißverschluss sich ständig in seinen Schaft grub. Er rückte die Hose zurecht und krümmte einen Finger.

Sie blickte ihn mit einem schläfrigen Lächeln an und

schritt auf ihn zu. Er öffnete die Arme und sie sank gegen ihn. Als er sie auf den Scheitel küsste, legte sie den Kopf in den Nacken und teilte die Lippen. Er küsste sie zärtlich und streifte sanft liebkosend mit den Lippen über die ihren.

Sie stöhnte und wanderte mit der Hand an der Vorderseite seiner Hose hinab. Als sie ihre Hand um seinen Schaft legte, sog er die Luft ein. Mit einem rauen Lachen zog er sich zurück.

»Wenn du mich anfasst, werden wir am Ende nackt sein, und ich muss zur Arbeit.«

Sie stieß ein schläfriges Seufzen aus, aber sie berührte seinen Schaft nicht noch einmal. Enttäuschung erfüllte ihn.

Später.

»Viel Spaß bei der Arbeit heute. Möchtest du einen Kaffee?« Sie schlurfte auf die Kaffeemaschine zu und er unterdrückte ein Lächeln. Sie war kein Morgenmensch, aber andererseits war er das auch nicht. Er würde sie lieber über den Küchentresen beugen und etwas Süßes zum Frühstück vernaschen, aber er musste zur Arbeit.

Und er musste zumindest etwas Distanz wahren. Je mehr er sich hier aufhielt, je mehr er sich in jeden Teil von Mirandas Leben verflocht, umso schlimmer würde es, wenn sie sich trennten.

Dies war vorübergehend.

Eine Ablenkung.

Es war am besten, das nicht zu vergessen.

»Decker? Kaffee?« Sie winkte mit einem leeren Kaffeebecher in seine Richtung und er schüttelte den Kopf.

»Ich werde welchen auf der Baustelle bekommen. Viel Spaß heute.« Anstatt sie zum Abschied zu küssen, hob er lediglich das Kinn und dann ging er hinaus. Wenn er nicht bald verschwände, würde er einen Fehler machen und bleiben.

Das durfte nicht passieren.

Die Sonne war noch nicht aufgegangen, aber die Luft roch nach Morgenfrische und Regen. Mirandas Apartmentgebäude lag hinter einer Baumgruppe versteckt, die ein wenig Schatten in den heißen Sommermonaten spendete, aber es war den Bergen zugewandt. Obwohl die Wohnung klein war, lohnte sie sich für den Blick, den sie bot.

Er war sich allerdings nicht sicher, ob er sie dort noch viel länger haben wollte, wenn er bedachte, dass Jack sie dort angegriffen hatte. Sollte man ihn ruhig einen primitiven Neandertaler nennen, aber er würde sie lieber zu sich holen, wo er sie in Sicherheit wüsste.

Als er es gerade bis zu seinem Geländewagen geschafft hatte, bog ein Fahrzeug auf den Parkplatz ein, das verdächtig nach Mayas Wagen aussah.

Verdammt.

Anstatt in seinen Geländewagen zu springen und vom Parkplatz zu rasen, als hätte er etwas zu verstecken, blieb er dort mit den Armen über der Brust verschränkt stehen.

Mit hochgezogenen Augenbrauen stieg Maya aus. Aus irgendeinem Grund wirkte sie nicht sehr überrascht, ihn dort zu sehen. Er wusste, dass Miranda zu niemandem in ihrer Familie etwas gesagt hatte, weil sie erst so kurz zusammen waren und einander als Paar kennenlernten oder was immer sie beide waren, aber das bedeutete nicht, dass Maya nicht wirklich schnell kombinierte.

Die Frau wusste Dinge, die niemand wissen sollte, und Decker war niemals sicher, wie sie es herausfand.

»Decker.« Ihre Stimme war kühl, aber das Lachen in ihrem Blick verwirrte ihn.

»Maya«, gab er ebenso kalt zurück. Allerdings fand sich in seinen Augen kein Lachen.

»Viel Spaß bei der Arbeit«, entgegnete sie langsam.

»Du wirst es den anderen erzählen, oder?« Daran gab es absolut keinen Zweifel.

»Das muss ich«, antwortete sie schlicht. »Sie gehört zu uns, Deck.«

Mit dem Wissen, dass das stimmte, nickte er. Es war nicht toll, aber er konnte nichts deswegen unternehmen.

»Du gehörst auch zu uns, das weißt du, oder?«

Er erwiderte nichts, sondern reckte nur das Kinn und stieg in seinen Geländewagen. Wenn all dies den Bach runter-ging – und so würde es unweigerlich kommen, weil er ein

Kendrick war, die immer alles verbockten –, würde er allein dastehen. Er hatte das gewusst, als er sich darauf eingelassen hatte, aber Miranda hatte solch eine Anziehung auf ihn ausgeübt, dass er sich nicht entziehen konnte.

Er war gut darin, allein zu sein.

Es war nur Mist, dass er deshalb die Montgomerys verlassen musste.

Er schaffte es bis zu Austin, wo er Gunner von einer schläfrigen Sierra abholte und sich schleunigst verdrückte, bevor Maya Zeit hatte, irgendjemanden anzurufen. Er machte Mirandas Schwester keinen Vorwurf daraus, sie beschützen zu wollen, und er nahm es ihr auch nicht übel, dass sie die Neuigkeiten verbreiten würde. Es würde sowieso rauskommen, aber er brauchte Kaffee, bevor er mit den Anschlägen fertigwerden konnte.

Als er auf der Baustelle ankam, seufzte er. Das würde nicht angenehm werden. Er hatte mit diesen Menschen gelebt. Mit ihnen gearbeitet. Sie waren seine Familie und er hatte alles ruiniert, weil er Miranda wollte.

Wollte.

Brauchte.

Begehrte.

Liebte.

Nein, nicht das Letzte. Er konnte sich das Letzte nicht leisten. *Sie* konnte sich das Letzte nicht leisten. Er betete nur, dass genügend von ihm selbst übrig bliebe, um die Scherben aufzusammeln, wenn alles zerbröckelte, denn genau das würde passieren.

Mit diesem trübseligen Gedanken stieg er aus seinem Geländewagen und Gunner folgte ihm zum Bauwagen. Gunner würde tagsüber im Bauwagen gut aufgehoben sein, bis Decker ihn für Spaziergänge über das Gelände rausließ. Dann konnte der Hund ihm außerhalb der Baustelle folgen. Der Kerl liebte den Krach, den Verkehr und die Menschen. Decker hätte sich keine allzu großen Sorgen um ihn machen müssen. Gunner passte gut zu den Montgomerys und allem, was mit ihnen im Zusammenhang stand.

Ihr augenblicklicher Auftrag bestand in der Renovierung

eines alten Gasthauses. Da sie im Westen lebten, war keines der Gebäude wirklich alt, im Vergleich zu einigen, an denen er im Osten Arbeiten durchgeführt hatte. Denver galt als eine junge Stadt und die Gebäude und Straßen reflektierten das. Wie dem auch sei, all das bedeutete nicht, dass die Gebäude und ebenso die Menschen keine Geschichte hatten. Storm hatte sich an den architektonischen Plänen den Hintern aufgerissen, damit das Alte sich mit dem Neuen ergänzte, und Wes leitete das Team. Decker war Wes' rechte Hand. Die beiden erledigten den Großteil der Routinearbeiten an dem Projekt.

Er liebte es.

Er liebte es, mit seinen Händen zu arbeiten, liebte es, etwas aussehen zu lassen, als würde es gepflegt anstatt vernachlässigt. Er hoffte nur, dass er seinen Job nicht verlor, weil er mit ihrer Schwester schlief.

Jesus, er war ein selbstsüchtiger Idiot.

»Welche Laus ist dir denn über die Leber gelaufen?«, fragte Wes, bevor er einen Schluck Kaffee trank. Er zuckte und nahm noch einen Schluck. »Tabby fällt für diese Woche aus, weil ich sie tatsächlich gezwungen habe, Urlaub zu nehmen, also schmeckt dieser Kaffee wie Scheiße.« Tabby war die Verwaltungsassistentin von Montgomery Inc. Sie führte das Unternehmen − und die Männer − mit einer manikürten Faust. Decker war ziemlich sicher, dass sie und Wes etwas am Laufen hatten − oder zumindest irgendwann einmal gehabt hatten. Wenn nicht, waren sie sich verdammt nahe und wussten, wie der andere funktionierte. Das Ergebnis war für das Unternehmen sehr positiv und Decker war das egal, solange er seine Stelle behalten und arbeiten konnte, wie es ihm passte.

Wahrscheinlich ruinierte er all das gerade, indem er endlich seiner Versuchung nachgegeben hatte, aber Miranda war es wert.

Gott, sie war es so wert.

Decker goss sich eine Tasse Kaffee ein und trank einen Schluck, wobei er beim Schlucken erschauderte. Der bittere Geschmack würde ihm wahrscheinlich mehr Brusthaar wachsen lassen, aber wie auch immer. »Du bist wirklich ein Versager beim Kaffeekochen, Wes. Ich hatte ehrlich gedacht, du könntest es besser.«

»Du kannst mich mal. Und warum zum Teufel hattest du beim Hereinkommen diesen Ausdruck auf dem Gesicht? Ist irgendetwas mit der Vertäfelung nicht in Ordnung, die du gestern angebracht hast?«

Decker schüttelte den Kopf. »Nichts ist verkehrt«, log er. Nun, er log über sich selbst. Die Vertäfelung war perfekt. »Ich bin nur noch nicht ganz wach und dieser Kaffee wird mich ganz sicher auch nicht aufwecken.« Er kippte den Inhalt seiner Tasse herunter und erschauderte.

Wes sah ihn mit einem Blick an, der besagte, dass er ihm nicht glaubte, aber er ließ es durchgehen.

»Also, was steht für den heutigen Tag an?«

Sie gingen die Pläne für den Tag durch und nachdem er sich eine Bärentatze genommen hatte – er vermisste Tabby und ihre Donuts mit Marmelade jetzt schon –, ging er hinaus zu seiner Sektion des Gasthauses. Gunner blieb im Aufenthaltsraum zurück und war zufrieden damit, den Tag zu verschlafen.

Decker ging zu der Vertäfelung hinüber, die er am Vortag angebracht hatte, und war glücklich mit dem Fortschritt, ehe er zur anderen Seite des Gebäudes zurückkehrte, wo er an einigen Stützbalken arbeiten musste. Als er den Hammer in die Hand nahm, überkam ihn eine kleine Rückblende mit dem Bild seines Vaters und er fluchte.

Nein. Er würde jetzt nicht an diesen Mann denken. Niemals wieder, wenn er eine Wahl hatte. Seine Mom hatte noch zweimal angerufen und Decker hatte abgenommen. Er hatte sich vorgenommen, das nicht zu tun, aber er war nicht imstande, es zu unterlassen. Sie würde sich nicht selbst helfen und sie würde seine Hilfe nicht annehmen, aber die Dinge konnten sich ändern. Er konnte nicht riskieren, nicht zuzuhören.

Das bedeutete allerdings nicht, dass er Frank gegenübertreten würde. Das war etwas, was er niemals tun konnte. Nun, wenn ihn das zu einem schlechten Sohn machte, dann war das eben so.

Nach ein paar Stunden harter Arbeit, die einen beachtlichen Schweißfilm auf seinem Körper hinterließ, trat er hinaus, um ein paar Dinge mit den anderen Arbeitern durchzusprechen. Er aß mit der Mannschaft zu Mittag und arbeitete dann noch ein paar Stunden. Wes und Storm werkelten an anderen Dingen, also musste er sich nicht damit herumschlagen, sich vor ihnen zu verstecken. Es war nicht ideal, ihnen Tag für Tag gegenübertreten zu müssen, ohne die Tatsache zu erwähnen, dass er mit ihrer Schwester zusammen war, aber das konnte er nicht tun. Noch nicht. Bald jedoch. Dank Maya würde sich – wenn es nicht bereits geschehen war – die Neuigkeit schnell verbreiten, weil Familien so funktionierten. Abgesehen von der Tatsache, dass er Dinge vor seiner Familie geheim hielt, war es ein wirklich guter Tag. Sie hatten jede Menge Arbeit an der Baustelle erledigt und wenn er nicht über die Stützbalken und Gipsplatten nachdachte, dachte er an Miranda.

Ein wirklich guter Tag. Eine Wagentür schlug zu und er ignorierte es, weil es irgendjemand hätte sein können.

»Du verdammtes Arschloch!«

Decker versteifte sich, ehe er den Hammer aus den Händen legte, und drehte sich zu Griffin herum, der auf ihn zumarschierte. Er ließ zu, dass er ihm seine Faust ins Gesicht schlug, denn er wusste, was kam. Dann blinzelte er zweimal langsam und rieb sich den Kiefer. Er hatte es schließlich verdient. Er fuhr sich mit der Zunge über die Zähne, um festzustellen, ob sich einer gelockert hatte. Glücklicherweise waren sie in gutem Zustand und er schmeckte auch kein Blut.

Bei dem mörderischen Ausdruck in Griffins Augen glaubte er allerdings nicht, dass das lange anhalten würde.

»Du stehst einfach hier und lässt es dir gefallen?«, fragte Griffin, dessen Brust sich hob und senkte. Er schüttelte seine Hand und zog die Lippe zu einem Knurren hoch. »Wir haben dir vertraut. Wir haben dir vertraut, und du schläfst mit Miranda?«

Wes und Storm liefen hinter Griffin herbei und stellten sich rechts und links neben ihren Bruder.

Nun denn. Zumindest wusste er, wo er stand.

Es war nicht so, als wäre das eine Überraschung.

»Was um alles in der Welt ist los?«, fragte Storm. Er sah zwischen den beiden Männern hin und her, als wären sie verrückt geworden.

Vielleicht waren sie das.

»Warum hast du Decker geschlagen?«, fragte Wes. »Und warum hast du es dir gefallen lassen? Verflucht noch mal, dies ist eine Baustelle. Arbeit. Wenn ihr Differenzen habt, dann verschwindet von hier und macht die Sache woanders aus. Schleppt diesen Mist nicht hierher.«

Decker seufzte. Das stimmte. »Na schön. Ich mache Feierabend.« Er begegnete Griffins Blick. »Willst du dich noch ein bisschen mehr damit beschäftigen? Fahr hinter mir her zu mir nach Hause. Lass uns das nicht hier austragen.« Er hatte die Montgomerys bereits mit seiner Anwesenheit befleckt und jetzt tat er es wieder, indem er diesen Mist mit zur Arbeit schleppte.

Ihre Arbeit.

»Du willst es ihnen nicht erzählen?«, fragte Grif mit Mordlust im Gesicht. »Du willst ihnen nicht erzählen, warum ich dich geschlagen habe? Du versuchst, es so lange geheim zu halten, wie du kannst, oder?«

»Wovon redet er, Decker?«, fragte Storm mit ruhiger Stimme. Der Mann brauste nicht so schnell auf wie Wes oder die anderen, aber wenn er es tat, dann wurde er seinem Namen gerecht.

Decker entgegnete Wes' und Storms Blicken und reckte das Kinn. »Miranda und ich sind zusammen.«

So. Er hatte es gesagt. Es war schließlich nicht so, als würden sie es nicht von selbst herausfinden, und schon gar nicht mit Griffin, der aussah, als wäre er drauf und dran zu explodieren.

Wes quollen die Augen aus dem Kopf. »Im Ernst?«

Storm sagte nichts. Stattdessen schien der Mann nachdenklich.

»Ja«, fauchte Griffin. »Wie lange geht das schon?«

»Griffin, hör auf damit.« Storm seufzte. »Da müssen wir uns erst mal dran gewöhnen.«

Wes blinzelte nur ein paarmal und schüttelte den Kopf. »Das habe ich nicht kommen sehen.«

»Wie lange?«, fragte Griffin.

Decker seufzte. »Noch nicht sehr lange und jetzt müssen wir gehen, damit wir nicht hier bei der Arbeit sind. Ich möchte Montgomery Inc. keinen Schaden zufügen.«

»Indem du Miranda ausnutzt, hast du den Montgomerys bereits Schaden zugefügt.«

Es war wie ein Schlag in die Magengrube. Decker schluckte schwer und sein Kopf hämmerte.

»Nun mal langsam Mann, was zum Teufel?«, fragte Wes, der sich zu Griffin umdrehte. »Er ist unser Bruder. So etwas sagst du nicht.«

Obwohl Decker dankbar für das war, was Wes gerade von sich gegeben hatte, entsprach es nicht der Wahrheit. Es linderte auch nicht die tiefe Kluft, die Griffins Worte geschlagen hatten. Die Worte seines besten Freundes. Er hatte gewusst, dass es ihn verletzen würde. Er hatte gewusst, dass er alles verlieren würde, weil er ein Risiko mit der Frau einge-gangen war, die er wahrhaftig begehrte, wahrhaftig liebte.

Aber er hatte nicht gewusst, dass es so wehtun würde.

»Er ist nicht unser Bruder«, sagte Griffin langsam. »Er ist der Mann, den wir aufgenommen haben. Der Mann, mit dem wir zusammen aufgewachsen sind. Jetzt ist er der Mann, der Miranda ausnutzt.«

Decker ballte die Hände zu Fäusten. »Ich lasse dir diesen einen Treffer durchgehen. Ich werde dir gestatten, irgendwel-chen Mist über meine Loyalität zu erzählen. Aber behaupte nicht, dass ich sie ausgenutzt habe. Sie ist erwachsen. Sie hatte eine Wahl. Und ich auch. Wir waren uns einig.«

Griffin legte den Kopf schief. »Ach ja? Und du bist einfach so eingesprungen, oder? Gleich nachdem dieser Wichser die Scheiße aus ihr herausgeprügelt hatte. Und hallo, hier bist du und fickst unsere kleine Schwester.«

Decker vergaß sich.

Er rammte Grif die Faust ins Gesicht und war sauer, dass er Griffin überhaupt gestattet hatte, ihn zu provozieren.

»Sachte«, rief Storm, als er Decker packte.

Decker machte einen Schritt zur Seite und stand nun von Angesicht zu Angesicht vor Griffin. »Pass auf, was du über sie sagst. Sie ist alles für mich, du Arschloch. Lass es nicht so klingen, als hätte ich sie genommen, obwohl sie nicht wollte. Lass es nicht so klingen, als wäre sie etwas, das ich von der Straße aufgelesen habe. Du weißt das besser.« Er holte tief Luft. »Oder zumindest dachte ich, du wüsstest es besser.«

Verflucht, er hatte gehofft, dass Grif es von allen Brüdern am besten verstehen würde. Oder vielleicht war das einfach der Punkt. Von allen Brüdern war Grif derjenige, der ihn am besten kannte.

Er war derjenige, der mit Sicherheit wusste, dass Decker nicht gut genug war.

»Du hast es geheim gehalten, Deck.« Grif schüttelte den Kopf. »Du hast es geheim gehalten. Was soll ich denn deiner Meinung nach denken? Maya sieht, wie du am frühen Morgen Mirandas Wohnung verlässt, und du erzählst es uns nicht. Wenn es etwas wäre, worauf du stolz wärst, hättest du es nicht verschwiegen wie ein schmutziges Geheimnis.«

Decker schlug ihn erneut und steckte im Gegenzug Griffins Schlag ein. Wes und Storm hatten offensichtlich aufgegeben, die beiden davon abzuhalten, sich k. o. zu schlagen.

Gut.

Griffin landete einen Schlag in Deckers Niere und er fluchte. Die beiden gingen zu Boden und schlugen und traten einander, als wären sie wieder Kinder – wobei es diesmal allerdings nicht aus Spaß war. Das Blut und die Blutergüsse waren echt und er war nicht sicher, ob die Wunden heilen würden, die man nicht sehen konnte.

Er hätte die Schläge eingesteckt, wenn Grif sich nicht respektlos über Miranda geäußert hätte. So wie die Dinge standen, musste er sich zurückhalten, um nicht noch fester zuzuschlagen. Der Zorn, den er während der letzten paar Monate verspürt hatte, weil er im Hinblick auf seine Mutter,

Jack und so viele andere Dinge nichts unternehmen konnte, durchfuhr ihn und er schlug weiter zu.

Grif schlug zurück, obwohl er kleiner als Decker war, und wenn sie nicht bald aufhörten, würde Decker dies mehr bedauern, als es bereits der Fall war.

Er zog sich zurück und sein Brustkorb hob und senkte sich aufgrund seines Keuchens.

»Wir sind ganz frisch zusammen. So frisch, dass wir Zeit für uns haben wollten.« Das war die Wahrheit, aber es war nicht alles. »Du glaubst, ich würde alles riskieren, was ich habe, alles, was ich mit euch Jungs bin, für etwas, wofür ich mich schäme?«

Griffins Gesichtsausdruck wurde verschlossen. »Ich weiß nicht mehr, was du denkst, Deck. Es ist, als würde ich dich nicht einmal kennen.«

»Ich bin der gleiche Kerl, der ich immer war.« Jetzt sahen sie ihn allerdings deutlich.

»Sie ist meine kleine Schwester, Decker. Du hast es uns nicht erzählt. Du hast es *geheim* gehalten. Ich kann … ich kann einfach nicht.«

Decker erhob sich, sein Körper schmerzte und seine Fingerknöchel bluteten. Er klopfte sich den Staub ab und hielt Griffin eine Hand hin. Als der andere sie nicht nahm, sondern aus eigener Kraft aufstand, nickte Decker. Er hätte nicht überrascht sein sollen. Es war vorbei.

Sein Mund schmerzte höllisch und er war ziemlich sicher, dass sein Gesicht blutete, und er würde ein blaues Auge haben, das zu Mirandas passte. Verdammt.

Miranda.

Sie würde hierüber *nicht* erfreut sein.

Immer wieder dasselbe. Er hatte alles verdorben und er würde weiterhin alles verderben, weil er eben so war.

»Es tut mir leid«, sagte er leise. »Es tut mir leid, dass ich nicht zuerst zu dir gekommen bin.«

Griffin schüttelte den Kopf. »Ich brauche etwas Zeit, Deck. Tu ihr nicht weh oder ich werde dich umbringen.« Er begegnete Deckers Blick. »Hast du das verstanden? Hast du verstanden, dass ich das gerade zu meinem besten Freund gesagt habe, weil er meine kleine Schwester verletzen wird?«

»Es geht nicht nur um dich, Griffin«, mischte Storm sich ein, seine Stimme bar jeder Emotion.

Griffin seufzte. »Es geht um uns alle. Und ich muss hier raus.« Er stürmte davon und ließ Decker blutig und angeschlagen zurück.

Wes schüttelte den Kopf und folgte seinem Bruder, ohne ein Wort zu Decker zu sagen.

»Warum nimmst du dir nicht den Rest des Tages frei?«, schlug Storm leise vor.

Decker erstarrte. »Ich werde meine Arbeit nicht vernachlässigen.« Verdammt sollte er sein, wenn er alles ruinierte.

Storm seufzte. »Du bist blutig und voller blauer Flecke und die anderen haben alles gesehen. Es ist mir jedoch egal, weil wir Kerle sind und das tun müssen. Aber dies ist eine Baustelle und jetzt werden die Leute reden. Sie werden darüber hinwegkommen und wir werden darüber hinwegkommen. Genau das werden wir tun. Aber du musst dich verarzten lassen und dich beruhigen.« Er legte eine Hand auf Deckers Schulter. »Wenn du meine Meinung hören willst, mir gefällt, dass du und Miranda zusammen seid. Sie hat schon immer für dich geschwärmt. Und ich habe beobachtet, wie du sie angesehen hast.«

Decker stand der Mund offen und Storm zuckte die Schultern.

»Es stand mir nicht zu. Ich glaube auch nicht unbedingt, dass es Griffin etwas angeht, aber das ist seine Sache. Und deine. Sie gehört zu uns, Deck. Außerdem ist sie die Jüngste von uns, also haben wir uns alle übermäßig behütend verhalten, als sie aufgewachsen ist. Du wirst schon noch dahinterkommen. Und sie auch. Trotz der Tatsache, dass wir versuchen, das zu vergessen, ist sie eine Erwachsene und kann ihre eigenen Entscheidungen treffen. Tu ihr nur nicht weh.«

Er schluckte schwer und nickte. Er versprach nicht, ihr nicht wehzutun. Das konnte er nicht. Er würde sein Bestes geben, es zu verhindern, aber das bedeutete nicht viel, wenn so viel Mist um sie herum ablief.

Er kehrte zum Aufenthaltsraum zurück, holte Gunner und machte sich auf den Weg zu seinem Geländewagen. Als er zu Hause ankam, schmerzten ihm die Hände und seine Seele fühlte sich an, als hätte jemand sie zerrissen. Er war ruiniert. Er hatte den Kodex gebrochen oder wie auch immer die Leute das nannten. Er hätte es Griffin, Austin und den anderen sagen sollen. Durch die Geheimhaltung seiner Beziehung mit Miranda hatte er die Situation in ein schäbiges Licht gerückt. Er hatte ihnen beiden einen Bärendienst erwiesen und auch der Familie, die ihn aufgenommen hatte. Er hatte sich so sehr vor ihrer Reaktion gefürchtet.

Sein Blick fiel auf seine zerschlagenen und blutigen Fingerknöchel.

Er war zu Recht auf diese Schmerzen und die Prügel gefasst gewesen.

Er betrachtete das Blut an seinen Händen und erinnerte sich an das Gefühl, wie seine Faust Grif getroffen hatte – seinen besten Freund.

Dies waren nicht seine Hände. Nein, dies waren die Hände seines Vaters. Die Hände, die Francine Kendrick dreißig Jahre lang geschlagen und Decker den Arm gebrochen hatten.

Die Sünden seines Vaters konnten ihm nicht das Wasser reichen.

Obwohl er sich zurückgezogen und alles in seiner Macht Stehende getan hatte, um sein Wesen zu leugnen, hatte er sich trotzdem in den Alten verwandelt.

Er hatte sich gewehrt, um ihren guten Namen zu verteidigen, obwohl sie es nicht gebraucht hatte. War sie es wert, dass er alles verlor?

Ja.

Zur Hölle, ja.

Sie war ohnehin so viel wertvoller als er.

Es bedeutete nur, dass er nicht in der Lage sein würde, sie zu behalten.

Kapitel Dreizehn

SIERRA WAR SPÄT DRAN.

Nun, das war die Untertreibung des Jahres.

Sie war zu lange bei der Arbeit geblieben, da sie das Gefühl hatte, ihr Fehlen am Morgen wiedergutmachen zu müssen. Weil sie beim Arzt gewesen war, um ihre grippeähnlichen Symptome behandeln zu lassen, hatte sie die Geschäftsöffnung verpasst und die Mädchen bitten müssen, sich um alles zu kümmern. Es war nicht so, dass sie ihnen nicht traute, ganz im Gegenteil. Es war nur so, dass das Eden ihr Baby war, und sie wollte überall ihre Hand im Spiel haben.

Der Arzt hatte sie aufgrund ihrer medizinischen Vorgeschichte gebeten, für zusätzliche Tests zu bleiben, also hatte es länger gedauert, als sie geplant hatte, und das hatte eine Flut von Verspätungen für alle nachfolgenden Dinge in ihrer Tagesplanung zur Folge gehabt. Ja, sie hasste es, sich zu verspäten. Sie gehörte den Menschen an, die eine Viertelstunde zu früh kommen mussten, da sie sonst das Gefühl hatten, unpünktlich zu sein. Austin machte sich deshalb lustig über sie, aber er hatte seine Terminplanung umgestellt, um sich ihr anzupassen.

Das war Liebe.

Oder ihr Leiden an einer leichten Zwangsneurose.

Mit einem Seufzen bog sie in die Auffahrt ein und

schnappte sich ihre Sachen, um ins Haus zu gehen. Ein Schwindelanfall überkam sie und sie holte tief Luft. Sie lehnte sich an die Fahrzeugtür und schloss die Augen. Alles würde gut werden. Es *musste* alles gut werden. Sie musste wirklich anfangen, sich besser zu fühlen. Sie hatte keine Zeit, um krank zu sein. Sie hatte eine Hochzeit zu planen, einen Verlobten und einen Stiefsohn zu lieben und ein Unternehmen zu führen. Allerdings nicht alles in dieser Reihenfolge.

Austin, der die Tür schon geöffnet hatte, bevor sie dort ankam, hatte einen eigentümlichen Ausdruck auf dem Gesicht.

»Was ist los?«, fragte sie, bevor er etwas sagen konnte.

Er schüttelte den Kopf. »Nichts. Ich habe nur das Gefühl, dass etwas nicht stimmt, und dann komme ich hier hinaus und sehe, dass du ganz blass bist, Liebling.«

Er beugte sich zu ihr herab und küsste sie trotz der Tatsache, dass sie wahrscheinlich viel zu viele Keime in sich trug, ehe er ihr alles aus den Händen nahm. Sie seufzte bei seiner guten Tat. Er mochte vielleicht ein bisschen mürrisch sein, aber er kümmerte sich trotzdem unwahrscheinlich gut um sie. Und das lag nicht etwa daran, dass er dachte, sie könnte das nicht tun. Nein, er tat es, weil er es tun wollte. Wegen dieses Unterschieds liebte sie ihn sogar noch mehr. Sie folgte ihm ins Haus und öffnete die Arme. Leif rannte auf sie zu und umarmte sie stürmisch. Sie taumelte ein Stück zurück. Sie hatte ganz vergessen, wie groß er war. Schließlich war er der Sohn seines Vaters. Er roch ein bisschen nach kleinem Jungen und Schokolade. Es schien, als hätte Austin dem Kind erlaubt, ihre Vorräte zu plündern. Das war in Ordnung, weil sie wusste, dass Austin so etwas nur tat, wenn Leif eine gute Note in der Schule erzielt hatte. Sie küsste seine Schläfe und drückte ihn noch einmal.

»Hey Sierra. Wie war die Arbeit?« Oh, wie der Junge sich verändert hatte, seit sie ihm das erste Mal auf den Stufen vor Montgomery Ink begegnet war. Er lächelte mehr und machte wirklich den Eindruck, als interessierte es ihn tatsächlich, wie ihr Tag gelaufen war. Sie küsste ihn auf den Kopf und er entzog sich zappelnd. Ein zehnjähriger Junge war über Zuneigungsbekundungen nicht sehr begeistert, also würde sie nehmen, was sie bekommen konnte.

»Die Arbeit war gut. Lang.«

Austin trat neben sie und legte die Hände um ihr Gesicht, um sie sanft zu küssen. »Setz dich und wir kümmern uns um dich. Du siehst kein bisschen besser aus als heute Morgen. Was hat der Arzt gesagt?«

Sie seufzte, aber weil sie zu müde war, um zu streiten, streifte sie die Schuhe ab und setzte sich aufs Sofa. Leif stieß sie an die Schulter und sie legte sich hin. Dann breitete der Junge eine Wolldecke über sie und sie lächelte.

»Danke, Schatz.«

Er lächelte und daraufhin zuckte er mit den Schultern. Ja, er war eben ein Junge.

»Erhol dich einfach, okay?«

Sie nickte und er wandte sich wieder seinen Hausaufgaben am Couchtisch zu. Sie sah ihm zu, wie er seine Mathematikaufgaben löste, und seufzte. Er hatte seine leibliche Mutter erst vor ganz kurzer Zeit verloren und sich dennoch so schnell davon erholt, wie nur Kinder das schaffen. Sie wusste nicht, wie er vor dem Tod seiner Mutter gewesen war, also würde sie nie in der Lage sein, einen Vergleich zu ziehen, aber sie glaubte, dass Leif auf dem richtigen Weg war.

»Also?«, fragte Austin, als er sich an das andere Ende des Sofas setzte. Er nahm ihre Füße auf seinen Schoß und fing an, sie zu reiben.

Mein Gott, sie war im Paradies. Ernsthaft. Könnte sie noch glücklicher sein?

»Der Arzt hat mir nur geraten, mich etwas auszuruhen. Er wird später anrufen und die Ergebnisse durchgeben.«

Austin runzelte die Stirn. »Ergebnisse? Ich wusste nicht, dass es so lange dauert, bis dir jemand sagt, dass du eine Erkältung oder die Grippe hast. Was nebenbei gesagt bedeutet, dass du nicht zur Arbeit hättest gehen sollen, Frau. Morgen wirst du zu Hause bleiben.«

Sie zog eine Augenbraue hoch. »Ich habe mich heute vollkommen wohlgefühlt, sobald ich einmal in Gang gekommen war. Ich kann mich nicht einfach krankmelden. Mir gehört der Laden. Und haalloo … du hast mich geküsst.« Und sie hatte Leif auf den Kopf geküsst. Verdammt. Sie war eine schlechte Mutter. Vielleicht sollte sie ihn mit antibakterieller Seife schrubben oder so etwas. Gab es vielleicht ein Spray, das die Kinder gesund hielt? Vielleicht konnte man ihn in eine riesige Kugel sperren?

Austin drückte ihren Fuß und blinzelnd lenkte sie ihre Aufmerksamkeit wieder zu ihm zurück. »Zunächst einmal sind es deine Lippen. Natürlich werde ich dich küssen wollen. Ich werde dich niemals nicht küssen wollen, also kannst du dir das aus dem Kopf schlagen. Zweitens, Liebling, darfst du dich nicht überfordern. Deshalb hast du die Mädchen dort. Wenn du nicht fit zum Arbeiten bist, dann geh nicht. Es wird die Genesung nur erschweren, das weißt du. Wann will der Arzt anrufen?«

»Ich hoffe, heute Abend.« Sie machte sich keine allzu großen Sorgen darüber, weil sie sich zwang, so zu denken. Die Tatsache, dass der Arzt nicht sofort gewusst hatte, was mit ihr nicht stimmte, hatte einen merkwürdigen Schmerz in ihrer Magengegend ausgelöst. Hoffentlich war es nichts und der Mann war bloß gewissenhaft. Schließlich hatte sie eine außergewöhnliche medizinische Vorgeschichte, weshalb der Arzt vielleicht keine voreiligen Schlussfolgerungen ziehen wollte. Solange er sich mit dem Telefonanruf beeilte, würde sie nicht in Panik geraten.

Als ob.

Es klingelte an der Tür und Sierra runzelte die Stirn. »Wer könnte das sein?«, fragte sie.

Leif sprang auf und lief zur Tür. »Ich mach schon auf!«

Austin seufzte und stand auf, nachdem er ihr Bein getätschelt hatte. »Schau durch den Türspion, Leif. Mach nicht auf, außer es ist Familie.« Er folgte seinem Sohn zur Tür und Sierra schloss die Augen, denn urplötzlich fühlte sie sich erschöpft.

»Was zum Teufel?«

Bei Austins Worten setzte Sierra sich auf und war gar

nicht mehr so müde, während sie sich mit rasendem Herzen vom Sofa erhob.

Sie erstarrte, als sie in den Eingangsbereich trat. »Oh, Griffin, Schatz.«

Der Mann sah aus, als hätte er ein paar Runden mit einem Karatekämpfer hinter sich. Ein Auge war zugeschwollen, er hatte einen Riss an der Lippe und sein Gesicht zeigte Anzeichen von Blutergüssen. Er hielt sich die Seite und versuchte, ein Lächeln zustande zu bringen.

»Hallo Sierra, Süße. Glaubst du, dass du mich verarzten könntest?«

Da war etwas in seinem Blick, das sie beunruhigte. Er war nicht hier, weil er Hilfe beim Verarzten brauchte. Er war hier, um zu erzählen, wie das passiert war. Sie hatte irgendwie so ein Gefühl, als könnte die Geschichte ihnen nicht gefallen.

»Leif, kannst du für eine Weile auf dein Zimmer gehen?«, bat sie und versuchte, ihre Stimme ruhig klingen zu lassen.

»Onkel Grif? Was ist passiert?«, fragte Leif mit leiser Stimme.

Sie legte eine Hand auf seine Schulter und zog ihn näher. »Wir werden es dir erzählen, sobald wir es herausgefunden haben, aber warum gehst du nicht so lange auf dein Zimmer, okay?«

Er erwiderte ihren Blick und nickte. Er war ein gutes Kind, aber es gefiel ihm nicht, ausgeschlossen zu werden. So viel war klar.

»Komm in die Küche mein Lieber«, sagte sie zu Grif, sobald Leif in seinem Zimmer verschwunden war.

»Ich dachte schon, du würdest niemals fragen.«

»Hör auf, mit Sierra zu flirten, und erzähl mir, wer zum Teufel das getan hat«, brummte Austin.

Sie schoss ihm hinter Griffins Rücken einen Blick zu, aber Austin lenkte nicht ein.

»Es war Decker«, antwortete Griffin ohne Umschweife, als er sich auf einem der Hocker niederließ.

Sierra erstarrte. Er konnte nicht Decker gesagt haben. Nicht der Mann, der Griffins bester Freund war. Sie hatte gedacht, dass die beiden sich näherstanden als die meisten

Montgomery-Brüder. Austin hatte ihr erzählt, dass die Brüder manchmal miteinander kämpften, um Spannung und Dampf abzulassen, aber sie glaubte nicht, dass es darum gegangen war – nicht nach der wütenden Anspannung in Griffins Schultern und den Blutergüssen auf seinem Gesicht zu urteilen.

Griffin sagte nichts, als sie sein Gesicht untersuchte und es auf gebrochene Knochen abtastete. Sie hatte ehrlich gesagt keine Ahnung, was sie da tat, und wenn es so aussah, als müsste er in ein Krankenhaus, würde sie ihn höchstpersönlich dorthin fahren.

Männer.

Er sprach nicht, während sie seine Wunden inspizierte und Austin ihr abwartend über die Schulter schaute.

Nachdem sie Austin einen Blick zugeworfen hatte, ging sie ins Badezimmer, um den Erste-Hilfe-Kasten zu holen. Vielleicht wollte Griffin sich nicht vor ihr äußern. Das war in Ordnung, aber der Mann *würde* ihnen erzählen, was passiert war.

Als sie zurück ins Zimmer kam, hatte Austin seinem Bruder den Rücken zugewandt und sie wusste, dass es schlimm war.

»Okay. Hört mit dem Machogehabe auf und erzählt mir, was passiert ist.«

Austin seufzte und drehte sich herum. »Offenbar sind Decker und Miranda … zusammen.«

Sie blinzelte und ignorierte den kleinen Tänzer in ihrem Hinterkopf, der darüber begeistert war, dass eine ihrer guten Freundinnen endlich bekam, was sie wollte.

»Und?«

Austin holte tief Luft, während Griffin sich ereiferte. »Und?«, japste ihr zukünftiger Schwager. »Und? Sie haben es geheim gehalten!«

Sie verschränkte die Arme über der Brust und erinnerte sich an den Erste-Hilfe-Kasten, den sie dann ihrem Verlobten zuwarf. »Kümmere dich bitte um deinen idiotischen Bruder, okay? Und übrigens, Griffin, du solltest dich mal selbst reden hören. Sie. Du hast *sie* gesagt. Miranda und Decker. Zusammen. *Sie* haben es geheim gehalten. Vielleicht haben sie es geheim gehalten – und es kann wohl nicht allzu lange gewesen sein –, weil sie sich vor den Reaktionen gewisser Menschen gefürchtet haben.«

Griffin öffnete den Mund, um etwas zu erwidern, aber sie hielt eine Hand hoch. »Es ist vielleicht, wie lange … eine Woche vergangen, seit sie zusammen sind? Müssen sie dir alles erzählen, was sie tun?«

»Er hätte zu uns kommen sollen, oder zumindest zu Griffin, um uns zu informieren, dass die Situation sich geändert hat«, erwiderte Austin leise. »Es ist eine große Veränderung, Sierra.«

Sie seufzte. »Vielleicht hätten sie das tun sollen, vielleicht auch nicht. Es steht uns nicht zu, das zu entscheiden. Unsere Entscheidung ist allerdings, nicht in einen Streit darüber zu geraten.« Sie zeigte auf Griffins blutiges Gesicht. »Schau dich an. Was hat das nun bewirkt, hä? Du hast es bloß geschafft, wie ein Idiot auszusehen, weil du dich mit deinem besten Freund geprügelt hast.«

»Er schläft mit unserer Schwester, Sierra«, entgegnete Griffin mit leiser Stimme.

»Ja und? Verprügelst du all die Männer, mit denen deine Schwester schläft?«

Austin knurrte leise. »Erstens. Sie ist unschuldig.«

Sierra verdrehte die Augen, aber sie wusste, dass ihr Mann sich mit dieser Behauptung nur selbst auf den Arm nahm.

»Zweitens. Wir haben keine Gelegenheit bekommen, dem Mann wehzutun, der sie verletzt hat.«

Dieses Mal knurrte Sierra. »Du hast sie ja wohl nicht mehr alle. Du hast deine Wut an Decker ausgelassen? Was zur Hölle?«

Griffin schüttelte den Kopf und stöhnte. Sie empfand kein Mitleid für ihn. »Das war es nicht. Oder zumindest nicht alles davon. Mist. Er hat es geheim gehalten, Sierra. Warum hat er es geheim gehalten? Ich war deshalb sauer und über die Tatsache, dass er beschämt sein muss, wenn er es geheim gehalten hat. Und er sollte sich Mirandas wegen nicht schämen.«

Sie schloss die Augen und zählte bis zehn. »Du drehst dich gedanklich in Kreisen, die keinen Sinn ergeben. Du bist in einen Kampf geraten, weil du nicht *nachgedacht* hast. Hoffentlich hast du nicht ruiniert, was du mit ihm hattest. Er ist dein bester Freund.«

Griffin reckte das Kinn und sie wusste, dass es im Augenblick keine Lösung geben würde.

»Okay, na schön. Hör nicht auf mich. Aber denk daran, dass sie Erwachsene sind und alles in gegenseitigem Einvernehmen geschieht. Miranda hat eine schlimme Zeit hinter sich und wenn Decker sie glücklich macht, dann ist das toll. Decker gehört zur Familie. Vielleicht nicht auf die gleiche Weise wie Miranda, aber er gehört zur Familie. Erinnere dich an den Mann, den du liebst und mit dem du aufgewachsen bist. Versuche, daran zu denken. Vertraue dem Freund, den du liebst. Vertraue auch der Schwester, die du liebst, okay?«

Ihr Handy klingelte und sie seufzte. Diese Unterbrechung war ebenso gut wie jede andere. »Ich muss diesen Anruf annehmen. Austin, kümmere dich um das Gesicht deines Bruders. Ich möchte nicht, dass er meine Küche noch weiter vollblutet.«

Mit diesen Worten ging sie in den Eingangsbereich und holte das Handy aus ihrer Tasche, um den Anruf anzunehmen. Am anderen Ende der Leitung war ihr Arzt, dessen Stimme angenehm klang und nicht, als müsste sie in Panik geraten oder irgendetwas, aber ihr Herz raste dennoch.

»Was ist es?«, fragte sie.

»Setzen Sie sich, Sierra«, sagte ihr Arzt freundlich.

Sie wollte sich nicht setzen. Sie wollte ihre Testergebnisse erfahren. Die Ergebnisse zu den Tests, von denen sie nicht genau gewusst hatte, wofür sie bestimmt gewesen waren. Sie setzte sich allerdings trotzdem auf das Sofa und war so bereit, wie sie nur sein konnte.

»Was ist es? Es ist die Grippe, oder? Es muss die Grippe sein.« Sie wusste nicht, warum sie darüber so sehr in Panik geriet.

»Nein, Sierra, es ist nicht die Grippe. Sie sind schwanger.«

Sie blinzelte. Das konnte nicht stimmen. Sie musste sich verhört haben. »Wie bitte? Was?«

Er stieß ein kleines Lachen aus und sie wollte ihm am liebsten den Hals umdrehen. »Sie sind schwanger, Sierra. Sie sind noch nicht sehr weit, aber weit genug, sodass dieser Test positiv ausgefallen ist.«

»Aber …« In ihrem Kopf drehte sich alles. »Aber ich dachte, ich könnte nicht. Oder es wäre schwer. Ich meine, ich habe die Pille genommen. Ich nehme die Pille. Sie wissen schon, nur für den Fall.«

»Und Sie wissen, dass die Pille nicht narrensicher ist. Sie werden die Pille ganz absetzen und dann kommen Sie in die Praxis, damit wir eine komplette Untersuchung durchführen können, um uns davon zu überzeugen, dass alles in Ordnung ist.«

Sie umklammerte ihr Telefon. Sie hatte früher schon einmal ein Baby verloren und erinnerte sich an den Schmerz, als sie herausgefunden hatte, dass das Leben, von dem sie nicht geglaubt hatte, es zu wollen, für immer verloren war. Darauf war sie nicht vorbereitet. Wie könnte sie auch?

»Ich … ich …«

»Holen Sie Luft, Sierra. Meine Sprechstundenhilfe ruft Sie wegen eines Termins an. Legen Sie auf und holen Sie Austin. Sagen Sie es ihm, wenn Sie dazu bereit sind, und dann können wir die Möglichkeiten durchsprechen.«

»Möglichkeiten?«, quietschte sie.

Er seufzte. »Wir werden alles während Ihres Termins besprechen.«

Sie verabschiedeten sich und sie beendete das Telefongespräch.

Schwanger.

Ihr war mitgeteilt worden, dass nur eine kleine Chance bestand, dass sie *je* wieder schwanger werden würde, selbst wenn sie es versuchte, und jetzt saß sie hier vollkommen überwältigt und musste über *Möglichkeiten* sprechen, was immer das bedeutete.

»Sierra? Liebling? Was stimmt nicht?«

Austin hatte sich auf den Couchtisch vor ihr gesetzt und legte die Hände um ihr Gesicht.

»Ich … ich …«

Er sah sie prüfend an und sog die Luft ein. »Was immer es ist, wir werden damit fertigwerden. Sag es mir, Liebling.«

»Ich bin schwanger«, platzte sie heraus.

Er erstarrte und hörte auf zu blinzeln. Genau in dem Augenblick, als sie den Mund öffnen wollte, um zu fragen, ob es ihm gut ginge, schlich sich ein langsames Lächeln auf sein Gesicht.

»Schwanger?«, fragte er mit hauchiger Stimme.

»Ja. Ich weiß, das war nicht, was wir geplant hatten. Oder eher, *wann* wir es geplant hatten, aber ja.«

Gott. Was sollten sie tun?

Er grinste und küsste sie dann. Leidenschaftlich. »Jesus! Wir sind schwanger. Verflucht. Deshalb war dir so übel. Ich hätte es wissen sollen. Shea war nicht so unwohl gewesen, aber sie war ziemlich schwach, als sie mit Shep hier war und herauskam, dass sie schwanger ist.« Er lachte. »Was sagst du dazu? Du und Shea seid zur gleichen Zeit schwanger. Die Cousinen oder Cousins zweiten Grades oder was auch immer werden gleichaltrig sein.«

Ihr Verstand wirbelte herum. »Also freust du dich?«

Er sah sie an, als wäre sie verrückt geworden. »Zur Hölle, ja, Sierra. Wir wollten das, erinnerst du dich?«

»Aber was ist, wenn etwas schiefläuft?« Da. Sie hatte ausgesprochen, was sie beunruhigte.

Sein Lächeln verschwand, aber er hielt sie weiterhin fest. »Dann werden wir damit fertigwerden. Ich bin bei dir und an deiner Seite, egal was passiert.«

Sie warf sich an ihn und weinte an seiner Schulter, während er sie an sich drückte. Verdammt, ihre Emotionen waren einfach außer Rand und Band.

»Schhh, mein Liebling. Wir werden uns darum kümmern. Wir werden uns um dich kümmern.« Er fluchte. »Ich habe Griffin in der Küche gelassen, also hat er wahrscheinlich alles gehört. Er wird es der Familie nicht erzählen, weil die Neuigkeiten über ein Baby etwas sind, was wir nicht ohne Erlaubnis verraten. Aber wir werden ihn nicht sehr lange zurückhalten können.«

Sie zog sich zurück und schüttelte den Kopf. »Wir müssen zuerst mit dem Arzt sprechen. Um sicherzugehen.«

Er suchte ihren Blick und nickte. »Das werden wir. Jetzt werde ich meinen idiotischen Bruder zu Ende verarzten und ihn wegschicken. Du legst dich hin und tust nichts. Hast du mich verstanden?«

Sie lächelte sanft. »Ich verstehe dich.« Sie hielt inne. »Ist die Sache mit Decker und Miranda in Ordnung für dich?«

Für einen Augenblick runzelte er die Stirn, als hätte er vergessen, was vor fünf Minuten in der Küche passiert war, und zuckte dann die Schultern. »Es geht mich nichts an.« Bei ihrem überraschten Blick verdrehte er die Augen. »Einverstanden, ich versuche, mir einzureden, dass es mich nichts angeht. Wir haben wichtigere Dinge, um die wir uns Sorgen müssen. Die beiden können selbst mit ihrer Beziehung fertigwerden – und es klingt merkwürdig, das zu sagen –, und wir werden für sie da sein, wenn sie uns brauchen. Wie steht es damit?«

Sie lächelte und legte ihre ausgestreckten Hände um sein Gesicht. »Du bist ein guter Mann, Austin Montgomery.«

»Ich bin dein Mann, Sierra zukünftige Montgomery.«

Ja, ja, das war er.

Gott sei Dank.

Kapitel Vierzehn

»ER HAT *WAS* GETAN?«, fragte Miranda langsam. Sie legte die Arbeiten, die sie gerade benotete, auf ihren Küchentisch und runzelte die Stirn. Sie musste sich verhört haben. Auf keinen Fall konnte das passiert sein. Auf keinen Fall.

Maya verschränkte die Arme vor der Brust und zog eine Augenbraue hoch. »Griffin hat Decker geschlagen. Dann hat Decker Griffin geschlagen.«

»Du musst mich auf den Arm nehmen.« Das machte keinen Sinn. Sie waren die besten Freunde. Der einzige Grund, warum sie gegeneinander kämpften, wäre …

Sie erhob sich. »Du hast es Griffin erzählt?«

Maya hatte den Anstand, betreten auszusehen. »Nein, ich habe es Meghan und Mom erzählt. Komm schon. Nur uns Mädchen, und es ist eine große Sache, Miranda. Mom war wirklich begeistert. Das ist für euch beide übrigens ein Pluspunkt. Also, Mom war begeistert und als Griffin vorbeigekommen ist, um mit Dad zu helfen, hat sie es ihm erzählt. Sie wusste nicht, dass Griffin wie ein Arschloch reagieren würde.«

Miranda schloss die Augen und zählte bis zehn. Nichts. Es funktionierte nicht. »Was zur Hölle, Maya? Warum hast du nicht warten können? Warum musstest du losziehen und es allen erzählen?«

Maya legte den Kopf schief. »Warum hast du es nicht

getan? Und meiner Meinung nach waren Meghan und Mom nicht einmal überrascht. Ich war es auch nicht, und ich weiß, dass Jake es ebenfalls nicht sein wird, sobald er es erfährt. Es tut mir *wirklich* leid, dass die Jungs auf diese Weise Wind davon bekommen haben.«

Miranda würde nicht über die Reaktion von Meghan und ihrer Mom nachdenken. Nicht jetzt. Sie hatte Wichtigeres zu tun.

»Erzähl mir genau, was passiert ist.«

Maya seufzte. »Offenbar ist Griffin ausgeflippt, als er davon erfuhr. Er ist zur Baustelle gefahren und hat Decker zur Rede gestellt. Laut Wes hat Decker ein oder zwei Hiebe von Griffin eingesteckt und dann hat Griffin sich über dich geäußert oder irgendetwas gesagt, das wie eine Abwertung geklungen hat, und Decker hat reagiert.«

Die Hände zu Fäusten geballt ging Miranda in der Küche auf und ab. »Also weiß Wes es und wenn es auf der Baustelle passiert ist, wissen Storm und der Rest der Welt es auch.«

»So ziemlich. Falls es dich interessiert, es tut mir leid, dass es so passiert ist. Ich habe mich nur so für dich gefreut, dass ich getratscht habe. Ich bin scheiße.«

Miranda nahm ihr Handy in die Hand, um jemanden anzurufen … aber dann überlegte sie es sich anders. »Ja, du bist scheiße. Du musst lernen, unsere Familienangelegenheiten nicht so schnell in der Familie zu verbreiten, okay?«

Sicher war Maya nicht die Jüngste unter ihnen und ganz sicher war sie nicht die Unreifste, aber den Familienmitgliedern alles zu erzählen war ihrer Meinung nach gleichbedeutend damit, dass sie immer füreinander da wären. Das funktionierte nur in einer perfekten Welt.

Ganz sicher funktionierte es nicht für Griffin.

Oder Decker.

»Es tut mir so leid«, wiederholte Maya und Miranda nickte.

»Ich weiß, und ich vergebe dir nur, weil du dich so für Decker und mich freust.« Sie schloss die Augen. Sie hatte ihr Bestes getan, um nicht klischeehaft als *Decker und sie* an ihn zu denken, aber es wurde immer schwerer, diesen Vorsatz einzuhalten.

Sie liebte ihn, das stimmte, und jetzt verlor sie ihr Herz an den Mann, den sie in ihrem Bett und ihrem Leben hatte. Sie hatte keine Ahnung, was er fühlte, und sie gab sich die größte Mühe, sich darüber keine Gedanken zu machen. Stattdessen konzentrierte sie sich auf die Arbeit, ging Jack aus dem Weg und genoss ihre Zeit mit Decker, solange sie ihn hatte.

Nun wusste ihre Familie Bescheid und alles ging in die Brüche.

»Was wirst du unternehmen?«, fragte Maya.

Das war die Frage, nicht wahr?

»Ich werde zu Decker hinüberfahren und schauen, ob ich ihn in die Notaufnahme bringen muss. Wie ich ihn und Grif kenne, sind sie wahrscheinlich beide lädiert und blutig, aber zu sehr Macho und gehirnlos, um in dieser Hinsicht etwas zu unternehmen.«

Maya stand auf und umarmte sie zärtlich, ehe sie mit den Fingerspitzen über Mirandas langsam verblassende Blutergüsse streifte. »Meine Familie wird immer grüner und blauer. Das gefällt mir nicht.«

Miranda schluckte schwer. »Mir gefällt das auch nicht.«

»Geh und flick ihn zusammen und dann sag ihm die Meinung. Austin hat mir eine SMS geschickt, die besagt, dass Griffin bei ihnen ist, also das ist zumindest schon etwas.«

»Wie um alles in der Welt hältst du all diese Informationen auseinander? Und wie bekommst du sie so schnell?«

Maya lächelte traurig. »Ich habe Fähigkeiten. Irgendjemand muss euch alle im Zaum halten. Ich habe es versaut und jetzt musst du mit den Konsequenzen fertigwerden. Es tut mir leid.«

»Hör auf, dich zu entschuldigen. Du hast es vielleicht der Familie erzählt, aber Griffin war derjenige, der jemanden verprügelt hat, der unserer Familie so nahesteht. Jemand, der zu unserer Familie *gehört*. Das ist ihm zuzuschreiben.« Und Decker.

Sie wollte sich nicht damit auseinandersetzen, aber auch sie war schuldig. Sie hätte es sagen sollen ... irgendjemandem.

Es war eine große Sache, auch wenn sie versuchte, sie herunterzuspielen. Jetzt musste sie mit den Konsequenzen leben.

»Soll ich später die Tür abschließen?«, fragte Maya.

Miranda verdrehte die Augen. »Du könntest auch einfach gleich gehen, weißt du?«

»Aber du hast bessere Lebensmittel.«

Miranda küsste ihre Schwester auf die Wange und winkte ihr zum Abschied zu. »Na gut, aber bitte fülle meine Vorräte wieder auf, nachdem du alles geplündert hast.«

»Das mache ich immer.« Und darum hatte sie stets die besseren Nahrungsmittel. Es machte keinen Sinn, aber so war Maya nun mal.

Das war Familie. Sie liebte sie, auch wenn sie sie ermüdete. Wenn die Dinge nur nicht so aus dem Ruder gelaufen wären.

Sie bog in die Einfahrt von Deckers Haus und seufzte vor Erleichterung, als sie seinen Geländewagen und sonst niemanden sah. Maya sagte, dass Storm Decker nach Hause geschickt hatte, aber es bestand immer die Möglichkeit, dass Decker irgendwo anders hingefahren war.

Sie stieg aus und als sie die Tür erreichte, klopfte sie an, anstatt direkt hineinzugehen. Diesen Punkt in ihrer Beziehung hatten sie noch nicht erreicht und sie musste ohnehin zuerst ihre Emotionen unter Kontrolle bringen. Aufzubrausen und ihn anzuschreien würde zu keiner Lösung führen.

Decker machte die Tür auf und dieser letzte Gedanke löste sich in Luft auf.

»Du hast wohl nicht mehr alle Tassen im Schrank!«, polterte sie los und rauschte an ihm vorbei.

»Komm nur herein, Mir«, entgegnete er trocken.

»Sei kein sarkastischer Arsch, Deck. Schau dir dein Gesicht an.« *Dein wunderschönes, bärtiges Gesicht.*

»Gestern Abend mochtest du mein Gesicht.«

Sie zeigte ihm den Mittelfinger und ging in die Küche, um seinen Erste-Hilfe-Kasten zu holen. Decker bewahrte ihn in seiner Vorratskammer auf, also müsste sie nicht so weit laufen, wenn sie Eis brauchte. Und nach Deckers Aussehen zu urteilen würde sie jede Menge Eis brauchen.

»Setz dich auf den Hocker und lass dich von mir verarzten.«

Decker schritt an ihr vorbei und zog eine Augenbraue hoch. »Ich nehme an, dass du schon davon gehört hast.«

»Allerdings. Und danke, dass du mich angerufen hast, um mir zu erzählen, was passiert ist.« Gott, sie war so unglaublich wütend auf ihn. Auf Griffin. Auf sich selbst.

Auf alle.

Sie riss die Schranktüren auf und knallte sie zu, bis sie fand, was sie brauchte, und dann zeigte sie auf den Hocker.

»Ich sagte, setz dich!«

»Du bist ganz schön gebieterisch«, murmelte er.

»Ach ja? Nun, du hattest gerade die Faust meines Bruders in deinem Gesicht.« Sie sah auf seine Fingerknöchel hinab und fluchte. »Und nach dem Zustand dieser Knöchel zu urteilen sieht Griffin wahrscheinlich in etwa genauso aus.«

Decker erwiderte ihren Blick und ihr gefiel die Qual nicht, die sie darin erkannte. Sie war nicht physischer Natur, sondern von der Art, die sie möglicherweise nicht wiedergutmachen konnte.

»Ich habe mich zurückgehalten, Mir. Er wird wieder gesund.«

Sie fluchte erneut. »Ich verstehe Männer nicht. Und ich habe verdammt noch mal gesagt, du sollst dich hinsetzen!«

Er zog die Augenbrauen bei ihrem Tonfall hoch und ließ sich auf den Hocker sinken. »Mir.«

»Deck.«

»Es tut mir leid.«

Sie seufzte und tupfte sein Gesicht mit einem feuchten Tuch ab. Das hatte er offenbar bereits getan, weil es gar nicht so schlimm aussah, aber sie musste es selbst auch noch einmal tun.

»Du hast mir Angst eingejagt.« Sie senkte den Kopf zu ihm und er legte die Hände auf ihre Hüften.

»Es tut mir leid«, wiederholte er.

»Es muss dir nicht leidtun. Tu das einfach nie wieder, okay? Ihr beide gehört zu meinen Lieblingsmenschen und es gefällt mir nicht, wenn ihr euch prügelt.« Sie zog sich zurück und fuhr mit einem Finger über eine Platzwunde an seiner Augenbraue. Zischend stieß er die Luft aus. »Ich habe dich noch nie in so einem Zustand gesehen. Es muss ein schlimmer Kampf gewesen sein.«

»Es war nicht zum Spaß, wenn du das glaubst.«

Sie fuhr über eine weitere Wunde an seiner Wange und über die Blutergüsse, die sich seitlich an seinem Gesicht abzeichneten. Griffin hatte Deckers Lippe nicht verletzt, also streifte sie vorsichtig mit den ihren darüber.

»Tu das nie wieder, Decker. Bitte.«

Er stieß die Luft aus. »Ich weiß nicht, ob ich dir das versprechen kann, Mir. Ich bin kein guter Mann.«

Sie ballte die Hände auf seinen Schultern zu Fäusten. »Das ist eine Ausrede, und das weißt du. Du kannst deine Worte benutzen, nicht deine Fäuste.« Neuerlich schloss er die Augen und sie wollte für ihn weinen. Gott, sie hasste dies. Sie hasste es, ihn mit diesen Schmerzen zu sehen, die von weit mehr als nur einem Kampf herrührten. Sie konnte es nicht wiedergutmachen, aber sie würde es versuchen. Mehr konnte sie nicht tun.

»Ich wäre bei den Worten geblieben, Mir. Aber dann hat er gesagt, dass ich mich deinetwegen schäme, und ich habe mich vergessen. Ich habe mich vergessen.« Er zog sich zurück und sah auf seine Hände, als wäre er überrascht, dass sie sich dort befanden.

»Griffin hat sich geirrt. Du schämst dich nicht für mich.« Sie hoffte, dass das stimmte, aber wenn es nicht so wäre, wollte sie nicht darüber nachdenken.

Decker erwiderte ihren Blick und bei der Verletzlichkeit in seinen Augen sog sie die Luft ein. »Niemals, Mir. Ich schäme mich *niemals* deinetwegen. Deshalb bin ausgerastet. Du bist mein, egal wie lange wir zusammen sind, Miranda, und egal was passiert, ich werde mich nicht für das schämen, was wir zusammen haben.«

Bei seinen Worten schluckte sie schwer und ignorierte die zeitliche Begrenzung, die er für ihre Beziehung sah. Schließlich hatte sie so ziemlich das Gleiche getan.

»Wie geht es deinen Rippen?«, fragte sie, anstatt etwas

anderes zu sagen, das vielleicht sonst ihrem Mund entschlüpft wäre. Es war zu bedeutsam, also sagte sie es nicht. »Musst du in die Notaufnahme?«

Decker schüttelte den Kopf und legte die Hand an ihr Gesicht. »Mir geht es gut, Mir. Ich bin nicht zu sehr lädiert, mal abgesehen von meinem Stolz.«

Und seiner Beziehung mit Griffin, aber sie war nicht sicher, ob sie sich im Augenblick darüber unterhielten.

Sie schmiegte sich an seine Handfläche und seufzte. »Es gefällt mir nicht, dass ihr beide, du und Griffin, euch prügelt.«

»Mir gefällt das auch nicht«, gab er leise zurück. »Ich hätte es ihm sagen sollen.« Er sprach den letzten Teil derart leise aus, dass sie nicht sicher war, ob er zu ihr oder zu sich selbst sprach.

»Wir *beide* hätten es ihm sagen sollen. Wir sind erwachsen. Und obwohl es wirklich schön wäre, etwas Privatsphäre zu haben, um nur unter uns zu sein, ist das nicht die Realität. Wir sind alle so miteinander verbunden, dass Gefühle verletzt und Grenzen überschritten werden, bei denen manch einer der Meinung ist, dass wir sie nicht hätten überschreiten sollen.« Sie leckte sich die Lippen und wagte den Sprung ins kalte Wasser. »Ich will wegen dieses Vorfalls nicht verlieren, was ich im Augenblick mit dir habe, Decker.«

Er beugte sich herab und küsste sie flüchtig auf die Lippen. »Ich möchte das auch nicht verlieren.« Er legte die Stirn an ihre. »Es ist nur einfach scheiße, Mir. Grif ist wie ein Bruder für mich und er hat mich angesehen, als hätte ich dich verdorben oder entführt oder irgend so einen Mist.«

»Du wirst die Sache bereinigen. Das werdet ihr beide.« Sie betete, dass das stimmte. Gott, was tat sie ihrer Familie an? Und nur, weil sie den verkehrten Mann liebte? Nein, er konnte nicht verkehrt sein.

Er war nicht verkehrt.

Decker küsste sie erneut und dieses Mal fuhr er mit der Zunge an den Rändern ihrer Lippen entlang. Sie öffnete den Mund für ihn und schloss stöhnend die Augen. Sie ließ sich von seinem Kuss betören, sank an ihn und überließ ihm die Kontrolle. Er war einfach so gut darin, so mächtig. Obwohl sie es genoss, mit ihm zu schlafen, und das Gefühl von ihm über ihr, unter ihr und tief in ihr liebte, gefiel ihr das Küssen wahrscheinlich ebenso.

Er nahm die Hände von ihrem Gesicht und ließ sie an ihrem Körper hinabwandern, bis er sie um ihren Hintern legte. Er lehnte sich zurück und blickte ihr ins Gesicht.

»Ich liebe es, dich zu küssen.«

Sie grinste. »Ich habe so ziemlich das Gleiche gedacht.« Mit den Fingern zog sie die Konturen seiner Lippen nach und er knabberte an den Spitzen. »Ich bin froh, dass deine Lippen nicht aufgeplatzt sind. Das hätte dieses Vorhaben hart für dich gemacht.«

Er biss mit etwas mehr Druck in ihren Finger und sie keuchte. »Etwas ist hart, doch gewiss nicht das.«

Nun verdrehte sie die Augen. »Oh, schau einer an. Ein Peniswitz. Ich bin ja so überrascht.«

Rasch stand er auf und hob sie hoch, wobei er seine Hände unter ihren Hintern gelegt hatte, um sie zu halten. Sie kreischte kurz auf und schlang dann die Beine um seine Taille.

»Mach dich lieber nicht über mich lustig, Frau.«

»Du bist verletzt. Setz mich ab, bevor du dir noch mehr Verletzungen zuziehst.« Sie zappelte in seiner Umklammerung und er drückte ihren Hintern.

»Auch noch Befehle erteilen? Ich denke, du hast eine Bestrafung verdient, Süße.«

Ihr Mund wurde trocken. »Äh … was?«

Er setzte sie auf den Küchentisch und stützte die Hände auf beiden Seiten von ihr ab. »Du sagtest, du wolltest spüren, wie es ist, wenn ich dir den Hintern versohle, bis er rot ist. Willst du das immer noch, Mir?«

Sie schluckte schwer und nickte. Sie wollte alles mit ihm ausprobieren. Alles.

Er legte ihr einen Finger unters Kinn und hob ihren Kopf. »Worte, Mir. Du musst es laut sagen.«

»Ich will dich, Decker, ich will alles.« Innerlich fluchte sie bei diesem Ausrutscher. Etwas trat in seinen Blick, das gleich wieder verschwand, und sie verdrängte es. »Ich meine, ich möchte, dass du mich versohlst.«

Na also.

Geschafft.

Hoffentlich.

Wieder küsste er sie und sie stöhnte in seinen Mund, als sie alles nahm, was er zu bieten hatte. Und er hatte eine ganze Menge zu bieten. Sie schlang die Arme um seinen Nacken und zog ihn näher zu sich heran, denn sie wollte mehr von ihm. Seine Hände verweilten auf dem Tisch, aber sie konnte seine Hitze spüren, sein Verlangen.

Als er sich zurückzog, musste sie die Luft in tiefen Zügen einatmen. Er hob sie vom Tisch und stand vor ihr, die Arme vor der Brust verschränkt, sodass sich seine Unterarme auf diese aufreizende Art wölbten.

»Zieh dich aus.«

»Du willst das nicht für mich tun?«, fragte sie.

Er verengte die Augen. »Nun, wir waren bei fünf Schlägen. Du hast gerade zehn daraus gemacht. Willst du mehr, Kleine?«

Vielleicht nicht bei ihrem ersten Anlauf, also schüttelte sie den Kopf, doch dann erinnerte sie sich an seine Regeln. »Nein. Zehn ist genug.«

Seine Mundwinkel zuckten. Ja, er hatte sie dabei erwischt, nicht richtig zu antworten, aber hoffentlich würde er es ihr dieses eine Mal durchgehen lassen.

Schnell zog sie ihre Kleidung aus und ließ sie auf dem Fußboden liegen, anstatt sie zusammenzufalten, weil das zu lange gedauert hätte. Stimmte etwas nicht mit ihr, weil es ihr gefiel, dass sie dort nackt stand, während er vollkommen angezogen war? Vielleicht lag es daran, dass sie wusste, er würde sich mit ihr beschäftigen … und dann gleich danach zusammen mit ihr nackt wäre.

»Dreh dich um und beug dich vornüber mit den Brüsten auf den Tisch.«

Sie sog einen zittrigen Atemzug ein und tat, was er verlangte. Ihre bereits harten Brustwarzen versteiften sich sogar noch mehr und sie zuckte zusammen, als sie den Tisch berührten. Es war nicht zu kalt, aber es fühlte sich auch nicht besonders großartig an.

Sie spürte, wie er von hinten an sie herantrat und so dicht bei ihr stand, dass sie seine Wärme fühlen konnte, aber nicht seinen Körper. Sie musste ihren ganzen Willen aufbringen, um sich nicht rückwärts dichter an ihn heranzuschieben.

Er packte sie mit einer Hand um eine Pobacke und sie stieß ein Stöhnen aus. Gott. Er war so ... der *Ihre*.

Dann zog er die Hand zurück und sie jaulte auf, als er sie traf. Der brennende Schmerz schoss direkt durch sie hindurch, doch dann rieb er die Stelle, an der er sie geschlagen hatte, und sie wimmerte. Er schlug ihren Hintern noch viermal in schneller Folge, aber niemals an der gleichen Stelle auf einer Pobacke. Wieder linderte er das Brennen und sie sog die Luft ein. Ihre Muschi schmerzte und sie wusste, dass sie feucht war und für ihn bereit.

Er versohlte ihre andere Seite und sie stöhnte auf.

»Das ist ein braves Mädchen. Sei so laut, wie du willst, Mir. Zeig mir, was du willst.«

Sie stöhnte lauter, als er sie erneut schlug. Es waren noch drei Schläge, aber sie war nicht sicher, ob sie es schaffen würde. Ihre Knie bebten und sie schob die Arme vor, um sich am Tisch festzuklammern.

Er beugte sich über sie und sein Mund war direkt an ihrem Ohr. »Dein Hintern ist so unglaublich rosa. Genauso rosa wie deine Muschi. Du weißt, wie sehr ich es liebe, diese saftige Muschi zu verschlingen, und im Augenblick triefst du, meine Süße. Ich werde jeden einzelnen Tropfen auflecken und dann werde ich dich mit meiner Zunge ficken, damit du an meinem Gesicht kommst. Anschließend werde ich deinen hübschen Mund ficken, bevor ich meinen Schaft in deiner süßen Muschi versenke. Wie klingt das, Süße?«

Ihre Klitoris pochte bei seinen Worten und sie rieb sich an ihm, denn sie brauchte diesen Kontakt.

»Ich will alles. Bitte. Lass mich kommen, Decker. Ich glaube nicht, dass ich es noch viel länger aushalten kann.«

Er biss ihr in die Schulter und küsste sie. Sie sehnte und

verzehrte sich nach ihm. »Du wirst alles nehmen, Miranda. Alles.«

Als er sich wieder zurückzog, wimmerte sie, denn sie wollte mehr. Verdammt sollte er sein, sie wollte alles. Wieder schlug er sie und sie schrie. Gott, es tat weh, aber es war eine Art Schmerz, der sie zum Orgasmus treiben oder um mehr betteln lassen wollte. Vielleicht beides. Wieder und wieder schlug er sie und dann war sie frei.

Ihr Körper bebte und sie öffnete den Mund, um Decker anzubetteln, etwas zu tun, aber dann war sein Mund auf ihr und sie schrie aus einem anderen Grund. Er labte sich an ihrer Muschi, als wäre sie das dekadenteste Dessert aller Zeiten.

Er saugte an ihrer Klitoris und schleckte sie mit seiner breiten Zunge aus. Sie wand sich und wollte mehr.

»Oh mein Gott, Decker. Bitte. Ich werde kommen.«

Er spreizte ihre Pobacken mit beiden Händen und sie errötete. Gott, er war so … schamlos. Sie liebte es.

Er drang mit der Zunge in sie ein und dann saugte er noch ein bisschen mehr an ihr. Ihr wurde ganz heiß und sie bog den Rücken durch. Als sie seinen Namen hervor hauchte, kam sie und presste ihren Hintern in sein Gesicht.

Bevor sie sich ganz von ihrem Höhepunkt erholt hatte, trieb er sie erneut an. Dieses Mal benutzte er seine Finger, um ihren G-Punkt zu finden, und rieb an diesem Nervenstrang, bis sie erneut kam.

Keuchend versuchte sie zu sprechen, doch noch ehe sie ein Wort hervorbrachte, zog er sie vom Tisch und in seine Arme. Er presste seinen Mund auf ihren und sie war erneut verloren. Sie konnte sich auf ihm schmecken und wollte sich revanchieren.

Sie zog sich zurück und ging auf die Knie. Er legte die Hand um ihr Gesicht und sie sah zu ihm auf. »Schüchtern?«, fragte sie neckend, da er immer noch angezogen war.

Er verdrehte die Augen und zog sein T-Shirt aus. Du meine Güte, der Mann war prächtig gebaut. Und später würde sie jeden Zentimeter von ihm lecken. Im Augenblick hatte sie einen bestimmten Körperteil im Sinn, den sie sehen wollte. Sie half ihm beim Ausziehen seiner Hose und packte dann seinen Schaft, als er befreit war.

Decker sog die Luft ein und fuhr mit einer Hand durch ihr Haar. »Soll ich das Piercing herausnehmen?«, fragte er und seine Stimme klang dabei wie ein Knurren.

Sie schüttelte den Kopf, ehe sie seine Schwanzspitze direkt unter dem Piercing leckte. »Wir haben ein paarmal ohne geübt und wenn es für dich in Ordnung ist, dass ich dich dieses Mal nicht zu tief in den Mund nehme, sollte es funktionieren.«

Er schob ihr das Haar aus dem Gesicht und packte es mit der Faust. »Sei einfach vorsichtig«, entgegnete er mit einem Lachen.

Sie verdrehte die Augen und leckte an seinem Schwanz bis zu seinem ordentlich gestutzten Schamhaar hinab. Nachdem sie den gleichen Weg zurück genommen hatte, nahm sie die Spitze in den Mund und kreiste mit der Zunge um den Metallring. Decker stöhnte und spannte die Hand in ihrem Haar an. Sie schluckte ihn bis tief an den Rachen und genoss die Art, wie sein Körper erschauderte. Dann zog sie sich vorsichtig zurück. Normalerweise wäre sie so verrückt und würde sich von ihm in den Mund ficken lassen, aber sie wollte sich keinen Zahn abbrechen.

Sie wiederholte die Bewegungen und liebte Deckers Geschmack und die Art, wie er um Kontrolle rang, bis er sich zurückzog. Decker packte sie an den Armbeugen und hatte sie auf dem Tisch, bevor sie auch nur blinzeln konnte.

»Decker …«, hauchte sie und schloss die Augen mit einem Stöhnen, als er eine ihrer Brustwarzen in seinen Mund saugte.

»Du musst sie piercen lassen«, raunte er leise und kniff ihre beiden Brustwarzen fest zwischen seinen Fingern. »Sie würden mit kleinen Ringen unglaublich heiß aussehen und bei der Arbeit wären sie versteckt.«

Sie erschauderte. »Das werde ich, wenn du es tust.«

Er grinste. »Abgemacht.«

Oh Mist. Nun, es sah so aus, als würde sie ihre Brustwarzen gepierct bekommen. Wenn dies öfter diesen Blick auf sein Gesicht zauberte, dann wäre das für sie ein Grund zum Jubeln.

»Stell die Füße auf den Tisch und spreize die Beine, damit ich deine gierige kleine Muschi sehen kann.«

Sie tat, was er ihr befohlen hatte, und fühlte sich offen und verletzlich. Decker stöhnte und beugte sich herab, um ein Kondom aus seiner Jeans zu ziehen. Er rollte es vorsichtig über seinen Schwanz, ehe er sich an ihrer Öffnung positionierte.

»Glaubst du, dass du ein braves Mädchen sein kannst und dich für mich offenhältst, während ich dich ficke, Süße?«

Sie nickte. »Ich denke ja.«

Er grinste. »Wir werden sehen.«

Oh Gott. Sie konnte es nicht abwarten. Deckers Blick war auf sie geheftet, als er seinen Schwanz am Ansatz packte und ihn Zentimeter um Zentimeter in sie hineinschob. Sie riss den Mund auf, als er mit dem Piercing an den Wänden ihrer Muschi rieb, während er tief in sie stieß. Im Ernst, jede Frau, die noch nie mit einem Mann Sex hatte, der ein Schwanzpiercing trägt, hat garantiert etwas verpasst.

Nicht dass sie Decker mit irgendjemandem teilen würde. Nein, dieser Mann gehörte ganz ihr. Solange er sie wollte.

Bei diesem Gedanken sog sie die Luft tief ein und dann stieß er zu. Sterne explodierten hinter ihren Augen und sie erbebte, als ihr die Tränen kamen. Gott, sie war so *ausgefüllt*. Er packte ihre Hüften und starrte ihr in die Augen.

»Willst du die Beine um mich legen? Oder willst du mich ganz tief in dir spüren mit deinen gespreizten Beinen?«

Sie leckte sich die Lippen und zwang sich zu sprechen. Wie konnte sie einen Gedanken fassen, wenn er so tief in ihr war, so sehr *Teil* von ihr?

»Beides. Was auch immer. Ich werde so wie jetzt anfangen und dich dann umschlingen, wenn ich mich nicht mehr länger beherrschen kann.«

Er grinste und nickte. »Das ist genau die richtige Antwort, Mir. Absolut die richtige Antwort.« Er zog sich zurück und sie stöhnte, während sie ihn mit ihrer Muschi umklammerte. »Jesus, du bist so eng. Ich liebe es, Liebe mit dir zu machen.«

Liebe.

Er hatte es schon wieder gesagt. Wieder wollten sich Tränen bilden, doch sie blinzelte sie fort. Nicht hier. Nicht jetzt.

Vielleicht niemals.

Er bewegte die Hüften, um sie grob zu ficken, und sie verlor ihren Gedankenfaden. Gut. Er hatte eine Hand auf ihre Hüfte gelegt und mit der anderen rollte und kniff er ihre Brustwarzen. Er unterbrach dieses zermürbende Tempo nicht ein einziges Mal und selbst dann nicht, als er sich zu ihr hinunterbeugte und ihre Lippen in einem leidenschaftlichen Kuss vereinnahmte.

Sie liebte ihn so sehr und dennoch würde sie es ihm nie sagen.

Sie konnte nicht.

Sie schob diese Gedanken beiseite und schlang die Beine um ihn, denn sie wollte Haut an Haut und Herz an Herz mit ihm sein. Sie biss ihn in die Schulter und er knurrte, ehe er an Geschwindigkeit zulegte. Der Orgasmus traf sie heftig und urplötzlich. Sie bog den Rücken durch und warf den Kopf zurück. Decker kam mit ihr und sie war sicher, er würde Abdrücke auf ihren Hüften hinterlassen, so fest packte er sie. Abdrücke, die sie in Ehren halten wollte und die nie verblassen sollten.

Er hatte bereits ihr Herz geprägt. Und nun hatte er ihren Körper auf eine Weise gezeichnet, die sie erfleht hatte. Als sie spürte, wie sein Schwanz in ihr zu pochen aufhörte, stand er dort unbekleidet in seiner Küche und sie lag nackt auf seinem Tisch. Er presste die Stirn an ihre und sie schloss die Augen, damit er die wahre Tiefe ihrer Gefühle nicht zu sehen bekäme.

Es ging zu schnell und es war zu früh, um zu offenbaren, was sie schon viel zu lange wusste. Das war ihr vom Verstand her klar, aber ihrem Herzen war das egal.

Sie musste die Augen geschlossen halten oder sie würde die Platzwunden und Blutergüsse auf seinem Gesicht und an seiner Seite von dem Kampf mit Griffin sehen. Es hing so viel an der Verbindung, die sie miteinander hatten, und daran, wie sie damit umgingen. Ein falscher Schritt und sie könnte nicht nur ihr Herz zerschmettern, sondern auch das Leben des Mannes, den sie liebte und für den sie so hart gekämpft hatte.

All das musste sich am Ende lohnen.

Denn wenn nicht, würde sie sich für immer verlieren.

Kapitel Fünfzehn

DECKER HOLTE TIEF Luft und hob den großen Holzklotz auf seine Werkbank. Er spannte die Muskeln an und wusste, dass er sich von einem der Jungs hätte helfen lassen sollen, aber er hatte sie nicht belästigen wollen.

Er hatte sie mit einer Menge Dinge nicht belästigen wollen.

Er hatte seit dem vorherigen Tag, als die Neuigkeit bekannt geworden war, mit keinem der Montgomerys gesprochen, mit Ausnahme von Miranda am Morgen. Er war nicht sicher, welche Seite die anderen eingenommen hatten, und es brachte ihn um, dass es überhaupt Seiten gab.

Das war sein Fehler, ermahnte er sich.

Jetzt war er allein in seiner Werkstatt an einem Donnerstagabend, weil er nicht den Mumm besaß, in Erfahrung zu bringen, ob er alles ruiniert und alles verloren hatte. Er sah das Holz an, das auf seiner Werkbank lag, und fluchte.

Er hatte all dies vielleicht umsonst getan. Griffin hatte Bücherregale gewollt, also baute Decker sie. Griffin hatte ihn zudem darum gebeten, bevor er die ganze Sache mit Miranda herausgefunden hatte. Also könnte all das hier jetzt eine Verschwendung sein. Eine Verschwendung, die ihm einen Tritt in den Arsch versetzen würde, sollte er die Situation nicht lösen können.

Sein Gesicht schmerzte von den Fäusten seines Freundes und seine Seite tat höllisch weh, doch das waren kleine Verletzungen im Vergleich zu der klaffenden Wunde in seinem Herzen. Er hätte nie geglaubt, dass Grif auf diese Weise reagieren würde.

Ja, er hatte gewusst, dass es schlimm werden würde, doch der Verrat auf dem Gesicht des anderen Mannes war fast zu viel, um es auszuhalten.

Er seufzte und sah auf seine Fingerknöchel herab. Miranda hatte seine Wunden verarztet. Sie hatte sie geküsst, damit sie heilten, und sich um ihn gekümmert. Sein Schaft schwoll bei der Erinnerung seiner Hände auf ihr und ihren Lippen auf ihm. Er hatte sie gestern Abend in seiner Küche herausgefordert, und dann später in seinem Bett, aber sie war gleich dabei gewesen, hatte alles angenommen und um mehr gebeten.

Nie hatte er gedacht, dass sie dazu imstande sein würde. Dass sie alles von ihm annehmen und mit ihm auf eine Weise zusammen sein könnte, die ihn besänftigte und alles Grundlegende befriedigte. Er hatte gewusst, dass er sie begehrte und in seinem Leben hatte haben wollen. Er hatte nur nicht erkannt, in welchem Ausmaß, bis sie bei ihm gewesen war.

Und die Sache würde in die Brüche gehen, sobald sie die Wahrheit herausfand.

Er fluchte und fing mit der Arbeit an den Regalen an, während die lauten Geräusche und die Musik, die in seinen Ohren dröhnte, nichts dagegen auszurichten vermochte, seine Gedanken zu ertränken.

Einerseits wollte er Miranda. Er wollte sie, bis sie entschied, dass sie ihn nicht mehr aushalten konnte. Andererseits zögerte er wiederum nur das Unvermeidliche hinaus. Er stieß ein Seufzen aus. Wann hatte er sich in eine weinerliche Memme verwandelt?

Er fluchte noch einmal, ehe er sich neuerlich den Regalen widmete. Er würde das Holz mit der Säge zuschneiden, aber für die Verzierungen würde er Hammer, Meißel und seine Hände benutzen. Es waren nur Regale und er hätte vielleicht nicht solche Sorgfalt aufgewendet, damit sie einzigartig würden, wären sie nicht für seinen besten Freund gewesen. Er würde ihnen einen großartigen Schliff geben, nur weil es Griffin war, aber der Gedanke an den Verrat auf dem Gesicht seines besten Freundes war so lebhaft, dass Decker versuchte, sogar noch härter zu arbeiten.

Ein paar Regale würden ihre Freundschaft nicht wieder zusammenschweißen, aber vielleicht würden sie den Weg bis zu einem Punkt ebnen, an dem Griffin ihn nicht hasste.

Er hätte allen von Miranda und ihm erzählen sollen, als er die Gelegenheit dazu hatte. Die Geheimnistuerei – und wenn auch nur für eine Woche – war der Tropfen auf den heißen Stein gewesen. Sie würden immer glauben, dass er nicht gut genug für ihre kleine Schwester war, aber die Tatsache, dass er es geheim gehalten hatte, machte es nur noch schlimmer. Miranda hatte ihm erzählt, dass ihre Mutter begeistert war, aber er war nicht sicher, wie er sich dabei fühlte.

Doch Gott sei Dank war Miranda mit ihm zusammen. Sie hatte seine Wunden gesalbt und ihn gehalten, als er hatte fliehen wollen. Sie ließ sich von niemandem etwas gefallen, und das konnte er bewundern.

Er schaltete die Säge aus und hörte sein Telefon klingeln. Als er auf die Anzeige sah, seufzte er.

»Hallo Austin«, brachte er so locker hervor, wie er konnte.

»Hallo.«

Das Schweigen zwischen ihnen war nicht so angenehm wie sonst und der Verlust dieser Vertrautheit schmerzte mehr, als er gedacht hatte.

»Ich nehme an, du hast es gehört«, bemerkte er schließlich und wimmerte. Geschickt gemacht.

Austin seufzte und Decker setzte sich auf einen der Hocker. »Ja. Ja, das habe ich. Geht es dir gut?«

Decker blinzelte überrascht. »Was?«

»Geht es dir gut? Ich habe Griffin gesehen, als er hergekommen ist, um sich verarzten zu lassen.« Austin legte eine Sprechpause ein. »Nein, er ist hergekommen, um mir zu erzählen, was passiert ist, und dann haben wir ihn verarztet, aber wir sind zum gleichen Ergebnis gekommen. Er sah beschissen aus, Mann. Wie geht es deinen Händen?«

Decker schluckte schwer und die Scham stieg in ihm auf. Er konnte die Galle auf seiner Zunge schmecken und erschauderte. Er hatte seinen besten Freund verprügelt und der Bruder seines besten Freundes erkundigte sich nach seinen gottverdammten Händen. Decker sah auf seine blutunterlaufenen und zerkratzten Fingerknöchel und fuhr sich dann mit der Zunge über die Zähne.

»Sie werden wieder. Ich werde wieder. Miranda hat sich um mich gekümmert.« Er hätte sich auf die Zunge beißen können. Der letzte Teil war ihm einfach entschlüpft und jetzt saß er fest, denn ihr Name hing in der Luft.

Austin stieß ein raues Lachen hervor, das allerdings ohne Humor war. »Mist, Decker. Ich wünschte, du hättest es uns erzählt, aber ich kann nicht sauer sein. Deshalb nicht, weil Sierra Griffin und mir – größtenteils Grif – den Arsch aufgerissen hat.«

Decker runzelte die Stirn. »Was meinst du damit?«

»Ihr beide seid wie lange zusammen? Eine Woche? Ein paar Tage?«

»So ungefähr, aber wir hätten es dir trotzdem sagen sollen.«

»Ja, vielleicht. Vielleicht hättet ihr um Erlaubnis bitten sollen oder so einen Unsinn, aber allein das zu sagen, macht mich zu einem Arschloch. Trotz der Tatsache, dass ich dazu neige, das zu vergessen, ist Miranda eine erwachsene Frau. Sie kann ihre eigenen Entscheidungen treffen. Die Familie und ich haben kein Recht, euch in die Mangel zu nehmen.« Er hielt inne. »Nun, vielleicht ein bisschen, denn wir sind schließlich ihre älteren Brüder und Schwestern. Aber es ist ja nicht so, als wärst du ein Fremder, Deck.«

»Ach ja? Und das machte es Griffins Ansicht nach noch schlimmer.«

»Griffin war mit Blindheit geschlagen und hat sich wie ein Arschloch verhalten. Ich weiß, dass er Schwierigkeiten mit seinem Buch hat, und weil ihr beide ihm so nahesteht, hat er die Wucht von beiden Seiten gespürt – nicht nur von dir, sondern auch von Miranda. Also ja, er ist ein Idiot, aber er ist einfach der Montgomery, der reagiert hat. Ihr beide werdet das bereinigen, das weißt du.«

»Tatsächlich? Verdammt, Austin, ich habe es versaut. Ich bin Abschaum und ich bin mit deiner Schwester zusammen. Verstehst du das? Grif hatte jedes Recht der Welt, die Scheiße aus mir herauszuprügeln. Er hatte allerdings nicht das Recht, Miranda dabei zu beleidigen.«

»Du weißt, dass er es nicht so gemeint hat.«

»Vielleicht. Aber er hat es gesagt und ich habe reagiert. Ich habe es einfach getan. Verstehst du das? Ich habe reagiert und das Gesicht meines besten Freundes blutig geschlagen. Auf der Baustelle. An dem Arbeitsplatz *eurer* Familie. Storm hat mich gestern angehalten zu gehen, also bin ich heute nicht zur Arbeit erschienen. Ich habe Urlaubstage angesammelt, also kann ich sie nehmen, bis ich herausgefunden habe, was ich tun werde. Storm und Wes werden klarkommen. Es geht ihnen ohne mich besser.«

Die letzten Worte brachen aus ihm hervor und er seufzte auf. Vielleicht waren sie alle dort ohne ihn besser dran. Er könnte eine Anstellung in einem anderen Staat annehmen oder er könnte sich einen ganz anderen Job suchen. Wenn er derjenige war, der ginge, würden alle Probleme beseitigt werden.

Aber andererseits würde er Miranda verlassen müssen und dafür war er zu selbstsüchtig. Er begehrte sie. Er liebte sie, wenn er ehrlich zu sich selbst war, und jetzt musste er sich den Konsequenzen stellen.

Das machte es allerdings keineswegs leichter, mit ihnen zu leben.

»Uns geht es nicht besser ohne dich, Decker, hörst du? Du gehörst auch zur Familie. Es hat uns nur überrascht. Allerdings hätte das gemäß Sierra nicht sein sollen. Ich verstehe nicht, wie sie Dinge wissen kann, bevor sie passieren. Es muss sich um irgendeine verrückte weibliche Superkraft handeln.«

Ungeachtet seines Zustands grinste Decker. »Ich werde Sierra sagen, dass du sie verrückt genannt hast.«

»Halt bloß die Klappe, du Arsch.«

»Ich liebe dich auch.«

Austin seufzte. »Das tust du. Wir alle tun das, Decker. Tu ihr bloß nicht weh, verstanden? Sie ist uns allen sehr wichtig und wenn du sie glücklich machst? Nun, dann bist du das Beste, was ihr je passiert ist. Und wenn sie dich glücklich macht? Dann ja, dann ist es Perfektion.«

Decker schloss die Augen und kniff sich in den Nasenrücken. »Es ist noch nicht einmal ein Monat vergangen. Hör auf, dir solche Sachen auszudenken. Lass mich einfach mal Luft holen.«

»Du steckst tief drin, Deck, und du weißt es. Aber ich glaube, irgendwie gefällt mir die Idee. Also versuch einfach nur, es nicht zu versauen, und alles ist gut.«

Das war leichter gesagt als getan.

»Und weil du für eine Weile darüber nachgrübeln musst, werde ich dich in Ruhe lassen. Gib Grif nur einfach etwas Zeit. Er ist ein Idiot, aber er ist unser Idiot. Deiner auch. Und komm zum nächsten Abendessen mit der Familie. Das wird dazu beitragen, dass die Sache weniger peinlich ist.«

»Indem wir diese schrecklichen Gefühle der Verlegenheit auf einen Streich aus der Welt schaffen?«

»So ungefähr.« Austin hielt inne. »Wo wir schon von heiklen Abendessen mit der Familie sprechen, hast du etwas von Alex gehört?«

Decker runzelte die Stirn. »Nein. Nicht seit er uns erzählt hat, dass Jessica ihn verlassen hat. Die Dinge stehen schlimm, nicht wahr?«

»Die Dinge fliegen uns in dieser Familie rechts und links um die Ohren und ich glaube nicht, dass ich stark genug bin, alles zusammenzuhalten.«

Dies war eine der offensten und ehrlichsten Behauptungen, die Austin ihm gegenüber je geäußert hatte, und Decker erkannte die offene Bitte darin.

»Ich werde versuchen, nicht dazu beizutragen, noch mehr Schaden anzurichten.«

»Und während du das tust, wäre es auch großartig, wenn du beim Löschen der anderen Brandherde helfen könntest.«

»Irgendwann musst du die Leute ihr eigenes Leben leben lassen.«

»Das tue ich, aber ich muss auch hier sein, wenn sie es nicht schaffen oder merken, dass sie nicht allein sind.«

Ja, das war nicht sehr feinfühlig von Austin, aber Decker ließ es ihm durchgehen. Wenn die Dinge den Bach runtergingen, würde er sich nicht um Hilfe bittend an die Montgomerys wenden. Falls – und wenn – Miranda ihn verlassen sollte, weil sie endlich die Wahrheit über seinen Charakter und seine Vergangenheit erkannt hatte, dann würde er für alle Ewigkeit die Familie verlieren, die er sich geschaffen hatte.

Miranda war es allerdings wert.

Das und noch viel mehr.

»Danke für deinen Anruf«, sagte er nach einem Augenblick. Es gab wirklich nicht viel mehr zu sagen, bis sie sich alle über die Dinge klar geworden wären.

»Bis bald, Deck. Pass auf dich auf und sorge dafür, dass meine kleine Schwester glücklich ist. Hast du mich verstanden?«

Decker lächelte. »Ich verstehe dich.«

Sie verabschiedeten sich und er beendete das Gespräch. Er fühlte sich nicht besser als vorher, aber er fühlte sich auch mit Sicherheit nicht schlechter. So war Austin. Er mochte vielleicht nicht hundertprozentig dafür sein, aber er tat sein Bestes, um dafür zu sorgen, dass seine Familie und Freunde sich gut aufgehoben fühlten.

Und Decker würde alles in seiner Macht Stehende tun, um dafür zu sorgen, dass Miranda niemals verletzt würde.

Er kehrte zu seiner Arbeit zurück und gab sein Bestes. Es gefiel ihm, mit den Händen zu arbeiten. Es tröstete ihn auch zu wissen, dass etwas Schönes und Nützliches für einen anderen entstehen konnte, wenn er sich gestattete, seine Frustration auf so eine Weise zu kanalisieren.

Als es an der Tür klingelte, musste er es beim ersten Mal nicht gehört haben, denn als seine Playlist zum nächsten Lied wechselte, drang der Lärm, wie jemand die Klingel wieder und wieder drückte, an seine Ohren. Gunner kläffte im Duett mit der Klingel und Decker runzelte die Stirn.

Er wischte sich die Hände ab und ging zur Eingangstür. Es handelte sich besser um einen Notfall, wenn jemand die Klingel wieder und wieder drückte. Jeder, der ihn kannte, hätte einfach angerufen und ihn durch das Aufleuchten auf seinem Telefon wissen lassen, dass draußen jemand war, während er arbeitete.

Er öffnete die Tür, ohne durch den Spion zu sehen, und versuchte dann, die Tür wieder zuzuschlagen.

»Junge, tu das nicht«, lallte Frank Kendrick, als er die Hand an die Tür legte, damit sie nicht zuknallte. Er schob auch den Fuß in den Türspalt, damit sie sich nicht schließen ließ.

»Verschwinde von meinem Besitz«, befahl Decker mit leiser, kalter Stimme. Er würde nicht brüllen. Das würde den Mann nur noch mehr reizen. Wenn er ruhig und gesammelt bliebe, hatte er eine bessere Chance, diesen Kampf zu gewinnen. Decker mochte größer sein, aber Frank würde eine Szene verursachen. Eine der Szenen, bei der oft genug Polizei und Lügen im Spiel waren.

»Du glaubst, du kannst auf diesem hohen Ross sitzen, nur weil du für die Montgomerys arbeitest? Du bist verdammter Abschaum, du kleines Stück Dreck. Du hast Glück, dass sie nicht erkennen, wer du wirklich bist, und die Wahrheit nicht sehen. Denn sobald sie das tun, bist du am Arsch. Vielleicht tust du ihnen nur leid. Deshalb lassen sie dich dortbleiben.«

Die Worte trafen ihn hart und er unterdrückte ein Zucken. Er bewahrte seinen versteinerten Gesichtsausdruck, aber es war verflucht schwer.

»Verschwinde einfach, Frank. Ich bin nicht in der Stimmung, mir deinen Unsinn anzuhören.« Er sah seinem Vater in die glasigen Augen und unterdrückte einen Fluch. Er wollte nicht daran denken, wie seine Mutter gerade aussah. Wenn Frank hier war und sich bereits in Kampflaune befand, mussten die Dinge zu Hause schlimm stehen. Er würde die Polizei anrufen, aber was würde passieren?

Er unterdrückte ein Seufzen. Er würde so oder so anrufen. Es war egal, wenn seine Mutter die Polizei fortschickte.

Er würde nie aufhören zu versuchen, seine Mutter vor dem Mann zu beschützen, den er gerade vor sich hatte.

»Fick dich. Du hättest kommen sollen, als deine Mutter darum gebeten hat.« Frank sah ihn mit seinem verschlagenen Lächeln an und Deckers Magen rebellierte. Ihm kam fast die Galle hoch. Heilige Scheiße, er konnte Frank nicht ausstehen. Er konnte die Erinnerungen nicht ausstehen, die von diesen großen Fäusten stammten, die seine Tür offen hielten. Wenn Decker zu eingehend hinsah, würde er seine eigenen Fäuste dort erkennen. Er würde die Ähnlichkeit erkennen, die ihn dazu brachte, vor Miranda und allem, was sie für ihn repräsentierte, fortlaufen zu wollen.

Decker war sich nicht sicher, ob er es noch länger aushalten könnte, sollte Frank nicht bald verschwinden.

»Was hast du ihr angetan?«, fragte er, bevor er sich zurückhalten konnte.

Ein zufriedener Ausdruck trat in Franks Augen und Decker unterdrückte einen Fluch. »Sie ist dort, wo sie sein sollte, du kleiner Wichser. Zu Hause. Auf ihren Knien.« Der Mann schwankte auf seinen Beinen. »Wenn sie das nächste Mal anruft, kommst du zum Abendessen. Wir sind eine Familie, Junge. Diese Montgomerys sind nicht dein Blut. Ich bin das. Vergiss das nicht. Erinnere dich an das Blut, das durch deine Adern fließt. Du bist nicht irgendein hochklassiges Arschloch, das glaubt, es sei besser als alle anderen. Du bist nichts.«

Egal wie betrunken Frank auch wurde, er war stets imstande, Ansprachen zu halten, die auf Decker wie ein Tritt in die Eier wirkten. Vielleicht würde er sich eines Tages nicht mehr davon treffen lassen, aber Franks Worte klangen genau wie der Refrain, der sich in einer Endlosschleife in seinem Kopf abspielte. Das half bei dieser Angelegenheit nicht. Er wollte nur noch Frank loswerden und sich betrinken.

Sich betrinken, wie sein alter Herr.

Sieh einer an. Nichts. Er war *nichts*.

Decker hatte genug. Er schmiss die Tür mit aller Kraft zu und ignorierte Franks Fluch. Wenn einer seiner Nachbarn die Polizei anrief, würde es Franks wegen sein. Und um ehrlich zu sein, war es nichts Neues, die Polizei rufen zu müssen, wo Frank sich aufhielt. Es war vorher nur nicht bei Decker zu Hause passiert.

Frank fluchte und schrie noch ein paarmal, bevor er davonmarschierte. Decker hatte kein Fahrzeug in seiner Einfahrt gesehen oder auf der Straße, also musste der Mann von einer der nahe gelegenen Kneipen zu Fuß hergekommen sein. Zumindest hoffte er, dass das der Fall war.

Er ging zu seinem Telefon und rief die Polizei an, um sie über seine Mutter zu informieren. Die Polizisten dort kannten das Haus und wussten auch, dass ihre Einmischung niemals etwas Gutes bewirken würde, aber hoffentlich würden sie helfen.

Nachdem er aufgelegt hatte, fühlte er sich ausgelaugt und nicht in der Stimmung, sich mit anderen Menschen zu befassen. Er wollte wirklich nur einen Drink, um alles zu vergessen. Er würde nicht so betrunken enden wie der alte Mann – zumindest hoffte er das –, aber er konnte nicht zu Hause bleiben und allein trinken. Stattdessen ging er zu Fuß in Richtung einer anderen Kneipe, von der er wusste, dass sein Vater sie nicht besuchte, weil der Alte dort vor Jahren rausgeschmissen worden war und Hausverbot hatte.

Er stellte sein Telefon auf vibrieren, nur für den Fall, dass die Polizei ihn mit Neuigkeiten zurückrief, aber er hatte keine große Hoffnung. Er wollte mit niemandem sonst reden. Und am allerwenigsten konnte er Miranda in diesem Zustand gegenübertreten. Er sah absolut jämmerlich aus und fühlte sich erbärmlich – sie musste ihn so nicht sehen.

Ja, das war nur ein weiterer Punkt auf der langen Liste der Gründe, warum Miranda ihn einfach verlassen und die Sache beenden sollte.

Wenn er sich selbst belog, könnte er ihre Treffen einfach als »nur Sex« abtun, aber das war unmöglich. Sie hatten eine Verbindung zueinander, die nichts mit schwitzigen Körpern oder damit zu tun hatte, wie sie zusammen harmonierten. Nein, es ging um die Art und Weise, wie sie ihn von innen her wärmte. Sie brachte ihn dazu, ein besserer Mensch sein zu wollen, und dennoch wusste er, dass das nicht möglich war.

Er setzte sich an den Tresen, hielt zwei Finger hoch und seufzte, als der Barkeeper ihm einen doppelten Bourbon hinstellte. Es war ihm egal, was er bekam, solange es den Schmerz wegbrannte. Es verging eine weitere volle Minute, bevor ihm klar wurde, wer neben ihm saß.

»Du siehst wie Scheiße aus, Kumpel«, lallte Alex mit mehr als glasigen Augen. Decker wusste nicht, wie lange Alex bereits dort war und allein trank, aber er befand sich augenblicklich nicht in einer Position, um darüber zu urteilen.

»Du siehst ganz genauso aus«, entgegnete Decker und kippte seinen Doppelten herunter. Das starke Brennen wärmte ihn bloß für einen Augenblick, ehe die Kälte erneut zu ihm durchsickerte.

»Willst du darüber reden?«, fragte Alex mit dem Blick auf seinen Drink und nicht auf Decker.

»Nicht unbedingt«, antworte Decker ehrlich und bestellte sich ein Bier. Er würde lieber dieses Getränk in sich hineinkippen anstatt das harte Zeug, damit er am nächsten Morgen hoffentlich aufwachen würde.

»Gut, weil ich es eigentlich auch nicht hören will.« Alex hielt sein Glas zu einem Trinkspruch hoch. »Darauf, einen Scheiß drauf zu geben.«

Alex trank bereits, ehe Decker mit ihm anstoßen konnte. Mist, die Dinge standen schlecht. Die Dinge hatten *immer* schlecht gestanden und wurden nur schlimmer. Er war nicht sicher, wie er das in Ordnung bringen könnte und ob es ihm überhaupt zustand, das zu versuchen.

Decker wusste bloß, dass die Wände um ihn herum immer näherkamen, und er war nicht sicher, wie er einen Weg hinaus finden konnte. Der nächste Tag würde kommen und er würde sich mit all dem auseinandersetzen müssen, aber im Augenblick wollte er nur trinken, bis der Schmerz abebbte.

Falls das je geschehen würde.

Kapitel Sechzehn

DIE ARBEIT FING AN, ihr auf die Nerven zu gehen.

Miranda kniff sich in den Nasenrücken und versuchte, sich in Erinnerung zu rufen, warum sie ihre Arbeit mochte. Sie mochte sie nicht wegen der Menschen, mit denen sie zusammenarbeitete. Sie mochte sie, weil sie es liebte, die Gesichter der Schüler zu sehen, sobald sie den Stoff *verstanden* hatten. Sobald sie herausgefunden hatten, wie sie den Wert von *x* ermittelten, wie sich der schwer fassbare Rauminhalt eines ungleichmäßig geformten Körpers errechnen ließ, oder wenn jemand eine Gleichung löste. Wenn sie *das* verstanden hatten, war das die Mühe wert.

Es lohnte sich allerdings nicht, spät am Freitagabend zu arbeiten, wenn die Schüler gegangen waren und das Arschloch in ihrem Leben auch noch da war.

Die Polizei hatte nicht das Geringste unternommen, um sie zu beschützen. Nicht einen Handschlag.

Die Beamten hatten erst ihre Aussage aufgenommen und dann seine. Wie sich herausstellte, war es ein Fall, bei dem ihre Aussage gegen seine stand.

Im Ernst. Ihr Gesicht hatte ausgesehen, als hätte jemand es gegen eine Wand geschmettert, weil ... nun, weil Jack genau das getan hatte. Allerdings hatte es keinen physischen Beweis gegeben. Zumindest nichts, was die Polizei näher untersucht hätte. Jack hatte eine Verwarnung bekommen und sich mit Hilfe seines Rechtsanwalts und Geld Freiheit gesichert.

In der Zwischenzeit musste Miranda tagtäglich mit ihm arbeiten. Gott sei Dank kam er nicht mehr in den Aufenthaltsraum der Lehrer. Nein, stattdessen aß er an seinem Schreibtisch oder irgendwo anders, sodass sie ihn nicht sehen musste. Sie war dankbar dafür, denn je öfter sie ihn sehen musste, umso größer war die Wahrscheinlichkeit, dass sie nicht länger in der Lage sein würde, ihre Brüder davon abzuhalten, ihm die Scheiße aus dem Leib zu prügeln.

Brüder *und* Schwestern, wenn sie an Maya und Meghan dachte. Es ärgerte sie ungemein, in dieser Position festzusitzen. Einerseits konnte sie sich selbst die Schuld geben, denn sie war es gewesen, die zu einem Rendezvous mit einem Kollegen ausgegangen war, aber das würde sie nicht tun. Es war nicht ihr Fehler, dass Jack sie geschlagen hatte. Es war nicht ihr Fehler, dass Jack jetzt in Freiheit lebte, während sie mit vorsichtigem Blick in den Korridor spähte, ehe sie ihren Klassenraum verließ.

Nein, diese Verantwortung lag auf Jacks Schultern.

Damit wurde es allerdings nicht leichter, damit umzugehen.

Mit einem Seufzen ging sie die Arbeiten erneut durch. Sie musste die Leistungsbewertungen abschließen und die Unterlagen auf dem Tisch des Rektors hinterlassen, ehe sie ging. Ihr Chef würde die Schule in weniger als einer Stunde verlassen, also musste sie sich beeilen. Gott sei Dank war sie fast fertig, doch so hatte sie sich ihren Freitagabend nicht vorgestellt.

Eigentlich wusste sie gar nicht, wie sie den restlichen Abend verbringen sollte. Von Decker hatte sie nichts gehört, seit sie am Tag zuvor von ihm fortgegangen war, nachdem sie bei ihm übernachtet hatte. Sie hatte alles in ihrer Macht Stehende getan, um seine Wunden zu lindern – und auch ein paar ihrer eigenen –, und dann hatte sie zur Arbeit gemusst. Als sie ihn angerufen hatte, um zu fragen, ob er mit ihr zu Abend essen wollte, hatte er nicht abgenommen.

Darauf hatte sie eine Nachricht hinterlassen, doch weder noch einmal angerufen noch eine SMS geschickt. Wenn er mit ihr reden wollte, würde er den nächsten Schritt tun müssen.

Sie rieb sich mit der Hand über den Bauch. Das klang nicht gut. Die Vorstellung, dass er nicht mit ihr reden wollte nach allem, was mit ihrer Familie passiert war, löste ein Brennen in ihren Augen aus, aber sie weinte nicht. Es war bisher nur ein einziger Tag vergangen. Er hatte ein Anrecht auf Freiraum. Sie war keine klammernde Freundin, doch nach einem ihrer Meinung nach äußerst emotionalen Tag und der Episode auf seinem Küchentisch hatte sie wirklich gedacht, dass er würde mit ihr reden wollen.

Offenbar irrte sie sich. Deshalb würde sie jedoch nicht ausrasten, aber es wäre höflich gewesen, sie zumindest zurückzurufen.

Sie seufzte und wandte sich wieder ihrer Aufgabe zu. Sobald sie fertig wäre, würde sie einfach bei ihm vorbeifahren – oder doch lieber gleich zu sich nach Hause. Sie war im Augenblick nicht in der Stimmung, sich eine Abfuhr einzuhandeln.

Es dauerte noch eine gute halbe Stunde, aber dann war sie fertig und machte sich mit ihren Unterlagen und ihrer Tasche auf den Weg zum Büro des Rektors. Sie würde danach auf direktem Wege zu ihrem Wagen gehen und hoffentlich von dort zu Deckers Haus fahren.

Der Rektor war am Telefon, also legte sie die Unterlagen auf seinen Schreibtisch und er reckte das Kinn als Zeichen seiner Kenntnisnahme, ehe sie wieder hinausging. Mit einem Seufzen beschloss sie, einfach nach Hause zu fahren und vielleicht Maya anzurufen oder so etwas. Es war eine anstrengende Woche gewesen und sie war nicht in der Stimmung, sich mit Drama zu befassen. Das konnte sie am Morgen machen. Vielleicht würde er sie sogar vorher anrufen.

»Du dumme Schlampe.«

Miranda erstarrte und eine Eiseskälte kroch ihr das Rückgrat empor. Verdammt. Sie war so sehr auf Decker und darauf konzentriert gewesen, hier herauszukommen, dass sie den Korridor nicht überprüft hatte, um sich zu vergewissern, dass sie allein war … oder Jack zumindest nicht in der Nähe.

»Du solltest nicht in meine Nähe kommen, Jack«, stellte sie leise fest. Sie drehte sich zu ihm um und sah, wie dieser blonde Mann dort mit gekrümmten Schultern stand und sie anstarrte.

»Warum? Was ist dir schon zugestoßen, hä? Nichts. Ich jedoch muss mit den Bullen fertigwerden, die es auf mich abgesehen haben.«

Meinte er das ernst? Die Polizeibeamten hatten *gar nichts* getan, weil das Arschloch sich herausgeredet hatte.

»Verschwinde, Jack.« Sie schluckte schwer und der bittere, metallische Geschmack von Angst haftete wie ein Belag auf ihrer Zunge.

Er kam steifen Schrittes auf sie zu, doch sie reckte das Kinn. Sie würde davonlaufen, wenn sie müsste, und wahrscheinlich sollte sie das tun, aber sie würde an ihrem Arbeitsplatz nicht die ganze Zeit Angst haben. Sie konnte sich selbst schützen, und das würde sie tun, wenn es nötig wäre.

»Warum? Es ist auch mein Arbeitsplatz. Du bist diejenige, die wie eine schüchterne Maus mit ihrem Schwanz zwischen den Beinen herumläuft.«

»Ich habe genug von dieser Sache, Jack. Du hast mich geschlagen. Du hast mich gegen die Wand geschleudert und mich bedroht. Du magst vielleicht denken, dass du davongekommen bist, weil du ein gutes Verhältnis zur Polizei hast oder was auch immer, aber ich werde es nie vergessen. Meine Familie wird es nie vergessen.«

»Du ruinierst alles«, fauchte er.

Sie hatte keine Ahnung, wovon er sprach, aber es war eindeutig, dass er geistig labil war. Sie musste so schnell sie konnte hier raus. Sie drehte sich und wollte loslaufen, aber er packte ihren Arm.

»Lass mich los, Jack«, sagte sie so ruhig, wie sie konnte.

»Immer ist es eine hysterische Frau, die alles ruiniert.«

»Jack«, flüsterte sie und ihre Stimme war nicht mehr so ruhig wie zuvor. Sie wusste nicht, warum er das tat, aber sie wusste, dass sie nur ein kleiner Teil des größeren Problems war.

»Stimmt hier etwas nicht?«

Jack ließ sie sofort los und Miranda seufzte, ehe sie bei dem Klang der vertrauten Stimme blinzelte.

»Luc?«

Der Mann, der einmal ein enger Freund der Familie gewesen war – und noch wichtiger, Meghans bester Freund –, kam mit gerunzelter Stirn auf sie zu. Seine dunkle Haut war an den Mundwinkeln verkniffen, als er zu Jack sah. Mit dem Ausdruck in seinen honigfarbenen Augen erweckte er den Eindruck, als wäre er zu einem Mord bereit. Sie wusste nicht, warum er hier war, aber sie war so irrsinnig glücklich darüber.

»Jack wollte gerade gehen«, entgegnete Miranda knapp.

Jack murrte, doch er entgegnete ein knappes Nicken. »Miranda und ich hatten gerade eine Diskussion.«

Luc zog eine seiner dunklen Augenbrauen hoch. »Tatsächlich? Weil es meiner Meinung nach eher so ausgesehen hat, als hätten Sie Miranda zwingen wollen, etwas zu tun, was sie nicht tun wollte. Möchtest du, dass ich die Polizei rufe, Miranda?«

Sie dachte für einen Augenblick, dass sie das Angebot annehmen sollte, aber dann erinnerte sie sich an den Gesichtsausdruck des älteren Polizisten. Jack hat dieses Mal nichts Unrechtes getan, oder? Er hatte sie eingeschüchtert, aber hauptsächlich aufgrund der Vorkommnisse bei ihrer letzten Begegnung. Obwohl sie mit Luc dieses Mal einen Zeugen hatte, würde sie ihr Glück mit Jack nicht herausfordern.

Sie schüttelte den Kopf. »Nein, ich möchte nur nach Hause.«

Luc betrachtete prüfend ihr Gesicht und nickte ihr dann zu. »Sie verschwinden besser von hier, bevor ich meine Meinung ändere.«

Jack lächelte spöttisch, aber er stampfte zur Vorderseite des Gebäudes davon. Unvermittelt wurde Mirandas Körper von einem Zittern erfasst. Luc legte ihr einen Arm um die

Schultern und sie lehnte sich an ihn. Sie hatte ihn seit Jahren nicht gesehen und dennoch fühlte sie sich so wohl mit ihm wie mit einem zusätzlichen Bruder. Er führte sie nach draußen zu einer der Bänke und sie stieß ein Seufzen aus.

»Also, was machst du hier?«, fragte sie, als sie endlich anfing, sich zu beruhigen.

Luc drückte sie einmal und dann rückte er ein Stück beiseite, um ihnen Platz zu verschaffen. »Ich arbeite an einem Teil der Elektroinstallation. Es ist mein erster Auftrag seit meiner Rückkehr nach Denver.«

Luc war Elektriker und für eine Weile hatte er sogar für Montgomery Inc. und ihre Familie gearbeitet. Irgendwann war er eines Tages urplötzlich umgezogen und sie hatte nie die ganze Geschichte erfahren. Nicht dass sie das etwas anginge.

Sie drehte sich mit einem aufrichtigen Lächeln auf dem Gesicht zu ihm. »Du ziehst wieder hierher zurück?«

Er nickte, lächelte jedoch nicht. »Ich bin schon wieder zurückgezogen. Jetzt suche ich einfach nur nach einem festen Job.«

Sie schüttelte den Kopf. »Rede mit Wes und Storm. Du weißt, dass sie dich jederzeit einstellen würden.«

Er zuckte die Schultern. »Wir werden sehen. Ich bin damals ziemlich plötzlich verschwunden.«

Sie würde ihn nicht nach dem Grund dafür fragen, weil es sie, um es nochmals zu betonen, nichts anging, und außerdem hatte sie ihre eigenen Probleme. »Rede mit ihnen. Schlimmstenfalls werden sie Nein sagen.«

Er sah sie mit einem kleinen Lächeln an und seine Augen leuchteten auf. Der Mann war unglaublich attraktiv, so viel stand fest. »Vermutlich.« Er sah sich auf dem Parkplatz um und runzelte erneut die Stirn. »Mir hat nicht gefallen, wie dieser Mann dich angefasst hat.«

»Es ist eine lange Geschichte, aber ich bin darüber hinweg.« Das musste sie sein oder sie würde für den Rest ihres Lebens Angst haben.

»Ich werde für ungefähr eine weitere Woche in der Nähe

sein, um die Installation wieder auf den neuesten Stand zu bringen, also werde ich die Augen offen halten.«

Dieses Mal verdrehte sie die Augen. »Du bist wie ein weiterer Bruder, weißt du das? Ich habe schon genügend davon.«

Er erwiderte ihren Blick und dann zuckte er die Schultern. »Du bist Meghans kleine Schwester. Ich werde nicht zulassen, dass jemand dich bedrängt.«

Sie lächelte und schüttelte den Kopf. »Ihr seid alle so beschützend, und mir gefällt das, obwohl es mir auch manchmal auf die Nerven geht.« Sie erhob sich und nahm ihre Tasche. »Noch mal danke, dass du hier warst. Ich war im Begriff gewesen zu flüchten, und es war eine große Hilfe, dass du da warst. Ich werde jetzt gehen, aber danke.«

Er erhob sich mit ihr und begleitete sie zu ihrem Wagen. »Ich würde ja sagen, das würde ich jederzeit für dich tun, aber ich möchte nicht, dass dir das noch einmal passiert. Pass auf dich auf und wir sehen uns.«

Sie drückte ihn und er erwiderte ihre Umarmung. »Danke«, flüsterte sie, ehe sie in ihr Fahrzeug stieg. Es war schön, ein vertrautes Gesicht zu sehen – und sogar noch schöner, wenn der dazugehörige Mann in der Nähe war, als sie nicht einmal gewusst hatte, dass sie ihn brauchte.

Anstatt den Weg nach Hause einzuschlagen, fuhr sie zu Deckers Haus. So sehr sie ihm auch Freiraum bieten und die Dinge selbst in die Hand nehmen lassen wollte, konnte sie das nicht tun. Nein, sie musste ihn sehen. Sie musste wissen, dass sie nicht allein war. Gott, sie klang so bedürftig, aber Jack hatte sie mehr verängstigt, als sie sich eingestehen wollte. Sie mochte vielleicht mutig gehandelt haben, aber ganz bestimmt fühlte sie sich im Augenblick nicht so. Sie bog in seine Auffahrt ein und entdeckte seinen Geländewagen. Zumindest war er zu Hause. Nachdem sie ausgestiegen war, holte sie tief Luft und schritt dann zur Eingangstür.

Decker hatte sie geöffnet, ehe sie angeklopft hatte. Offensichtlich hatte er gesehen, wie sie vorgefahren war. Er zog Gunner beiseite, um ihn daran zu hindern, an ihr zu schnuppern, und sie streckte die Hand nach unten, um dem Hund den Kopf zu tätscheln.

»Was ist los?«, fragte er mit leiser Stimme. Seine Augen wirkten dunkel und sein Gesicht blass. Eigentlich sah er aus, als hätte er einen Rausch ausgeschlafen.

Was zur Hölle?

Sie schüttelte den Kopf und sog dann mit wässrigen Augen die Luft ein.

Er breitete die Arme aus und sie lehnte sich an ihn. Sie atmete seinen Duft ein und ließ ihn auf sich wirken. Er machte die Tür hinter ihr zu und zog sie in seine Arme. Sie seufzte bei der Geste, ehe sie ihr Gesicht an seinen Nacken schmiegte und noch einmal tief einatmete. Er musste vor Kurzem geduscht haben und die Düfte von Seife und Männlichkeit verschmolzen zu einer betörenden Mischung.

»Was ist passiert?«, fragte er, sobald er sich mit ihr auf dem Schoß auf das Sofa gesetzt hatte. Gunner schnüffelte an ihnen, um sich dann zu ihren Füßen hinzulegen.

Sie erzählte ihm von Jack und dann von Luc, der dazugekommen war. Decker hielt während der ganzen Zeit die Arme fest um sie geschlungen. Sie rieb seine Schulter und versuchte, ihn zu beruhigen, wenngleich es vielleicht andersherum hätte sein sollen. Das war allerdings nicht gerecht, und sie wusste das. Sie war bloß ein bisschen sauer auf ihn, weil er nicht angerufen hatte, doch offen gestanden war sie selbst auch nicht viel besser.

»Jesus«, murmelte er, nachdem sie geendet hatte. »Gott sei Dank war Luc dort, Liebling.« Er küsste sie auf die Schläfe und rieb dann ihren Oberschenkel mit seiner großen Hand, die so besitzergreifend und doch beschützend war.

»Ich weiß«, antwortete sie ehrlich. »Ich werde nicht lügen und behaupten, es hätte mir keinen Schreck eingejagt, denn das hat es. Aber ich war drauf und dran zu flüchten. Ich habe es nicht sofort gemacht, weil ich dachte, ich könnte ihm gegenübertreten, aber das war dumm.«

Decker stieß ein Seufzen aus. »Ja, das könnte es gewesen sein. Ich weiß, dass wir Selbstverteidigung trainiert haben – und wir werden in Zukunft noch intensiver daran arbeiten –, aber wegzulaufen ist immer die beste Verteidigung, wenn du es kannst. Du weißt nicht, ob er eine Waffe hat oder nicht. Ja, er hält sich in der Schule mit dir auf, aber das hat ihn nicht daran gehindert, dich zu konfrontieren. Ich hasse die Tatsache, dass du ihm überhaupt begegnen musst.«

Sie seufzte und lehnte sich noch stärker an ihn. »Die einzige Möglichkeit, wie er verschwinden könnte, bestünde darin, dass er aus eigenen Stücken geht oder etwas Schlimmeres passiert. Ich würde es lieber nicht zu Letzterem kommen lassen.«

Decker spannte die Arme an und sie sog die Luft ein, worauf er seinen Griff lockerte. »Ich werde ihn umbringen, wenn er dich noch einmal anfasst, Mir.«

Sie drehte sich und legte die Hände um sein Gesicht. »Ich will dich nicht hinter Gittern, also versprich mir solche Dinge nicht, okay?« Sie begegnete seinem Blick und erkannte den Widerstreit von Schmerz und Besorgnis darin.

Sie wusste nicht, was sich in seinem Inneren abspielte, und verspürte dementsprechend einen Stich, dass er ihr nicht genügend vertraute, um ihr seine Gedanken mitzuteilen. Sie mochten vielleicht noch nicht allzu lange zusammen sein, aber sie waren schon seit Jahren befreundet. Sie wünschte, er würde ihr mitteilen, was in ihm vorging, aber sie war nicht sicher, ob er das tun würde. Und jetzt, da er auch mit ihren Problemen fertigwerden musste, war nicht der richtige Augenblick, um ihn zu bitten, seine Gedanken zu offenbaren.

»Ich habe dich heute vermisst«, entfuhr ihr, ehe sie sich zurückhalten konnte.

Er erwiderte ihren Blick und nickte. »Ich habe dich auch vermisst.«

Ein Gefühl der Erleichterung durchfuhr sie und dann verfluchte sie sich selbst. Warum war es ihr so wichtig, was er dachte? Wie er fühlte? Sie hatte sich den ganzen Tag lang wohlgefühlt und sogar vorgehabt, ihn in Ruhe zu lassen. Aber dann hatte Jack sie auf dem Korridor erwischt und sie brauchte eine Bestätigung. Nach heute Abend würde sie sich zurückziehen und sich daran erinnern, dass es ihr auch allein, auf sich selbst gestellt, gut ging.

Aber sie *wollte* nicht allein sein und sie müsste sich mit dieser Tatsache anfreunden. Er wirkte noch immer ein wenig daneben und sie wusste nicht, wie sie das in Ordnung bringen sollte. »Was ist los, Decker?«

»Nichts«, antwortete er schnell. Zu schnell.

»Erzähl es mir einfach. Du musst deine Sorgen nicht für dich behalten, das ist dir hoffentlich klar.«

Er betrachtete prüfend ihr Gesicht und seufzte. »Ich bin seit gestern ein wenig aus dem Gleichgewicht und muss wieder ins Lot kommen. Es ist nichts, was du getan hast, also glaube nicht, dass es um dich geht. Es geht um mich, okay? Vergibst du mir?«

Sie schüttelte den Kopf. »Da gibt es nichts zu vergeben. Du musst nur wissen, dass ich für dich da bin, wenn du mich brauchst. Wir sind zusammen, richtig? Das bedeutet, dass wir über diese Dinge reden können.«

Er zog die Mundwinkel hoch. »Das ist richtig.«

Sie fuhr mit den Fingern durch seinen Bart und seufzte. »Ich möchte nicht länger über all das nachdenken, was wehtut.« Als sie mit den Lippen über die seinen streifte, spannte er die Finger an ihrem Oberschenkel an.

»Ach ja? Worüber möchtest du dann nachdenken?«, fragte er mit rauer Stimme.

»Dass du mich dazu bringst zu vergessen? Nur für eine Nacht?«

Er sah ihr prüfend ins Gesicht und nickte. »Alles, was du willst, Mir. Alles.«

Sie schluckte schwer und ignorierte das Ziehen in ihrem Herzen. Diese Beziehung war nur vorübergehend. Sie hatten nicht über die Zukunft gesprochen und es war zu früh, das zu tun, aber Decker war überaus gründlich gewesen, sie schon am Anfang zu verschrecken. Er hatte versucht, ihr zu zeigen, was für ein Mann er war, oder zumindest den Mann, der er zu sein glaubte, und dass ihr Versuch, ihn zu ändern, nicht funktionieren würde.

Sie wollte ihn nicht ändern. Sie wollte nur ihn.

»Steh auf und geh um das Sofa bis zur Rückenlehne«,

befahl Decker. »Stütz deine Hände auf die Kante und streck deinen Hintern raus.«

Sie erschauderte und erhob sich. Als sie sich in Position gebracht hatte, leckte sie sich die Lippen und fragte sich, was er vorhatte.

Sie hörte ein Flüstern und dann Krallen auf dem Holzboden, als Gunner zum hinteren Teil des Hauses lief.

Decker kam von hinten und schob die Hände an ihren Seiten hinunter. Als er sie an den Hüften packte und seinen mächtigen, von der Jeans verhüllten, steifen Schaft in seiner ganzen Länge an ihren Hintern presste, sog sie die Luft ein. Sie trug noch ihr Kleid von der Arbeit und weil es ihr bis zu den Knien reichte, konnte sie die Beine nicht auf die Weise spreizen, wie sie es gern getan hätte. Er zog an der leichten Strickjacke, die sie über ihrem Kleid trug, und zog sie ihr langsam aus. Damit trug sie nur noch ihr Kleid, die Strümpfe und die Unterwäsche. Wenn er nicht vorsichtig war, würde sie alles ausziehen, sodass sie seine Hitze an ihrer Haut spüren konnte.

»Was wünschst du dir heute, Mir? Willst du meinen Schwanz in deiner Muschi? In deinem Mund? Möchtest du, dass ich dir den Hintern versohle, bis er rot ist? Ich könnte dich ans Bett fesseln und dich so heftig ficken, bis du um mehr bettelst. Ich habe so viele tolle Ideen, was dich anbelangt. Soll ich weiterreden?«

Sie wiegte sich an ihm. So viele Möglichkeiten. »Du entscheidest. Es gefällt mir, wenn du bestimmst.«

Er umschlang sie und legte die Hand um ihre Brust, um sie gegen seinen Oberkörper zu ziehen. Mit der anderen Hand fasste er ihr Gesicht und brachte damit ihre Lippen an seine.

»Es gefällt mir, das zu hören, Liebling«, sagte er, als er sich zurückzog. Er biss sie in die Unterlippe und zupfte vorsichtig daran. Ihre Atmung beschleunigte sich und sie rieb die Oberschenkel aneinander.

Gott, dieser Mann war zu viel.

»Ich dachte, ich wollte dich über das Sofa gebeugt, aber ich glaube, ich möchte dich jetzt lieber im Bett. Auf diese

Weise kann ich deine Brüste und diese rosafarbene Muschi sehen, wenn ich dich nackt ausziehe. Möchtest du, dass ich dich in meinem Bett ficke, Mir?«

Sie nickte.

»Worte, Mir.« Durch das Kleid kniff er ihre Brustwarze und sie schnappte nach Luft.

»Ja. Fick mich gegen die Tür gelehnt.«

»Das ist mein Mädchen.« Er lächelte und sie verliebte sich noch mehr in ihn.

Darüber würde sie im Augenblick allerdings nicht nachdenken. Ihr Herz begehrte ihn, und nur das zählte.

Er führte sie in Richtung seines Schlafzimmers und blieb vor dem Gästezimmer stehen. Mit seinem Mund überfiel er den ihren und sie stöhnte in seine Mundhöhle. Er grub die Finger in ihren Hintern und sie wiegte sich an ihm.

»Kann. Nicht. Mehr. Warten.«

Er hob sie hoch und stemmte sie mit dem Rücken gegen die geschlossene Tür. Sie schlang die Beine um ihn und er stieß gegen sie, wobei sein Schwanz genau die richtige Stelle über ihrem Slip traf. Er riss den Mund von ihrem los und sein Brustkorb hob und senkte sich.

»Du bist so wunderschön, Mir.«

»Fick mich«, keuchte sie und grub die Fersen in seinen Hintern. Er wanderte mit der Hand an ihrem Bein empor und erstarrte. »Jesus. Trägst du etwa Schenkelstrümpfe?«

Sie wand sich an ihm, sodass seine Schwanzspitze gegen ihre Klitoris presste. »Ja. Nicht die mit dem Strumpfhalter, sondern halterlose.«

»Verdammt. Du wirst sie die ganze Nacht anbehalten, Liebling.«

»Dring einfach in mich ein und wir können uns dann später über meine Garderobe unterhalten.«

Er grunzte und knüllte ihr dann das Kleid um die Taille zusammen. »Du schmutziges, unanständiges, kleines Mädchen. Ich werde meinen Spaß haben herauszufinden, wie schmutzig du bist.« Er zog ihren Slip beiseite und stieß mit zwei Fingern in sie. Sie keuchte und ihr Körper krampfte sich um ihn. »Du bist so wahnsinnig feucht, Mir.

Ich habe dich noch nicht einmal angefasst und du triefst bereits.«

Mit einer Hand unter ihrem Hintern hielt er sie ruhig, ehe er die Finger aus ihr herauszog und damit über ihre Lippen strich. Sie leckte darüber und auch über seine Fingerspitze.

»Genau das ist es, Liebling. Schmeck dich selbst. Gefällt dir das?«

Sie nickte und wünschte, dass er sie ebenfalls schmeckte. Mit einem Stoß gegen seine Hand bewegte sie diese an seine Lippen und er lächelte.

»Du bist ein kleines Luder. Ich liebe es.«

Sie ignorierte das Wort *Liebe* und wäre bei dem Anblick, wie er ihren Saft von seinen Fingern leckte, beinahe gekommen.

»Du bist so unglaublich süß«, stellte er fest und senkte seinen Mund erneut über den ihren. Der Geschmack von ihr auf seiner Zunge war sogar noch besser als vorher.

»In mich. Bitte«, keuchte sie.

Er zog sich zurück und behielt eine Hand auf ihrem Hintern. Er nickte und griff dann nach unten, um seine Hose zu öffnen. Als sie die Hand ebenfalls dorthin ausstreckte, schüttelte er den Kopf.

»Halt dich an meinen Schultern fest, Liebling. Das wird ein rauer Ritt werden.«

Mit diesen Worten schob er ihren Slip beiseite und drang mit einem Stoß tief in sie.

Sie erstarrten beide und ihr Körper spannte sich in kleinen Krämpfen um seinen Schaft an.

»Oh Gott, du bist nur davon schon gekommen, Liebling.« Wieder küsste er sie. »So. Verflucht. Heiß.«

Mit jedem Wort stieß er in sie und trieb sie erneut auf den Höhepunkt.

Er begegnete ihrem Blick und sie schluckte schwer. Er drang immer wieder in sie ein und warf sie dabei mit jedem Stoß gegen die Tür. Sie hielt sich fest und kreiste die Hüften, um ihm entgegenzukommen. Sie war noch immer bekleidet und hatte sich noch nie so sexy gefühlt ... so begehrt.

Er schob die Hand zwischen sie und neckte ihre Klitoris, indem er mit dem Fingernagel dagegen schnippte.

Sie keuchte und ihr Körper bäumte sich auf, bis sie plötzlich kam. Er folgte ihr direkt hinterher und schrie ihren Namen, als er sich in ihr erlöste und sie füllte.

Sie füllte.

Verflucht. Kein Kondom.

Sie konnte jeden Zentimeter von ihm fühlen, jeden Strahl tief in ihrem Inneren. Sein Piercing rieb sie überall an den richtigen Stellen und sie erschauderte. Mit großen Augen begegnete er ihrem Blick.

»Oh Gott, es tut mir so leid, Liebling. Ich hatte nicht beabsichtigt, das Kondom zu vergessen. Mist. Mist. Mist.«

Sie schüttelte den Kopf und legte ihre Hände an sein Gesicht, um ihn zärtlich zu küssen. »Ich verhüte und ich habe keine ansteckenden Krankheiten.«

Er stieß einen schnaubenden Atemzug aus. »Ich bin ebenfalls gesund. Das habe ich sogar schriftlich und all das, aber verdammt. Es tut mir so leid, Mir. Ich hätte daran denken sollen.«

Sie küsste ihn erneut. »Es ist in Ordnung. Es ist alles okay. Und es gefällt mir, dich nackt in mir zu spüren.«

Darauf grinste er langsam. »Ach ja? Nun, es hat mir gefallen, jeden Zentimeter von dir an meinem Schwanz zu fühlen. Möchtest du, dass wir ganz auf Kondome verzichten?«

Sie nickte und war sich wohl bewusst, dass sein immer noch harter Schaft tief in ihr steckte. »Aber du wirst auf der feuchten Stelle im Bett schlafen.«

Er warf den Kopf in den Nacken und lachte. »Gott, du bist wundervoll. Ich –« Er versteifte sich. »Ich bin froh, dass du hier bist.«

Sie schluckte schwer. Er hatte nicht die Worte gesagt, die sie erwartet hatte, doch sie wusste, es wäre ohnehin nur in der Hitze des Augenblicks passiert.

Es war nicht wichtig, was er fühlte, aber sie liebte ihn genügend, dass es für sie beide reichte.

Sie betete nur, er würde sie nicht zerbrechen.

Kapitel Siebzehn

SO NERVÖS WAR er nicht mehr gewesen, seit … nun, noch nie. Decker holte tief Luft und klopfte an die Tür. Es hatte ihm nichts gebracht, sich eine Woche lang zu verstecken, und wenn er sich den Folgen nicht stellte, würde er die Situation nur noch schlimmer machen.

Miranda hatte ihn dazu gedrängt, aber er war derjenige, der diesen Schritt tun musste.

Als Grif die Tür öffnete, war Decker auf einen Fausthieb vorbereitet.

Dieser blieb allerdings aus.

»Hallo«, begrüßte sein bester Freund ihn.

»Hallo.« Er schob die Hände in die Taschen und verlagerte das Gewicht auf seine Fersen. Noch nie … kein einziges Mal in den mehr als zwanzig Jahren, die sie befreundet waren, war es so unbeholfen zwischen ihnen zugegangen.

Allerdings hatte Decker das zu verantworten, also würde er das besser nicht vergessen.

»Mist. Mann, komm einfach rein. Wenn wir hier draußen stehen und einander anstarren, wird das der Sache nicht sehr helfen.«

Nun, das war vermutlich besser als nichts.

Grif trat zurück und ließ Decker herein. Griffin besaß ein fantastisches Haus, das so viele Möglichkeiten bot. Es war zu dumm, dass sein Freund der am wenigsten handwerklich begabte Montgomery war und in einem großen Durcheinander arbeitete, wenn es einen Abgabetermin einzuhalten gab.

»Ignoriere das Chaos einfach«, bemerkte Griffin, als er hinter ihm ins Zimmer trat.

»Das tue ich immer«, konterte Decker und unterdrückte ein Zucken. Er war hier, um sich zu entschuldigen, und nicht, um diesen Mann zu verärgern.

Griffin stieß ein Lachen aus. »Das ist wahr. Vermutlich brauche ich tatsächlich diese Bücherregale, die du für mich baust.«

Decker senkte den Kopf und schloss die Augen. Wenn es nur so einfach wäre, aber wenn Griffin nicht über die schwerwiegenden Themen reden wollte, würde er sich fügen.

»Ich bin fast fertig damit«, entgegnete er.

Mit nachdenklichem Blick drehte Griffin sich zu ihm. »Wirklich? Du hast weiter daran gearbeitet?«

Aha, also würden sie offensichtlich doch über die schwerwiegenden Themen reden. Gut. Sie mussten es miteinander klären. »Ja. Ich habe nicht aufgegeben.« Er entgegnete Griffins Blick. »Ich gebe immer noch nicht auf.«

Grif stieß die Luft aus. »Verdammt. Das ist nicht leicht.«

Decker entgegnete nichts. Grif musste den nächsten Schritt tun, weil Decker derjenige war, der zu seinem Haus gekommen war.

»Ich hätte dich nicht schlagen sollen. Das tut mir leid.«

Decker schüttelte den Kopf. »Da irrst du dich. Ich hatte den Hieb verdient, Grif. Ich habe meine Beziehung mit Miranda geheim gehalten, und du warst total überrascht. Ich habe deinen Faustschlag toleriert, weil er nötig war.«

Grif seufzte. »Vielleicht hast du recht, aber ich hätte mich nicht abfällig über Miranda äußern sollen. Gott, ich war einfach nur so überrascht und wütend und vielleicht ein klein wenig verletzt, sodass ich Dinge gesagt habe, die nicht richtig waren und die ich nicht so gemeint habe. Das tut mir wirklich leid.«

Decker nickte und ihm fiel ein Stein vom Herzen. »Ich will ihr nicht wehtun, Grif.«

»Das weiß ich. Ich hätte das auch vorher wissen sollen. Offenbar haben einige in der Familie gesehen, wie ihr zwei zueinander standet, während das bei mir nicht der Fall war. Wenn ich es erkannt hätte, wäre ich vielleicht nicht so ein Arschloch gewesen.«

»Ich würde sagen, dass du immer ein Arschloch bist, wie ich das normalerweise tue, aber wir sind gerade dabei, uns wieder miteinander zu vertragen.«

Grif schnaubte und zeigte ihm den Mittelfinger. »Arschloch«, entgegnete er, aber er legte kein Gefühl hinein. »Ich weiß nicht, was als Nächstes passiert oder wie wir alle damit umgehen werden, aber solange Miranda glücklich ist, bin ich es auch. Ich hätte die Sache nicht nur auf mich beziehen sollen, und dafür möchte ich mich wirklich entschuldigen.«

»Ich … ich weiß nicht, was wir als Nächstes tun werden, oder wie all das ausgehen wird, aber …«

»Aber …«, wiederholte Grif. »Ja, genau das ist es. Es ist wahnsinnig beängstigend. Ich möchte dich nicht verlieren, wenn die Dinge den Bach runtergehen, Deck. Also lass die Dinge nicht den Bach runtergehen, okay?«

»Ich werde mein Bestes tun.«

Griff stieß die Luft aus und klatschte dann einmal in die Hände. »Also gut. Willst du sehen, wo ich die Bücherregale haben möchte?«

Das wusste Decker, weil er das Holz bereits zugeschnitten hatte, aber er würde Griff gestatten, wieder in ihre Freundschaft zurückzufallen, die sie einmal gehabt hatten, oder genauer gesagt, die sie jetzt haben würden, wo die Dinge anders lagen. Die Tatsache, dass Griffin ihm nach ihrem Kampf vergeben hatte, gab Decker Hoffnung. Die anderen Familienmitglieder hatten sich bisher nicht geäußert und ihm ins Gesicht gesagt, ob sie sich über seine Beziehung mit Miranda freuten, aber mit keinem von ihnen war es so gewesen wie mit Griffin.

Vielleicht hatte er eine Chance, dass es funktionierte,

solange er durch das Vermächtnis seines Vaters nicht alles verdarb.

Die Hoffnung war beängstigend – denn normalerweise gingen die Dinge zu Bruch, sobald er sich gestattete, sich auf sie einzulassen.

~

NACHDEM ER GRIFFINS Haus verlassen hatte, fuhr er zu sich nach Hause, um sich mit Miranda zu treffen. Sie hatte heute frei, denn es war Wochenende, aber sie musste Arbeiten benoten. Offensichtlich lenkte seine Anwesenheit ihre Konzentration von ihrem Rotstift und den Mathehausaufgaben ab, also arbeitete sie in ihrer Wohnung. Sie würde bald zu ihm nach Hause kommen, damit sie trainieren konnten und weil er sich außerdem davon überzeugen wollte, wie es um ihre Selbstverteidigungskünste stand. Heute könnten sie vielleicht mal richtig boxen.

Wenn das Gesetz sie nicht beschützte, dann würde er ihr zeigen, wie sie sich selbst schützen konnte. Voller Begeisterung sah er ihr zu, wie sie den Sandsack mit all ihrer Kraft bearbeitete und jedes Mal ihre Zielgenauigkeit und Präzision verbesserte. Wenn es nach ihm ginge, würde sie nicht noch einmal hilflos sein.

Er kam bei sich zu Hause an und zog seine Trainingskleidung an. Er nahm gerade zwei Flaschen Wasser aus dem Kühlschrank, als es an der Tür klopfte. Er würde ihr einen Schlüssel anfertigen lassen, damit sie nicht mehr anklopfen musste. Sie waren lange genug befreundet, sodass das kein Problem sein sollte, und wenn man die Tatsache betrachtete, dass er heute Morgen bis zu den Hoden ohne Kondom in ihr gesteckt hatte, war ein eigener Schlüssel nicht unangebracht.

Nun, er entwickelte sich.

Er lernte zu vertrauen.

Er konnte es schaffen.

Er öffnete die Tür und konnte ein Grinsen nicht unterdrücken, als er sie in ihrer Trainingskleidung dort stehen sah. Es war immer noch relativ warm draußen, also trug sie enge kurze Shorts und ein Trägerhemd über einem Sport-BH. Wenn er sich nicht zurückhielt, würde er sie ausziehen, um sie leidenschaftlich auf dem Fußboden zu ficken, ehe sie es auch nur bis in seinen Keller geschafft hatten.

Er schluckte schwer und ließ sie eintreten, wobei er sich Mühe gab, den Ständer in seiner Hose zu verbergen. Sie schlang die Arme um seinen Nacken und zog seinen Kopf zu sich, um ihn auf die Lippen zu küssen.

»Mmm, lecker«, murmelte sie. Sie presste sich an ihn, also hatte er keine Möglichkeit, seinen Steifen vor ihr zu verstecken.

»Du bist aber in Stimmung«, neckte er sie, als er ihre Hand ergriff. Er führte sie in den Keller, denn wenn er das nicht tat, würde er sie gegen die Wand ficken. Ihre Sicherheit war wichtiger als sein Schwanz.

»Also?« Sie kniff ihn in den Hintern und er machte einen Satz.

»Jesus, Frau. Lass mich dir beibringen, wie man boxt, dann zeigst du mir deine Technik und dann gibt es eine Belohnung.«

»Versprechen, Versprechen.«

Er kniff sie ebenfalls in den Hintern und schubste sie in Richtung des Sandsacks. »Hast du dich aufgewärmt, wie ich dich gebeten hatte?« Er hatte sie aufgefordert, sich zu Hause zu dehnen, denn als sie das das letzte Mal vor seinen Augen getan hatte, hatte er sie von hinten genommen, sodass der Rest der Stunde ausgefallen war.

Sie zog eine Augenbraue hoch und ihre Wangen erröteten. Ja, sie erinnerte sich ebenfalls an das letzte Mal. »Jawohl, alles gedehnt.«

»Gut«, brummte er und holte das Klebeband. »Ich werde deine Hände abkleben, um sie zu schützen, aber wir werden heute nicht viel tun, verstanden? Ich möchte nicht, dass du dich verletzt.«

Sie nickte und streckte ihre Hände vor. Er klebte sie sorgfältig ab und küsste sie dann auf beide Handflächen, bevor er sie losließ. Sie stieß ein Seufzen aus, das direkt auf seine

Hoden wirkte, doch er erhob sich trotzdem und trat hinter den Sandsack.

»Nimm jetzt die richtige Position ein. Nein, du musst deine Arme tiefer halten, erinnerst du dich?«

»Verstanden.« Ihr Blick war auf das Ziel gerichtet und nicht auf ihn. Gut.

»Ich möchte, dass du locker zuschlägst. Nicht zu fest. Vergiss nicht, wo dein Daumen ist. Ich möchte nicht, dass du ihn dir brichst.«

Sie nickte und tat, wozu er sie aufgefordert hatte. Er grinste anerkennend und ging zum Rest des Unterrichts über, wobei er sein Bestes gab, ihr zu zeigen, wie sie sich selbst schützen konnte, während er insgeheim hoffte, dass sie diese neuen Techniken nie anwenden müsste.

»Du bist gut in Form«, stellte er fest, nachdem sie einen weiteren Schlag gelandet hatte.

Sie lächelte zu ihm auf und er war verloren.

Verdammt, er liebte sie.

Er liebte die Art, wie sie bei allem, was sie tat, alles gab. Er liebte die Art, wie sie ohne Make-up aussah, und auch mit Make-up und ganz allgemein. Im Augenblick zeigte sich dieses Glühen auf ihrem Gesicht, das mit dem Training einherging, aber sie schwitzte nicht zu sehr. Sie hatte ihr Haar zu einem hoch angesetzten Pferdeschwanz gebunden, der jedes Mal wippte, wenn sie sich bewegte.

Er wollte ihn um seine Faust winden, während er sie fickte. Er wollte spüren, wie sie sich um ihn anspannte, wenn er sich heftig erlöste.

Aber am allermeisten wünschte er sich, dass sie blieb … bei ihm blieb. In seinem Haus, in seinem Bett, in seinem Leben.

Das erschreckte ihn mehr als alles andere.

»Ich bemühe mich«, entgegnete sie und er blinzelte, um den Gedanken aus seinem Kopf zu vertreiben.

Solche Träume waren gefährlich und es wäre am besten, wenn er das nicht vergaß.

»Willst du noch ein paar Runden weitermachen?«

Sie wischte sich die Stirn mit dem Arm ab und nickte.

»Das tue ich, aber willst du mit mir sparren? Das ist das richtige Wort, oder?«

Er schnaubte. »Ja, das ist das richtige Wort, aber du bist noch nicht so weit, um mit mir zu sparren.«

Sie verdrehte die Augen. »Ich meine keinen vollen Kampf oder einen Wettstreit. Ich weiß, dass ich eine Anfängerin bin, aber ich denke, dass es Spaß machen könnte, gegen deine Hände oder irgendetwas zu schlagen, um zu sehen, was passiert, wenn du mich abwehrst.«

Er nickte. »Das ist eine bessere Idee.«

Sie grinste und er hatte das Gefühl, als würden ihm die nächsten Worte aus ihrem Mund gefallen. »Und wenn du mich am Boden festnagelst, darfst du mich begrapschen.«

Jawohl. Sie gefielen ihm. Sehr sogar.

Er streckte die Hand aus und legte sie um ihre Brust, wobei er mit dem Daumen über ihre Brustwarze streifte. Sie sog die Luft ein und er grinste, als ihre Brustwarze sich unter seiner Hand versteifte.

»Ich kann dich begrapschen, ohne dass du mit mir boxen musst, Mir.«

Sie packte seine Hand und drückte sie noch fester an sich. Er stöhnte und fasste sie mit der anderen Hand an der Hüfte. Als er sie an seine Brust zog, presste er die Lippen auf ihre und sehnte sich nach ihrem Geschmack. Sie wiegte sich an ihm und spreizte die Beine um seinen Oberschenkel, damit er ihre Hitze fühlen konnte.

Als er sich zurückzog, musste er schwer schlucken, damit er sie nicht auf die Matte warf und sie gleich dort nahm. Er zupfte an ihrem Pferdeschwanz und sie keuchte.

»Ich dachte, du wolltest sparren.« Er biss sie in die Unterlippe. Dann streckte er die Arme und legte die Hände um ihren Hintern, der so verführerisch in diesen kurzen Shorts wirkte, und tätschelte ihn, ehe er eine Pobacke festhielt. Sie stellte sich auf Zehenspitzen, um ihm zu helfen. Weil er in der richtigen Position dafür war, wanderte er mit einem Finger am Spalt ihres Hinterns bis zu ihrer Muschi entlang. Sie spreizte die Beine noch weiter und er grinste. Er zog ihre kurze Hose ein Stück zur Seite und streifte mit dem Finger über ihre Schamlippe. Sie erschauderte und er grinste, ehe er ihr ins Ohrläppchen biss.

»Du bist feucht für mich«, flüsterte er.

»Ich bin immer feucht, wenn ich in deiner Nähe bin. Das wird allmählich zu einem Problem.«

Er grinste, zog sich zurück und ließ beide Hände auf ihre Hüften sinken. Sie wimmerte, aber er wusste, dass es besser wäre, wenn sie aufhörten. Grob und schnell wäre schön und gut, und irgendwann würden sie dort angelangt sein, aber im Augenblick war ein aufreizendes Necken genau das, was sie brauchten.

»Zeig mir deinen Stand.«

Sie blinzelte zu ihm auf und runzelte die Stirn. »Was?«

»Zeig mir, was du hast.« Er grinste sie an und zog eine Augenbraue hoch. »Ich weiß, was unter deiner Kleidung ist, Mir. Ich will sehen, wie fest du zuschlägst.« Und er wollte auch unter ihre Kleidung sehen, aber das würde später kommen.

Daraufhin grinste sie. »Es wird dir noch leidtun, mich herausgefordert zu haben.«

Er schmunzelte und stieß sie an die Hüfte, bis sie zurücktrat. »Ich werde jedes bisschen genießen. Nimm jetzt deinen Stand ein. Ich möchte, dass du nur auf meine Handflächen zielst. Nicht so fest, wie du es in einer normalen Situation tun würdest. Ich möchte bloß ein Gefühl für dich bekommen.« Sie leckte sich die Lippe und er unterdrückte ein Stöhnen. »Du weißt, was ich meine.«

»Ja, und ich bin ein bisschen traurig, dass du mich nicht auf die andere Weise fühlen willst.«

»Später, Mir. Ich verspreche, dass ich jeden Zentimeter von dir befühlen werde, und dann lasse ich dich an meinem Schwanz saugen.«

Lachend warf sie den Kopf in den Nacken und er lächelte. »Du bist ein Depp, aber sicher. Du zeigst mir, wie ich richtig zuschlagen muss, und ich werde dir den Schwanz lutschen. Es gefällt mir, dich zu schmecken.«

Dieses Mal stöhnte er laut und rückte seinen Schwanz in seinen Shorts zurecht. »Du bist schlecht für meine Konzentration, aber ich werde durchhalten. Ich werde alles tun, um diesen hübschen Mund um meinen Schwanz zu fühlen.« Sie leckte sich erneut die Lippen, aber er tat sein Bestes, um das zu ignorieren. »Jetzt zeig mir, wie gut du bist.«

Sie brachte ihre Füße in Stellung und hob die Fäuste auf die richtige Höhe. Er nickte und hielt die Handflächen hoch. Sie schlug zu und traf mit ihrer rechten Faust seine rechte Handfläche.

Er grinste. »Gut gemacht. Noch mal.«

Er ließ sie zwei weitere Schläge über Kreuz ausführen und ging dann zu ihrer Geraden über. Sie war gut in Form und obwohl sie nicht all ihre Kraft hineinlegte, schreckte sie auch nicht zurück, wenn sie ihn traf. Das war die halbe Schlacht. Es war hilfreich, dass er ihren Angriff nicht erwiderte. Das würden sie später üben.

Als es den Anschein hatte, als wurden ihre Arme müde, hob er das Kinn. »Okay, wir können jetzt aufhören. Es gefällt mir, wie du aussiehst, wenn du zurückschlägst.«

Sie verdrehte die Augen und schüttelte die Arme aus. Ein merkwürdiger Glanz flackerte über ihre Augen und er verfluchte sich. Es gab einen Grund, warum sie dies trainierten, und die Tatsache, dass sie überhaupt lernen musste zu kämpfen, weckte in ihm den Wunsch, jemandem in den Hintern treten zu wollen.

Er zog sie eng an sich und wiegte sie an seinem Körper. Als er eine Wange auf ihren Kopf legte, stießen sie beide ein Seufzen aus.

»Ich werde kein Opfer sein«, flüsterte sie.

»Das bist du nicht, Liebling. Das warst du nie. Du hast dich an jenem Abend auch gewehrt. Erinnerst du dich? Du hast dich beide Male in Sicherheit gebracht. Das geht alles auf Jacks Konto und wir werden beten, dass du niemals etwas von dem anwenden musst, was ich dir hier unten beibringe.«

Sie bewegte die Arme und packte seinen Hintern. »Nun, ich könnte immer etwas *Privatunterricht* gebrauchen. Du weißt, was ich meine? Was, wenn ich nicht gut drauf bin? Was würdest du tun, um mich zu bestrafen?«

Er stieß ein kleines Knurren aus und wich gerade genügend zurück, um sie in voller Größe ansehen zu können. Offensichtlich waren sie mit ihrer Unterhaltung über Jack fertig, und das war ihm nur recht. Er würde lieber herausfinden wollen, wie sehr sie ins Schwitzen geraten würde, wenn sie sich aneinander rieben, anstatt auf einen Sandsack einzuschlagen.

»Auf die Knie«, knurrte er.

Sie riss die Augen auf, aber sie sank auf die Knie. Er hatte die Matten ausgelegt, also kniete sie nicht auf dem Beton, aber er würde sie zu dem anderen, gepolsterten Bereich verfrachten, wenn es sein musste. Es war egal. Solange sie ihre Lippen um ihn schloss, wäre er ein glücklicher Mann.

Sie zupfte an seinen Shorts, doch er zog an ihrem Pferdeschwanz und zwang ihren Blick damit zu seinem.

»Das Piercing ist noch drin und ich möchte, dass du ihn ganz tief in den Mund nimmst. Wir werden vorsichtig sein, aber wenn du willst, kann ich es herausnehmen. Es ist deine Entscheidung.«

Sie leckte sich die Lippen und zog langsam seine Shorts hinunter, um seine Erektion zu enthüllen. »Ich möchte alles von dir und dann will ich dich und dein Piercing in mir. Es trifft perfekt meinen G-Punkt und ich bin gierig.«

Er grinste und fasste den Ansatz seines Schaftes. »Ich habe hier das Sagen, Mir. Ich werde dich meinen Schwanz lecken lassen, mir von dir an die Hoden fassen lassen, aber ich gebe die Befehle.«

Sie sog die Luft ein. »Ich würde es nicht anders haben wollen.«

Absolut perfekt. Sie war so perfekt für ihn.

»Mach den Mund auf.«

Sie gehorchte sofort und ihre Zunge war flach ausgestreckt und bereit für ihn.

Er tippte mit seinem Schwanz gegen ihre Unterlippe und achtete darauf, dass er mit seinem Piercing nicht gegen ihre Zähne schlug. Wenn er es herausnähme, könnte er weiter vorne in ihrem Mund etwas gröber sein, aber es war gut, wie es war. Er mochte einfach das Gefühl von ihr an ihm.

Er legte die Hand um ihren Kiefer und drückte ihren

Mund weiter auf. Vorsichtig schob er die Spitze seines Schaftes in ihren Mund und zog ihn dann wieder zurück, und es gefiel ihm außerordentlich, wie sich ihre Pupillen bei jedem Stoß weiteten. Mit jedem neuen Anlauf drang er ein bisschen tiefer und verharrte ein bisschen länger. Als er den hinteren Teil ihrer Mundhöhle erreicht hatte, sog sie die Luft ein, doch er zog sich zurück, denn er wollte sie nicht zum Würgen bringen. Das hatte sie bislang noch nicht getan, wenn sie geübt hatten, wie er tief in sie eindrang, und er wollte sie nicht verletzen.

»Leg die Hand um meine Eier. Spiele mit ihnen.«

Er fuhr fort, in ihren Mund zu stoßen, um sich daraufhin wieder zurückzuziehen, und er genoss die Art und Weise, wie sie ihre Zunge bei seinem Rückzug an seinem Schwanz entlanggleiten ließ. Sie legte die Hände um seine Hoden und rollte sie in ihren Handflächen. Als sie mit den Fingernägeln darüber kratzte, zog er sie an ihrem Pferdeschwanz und kämpfte um die Kontrolle.

»Verdammt, das fühlt sich gut an, Liebling.«

Sie keuchte, als er sich zurückzog und sein Schwanz feucht von ihrem Mund war. »Lass es mich zu Ende bringen.«

»Du möchtest, dass ich tief in deiner Kehle komme? Bist du sicher, dass du dir wünschst, dass ich es so tue anstatt in deiner Muschi?«

Sie grinste und dann drückte sie seine Hoden. Er schloss die Augen und biss die Zähne zusammen. »Du erholst dich immer sehr schnell, Decker. Sobald du meine Muschi zu Ende geleckt hast, wirst du bereit sein, mich zu ficken.«

Er hielt ihr Gesicht mit einer Hand und klopfte mit seinem Schwanz an ihre Wange. »Du bist ein schmutziges Mädchen, Miranda Montgomery.«

»Nur für dich.«

Zur Hölle, ja, nur für ihn.

»Mach dich bereit.« Er führte seinen Schwanz in sie ein und fickte dann ihren Mund, wobei er darauf bedacht war, sich nicht zu heftig zurückzuziehen, um mit dem Piercing nicht an ihre Zähne zu schlagen.

Als sie erneut seine Hoden drückte, schrie er ihren

Namen. Er hielt sie ruhig, indem er ihr Haar mit einer Hand hielt, und dann erlöste er sich in ihrer Kehle. Als er sich zurückzog, leckte sie seinen Schaft bis zum letzten Tropfen ab.

»Verdammt, ich liebe es, wenn du meinen Schwanz sauber leckst.«

Sie grinste. »Dann solltest du besser das Gleiche mit meiner Muschi tun.«

»Oh Gott, du und dein freches Mundwerk werdet noch in Schwierigkeiten geraten.«

»Es gefällt mir, in Schwierigkeiten zu geraten, wenn du derjenige bist, der die Bestrafung durchführt.«

Er schmunzelte und zog sie hoch, sodass sie aufrecht stand, und dann senkte er den Mund über ihren.

Der salzige Geschmack ihrer Zunge erregte ihn nur noch mehr. Er packte ihren Hintern und wiegte ihren Körper an seinem.

»Zieh diesen Sport-BH aus und zeig mir diese hübschen rosa Brustwarzen.«

Sie zog das Kleidungsstück schnell aus – weitaus schneller, als er für möglich gehalten hätte, wenn man bedachte, wie eng es saß … aber ja, sie waren so bereit. Anstatt abzuwarten, bis er mit ihren Brüsten spielte, wölbte sie ihre Hände darüber und stöhnte.

»Gütiger Himmel, du bist so verdammt heiß, Mir. Zieh an deinen Brustwarzen. Ja, genau so. Dreh sie zwischen deinen Fingern.«

Schnell entledigte er sich seiner Kleidung und zog seine Schuhe und Socken aus. Er leckte sich die Lippen und zog an ihren Shorts, um sie an ihren Beinen hinabzustreifen. Sie trug noch immer ihre Schuhe, aber es würde ihm zu lange dauern, sich jetzt damit zu beschäftigen. Stattdessen kniete er sich zwischen ihre Oberschenkel und legte den Mund auf ihre Klitoris.

»Decker!«

Sie legte ein Bein auf seine Schulter, während er sowohl ihre Klitoris als auch ihre Öffnung mit der Zunge leckte. Er zog sich zurück, als sie zur Seite kippte. Er sah an ihrem

Körper empor und als er ihr in die Augen blickte, entdeckte er reine Ekstase auf ihrem Gesicht.

»Halt dich mit einer Hand an meiner Schulter fest. Und ich möchte, dass du weiter mit deinen Brustwarzen spielst, während ich dich dazu bringe, an meinem Gesicht zu kommen.«

Sie nickte und ging wieder dazu über, sich zu kneifen und zu berühren. Oh ja, sie wusste, was ihr gefiel. Er legte die Hände an ihren Hintern und spreizte sie so, dass er ihre Rosette erreichen konnte. Den Blick mit ihrem verbunden nahm er einen Teil ihrer Säfte und ließ seine Finger nach unten gleiten. Sie machte große Augen und er grinste.

»Für den Anfang nur ein kleines bisschen, Mir.«

»Ist es dasselbe, als würdest du sagen, nur die Spitze?«

Er stieß ein raues Lachen aus und rieb seinen Bart an der seidigen Innenseite ihrer Oberschenkel. »Genau das meine ich. Nur die Spitze werden wir an einem anderen Abend probieren. Doch jetzt werde ich mit deinem kleinen jungfräulichen Loch spielen, während ich dich lecke.«

Sie nickte und er wusste, er war verloren.

Er rieb sie sanft, bevor er mit dem Zeigefinger durch ihre Öffnung brach. Sie sog die Luft ein, aber er hatte nicht vor, sich weiter vorzuwagen. Er wollte sie nur wissen lassen, wie es sich anfühlte. Geduld würde ihnen beiden letztendlich Belohnung einbringen.

Er wandte sich erneut ihrer Muschi zu und leckte und saugte an ihrer Klitoris. Als er fortfuhr, sie mit seiner Zunge zu verwöhnen, spannte ihr Körper sich an und dann bebte sie. Er leckte sie weiter, während sie ihren Orgasmus erlebte, und erfreute sich an dem Erröten ihrer Haut.

Während sie noch immer zitterte, entfernte er sich und zog sie nach unten, sodass sie unter ihm auf der Matte lag. Er drang mit einem einzigen Stoß in sie ein und raubte ihnen beiden den Atem.

»Jesus, ich habe vergessen, wie groß du bist.«

Er lachte und küsste sie, während er in einem schnellen, neckenden Rhythmus immer wieder in sie stieß. »So. Verdammt. Perfekt.«

Sie riss die Augen auf und als er sie erneut küsste, versuchte er dabei, sie wissen zu lassen, dass er sie begehrte, dass er alles von ihr wollte.

Als sie ihre Schuhe in seinen Rücken drückte, verlagerte er sein Gewicht auf einen Unterarm und hob ihren Hinten mit seiner freien Hand an, während er seinen Rhythmus beibehielt.

»Spiele mit deinen Brüsten, Liebling. Ich liebe es, wenn du das tust.«

Sie antwortete ihm mit einem kleinen Nicken und ihre Lippen teilten sich, ehe sie ihre Brustwarzen zwischen ihren Fingern rollte. Er stieß erneut zu und dann immer härter und härter, bis sie ein kleines Quietschen ausstieß und ihr Körper sich bog, als sie kam. Er konnte sich nicht mehr länger beherrschen und folgte ihr, indem er ein letztes Mal heftig in sie stieß, sodass er bis zum Ansatz tief in ihr steckte und sie erfüllte, während er wusste, dass er ihr so nahe war, wie es noch nie bei einem anderen Menschen der Fall gewesen war, so nahe, wie er niemals wieder jemand anderem kommen würde.

Ihre Oberkörper hoben und senkten sich im Takt und sie bewegte ihre Hände langsam an seinem Rücken auf und ab.

»Ich trage immer noch meine Schuhe.«

Daraufhin lachte er. »Nun, das war ganz sicher ein Trainings-Outfit.«

Sie verdrehte die Augen. »Wenn du mich das nächste Mal fickst und ich Schuhe dabei trage, müssen es die mit den Absätzen sein, einverstanden?«

Wieder küsste er sie. »Abgemacht.«

Als diese Vorstellung sich in seinem Verstand formte, stieß er noch einmal fest in sie. Sie machte große Augen und grinste.

»Oh ja, es gefällt mir so sehr, mit dir zu trainieren.«

»Jederzeit, Mir. Jederzeit.«

Kapitel Achtzehn

DAS GEPÄCK auf dem Fußboden ergab keinen Sinn. Meghan blinzelte einmal. Zweimal. Warum standen diese drei Gepäckstücke auf dem Fußboden? Sie war sich nicht bewusst, dass Richard ein geschäftliches Treffen außerhalb der Stadt hatte. Sie würden nicht zusammen in Urlaub fahren; das hatten sie seit ihren Flitterwochen kein einziges Mal getan.

Es wäre nicht das erste Mal, dass er zu erwähnen vergaß, dass er verreisen musste, aber andererseits trug er ihr normalerweise auf, für ihn zu packen, weil er so beschäftigt war. Er behauptete immer, da sie keinen Job hatte und sich nur um die Kinder kümmern musste, hätte sie mehr Zeit, ihm bei solchen Dingen behilflich zu sein.

Sie hatte sich immer gefügt, weil es leichter war, als sich zu wehren.

Also, warum standen diese drei Gepäckstücke auf dem Fußboden?

Im Hinterkopf wusste sie, was los war … sie wusste, dass ihre Welt zu einem Ende kommen würde, aber sie wollte es nicht wahrhaben.

Wenn sie ihrem Verstand erlaubte, diesen Gedanken zu bilden, dann würde es wirklich passieren.

Sie schluckte schwer und strich sich mit den Händen über

die Hosenbeine. Sie würde viel lieber eine Jeans oder ein Sommerkleid tragen, aber sie wollte für Richard gut angezogen sein, weil es ihr Hochzeitstag war.

Oh, das musste es sein. Vielleicht überraschte er sie mit einem Ausflug, um den achten Jahrestag ihrer Eheschließung zu feiern.

Noch als sie das dachte, wusste sie, dass es nicht so war, doch sie leckte sich die Lippen und betete, dass sie sich irrte.

Das Geräusch von stampfenden Füßen, das Kreischen eines kleinen Mädchens, das Kichern eines kleinen Jungen und Krallen auf dem Hartholzfußboden trafen auf ihre Ohren und sie erbleichte. Nein, sie durften das nicht sehen. Sie verstanden nicht, was vor sich ging, aber ihre Babys durften nicht dabei sein. Das sagte der Mutterinstinkt in ihr. Sie drehte sich zu dem Geräusch um und breitete die Arme aus.

Sasha lief direkt zu ihr mit Cliff dicht auf den Fersen. Ihr kleines Mädchen weinte nicht, also mussten die beiden ein Spiel gespielt haben. Boomer, ihr Labradormischling, schlappte hinter ihnen her und nahm seine Aufgabe als Babysitter sehr ernst. Dieser Hund liebte ihre Kinder mehr, als sie es je für möglich gehalten hätte. Sie hatte Glück, dass Richard ihr gestattet hatte, ihn zu behalten.

»Mommy! Ich hab dich! Du bist dran!«, kicherte Sasha und die Tränen kitzelten Meghan in den Augen. Sie fuhr mit einer Hand über das babyzarte Haar ihrer Tochter und seufzte.

Sie musste die Kinder in den Garten bugsieren oder zumindest aus dem Wohnzimmer.

»Blöde Kuh, *ich* bin dran und ich jage dich«, verbesserte Cliff sie und ließ ein selbstgefälliges Lächeln unter seinen strahlenden Augen aufflackern. Er streckte die Hand aus und tätschelte Sashas Wange mit solch einer zärtlichen Geste, dass Meghan die Tränen zurückblinzeln musste. »Ich hab dich. Du bist dran.«

Wieder kicherte Sasha. »Okay, Mommy. Dann bist du jetzt dran.«

Meghan nickte und dann setzte sie ein Lächeln auf. »Ich

bin dran? Nun, es sieht so aus, als müsstet ihr loslaufen, damit ich euch kriegen kann. Warum gehen wir drei nicht in den Garten, damit wir spielen können?«

Sie versuchte, ihre Stimme ruhig zu halten, aber Cliffs allzu intelligente Augen sahen zu viel. Er sah immer zu viel.

Die Eingangstür öffnete sich hinter ihr und sie reckte das Kinn. Zu spät. Immer zu spät.

»Gut. Du bist hier. Dann können wir auf die Formalitäten verzichten.«

Die knappe Stimme ihres Ehemannes war nervenaufreibend, aber sie tat ihr Bestes, das zu ignorieren. Sie drehte sich auf dem Absatz um und legte die Hände um ihre Kinder, sodass die beiden hinter ihr blieben.

»Richard«, begrüßte sie ihn mit ruhiger Stimme. »Wofür ist das Gepäck?«

Richard sah sie mit einem seiner wohlgeübten, mitleidigen Blicke an und etwas in ihrem Inneren schrumpfte.

»So dumm kannst doch nun selbst du nicht sein, oder?« Er schüttelte den Kopf. »Natürlich bist du das. Du begreifst einfach keine Hinweise. Ich muss alles für dich buchstabieren. Wenn ich dir nicht sagen würde, was du tun sollst, nun ja, dann würdest du versagen, aber mir reicht's.« Er begegnete ihrem Blick und lächelte.

Er lächelte tatsächlich.

»Ich verlasse dich. Meine Sachen werden eingelagert. Mein Rechtsanwalt wird dich anrufen, um die weitere Vorgehensweise zu regeln. Mach dir keine Sorgen, Meghan. Ich werde dich nicht mittellos sitzen lassen. Du hast mir acht Jahre lang nichts außer billige Boshaftigkeit und schlechten Sex geboten, aber ich werde dich dafür bezahlen wie die Hure, die du bist.«

Sie sog die Luft ein. Ihre Kinder weinten hinter ihr.

»Verschwinde«, sagte sie leise.

Richard lachte. »Was hast du gesagt?«

»Verschwinde!« Sie packte zwei der Reisetaschen und schob sie ihm hin. »Verzieh dich. Du kannst gehen. Geh einfach und rede nie wieder vor meinen Kindern so mit mir.«

Richard zog eine Tasche hinter ihr hervor und stellte sie

neben die beiden anderen. Dann brach ihr das Herz. Es zersprang in tausend Stücke, aber sie würde nicht völlig zusammenbrechen. Sie würde nicht weinen.

»Cliff, nimm Sasha und Boomer mit nach oben.«

»Mommy!«, heulte Sasha, aber Cliff tat, was ihm gesagt worden war.

Ihr tapferer, mutiger Junge.

»Es sind *unsere* Kinder, Meghan. Vergiss das nicht.« Er nahm seine Koffer und stellte sie auf die Veranda. »Mein Rechtsanwalt wird sich mit dir in Verbindung setzen. Erspar dir einen Zusammenbruch und benimm dich nicht wie eine Idiotin, Meghan. Das ist unwürdig.«

Mit diesen Worten schloss er leise die Tür, aber in ihrem Herzen knallte er sie zu. Das Echo hallte wider, bis es zu nichts verebbte.

Nichts.

Sie schüttelte den Kopf. Sie konnte es sich nicht leisten zusammenzubrechen, noch nicht. Stattdessen rief sie ihre Mutter an und erklärte mit leisen Worten, dass Richard sie verlassen hatte.

Nein, sie brauchte niemanden, der vorbeikommen müsste.

Heute Abend brauchte sie nur ihre Babys.

Morgen würde sie sich mit den Einzelheiten befassen. Darin war sie schließlich gut.

Heute Abend würde sie einfach nur ihre Babys wissen lassen, dass sie sie liebte.

Sie bereitete ihnen ein Abendessen – Pizza, weil sie weder die Lust noch die Energie zum Kochen hatte – und anschließend badete sie die beiden, ehe sie ihre Fragen beantwortete, so gut es ging, um sie dann zu halten, bis es Zeit fürs Bett war. Sie unterhielten sich über Nichtigkeiten, aber sie versicherte ihnen, dass sie da wäre, egal was geschah.

Das war wohl das Wichtigste von allem, vermutete sie.

Die Kinder hatten Richards Worte gehört und wussten, dass er gegangen war. Er war ohnehin schon seit Jahren nicht mehr wirklich da gewesen.

Als sie nach oben ging, fand sie ihre entsprechenden

Zimmer leer vor, aber das Gästebett war mit kleinen Kindern und einem Hund bevölkert.

»Wir wollen hier schlafen. Mit dir.« Cliffs Unterlippe bebte und sie nickte. Sie hatte ohnehin nicht in ihrem eigenen Bett schlafen wollen, und die Kinder schienen das zu wissen. Sie deckte die Kinder auf beiden Seiten von ihr zu und ließ Boomer zu ihren Füßen liegen. Nachdem sie vorgelesen und Belanglosigkeiten geflüstert hatte, schliefen die Kinder ein. Sie allerdings konnte nicht schlafen. Sie war nicht sicher, ob sie je wieder schlafen könnte.

Stattdessen stieg sie leise aus dem Bett und ging in ihr Badezimmer. Sie ignorierte das große Bett und den halb leeren Schrank. Mit diesen Dingen würde sie sich am Morgen und den folgenden Tagen auseinandersetzen.

Sie drehte das heiße Wasser auf und füllte die Badewanne, während sie Lavendelöl und Schaumbad hinzugab, damit sie etwas anderes als Verrat riechen konnte.

Sobald die Wanne gefüllt war, sank sie in das Wasser und ignorierte die glühende Hitze. Sie konnte ohnehin kaum etwas fühlen. Mit der geschlossenen Tür und dem Dampf, der den Raum um sie herum füllte, ließ sie sich gehen. Ihr Körper bebte unter ihrem unkontrollierbaren Schluchzen, als sie weinte.

Sie weinte für das, was verloren war.

Was sie nie wieder haben würde.

Was sie falsch gemacht hatte.

Alles Gute zum Hochzeitstag.

Kapitel Neunzehn

LUC DODD SCHALTETE seinen Geländewagen aus und
tippte mit den Fingern auf das Lenkrad. Er wusste nicht,
warum es ihn so nervös machte, hierherzukommen und mit
den Menschen zu reden, die er seit Jahren kannte, oder besser
gesagt, die er vor Jahren gekannt hatte. Er war erst vor ein
paar Wochen wieder zurück nach Denver gezogen und in
dieser Zeit hatte er seine Wohnung eingerichtet und angefangen, sich nach einem Job umzuschauen. Er wusste, dass er
sich zusammenreißen und das Richtige tun musste und nicht
das, was leichter war.

Oh, wen wollte er hier auf den Arm nehmen? Nichts
daran war leicht.

Er hatte Denver aus eigenen Beweggründen verlassen und
die Montgomerys waren neugierig, aber dennoch verständnis-
voll gewesen, obwohl sie ohne einen Elektriker zurückge-
blieben waren. Er war sicher, dass sie einen neuen eingestellt
hatten oder sogar ein ganzes Team in den Jahren, die er fort
gewesen war. Er hoffte nur, dass sie eine Stelle für ihn hatten.
Es gab nur eine begrenzte Zahl an Aufträgen für Freiberufler
und einen Mann mit einem Zertifikat als Elektromeister, und
noch weniger feste Anstellungen. Er hatte nie selbstständig
sein wollen. So war er nicht. Er hatte auch nicht gegen eine

lausige Bezahlung und noch lausigere Arbeitszeiten für die Stadt arbeiten wollen.

Er könnte sich nach einem anderen Privatunternehmen umschauen, aber das würde er nicht tun. Es fühlte sich falsch an, nicht den Versuch zu wagen, wieder zurückzukehren, um für das Unternehmen zu arbeiten, das ihn in den Anfangszeiten seiner Karriere gefördert hatte. Er kannte die Familie seit der Highschool und er hatte mit Meghan, dem ältesten der Montgomery-Mädchen, studiert. Die Montgomerys hatten ihn mit offenen Türen und Armen empfangen und sich nie Gedanken darum gemacht, dass ihre Tochter ihre Zeit mit einem Kerl verbrachte, der einen Kopf größer als sie und weitaus kräftiger war. Sie war eine seiner besten Freundinnen gewesen, obwohl es eine Weile gebraucht hatte, bis er verstanden hatte, dass er mehr wollte.

Dafür war er allerdings zu spät gewesen, und nun … der Rest war Geschichte.

Er überzeugte sich, dass er seinen Lebenslauf nicht zerknittert hatte, und ging dann auf das Empfangsbüro von Montgomery Inc. zu.

Wes stand mit einem Stirnrunzeln an einem Schreibtisch im vorderen Bereich. »Storm? Weißt du, wo Tabby diese Rechnung abgelegt hat? Mist. Sie wird mich dafür umbringen, ihren Schreibtisch durcheinandergebracht zu haben.«

»Ja. Ja, das wird sie. Vielleicht solltest du einfach deine E-Mails überprüfen. Du weißt, dass sie dir die Rechnung wahrscheinlich geschickt hat.« Storms Stimme erscholl aus dem hinteren Bereich und Luc konnte das Lächeln darin heraushören.

Wes fuhr sich mit einer Hand über sein ordentliches Haar. »Mist. Ich bin normalerweise nicht so unorganisiert, aber sie ist im Urlaub und ich drehe durch.« Er sah auf und erstarrte, während seine Ohrläppchen erröteten. Dann blinzelte er und verzog den Mund zu einem breiten Lächeln.

»Jesus. Luc?« Er kam um den Schreibtisch herum und klopfte Luc in einer halben Umarmung auf den Rücken.

Bei dieser herzlichen Begrüßung entspannte Luc sich unmerklich. »Manche Dinge ändern sich hier nie«, neckte er.

Wes verdrehte die Augen. »Tabby organisiert unsere Leben, und offensichtlich bin ich nicht so gut darin, wie ich gedacht hatte.«

»Irgendjemand sollte diesen Tag auf dem Kalender markieren. Wes hat zugegeben, bei etwas nicht gut zu sein«, bemerkte Storm, als er aus dem Hinterzimmer trat.

»Leck mich.«

»Äh, nein«, antwortete Storm und dann umarmte er Luc. »Kumpel, ich wusste nicht, dass du zurück in der Stadt bist. Was führt dich her?«

Luc verlagerte das Gewicht von einem Fuß auf den anderen und seufzte. »Ich bin eigentlich wegen eines Jobs hier.«

Storm machte große Augen und Wes lächelte.

»Im Ernst?«, fragte Wes. »Zur Hölle, ja. Ist das dein Lebenslauf?« Wes nahm Luc das Dokument aus der Hand und fing an, es zu studieren.

Storm musterte Luc mit einem Blick, der zu tief drang. »Bist du für immer zurück? Ich meine in Denver. Du hast nicht vor, dich wieder aus dem Staub zu machen?«

Luc schüttelte den Kopf. »Ich bin wieder zu Hause. Ich bin fertig mit dem Weglaufen.« Den letzten Teil hatte er nicht sagen wollen, doch Storm schien zu verstehen. Nun, was soll's.

»Du bist weit herumgekommen«, bemerkte Wes und stieß einen anerkennen Pfiff aus. »Ich sehe, dass all deine Zertifikate für Denver und Colorado auf dem Laufenden sind, also das ist toll. Wann kannst du anfangen?«

Luc blinzelte. »Einfach so?«

»Einfach so«, entgegnete Storm und grinste. Luc entspannte sich noch einmal. »Du warst früher einer von uns und jetzt bist du zurück. Warum sollten wir dich nicht nehmen?«

Luc fuhr sich mit der Hand übers Gesicht. »Ich war so unglaublich nervös, hierher zurückzukehren.«

Wes zuckte die Schultern. »Sei das nicht. Gelegentlich müssen wir alle einmal etwas allein tun. Du hast es bloß für wie lange – fünf Jahre? – getan.«

»Acht«, korrigierte Luc ihn.

Storm kniff die Augen zusammen und nickte. »Dann wirst du dich vermutlich freuen, Meghan zu sehen.«

Verdammt, der Mann sah zu viel.

Wes stieß einen Fluch aus. »Sie wird froh sein, dich zu sehen, angesichts dessen, was gerade los ist.«

Luc drehte sich ruckartig zu dem anderen Zwilling um. »Was? Was stimmt nicht mit Meghan?«

»Dieser verdammte Mistkerl hat sie gestern Abend verlassen«, knurrte Wes. »Dieser kleine Wichser hat sie bereits von seinem Anwalt anrufen lassen, aber wir werden die Sache wie eine Familie angehen. Ich bin mit einem Scheidungsanwalt befreundet, der einen Ruf als Hai hat, also wird er Meghan helfen. Und nun ja, Alex ebenfalls, wenn er es mir erlaubt.«

Luc stieß einen Fluch aus. »Alex auch?« Jesus, was war nur mit den Montgomerys los?

»Ich werde dir später alles erzählen, wenn du dich bei einem Bier unterhalten willst«, schlug Wes vor.

Das wollte Luke liebend gern, aber da war noch etwas anderes, das ihm unter den Nägeln brannte. »Heute Abend geht es leider nicht, aber vielleicht morgen? Ich habe heute noch etwas zu erledigen.«

Wes nickte. »Das klingt gut. Oh, und könntest du morgen auch gleich anfangen?« Er grinste und Luc verdrehte die Augen.

»Ja, ich werde hier sein, damit du mir sagen kannst, was ich zu tun habe.«

»Alles klar, bis morgen dann. Und noch etwas, Mann, es ist schön, dich zu sehen.«

Er verabschiedete sich und war sich bewusst, dass Storm ihn anstarrte, und dann, noch bevor er zu eingehend darüber nachdenken konnte, war er auf dem Weg zu Meghan. Er kannte ihre Adresse auswendig, weil sie jedes Jahr Weihnachts- und Geburtstagskarten schickte, aber er hatte sie noch nie dort besucht. Selbst nach all den Jahren besaß er nicht den Mut dazu.

Er bog in ihre Auffahrt ein und verfluchte sich. Was zum Teufel wollte er hier? Sie brauchte ihn nicht. Das hatte sie vor

Jahren bewiesen. Aber das war damals gewesen, und jetzt war er zurück und arbeitete für ihre Familie. Er musste sie darüber informieren, dass er hier war. Zumindest war er so weit hier, wie er konnte.

Er stieg aus seinem Geländewagen und als er sich ihrer Tür näherte, betete er, dass er das Richtige tat. Er klopfte und sog die Luft ein, als die Tür sich öffnete. Jesus, sie war sogar noch schöner geworden.

Ihr langes, braunes Haar floss in weichen Wellen über ihre Schultern. Obwohl ihr Gesicht blass wirkte, strahlte die Sanftmut aus ihren Poren. Sie hatte ein altes T-Shirt und Jeans mit einem Loch im Knie an.

Noch nie hatte sie aufreizender für ihn ausgesehen.

»Luc?«, brachte sie hauchend hervor. Ihre Augen füllten sich mit Tränen und er fluchte.

»Oh Mann, Meghan. Ich wollte dich nicht zum Weinen bringen. Ich kann wieder gehen.« Er trat einen Schritt zurück, aber sie streckte die Hand nach ihm aus und fasste ihn am Arm.

»Nein, geh nicht. Es ist einfach … *Luc*. Du bist hier.«

»Ich … ähm … bin wegen eines Jobs bei Montgomery Inc. gewesen und naja, deine Brüder haben mich eingestellt. Also bin ich zurück.«

»Du bist zurück«, stellte sie leise fest und Tränen rannen über ihre Wangen herab.

Unfähig, sich zurückzuhalten, wischte er sie mit seinem Daumen fort. »Weine nicht, Meg.«

»Mom hat die Kinder genommen, damit ich allein sein kann. Ich glaube allerdings nicht, dass ich allein sein sollte.«

Er legte die Hände um ihr Gesicht und nickte. »Möchtest du mir vielleicht einen Kaffee kochen und mir dann alles über deine Babys erzählen?«

Sie sah ihn mit einem zittrigen Lächeln an und nickte, während sie einen Schritt zurücktrat, damit er hereinkommen konnte.

Er wusste, dass es ein Fehler war, ihr wieder so nahe zu kommen, und der ergreifend schöne Schmerz, der ihn bis ins

Mark erschütterte, erinnerte ihn daran, was er einmal verloren hatte.

Er dachte allerdings nicht daran, wieder zu verschwinden. Er war zurück in Denver. Zurück bei den Montgomerys. Er musste nur herausfinden, wo sein Platz war.

Und mit dieser weinenden Schönheit an seiner Seite wusste er, dass das leichter gesagt als getan wäre.

Kapitel Zwanzig

DER SCHMERZ WAR mit nichts zu vergleichen, aber sie biss die Zähne zusammen und holte tief Luft. Miranda hatte das immerhin früher schon durchgemacht, also sollte das nicht so eine große Sache sein. Sie würde sich vor ihrer Familie nicht lächerlich machen.

»Wie schlägst du dich, Miranda?«, fragte Austin mit sanfter, fürsorglicher Stimme.

Verdammt sollten dieser Mann und seine Tätowierpistole sein.

Anstatt ihn zu verfluchen, sah sie ihn mit einem strahlenden Lächeln über die Schulter an. Wahrscheinlich war es zu strahlend nach der Art zu urteilen, wie er eine Grimasse zog. Aber wie auch immer.

»Tut Austin dir weh?«, fragte Maya, als sie von ihrer Arbeitsstation hinübersah. »Hättest du mich das machen lassen, hätte ich dir nicht wehgetan. Dieser große Tollpatsch ist ein Sadist.«

Dieses Mal war Mirandas Lächeln echt. »Du hast meine andere Tätowierung gemacht, du Spinnerin. Und es hat genau so wehgetan wie dieses Mal. Ich stehe einfach nicht auf Nadeln.« Sie hätte ja Schmerzen im Allgemeinen gesagt, aber die Erinnerung an Deckers Züchtigungen war noch zu frisch.

»So wie dein Gesicht errötet, weiß ich *wirklich* nicht, woran du gerade denkst«, neckte Maya.

Austin stöhnte auf und fluchte. »Um Gottes willen, hört bitte auf. Ich muss das nicht erfahren. Miranda, kann ich das hier jetzt zu Ende machen? Dieser Stapel Schulbücher wird fantastisch aussehen, so wie er über deine Montgomery-Iris kippt.«

Sie nickte. »Ich bin froh, dass du alles in einem Stück machst. Und sobald ich mich entschieden habe, was für eine abgefahrene Mathematik-Tätowierung ich haben will, können wir die auf der anderen Seite ergänzen.«

Austin schmunzelte. »Du bist so eine Streberin, aber wir lieben dich.«

Miranda lächelte und unterdrückte dann ein Zucken, als er sich wieder an die Arbeit machte. Obwohl sie den Anblick von Tätowierungen liebte, war sie nicht zu sehr von ihrem Entstehungsprozess begeistert, ganz im Gegensatz zu ihren Geschwistern. Daran war nichts verkehrt, aber an einem gewissen Punkt würde sie vielleicht eine Pause einlegen und eingestehen müssen, ein Weichei zu sein.

Austin und Maya warfen sich verbale Spitzen zu, während Callie, das neueste Mitglied des Teams, ein paar eigene beisteuerte. Der Laden war wirklich eine Familie für sich und eine Ergänzung zu den anderen Montgomerys. Miranda schätzte sich außergewöhnlich glücklich.

Als ihr Vater in den Laden kam, blinzelte sie die Tränen zurück. Ihr war mitgeteilt worden, er wäre kurz davor, die Behandlung zu beenden, und die Aussichten stünden gut, aber das bedeutete nicht, dass es leicht war. Nach seiner Figur zu urteilen sah es aus, als hätte er gut zehn Kilo oder mehr an Gewicht verloren. Er wirkte gebrechlich, und dennoch strahlte er eine innere Stärke aus, die er ihres Wissens besaß – es war die gleiche, die er an jedes seiner Kinder weitergegeben hatte.

Weil sie auf dem Behandlungsstuhl saß und sich nicht bewegen konnte, kam er mit einem strahlenden Lächeln auf dem Gesicht zu ihr.

»Du siehst aus, als hättest du Spaß«, stellte er fest und

seine Stimme erklang in diesem tiefen Bariton, der schon ihre Wehwehchen gelindert hatte, als sie noch ein kleines Mädchen war. Er fuhr ihr mit der Hand über das Haar und sie lächelte erneut.

»Das tue ich.« Sie zuckte zusammen, als Austin die Schattierung einbrachte.

»Lügnerin«, flüsterte ihr Vater und sie musste ein Lachen unterdrücken.

»Bring sie nicht dazu, sich zu bewegen, Dad, oder ich werde länger arbeiten müssen.«

Miranda erstarrte und die beiden Männer lachten. »Ihr beide seid gemein.«

»Nein, wir lieben dich nur.« Ihr Dad tätschelte ihr die Wange.

»Was tust du hier? Nicht dass ich mich nicht freuen würde, dich zu sehen, aber ich wusste nicht, dass du vorbeikommen wolltest.«

Harry zuckte die Schultern. »Ich habe mich zu Hause gelangweilt und wollte eurer Mom etwas freie Zeit gewähren, in der sie einmal nicht damit beschäftigt wäre, sich um mich zu kümmern.« Er grinste, aber Miranda erspähte den Kummer in seinem Blick. Ihre Mom und ihr Dad waren so widerstandsfähig wie Kruppstahl, aber die Krankheit schwächte sogar die stärksten Menschen.

Es hatte nicht den Anschein, als wollte er über die Behandlung oder sich selbst reden, also würde sie das übergehen. Später würden sie sich zu Hause darüber unterhalten.

»Also, was tut Mom gerade?«

Darauf grinste Harry. »Sie lässt sich mit Sierra massieren. Die beiden Damen haben es nötig.« Irgendetwas an der Art, wie er Austin zuzwinkerte, veranlasste sie, sich vorzubeugen. Gott sei Dank war Austin in diesem Moment damit beschäftigt, die Nadel neu anzusetzen.

»Moment. Was ist los?« Sie sah über ihre Schulter zu dem errötenden Austin. Es machte klick und sie kreischte auf. »Sierra ist schwanger, oder?«

»Oh mein Gott! Du hast noch ein Baby verheimlicht?«

Maya eilte zu Austins Station und Harry brach in Gelächter aus.

»Es tut mir leid, mein Sohn«, entschuldigte er sich, wobei er allerdings überhaupt nicht bedauernd klang.

Austin seufzte und legte die Tätowierpistole beiseite. »Ihr werdet mich alle in Schwierigkeiten bringen. Sie wollte dabei sein, wenn ihr anderen es erfahrt.« Miranda wippte auf ihrem Stuhl und rutschte dann ein Stück nach vorn, um ihn zu umarmen. »Ich freue mich so irrsinnig für dich, und ich verspreche, genauso begeistert zu sein, wenn ich Sierra sehe.«

Austin zog sich zurück und kniff sich in den Nasenrücken. »Ich schwöre bei Gott, Maya Montgomery, ich werde dich verprügeln, wenn du *irgendjemandem* davon erzählst. Hast du mich verstanden?«

Maya verdrehte die Augen, aber sie wirkte ein wenig traurig dabei. »Es tut mir leid. Ich bin ein Klatschmaul. Ich verspreche, mich zu bessern. Und mein erstes Ziel ist es, dieses Geheimnis zu bewahren, bis ihr beide es uns anderen erzählt. Und wann wäre das? Heute Abend?«

Miranda schnaubte angesichts des hoffnungsvollen Blicks ihrer Schwester. »Ja, es tut mir leid. Es wird bald sein müssen, weil ich nicht glaube, dass ich das vor Decker geheim halten kann.«

Austin nahm sie ins Visier. »Es ist immer noch eigenartig zu hören, wie du solche Dinge über ihn sagst.«

Sie zuckte die Schultern. »Du solltest dich besser daran gewöhnen, denn ich gehe nicht davon aus, dass die Dinge sich bald ändern werden.«

Es war eine kühne Behauptung und sie bedauerte sie sofort. Aber um ehrlich zu sein, sie war *glücklich* mit ihm. Allmählich fing er an, über Dinge zu reden, die einen oder zwei Monate in der Zukunft lagen, und das war immer ein gutes Zeichen. Er hatte ihr neulich erzählt, wie sein Dad bei ihm aufgetaucht war und warum er an jenem Tag so in sich zurückgezogen war. Es brachte sie um, in dieser Sache nichts unternehmen zu können, aber die Tatsache, dass er darüber mit ihr redete, war ein guter Schritt in die richtige Richtung.

Ihr Dad rieb ihr die Schulter. »Ich freue mich für dich.

Ich freue mich für alle meine Kinder.« Ein merkwürdiges Leuchten flackerte in seinem Blick. »Es ist wunderbar zu erleben, dass alles, was wir durchgemacht haben, als wir euch acht – nein, neun – Kinder aufgezogen haben, die Mühe wert war.«

Sie schluckte schwer und weigerte sich, Mayas oder Austins Blick zu begegnen. Zweifelsohne würde sie zusammenbrechen, sobald sie das tat, und der heutige Tag war Fröhlichkeit und Tätowierungen gewidmet, und nicht Bedauern.

»Also gut, Austin, machen wir meine Tätowierung fertig, denn sonst werde ich mich aus dem Staub machen und dich nicht mehr mit einer Nadel in meine Nähe lassen.«

Austin stieß ein leises Lachen aus. »Sicher, Süße, aber vergiss nicht, dass Maya die rechte Seite bekommt, und dann werde ich dir noch eine Tätowierung machen, damit wir quitt sind. Also, gewöhn dich an den Gedanken.«

Sie zuckte zusammen. Ihr Konkurrenzkampf würde wehtun, aber zumindest würde sie bei diesem Prozess wundervolle Tätowierungen bekommen.

Als sie fertig waren und nachdem sie drüben im Taboo einen Milchshake mit ihrem Dad getrunken hatte, wurde es langsam spät und sie musste nach Hause fahren, um noch einige Benotungen zu erledigen. Decker und sie hatten für heute Abend keine Pläne und es war okay für sie, sich mit Arbeit abzulenken, damit sie diese Verpflichtung aus dem Kopf hatte, wenn sie mit ihm zusammen war.

Die Tatsache, dass er ihr heute Morgen einen Schlüssel gegeben hatte, legte einen rosigen Schleier über alles, was sie tat, und sie konnte nicht anders, als im Stillen ein bisschen über die augenblicklichen Geschehnisse zu jubeln. Der Mann, den sie liebte, der Mann, den sie immer geliebt hatte, lief nicht davon. Er schien tatsächlich glücklich mit ihr zu sein und gab ihr das Gefühl, schön zu sein, als wäre sie etwas Kostbares.

Mehr konnte sie wirklich nicht verlangen.

Zumindest nicht im Augenblick.

Sie bog auf ihren Parkplatz ein und zuckte zusammen, als

sie an der Mullbinde zupfte, die ihren Rücken bedeckte. Austin sagte, dass sie glücklicherweise nicht zu sehr geblutet hatte, aber es sickerte weiterhin Wundflüssigkeit in den Verband, mit dem er sie versorgt hatte. Das war nicht toll, aber mit zwei Tätowierkünstlern in der Familie wusste sie zumindest, wie wichtig die Nachsorge war.

Als sie aus ihrem Fahrzeug stieg, atmete sie die Bergluft ein, deren Duft sich mit dem der Bäume vermischte. Bald würde es Herbst werden und sie konnte es kaum abwarten. Sie liebte den Temperaturwechsel, der endlich Schnee bringen würde. Nun, wie sie das Wetter in Denver kannte, konnte das schon während der letzten Septembertage passieren, denn man war nie sicher, was als Nächstes geschah.

Sie ging einen weiteren Schritt auf ihr Haus zu und urplötzlich stellten sich ihr die Haare im Nacken auf. Sie drehte sich, um gerade noch zu bemerken, wie die Vorderseite eines Wagens direkt auf sie zukam.

Ehe sie die Chance hatte, zu schreien oder auszuweichen, wurde sie von dem Fahrzeug erfasst.

Sie konnte keinen Schmerz fühlen und spürte den Aufprall nicht.

Stattdessen spürte sie nur, wie die Luft aus ihr herausgepresst und ihr Körper langsam emporgeschleudert wurde. Sie fühlte, wie das Glas der Windschutzscheibe unter ihrem Körpergewicht barst, bevor sie auf den Boden rollte.

Sie blinzelte zweimal und dann übermannte sie der Schmerz in einem nachfolgenden Schock. Tausende von Messern hieben auf ihren Körper ein, filetierten ihre Haut und setzten ihr Fleisch in Brand. Ihre Knochen schmerzten, als hätte sie jemand in Stücke geschlagen.

In ihrem Kopf schwirrte alles und ihr Körper kämpfte gegen die Übelkeit.

Sie versuchte zu schreien, aber es kam nur ein blutiges Röcheln hervor, bevor sie nur noch Dunkelheit sah.

$\sim$

ZWINKERND SCHLUG sie die Augen auf. Neben ihrem Kopf stand ein Mann und seine eleganten Schuhe glänzten im Licht.

Der Faustschlag ins Gesicht ließ sie erneut in Ohnmacht fallen.

»MEHRFACHE BRÜCHE, Prellungen und möglicherweise innere Verletzungen.«

Miranda versuchte zu stöhnen, als sie erwachte, aber es kam kein Ton hervor.

»Miss? Miss? Sie kommt zu sich. Miss? Können Sie uns sagen, wen wir anrufen sollen?«

»Decker«, flüsterte sie.

Die Frau – wahrscheinlich eine Krankenschwester, Miranda konnte es nicht sagen, denn das Denken war einfach zu schmerzhaft – nickte und ging davon, um etwas zu erledigen.

Miranda konnte nicht denken. Die Menschen um sie herum bewegten ihren Körper, tasteten ihn ab, aber sie konnte sie nicht fühlen. Sie konnte nur den Schmerz spüren. Warum tat das so weh? Warum konnte sie nicht einfach schlafen? Es wäre besser, wenn sie einfach schlafen könnte.

»Ich habe Ihren Ausweis und die Kontaktinformationen für Notfälle gefunden. Wir werden jetzt Marie Montgomery anrufen. Sie hatten einen Autounfall, Miranda. Wir werden Ihnen jetzt etwas mehr Schmerzmittel geben, aber Sie könnten davon einschlafen.«

Miranda schloss die Augen.

Her damit. Der Schmerz war zu viel. Allerdings war sie nicht ganz wach. Sie konnte nicht aufgeben, aber schlafen klang so viel besser.

So. Viel. Besser.

DECKER STÜRMTE durch die Krankenhaustüren und war sich bewusst, dass er wie ein durchgedrehter Irrer aussah, aber das interessierte ihn nicht die Bohne. Er hatte einen Anruf verpasst, weil er wegen irgendeiner Sache im Zusammenhang mit der Baustelle telefoniert hatte, und war bei seinem Rückruf ausgerastet.

Verdammt.

Griffin hatte ihn sofort danach angerufen, um ihm mitzuteilen, zu welchem Krankenhaus er fahren musste und dass sie nichts Genaues über Mirandas Zustand wussten.

Sie war von einem Fahrzeug angefahren worden.

Auf ihrem eigenen Parkplatz.

Er stürmte auf den Tresen der Rezeptionistin zu und stemmte die Hände auf das Holz. »Ich muss Miranda Montgomery sehen.«

Die Krankenschwester hinter dem Tresen seufzte, aber sie wirkte beim Anblick eines herumschreienden Mannes seiner Größe nicht übermäßig eingeschüchtert.

»Gehören Sie zur Familie?«

Er machte den Mund auf, um Ja zu sagen, doch dann hielt er inne. Früher hätte er das ohne Zögern gedacht, aber jetzt war er nicht so sicher. Sie war *die Seine*, aber verflucht, das hier war jetzt etwas anderes.

»Er gehört zu uns«, verkündete Griffin, als er auf den Tresen zuschritt. »Danke, Jaycee.«

Die Frau nickte und wandte sich wieder ihren Unterlagen zu.

Decker schluckte schwer und folgte Griffin in den Warteraum. Er sagte kein Wort – er konnte nicht. Wenn er in diesem Augenblick sprach, könnte er vielleicht zusammenbrechen, und das durfte er nicht. Er wusste aufgrund des Anrufs seines Freundes vorhin nur, dass er zum Krankenhaus kommen musste, weil Miranda verletzt war. Sie war in aller Eile in den Operationssaal befördert worden, bevor irgendjemand eine Gelegenheit gehabt hatte, sie zu sehen.

Er hatte keine Ahnung, was gebrochen, gerissen oder geprellt war. Er wusste nur, dass sie irgendwo dort drin auf einem Tisch lag und die Ärzte versuchten, sie zusammenzuflicken, während er hier draußen hilflos und nutzlos ausharrte.

Nie hätte er gedacht, dass er einmal jemanden so sehr ins Herz schließen würde, um sich dann so gebrochen und zerschmettert zu fühlen. Sie hatte sich in sein Herz geschlichen und er fürchtete, sich selbst zu verlieren, sollte er sie verlieren.

Nein, dessen war er sich sogar sicher.

Sie war sein Ein und Alles und der Grund, weswegen er in Zukunft glücklich sein würde, und jetzt hatte er keine Ahnung, was als Nächstes passieren würde. Oh Gott, er wollte einfach nur eine Lösung finden, um alles besser zu machen, aber er besaß keinen Zauberstab. Seine Hände zerbrachen Dinge, formten sie zu etwas Neuem, aber sie waren nicht zum Heilen bestimmt.

Er war nutzlos für sie.

Der Warteraum war mit Montgomerys gefüllt. Wenn einer der ihren Schmerzen litt, versammelten sie sich. Ganz egal, was in ihrem Leben sonst noch vor sich ging, sie schoben ihre Sorgen beiseite und kümmerten sich umeinander. Er hatte das als Kind immer beneidet, und genau in diesem Augenblick war er so unglaublich dankbar, dass Miranda so etwas und ihre Familie hatte.

Austin stand abseits in einer Ecke und hatte den Blick zu dem kleinen Fenster hinaus gerichtet, das als zusätzliche Lichtquelle in diesem vollgestopften Raum diente. Eine blasse Sierra stand neben ihm und hatte den Kopf an seine Schulter gelehnt. Der Blick aus ihren feuchten Augen war allerdings in den Raum gerichtet und ihr Gesicht war von Sorgen gezeichnet. Leif saß im Stuhl neben Austin mit Sasha auf dem Schoß. Der Junge las dem kleinen Mädchen vor und seine Worte klangen weich und leise inmitten der vielen Menschen im Raum, die sich über etwas sorgten, was sie nicht fassen konnten. Cliff saß neben Leif und hatte den Kopf an die Schulter des Jungen gelehnt. Decker war nicht sicher, ob eines der drei Kinder verstand, was geschah, doch die drei waren selbst alle irgendwie durch ihre eigene Hölle gegangen, also konnte ihnen die kummervolle Stimmung nicht entgehen.

Meghan saß neben Cliff und hielt die Hände auf dem Schoß. Sie sah aus, als hätte sie wochenlang nicht geschlafen, und in Anbetracht ihrer eigenen persönlichen Qualen könnte das sogar der Fall sein. Decker war überrascht, Luc dort neben Meghan sitzen zu sehen, aber keiner der beiden sprach. Luc war vor Jahren Teil des Montgomery-Clans gewesen und jetzt war er zurück und schien auf der Stelle wieder in seine alte Rolle geschlüpft zu sein.

Im Augenblick interessierte Decker sich für nichts und niemanden, solange er nicht wusste, wie es um die Frau stand, die er liebte.

Die er liebte und es ihr dennoch nie gesagt hatte.

Er war überrascht, Alex dort zu sehen, der mit einem Becher in der Hand dastand, von dem er hoffte, dass er mit Kaffee gefüllt war. Er hätte allerdings nicht überrascht sein sollen. Wenngleich Alex in letzter Zeit selbstsüchtig erschienen war, liebte er seine kleine Schwester von ganzem Herzen.

Maya ging an einer Seite des Zimmers auf und ab und hatte die Hände zu Fäusten geballt. Jedes Mal wenn sie zu der Ecke zurückkehrte, umarmte ihr Freund Jack sie und schob sie dann wieder zurück, damit sie weitergehen konnte. Der Mann sah aus, als wollte er einen Mord begehen, und Decker konnte die verwandte Seele in ihm spüren.

Wes und Storm standen neben dem Kaffeeautomaten und hatten die Köpfe zusammengesteckt, während sie miteinander redeten. Sie sprachen in einem gedämpften Flüsterton miteinander, doch auch das interessierte Decker nicht. Er sehnte sich nur nach Miranda, nach dem Menschen, den er nicht sehen konnte.

»Decker«, sagte Marie leise, ehe sie sich in seine Arme warf.

Er fing sie mit Leichtigkeit und presste sie an seinen Oberkörper. Sie schluchzte an seiner Schulter und er musste die Tränen zurückblinzeln, als sich ihm die Kehle auf verdächtige Weise zuschnürte.

Die Frau, die ihm mehr eine Mutter war, als seine eigene Mutter es je fertiggebracht hatte, sprang ihm immer in die

Arme, als wäre sie ein kleines Mädchen. Das hatte angefangen, als Decker scheinbar über Nacht fünfzehn Zentimeter gewachsen war und er sie nicht länger so umarmen konnte wie ein kleiner Junge. Er war nicht an Umarmungen gewöhnt gewesen und kam zu dem Schluss, dass er die ihren mehr brauchte, als ihm bewusst gewesen war. Etwas an der Art und Weise, wie Marie ihn umarmte, übermittelte all die Liebe und Akzeptanz, die mit der Verbundenheit der Familie Montgomery einherging. Weil er die Arme nicht mehr länger um sie schlingen konnte, hatte sie das übernommen und das eben einfach bei ihm getan.

Er liebte sie so innig und jetzt war ihre Tochter, seine Miranda, verletzt und sie konnten nichts tun.

»Ich bin so froh, dass du hier bist, Schatz«, flüsterte sie und tätschelte seine Wange. »Du brauchst eine Rasur, aber das brauchen alle meine Jungs.«

Er gab ein ergriffenes, leises Schmunzeln von sich und schüttelte den Kopf. »Du bist die einzige Frau, für die ich mich rasieren würde.«

Sie zog eine Augenbraue hoch. »Bin ich das?«

Er seufzte. »Nein. Ich würde alles für sie tun, Marie.« Er sog die Luft ein. »Alles.«

»Ich weiß, mein Lieber.« Ihre Lippen bebten und Harry trat hinter seine Frau. Sie drehte sich um und umarmte ihn. Sie weinte nicht, aber sie holte ein paarmal tief Luft.

»Wie sieht es aus?«, fragte Decker.

Harry seufzte. »Ein Wagen hat sie angefahren und wie Zeugen bestätigt haben, ist der Mann ausgestiegen und hat sie geschlagen.«

Decker fluchte und drehte ihnen den Rücken zu, damit sie den mordlustigen Ausdruck auf seinem Gesicht nicht sahen.

»Jack«, presste er hervor.

»Jack«, knurrte Griffin. »Die Polizeibeamten suchen nach ihm.«

Decker schnaubte. »Ja, weil sie bisher so verdammt gute Arbeit geleistet haben.«

»Jetzt haben sie Zeugen und Beweise«, entgegnete Harry mit leiser, aber ruhiger Stimme. Er würde die Menschen nicht in Verzücken versetzen, aber verdammt, Decker wusste nicht, wie der Mann das fertigbrachte. »Ich weiß, dass das Justizsystem beschissen ist, und glaub mir, wir werden alles tun, was in unserer Macht steht, um Gerechtigkeit zu erlangen, aber im Augenblick müssen wir uns auf Miranda konzentrieren. Jack wird bekommen, was er verdient, aber unser kleines Mädchen dort drinnen braucht unsere Unterstützung.«

Decker schluckte schwer und drehte sich wieder um. Trotz der Tatsache, dass Harry wegen seiner Krankheit erheblich älter aussah, hielt er den Kopf hoch.

»Ich werde nicht aufgeben«, entgegnete Decker. »Aber verdammt, ich hasse es, im Unklaren zu sein.«

»Wir müssen einfach warten«, antwortete Austin. »Hab Vertrauen in die Ärzte dort drin.« Decker nickte und ging zu einem der Stühle, um sich zu setzen. Wenn er stehen blieb, würde er herumlaufen und die anderen damit nervös machen. Das tat Maya bereits.

DIE STUNDEN VERGINGEN und Meghan nahm alle drei Kinder mit nach Hause. Luc blieb noch ein bisschen und verabschiedete sich erst ein paar Stunden später. Alle wechselten sich beim Kaffeeholen ab und sie besorgten sich ebenfalls etwas zu essen. Die Familie achtete darauf, dass Sierra und Harry etwas zu sich nahmen, während die Restlichen von ihnen nur so taten, als würden sie essen.

Decker wäre nicht in der Lage, sich auf etwas zu konzentrieren, bis er Miranda außer Gefahr und auf dem Weg der Besserung wusste. Allerdings war er nicht ganz sicher, ob dies geschehen würde.

Die Türen zum Operationssaal öffneten sich und ein Mann in OP-Kleidung trat hervor. Unwillkürlich krampfte Deckers Magen sich zusammen und dann stand er auf. Die anderen Montgomerys erhoben sich um ihn herum. Marie legte eine Hand in seine und er erwiderte den Druck der ihren.

»Sind Sie Miranda Montgomerys Familie?«, fragte der Arzt.

»Das sind wir«, antwortete Harry. »Wie geht es unserem kleinen Mädchen?«

Der Arzt nickte und fuhr sich mit einer Hand über die OP-Haube auf seinem Kopf. »Sie hat die Operation überstanden, aber ich will ehrlich sein und Ihnen sagen, dass es für eine Weile dort drin auf der Kippe stand. Sie hatte Risse an Leber und Milz. Wir mussten Letztere entfernen, aber sie wird ein normales Leben ohne ihre Milz führen, solange wir einige Vorsichtsmaßnahmen ergreifen. Sie hat ein gebrochenes Handgelenk und eine ausgerenkte Schulter. Beide Beine sind gebrochen, doch wir konnten sie ohne Operation richten. Sie wird für eine Weile ans Bett gefesselt sein. Gott sei Dank wurde ihre Wirbelsäule nicht verletzt, aber sie hat ein tiefes Hirntrauma erlitten. Wir werden das Ausmaß der Gehirnverletzung, falls überhaupt eine vorhanden ist, nicht kennen, bis sie aus der Narkose erwacht.«

Der Arzt redete weiter und sprach über Dinge, von denen Decker wusste, dass er sich später danach erkundigen würde, aber ihm war nur wichtig, dass sie *lebte*.

Gütiger Himmel, es war schlimm, und sogar noch schlimmer, als er sich je vorgestellt hatte, aber sie war am *Leben*.

»Wann kann ich sie sehen?«, fragte Decker mit schroffer Stimme. Offenbar hatte er den Arzt unterbrochen, aber wie auch immer.

Harry räusperte sich. »Ja, wann können wir sie sehen?«

Der Arzt seufzte, aber er nickte. »Frühestens morgen. Sie können jetzt alle nach Hause fahren und sich etwas ausruhen. Sie können morgen wiederkommen und sie dann abwechselnd besuchen.«

Mit dem Wissen, dass er nicht gehen würde, kehrte Decker zu seinem Stuhl zurück. Die Montgomerys bedankten sich abwechselnd bei dem Arzt, bevor sie untereinander darüber debattierten, wer bleiben würde. Er kümmerte sich nicht darum, solange sie nicht versuchten, ihn zum Gehen zu bewegen. Er würde dortbleiben, bis er Miranda sehen konnte.

Unter keinen Umständen würde er sich davon abhalten lassen.

Schließlich kam Storm zu ihm und als er sich neben ihn setzte, stützte er dabei die Unterarme auf seinen Beinen ab. »Alle fahren nach Hause, um zu schlafen. Ich werde hierbleiben, weil ich dich wahrscheinlich am wenigsten auf die Palme bringe und dich zum Herumschreien verleite, oder sogar dazu, jemanden zu schlagen.«

Decker zog eine Augenbraue hoch. »Bisher leistest du gute Arbeit.«

Storm zuckte die Schultern und lehnte sich zurück. »Die anderen werden sich abwechseln. Wir lassen sie nicht allein. Vor allem nicht, solange Jack dort draußen herumläuft.« Decker nickte. »Ich werde ihn umbringen, wenn ich ihm begegne.«

»Das ist ein weiterer Grund, warum ich hier bin. Hinter Gittern wirst du ihr nichts nützen.«

Die spitze Bemerkung bohrte sich tief in ihn, obwohl er wusste, dass Storm recht hatte. Sein Dad war im Augenblick nicht hinter Gittern. Aber verdammt, er hatte die Grenze bereits überschritten. Zogen die Leute jetzt Strohhalme, um auszulosen, wer ihn am wenigsten wütend machte? Wie dicht war er davor, sich in seinen Vater zu verwandeln? Er hatte bereits die Hände des Mannes … und sein Temperament. Was würde ihn brechen? Was wäre für ihn der Tropfen, der das Fass zum Überlaufen brachte?

Die Tatsache, dass er sich problemlos vorstellen konnte, Jack ohne Gewissensbisse umzubringen, besorgte ihn nicht auf die Weise, wie es sich gebührte. Stattdessen offenbarte ihm dies nur den Mann, der er wirklich war.

Den Mann, den sein Vater geschaffen hatte.

Es vergingen weitere Stunden und der anbrechende Morgen brachte einen Schichtwechsel mit sich. Eine neue Krankenschwester marschierte in den Warteraum und teilte ihnen mit, dass Miranda nun Besuch von einer Person bekommen könnte, und danach könnten sie sich abwechseln.

»Geh schon zu ihr«, forderte Storm ihn auf und nahm sein Telefon heraus. »Du wirst nicht einsatzfähig sein, bis du das getan hast. Ich weiß, dass die Familie auf dem Weg ist, aber ich werde sie über den neuesten Stand informieren.«

Decker nickte und folgte dann der Krankenschwester mit hölzernen Schritten zu Mirandas Zimmer. Sie lag noch auf der Intensivstation, aber sie würde später auf eine normale Station verlegt werden, solange ihr Zustand stabil blieb. An der Tür desinfizierte er sich die Hände, machte zwei Schritte in das Zimmer und erstarrte.

Heilige Mutter Gottes.

Mirandas Gesicht war schwarz und blau. Drei ihrer Gliedmaßen waren in Gips und um die vierte hatte sie eine Schlinge. Was die Verbände oder das Bettzeug von ihrer Haut nicht verdeckten, war mit Blutergüssen übersät oder rot. Sie hatte die Augen geschlossen und er wusste, der Grad ihrer Schmerzen musste erträglich sein, denn sie schlief. Wenn sie allerdings erwachte, verflucht, das würde nicht gut werden.

Er trat an ihr Bett und streckte eine Hand nach ihrer nicht vergipsten Hand aus, doch er hielt mitten in der Bewegung inne und zog sie zurück. Es gab keine Stelle, an der er sie berühren konnte, ohne ihr wehzutun. Er ließ die Tränen in seinen Bart tropfen und holte tief Luft.

Er konnte nur an ihren geröteten Hintern und die Fingerabdrücke auf ihren Hüften denken, als er sie grob gegen die Wand, in seinem Bett und auf seinem Fußboden gefickt hatte. Er war so wüst mit ihr umgegangen und nun konnte er sehen, wie zerbrechlich sie war.

In welcher Weise war er auch nur einen Deut besser als Jack?

Nur weil die Abdrücke von ihm unter ihren Kleidern versteckt waren, taten sie deshalb nicht weniger weh.

Er sank auf den Stuhl neben ihrem Bett und wusste, dass er es beenden musste. Was würde passieren, wenn er ausrastete? Was würde passieren, wenn er sich am Ende in seinen Vater verwandelte? Er konnte nicht der Mensch sein, der Miranda auf diese Weise verletzte. Er konnte nicht derjenige sein, der Miranda Schmerzen zufügte. Es fühlte sich an, als würde jemand ihm die Seele aus dem Leib reißen, aber er wusste, dass es nur zum Besten war. Wenn er jetzt nicht ginge, würde er ihr in Zukunft nur wehtun.

Er erhob sich auf zittrigen Beinen und beugte sich zu ihr hinüber, wobei er mit den Lippen zärtlich über eine unverletzte Hautstelle streifte.

»Ich liebe dich so sehr, Miranda. Deshalb muss ich es tun. Ich hoffe, du verstehst es. Ich weiß, dass du mich hassen wirst, aber es ist besser so.«

Er wusste, dass sie ihn nicht hören konnte und nicht verstehen würde, wenn er nicht an ihrer Seite wäre, sobald sie aufwachte.

Aber er konnte für sie nicht der Mensch sein, den sie brauchte.

Er würde ihr einen Brief schreiben und ihr die Gründe aufzählen, warum sie ohne ihn besser dran war, und dann würde er einen Weg finden, wieder allein zu leben.

Mit diesem Gedanken verließ er das Zimmer und ging an dem Warteraum vorbei, ohne anzuhalten, um mit Storm zu sprechen. Er und die Familie würden letztendlich dahinterkommen. Ohne ihn wären sie besser dran. Sie alle.

Es war Deckers Schicksal, allein zu bleiben. Obwohl die Montgomerys ein sicherer Hafen gewesen waren, konnten sie das nicht weiter für ihn sein.

Es war Zeit, dass sie das begriffen.

Decker hatte es endlich getan.

Kapitel Einundzwanzig

MIRANDA HOB ihren Arm und fluchte. Austin war sofort zur Stelle und hielt ihr den Saftbecher mit dem Strohhalm an die Lippen. Vorsichtig legte sie die Lippen um den Strohhalm und saugte, wobei sie die Kopfschmerzen ignorierte. Sie hatte keine Gehirnerschütterung, aber sie litt unter höllischem Kopfweh.

Sie hätte Glück gehabt, noch am Leben zu sein, sagten alle, und doch war sie sich eine Woche später nicht so sicher. Nein, sie durfte nicht so melancholisch sein … so deprimiert, aber ihre Genesung war mit teuflischen Schmerzen verbunden. Jeder Zentimeter ihres Körpers tat ihr weh, wenn sie sich bewegte. Nun, zumindest wenn sie die Erlaubnis hatte, sich überhaupt zu bewegen. Einige Körperteile waren verbunden oder in Gips, sodass sie nicht mehr tun konnte, als in manchen Fällen mit den Zehen zu wackeln. Solange sie sich nicht zu schnell bewegte oder gar nicht, ging es ihr gut.

Zu leben, ohne in der Lage zu sein, sich zu bewegen, war allmählich nervtötend.

Ja, es war nur vorübergehend, aber sie wusste nicht, für wie lange. Die Ärzte waren zum jetzigen Zeitpunkt sehr vage mit ihren Zukunftsprognosen, weil sie nicht wollten, dass sie es übertrieb. Sie sagten nur, dass es wahrscheinlich länger dauerte, als sie sich möglicherweise wünschte, und rieten ihr, sich auszuruhen, ehe sie zum nächsten Schritt überging. Ihre Eltern kannten wahrscheinlich weitere Einzelheiten, die sie allerdings vor ihr geheim hielten. Zumindest hatten sie die Fähigkeit, Nachforschungen über Genesungszeiten und Behandlungsmethoden anzustellen, wohingegen sie an das Bett gefesselt war. Das würde allerdings nicht lange dauern, weil sie bald Antworten verlangen würde. Niemand wollte sie ängstigen und alle drückten sich sehr vage, aber zuversichtlich aus. Es war zu dumm, dass sie ein Zahlenmensch war. Zahlen hielten sie geistig gesund. Sie brauchte ein Endziel und wenn die Ärzte sich nur vage ausdrückten, weil sie es selbst nicht wussten, würde das bestimmt nicht zu ihrer Genesung beitragen.

Nachdem sie endlich in der Lage war, für mehr als eine oder zwei Stunden am Stück wach zu bleiben, wäre sie vielleicht imstande, in Erfahrung zu bringen, wann die Physiotherapie anfangen und wann sie wieder sie selbst sein würde.

Sie schluckte schwer und kämpfte die Tränen zurück.

Sie war sich nicht sicher, ob sie je wieder wirklich sie selbst sein würde.

Gott, sie war so unglaublich verängstigt. Sie hatte ehrlich gedacht, dass dies hier ihr Ende gewesen wäre.

Glücklicherweise erinnerte sie sich kaum daran, wie sie von dem Fahrzeug getroffen wurde. Sie erinnerte sich nur an die Verwirrung und dann die Angst, als sie durch die Luft geflogen war. An den Schmerz konnte sie sich nicht erinnern. Nun, sie erinnerte sich an *einiges* davon, aber bloß in Schüben. Selbst dann rührten die aufflackernden Qualen von den Momenten nach dem Aufprall her … von Jack. Sie erinnerte sich nur an seine Schuhe und hätte niemals mit Sicherheit gewusst, dass er es gewesen war, wären die Zeugen nicht gewesen, die geschrien hatten und auf sie beide zugeeilt waren.

Sie erinnerte sich nicht an die Zeugen. Das Erste, woran sie sich nach ihrem Aufwachen erinnerte, waren ihre Mom und ihr Dad hier im Zimmer, die jeder einen Finger ihrer Hand hielten. Sie hatten zu viel Angst gehabt, irgendeinen anderen Teil zu berühren, und ihrem Aussehen nach zu urteilen konnte sie ihnen keinen Vorwurf machen. Sie war kein schöner Anblick.

Ihre Haut besaß jetzt eine entzückende Schattierung aus Blau und Schwarz, mit kleinen Fleckchen Lila und Grün dazwischen. Ihr Bauch schmerzte und sie konnte sich nicht beugen, weil ihre Operationswunde sich über die gesamte Länge zog. Sie besaß keine Milz mehr und ihre Leber musste noch verheilen. Es hätte allerdings so viel schlimmer sein können, und das wusste sie. Ihr Herz, ihre Lunge und ihre Nieren waren unverletzt.

Gott sei Dank.

»Miranda? Hast du Schmerzen? Soll ich den Arzt rufen?«

Sie schüttelte den Kopf und stöhnte. »Mir geht's gut. Nun, solange ich den Kopf nicht so heftig schüttele.«

Austin seufzte und setzte sich in den Stuhl neben ihrem Bett. »Die Ärzte sagen, dass du Glück gehabt hättest und ohne Gehirnerschütterung davongekommen bist, aber bei dem ganzen Heilungsprozess musst du dich einfach richtig erbärmlich fühlen. Hier, trink noch etwas Saft. Du bist wahrscheinlich immer noch dehydriert, und das ist für deinen Kopf nicht sehr hilfreich.«

Sie nippte und schloss die Augen. »Ich wünschte, ich wüsste, wann wir aus diesem Laden ausbrechen können.«

Austin grunzte. »Selbst wenn du ausbrichst, wirst du nicht nach Hause zurückkehren. Du wirst bei einem von uns bleiben. Wahrscheinlich bei mir, weil wir Platz haben und Mom und Dad nicht überfordern wollen.«

»Na toll. Ich hasse das. Aber gut, ich will wirklich nicht noch einmal einen Fuß in dieses Apartment setzen.« Mal ganz abgesehen von dem Parkplatz. Es waren zu viele schlechte Erinnerungen damit verbunden. Sie hätte vielleicht einfach bei Decker bleiben können … aber er war nicht da.

Sie schluckte schwer und schlug sich diesen Gedanken aus dem Kopf. Nein. Nein, sie würde nicht darüber nachdenken.

»Also bist du einverstanden mit unserem Haus, bis du genesen bist und selbst eine neue Wohnung gefunden hast?«

Sie seufzte. »Sierra ist schwanger, Austin. Vielleicht sollte ich bei Griffin wohnen.«

»Griffin ist zu wütend, um im Augenblick ein angenehmer Mitbewohner zu sein.«

Sie winselte und zog die Lippen kraus. »Nun, er hat das Recht, wütend zu sein. Ich bin auch nicht allzu glücklich.«

Austin seufzte. »Es tut mir leid, Süße. Ich habe das nicht zur Sprache bringen wollen.«

»Was zur Sprache bringen? Den riesigen Elefanten im Zimmer? Wie die Tatsache, dass der Mann, den ich liebe, nach einem einzigen Blick auf mich mit seinem Schwanz zwischen den Beinen die Flucht ergriffen hat? Oder die Tatsache, dass er nicht einmal genügend Anstand besessen hat, um es mir ins Gesicht zu sagen? Er ist im Dunkel der Nacht davongelaufen – okay, es war früh am Morgen, aber egal –, ohne sich die Mühe zu machen, mir zu sagen, dass er mich verlässt.«

Die Tränen brannten ihr in den Augen und sie biss sich auf die Lippe, denn sie weigerte sich, um ihn zu weinen.

»Er hat einen Brief hinterlassen«, entgegnete Austin leise.

Ja. Der Brief.

»Einen gottverdammten Brief, Austin. Er behauptet, er sei nicht gut genug für mich. Er schreibt, er hätte Angst, wie sein Vater oder Jack zu werden, weil er kein guter Mann ist. Scheiß drauf, Austin. Seine Worte in diesem Brief sind das Ehrlichste und Offenste, was er je zu mir gesagt hat, und dennoch sind sie allesamt ein Scheißdreck. Er ist weggelaufen, weil er Angst hatte, und er hat mich allein gelassen.« Dieses Mal kamen ihr die Tränen und sie schniefte. Weinen tat ihrem Kopf weh, und um ehrlich zu sein, wollte sie nicht um ihn weinen. Es tat ihrem Herz zu sehr weh … es tat überall weh.

»Ich würde ihn für dich verprügeln, aber Mom sagt, du würdest mich deswegen anschreien.«

Sie stieß ein leises Lachen aus und stöhnte, als ihr Bauch aus Protest schmerzte. »Bring mich nicht zum Lachen, das zieht an meiner Narbe.«

Austin machte große Augen und schloss den Mund.

Erneut lachte sie bei seinem Gesichtsausdruck und stöhnte dann.

»Es ist in Ordnung, Austin. Ich werde für eine Weile Schmerzen haben und wir können deshalb nichts anderes unternehmen, als abzuwarten, dass mein Körper heilt. Und was das Verprügeln angeht. Ja, ich würde dich anschreien. Erstens liebe ich ihn immer noch und es macht mich sauer, dass ich das tue. Und zweitens, glaubst du nicht, dass wir genügend Gewalt in dieser Familie hatten?«

Austin besaß den Anstand, betreten dreinzuschauen, und lehnte sich auf seinem Stuhl zurück. »Er könnte es überwinden, Miranda. Er hat Angst bekommen. Zum Teufel, das haben wir alle.«

»Aber keiner von euch ist davongelaufen.«

Austin seufzte. »Keiner von uns hat eine Vorgeschichte wie er. Ich weiß, dass sein Dad aus dem Gefängnis entlassen wurde und er Decker belästigt. Seine Mom harrt noch immer in ihrem Zuhause aus und Decker kann nichts tun, um sie dort herauszuholen. Von unzähligen Richtungen wird an ihm gezerrt und er hat einen Fehler gemacht.«

Sie schluckte schwer und heftete den Blick auf ihren großen Bruder. »Das ist alles wahr, aber das schmälert nicht die Tatsache, dass er mir *wehgetan* hat. Er hat mir wehgetan, als ich bereits am Boden war. Er hat mich ohne ein Wort verlassen. Ich wusste immer, dass unsere Beziehung wahrscheinlich nur vorübergehend wäre, aber ich wusste nicht, dass er so grausam sein könnte. Gott, ich *hasse* seine Eltern. Ich hasse sie. Dennoch ist er nicht sie. Und bis er das nicht begreift, wird er nie mit mir zusammen sein. Nicht richtig.«

Austin musterte ihr Gesicht. »Du bist kein kleines Mädchen mehr.«

»Nein. Nein, das bin ich nicht. Ich bin eine erwachsene Frau, der die Scheiße aus dem Leib geprügelt wurde. Und die im Anschluss noch einmal einen Tritt kassiert hat. Ich habe genug davon, ein Opfer zu sein, Austin. Ich habe genug davon, zurückgelassen zu werden.«

Ihr Bruder fuhr sich mit einer Hand übers Gesicht und

fluchte. »Jesus, am liebsten würde ich diesen Scheißkerl umbringen.«

»Welchen von beiden?«, fragte sie trocken.

Austin starte sie an. »Alle beide. Einer hat deinen Körper zerschmettert, der andere dein Herz, und niemand tut meiner kleinen Schwester so etwas an. Decker hat das Glück, dass er einst zur Familie gehörte. Das ist der einzige Grund, warum ich nicht an seine Tür klopfe und ihm in den Hintern trete. Das, und weil du das nicht von mir willst. Was Jack anbelangt? Er sitzt hinter Gittern und es ist schwierig, ihn in die Finger zu bekommen.«

Sie schloss die Augen und schluckte schwer. Sie wollte an keinen der beiden Männer denken, aber die Tatsache, dass Jack im Gefängnis war, ließ sie nachts leichter schlafen. Die Polizei hatte ihn am nächsten Morgen verhaftet. Er hatte sich in seiner Blockhütte etwa drei Autostunden von Denver entfernt aufgehalten. Der Idiot hatte ehrlich gedacht, dass niemand seinen Besitz überprüfen würde. So gründlich wie das ursprüngliche Team, das auf ihren Fall angesetzt war, die Sache verbockt hatte, dachte Jack wahrscheinlich, dass er mit allem davonkommen würde.

Es stellte sich heraus, dass er in seinem Leben mit einer Menge Dinge davongekommen war.

Offenbar hatte er seine vorige Freundin geschlagen. Und zwar häufig. Bis er die Stadt verlassen hatte, um eine neue Stelle und ein neues Leben zu finden, und so einer Verhaftung entkommen war. Als Mirandas Geschichte bekannt wurde, war die andere Frau ebenfalls aus der Versenkung aufgetaucht. Miranda war sicher, dass es andere Frauen geben musste, die der blonde Mann mit den hellblauen Augen in der Vergangenheit verletzt hatte. Jetzt würde dieser Mann seine gerechte Strafe erhalten, aber auf Kosten von Mirandas Gesundheit. Er wurde des versuchten Mordes und einiger anderer Dingen angeklagt, über die Miranda in diesem Augenblick nicht nachdenken wollte.

Er würde sie nicht mehr verletzen.

Er würde niemanden mehr verletzen.

Die Schule hatte angerufen und allen voran Mrs. Perkins.

Obwohl die ältere Englischlehrerin in der Vergangenheit den Eindruck erweckt hatte, als wollte sie Miranda scheitern sehen, versuchte sie nun, ihr auf jede erdenkliche Weise zu helfen. Alle hatten sich um sie geschart und ihr versichert, dass ihre Stelle bis zu ihrer Genesung auf sie warten würde. Ihre Schüler vermissten sie offenbar und obwohl sie mit ihrer Vertretung auskamen, war diese Frau nicht sie. Sobald Miranda den Kopf hochhalten könnte, ohne Kopfschmerzen zu bekommen, würde sie sich über diesen Gedanken freuen.

Sie hatte eine Zukunft, auf die sie sich freuen konnte. Sie würde gesund werden und wieder so weit sie selbst sein, wie ihr das mit einem gebrochenen Herzen möglich wäre. Ihr Job war ihr sicher und sie würde eine Möglichkeit finden, die Korridore entlangzugehen, ohne an den Mann zu denken, der sie ins Krankenhaus befördert hatte.

Eines Tages würde sie sogar in der Lage sein weiterzuleben, ohne an den Mann denken zu müssen, der sie mit gebrochenem Herzen in einem Krankenhausbett zurückgelassen hatte.

Sie wusste, dass Decker seine eigenen Probleme hatte, mit denen er fertigwerden musste, so wie sie auch wusste, dass er sie nicht verlassen hatte, weil er dachte, *sie* wäre es nicht wert, sondern weil er dachte, *er* wäre es nicht wert.

Obwohl sie ihm seine Entscheidung vielleicht hätte vergeben können, wenn er sie unter normalen Umständen verlassen hätte, so fiel es ihr unter den gegebenen Voraussetzungen schwer, ihm zu verzeihen.

All das, was sie sich von ihm gewünscht hatte, war den Bach runtergegangen und jetzt musste sie die Scherben aufsammeln und nach vorn schauen.

Wenn das nur so leicht wäre.

Wenn sie ihn nur nicht immer noch lieben würde.

Aber Liebe war nicht genug. Das hatte Decker bewiesen.

ZUM ZWEITEN MAL in diesem Monat fand Decker sich im Krankenhaus wieder. Sein Kopf schmerzte aufgrund von

Schlafmangel und nicht vom Alkohol. Er hatte keinen Alkohol mehr getrunken, seitdem er das letzte Mal durch diese Türen getreten war, um die Frau, die er liebte, dort gebrochen und blutend liegen zu sehen.

Er hatte sie verlassen, weil er sich nicht in seinen Vater hatte verwandeln wollen, und hätte er seine Qualen ertränkt, hätte ihn das bloß auf den langen Weg in die Finsternis geführt.

Es war ein Schritt, doch seine Chance auf Glückseligkeit hatte er bereits vertan. Jetzt musste er nur lernen, mit dem zu leben, was ihm noch blieb. Das tat er ohnehin bereits seit Jahren. Er würde es wieder tun. Der Geschmack von Perfektion, den er mit Miranda gekostet hatte, war vergangen, und das war seine Schuld.

Aber es war auch zu ihrem eigenen Wohl.

Er würde sie nur noch mehr verletzen und sie war ohnehin schon angeschlagen genug.

Jetzt fand er sich wieder in diesem Krankenhaus, aber nicht Mirandas wegen. Nein, jetzt durchquerte er diese Korridore auf dem Weg zu der anderen Frau in seinem Leben, obwohl diese, wenn er genauer darüber nachdachte, schon seit Langem keine Rolle mehr in seinem Leben spielte.

Allerdings hätte sie das tun sollen.

Er hatte einen Anruf aus der Notaufnahme bekommen, um ihm mitzuteilen, dass seine Mutter im Krankenhaus lag. Offensichtlich hatte Frank sie so schlimm verprügelt, dass keine Möglichkeit mehr bestand, die Verletzungen zu verbergen. Decker war nicht sicher, wie seine Mom überhaupt hierhergekommen war, weil sie normalerweise sehr gut darin war, die Schmerzen zu ignorieren. Es quälte ihn endlos, dass sie nichts unternahm und nicht für sich selbst einstand. Decker war alt genug, um für sie zu kämpfen, und dennoch würde sie nicht die Hilfe annehmen, die er ihr angeboten hatte. Er betete nur, sie würde eines Tages begreifen, dass sie nicht mit Frank zusammen sein musste … und es an diesem Tag nicht zu spät wäre.

Er trat an den Empfangsschalter und fragte nach Francine

Kendrick. Dieses Mal war er tatsächlich ein Familienangehöriger, allerdings nur über die Blutsverwandtschaft.

Während er das letzte Mal rasend vor Wut, sein Körper verkrampft und seine Stimme ein leises Knurren gewesen war, ging er die Sache dieses Mal mit mehr Resignation an. Er wollte nicht wissen, wie seine Mutter aussah. Er hasste die Tatsache, dass er sich so hilflos fühlte. Er konnte nichts tun, einmal abgesehen davon, seine Mutter zu entführen, um sie von seinem Vater fernzuhalten. Doch selbst das wäre nicht genug, dessen war er sich sicher. Frank hatte Francines Verstand vereinnahmt, und Decker wusste keine Lösung. Sie stammte aus einer Familie, in der eine Frau zu ihrem Ehemann stand, komme, was da wolle. Ein Gelöbnis war ein Gelöbnis und dazu bestimmt, eingehalten zu werden.

Es spielte keine Rolle, dass dieses Gelöbnis sie eines Tages vielleicht umbringen würde.

Die Krankenschwester führte ihn zu ihrem Zimmer. Offensichtlich war der Vorfall nicht so schlimm wie der Angriff, den Miranda erlitten hatte.

Jesus.

Noch immer konnte er Mirandas blasses Gesicht unter den dunklen Blutergüssen sehen. Er hatte bei der Arbeit gehört, dass es Miranda erlaubt worden war, bei Griffin zu leben, während sie sich erholte. Gemäß Luc hätte sie eigentlich bei Austin bleiben sollen, aber aufgrund von Sierras bereits bestehender Belastung durch die Schwangerschaft hatte sie es vorgezogen, bei Griffin unterzukommen.

Aufgrund der Tatsache, dass er immer noch für Wes und Storm arbeitete, waren die Dinge ausgesprochen unbehaglich, aber nachdem Tabby aus ihrem Zwangsurlaub zurückgekehrt war, hatte sie die Rolle der Vermittlerin übernommen. Wes sprach nicht mit ihm, aber er ließ ihm über Tabby Nachrichten zukommen. Storm redete nur über den Job mit ihm und dann ließ er ihn stehen. Einzig und allein Luc unterhielt sich mit ihm, als wäre er nicht das Arschloch, das er war, aber Decker war nicht sicher, wie lange das noch so bleiben würde.

Er wusste, dass es für ihn das Beste wäre, zu kündigen und sich einen anderen Job zu suchen. Denver zu verlassen könnte sogar noch besser sein, damit er die Montgomerys nicht noch mehr verletzte, als er es bereits getan hatte. Er war ein verdammter Kendrick und er wusste, dass die Dinge noch schlimmer wurden, ehe sie sich – wenn überhaupt – bessern würden.

»Decker. Du bist hier.«

Die schwache Stimme seiner Mutter versetzte ihm einen Schlag in die Magengrube und er holte tief Luft, um sich zu fangen. Er legte den restlichen Weg in das Zimmer zurück und gab sich die größte Mühe, einen neutralen Gesichtsausdruck zu bewahren.

Frank hatte sie ins Gesicht geschlagen und ihr den Arm gebrochen. Decker war nicht sicher, was sonst noch im Argen lag, aber dies waren die sichtbaren Dinge. Das war sowieso schon zu viel.

»Mom. Jesus. Hast du Schmerzen?«

Sie schüttelte den Kopf und zuckte dann. »Ich werde schon wieder. Ich bekomme das starke Zeug, damit ich keine Schmerzen habe. Decker. Ich brauche deine Hilfe.«

Hoffnung flammte in seiner Brust auf und in drei großen Schritten war er an der Seite seiner Mutter. Er nahm ihre freie Hand und stieß die Luft aus.

»Gott sei Dank. Du kannst bei mir bleiben. Ich werde für deine Sicherheit sorgen, während wir Anzeige gegen Frank erstatten. Dann werden wir uns die nächsten Schritte überlegen. Ich bin für dich da, Mom, okay?«

Sie wirkte verwirrt und zog ihre Hand zurück. »Nein, Decker, ich bin gefallen.«

Sein Gesichtsausdruck wurde verschlossen und langsam erhob er sich ungläubig. »Du bist gefallen«, sagte er leise mit emotionsloser Stimme. »Das ist eine Lüge, und das weißt du.«

Sie zwinkerte die Tränen zurück und zog sich zurück. Er fluchte und trat einen weiteren Schritt nach hinten. Sie hatte solch eine Angst vor Frank, aber sie würde nichts gegen ihn unternehmen. Jetzt sah sie ihn an, als wäre er genauso ein Monster wie sein Vater.

Vielleicht war er das, aber verdammt, er konnte seine Mutter nicht so weitermachen lassen.

»Ich … ich habe die falsche Sorte Bier gekauft. Es stand direkt neben der im Angebot und ich bin durcheinandergekommen. Es ist schon gut, Schatz, es wird nicht noch einmal passieren, aber ich brauche deine Hilfe.«

Er hatte diese Geschichte früher schon gehört. Als Kind hatte er sie endlose Male gehört. Warum konnte sie nicht sehen, was der Kerl ihr antat? Warum war Decker nicht genug, um ihr zu helfen?

»Mom, lass dir von mir helfen.«

»Das kannst du tun, Schatz. Du kannst es. Die Polizeibeamten suchen nach deinem Dad. Sie wollen ihn dafür verhaften. Und er wird deshalb wirklich sauer werden. Ich brauche deine Hilfe mit der Kaution. Du weißt, wie ich es hasse, dich um Geld zu bitten, aber ich brauche Hilfe mit deinem Vater.«

Was auch immer für eine Hoffnung dieser kleine, verängstigte Junge in seinem Herzen noch gehegt hatte, zerbarst in ihm. Sie wählte ihren Ehemann vor ihrem Sohn. Egal, wie oft Frank sie ins Krankenhaus beförderte, sie würde sich immer wieder für ihn entscheiden.

Decker hatte keine Ahnung, wie er diesen Kreislauf unterbrechen sollte. Er kannte nur seinen eigenen Platz.

Er war der Zufluchtsort, an den sie sich nie retten würde.

Er würde dafür sorgen, dass sie wusste, er wäre für sie da, und versuchen, einen Weg zu finden, sie dort herauszuholen, aber solange sie es nicht zuließ …

Alles wäre verloren.

»Mom. Ich werde das nicht tun.«

Ihr Gesichtsausdruck sackte in sich zusammen und er fühlte sich, als hätte er sie geschlagen. Der Blick aus ihren Augen … verdammt. Er war *nicht* sein Vater.

Er blinzelte.

Er war nicht sein Vater.

Gütiger Himmel.

Was hatte er getan?

Was hatte er Miranda angetan?

»Decker, Schatz, ich brauche dich.«

Er war erschüttert und schluckte schwer, ehe er einen weiteren Schritt zurücktrat. »Ich kann das nicht, Mom. Wenn du da herauswillst, wenn du einen Ort brauchst, an dem du sicher bist, dann bin ich da. Aber ich werde dir nicht zugunsten des Mannes helfen, der dich hierher befördert hat. Ich werde nicht unterstützen, dass er dich wieder verletzt.«

Mit diesen Worten verließ er seine Mutter, die weinend in ihrem Bett lag. Vielleicht würde sie dieses Mal um die Unterstützung bitten, die eine Hilfe für *sie* bedeutete und nicht für den Mann, den sie beide hassten. Vielleicht wäre es dieses Mal anders.

Decker mochte vielleicht keine Hoffnung haben, aber er besaß die Eigenschaft, nicht aufzugeben.

Zumindest dachte er das.

Er hatte Miranda aufgegeben. Nein, das stimmte nicht. Er hatte sich selbst aufgegeben und er hatte alles ruiniert. Er war fortgegangen, als sie ihn am meisten gebraucht hatte, und es gab kein Zurück. Selbst wenn sie ihn immer noch wollte, würde sie ihm nie wieder vertrauen, und er konnte ihr deshalb keinen Vorwurf machen.

Er hatte es ruiniert, weil er Angst hatte.

Er hatte seinen Vater und seine Narben beschuldigt, aber das war eine Ausrede. Er hatte alles ruiniert, weil er Angst hatte, und jetzt würde er sich niemals vergeben. Bis er es bis nach Hause geschafft hatte, war ihm speiübel und seine Hände zitterten. Er wusste nicht, was als Nächstes kommen würde, und auch nicht, was er tun sollte, aber er wusste, dass er so nicht weitermachen konnte. Wenn er sich den Rest seiner Tage versteckte und die Zeit in Angst verbrächte, würde ihn das genau zu dem Mann machen, der ihn immer eingeschüchtert hatte, und damit wäre er gar kein Mann.

Er hatte keine Ahnung, was er als Nächstes tun sollte.

Früher hatte er gedacht, dass er Miranda nicht wert wäre, aber jetzt wusste er, dass dieser Gedanke sogar noch weitaus mehr zutraf.

Er hatte sie *verlassen*.

Ja, er war nicht wie sein Vater, aber durch die Tatsache, dass er sie verlassen hatte, war es weitaus schwieriger, das, was er getan hatte, wieder rückgängig zu machen.

Es war nicht wieder rückgängig zu machen. Mit einem

Seufzen stieg er aus seinem Geländewagen und ging ins Haus. Gunner kam ihm durch die Hundeklappe entgegen und bellte, als er ihm um die Beine sprang. Decker bückte sich und streichelte seinen Hund ausgiebig. Es war schön zu erleben, dass sich zumindest einer – ob Hund oder nicht – freute, ihn zu sehen. In Wahrheit war Gunner in den beiden Wochen, seit Miranda fort war, ein wenig deprimiert gewesen. Es schien, als hätte sie mehr als ein männliches Wesen in diesem Haus bezaubert.

Und dann hatte Decker es ruiniert.

Etwas schlug gegen die Tür. Gunner knurrte neben ihm und Decker gebot ihm, still zu sein.

»Geh in die Speisekammer«, befahl er und zeigte auf die Tür. Gunner sah nicht erfreut aus, befolgte aber die Anweisung.

Irgendetwas stimmte nicht und Decker wollte vermeiden, dass sein Hund zu Schaden kam. Seine jahrelangen Bemühungen, diejenigen zu schützen, die seinem engeren Umfeld angehörten, hatten ihn das gelehrt.

Lärm ertönte an der Vordertür, der ganz nach berstendem Glas klang, und Decker seufzte. Statt nach draußen zu gehen und sich der Situation zu stellen, die sich ihm dort draußen bieten würde, rief er die Polizei. Ihm wurde versichert, dass Hilfe unterwegs war, und ihm wurde geraten, im Haus zu bleiben.

In dem Moment zerbrach eines seiner vorderen Fenster.

Das Glas flog in sein Wohnzimmer und er duckte sich hinter seine Kücheninsel, während die Scherben auf den Fußboden regneten.

»Junge! Beweg deinen Arsch hier raus. Ich brauche deine verdammte Hilfe.«

Der Mann war ein verfluchter Idiot. Ein Idiot erster Güte, der vor der Polizei davonlief und beschloss, seine Anwesenheit lautstark kundzutun. Decker stand auf und schnappte sich ein Nudelholz auf dem Weg. Er würde sich kein Messer nehmen. So wie der betrunkene Mistkerl in sein Haus taumelte, wäre Decker wahrscheinlich eher derjenige, der eine Stichwunde davontrug als der Eindringling.

»Was zum Teufel soll das, Frank?«

»Junge, werd nicht frech. Du musst mich verstecken. Die Polizei ist mir auf den Fersen.«

Wie dieser Mann bislang entkommen war, war Decker ein Rätsel. Er würde allerdings dafür sorgen, dass der Mann blieb, wo er war. Die Polizei würde bald eintreffen und hoffentlich würde der Einbruch das Strafmaß, das den Alten ohnehin erwartete, noch vergrößern.

»Du kannst nicht einfach in mein Haus einbrechen. Du bist hier nicht willkommen. Das warst du nie. Und wenn die Polizeibeamten dich fassen, werde ich dir nicht helfen. Du hast es verdient, hinter Gitter zu kommen. Du hast es verdient, in der Hölle zu schmoren.«

Frank schwankte auf seinen Füßen. »Ich habe geholfen, dich aufzuziehen, Junge. Du musst mir helfen.«

»Nein, das muss ich wirklich nicht. Ich bin fertig mit dir. Ich habe es satt zu glauben, dass du mein Leben kontrollieren kannst, meine Handlungen. Selbst als ich dachte, ich wäre mit dir fertig, warst du immer noch in meinem Hinterkopf und hast mein Leben verkorkst.«

»Du kannst mir nicht die Schuld für all deine Probleme geben. Du hast die kleine Montgomery-Puppe ganz von selbst verloren.«

»Das kann ich nicht leugnen, aber du wirst meine Gedanken und meine Handlungen nicht mehr beeinflussen. Ich bin nicht du. Ich bin nie der Mann gewesen, der du bist, und ich werde das nie sein.«

Die Sirenen in der Ferne wurden lauter und Frank riss die Augen auf. »Du Schweinehund.« Der Mann sprang auf ihn zu und Decker, der ihm auswich, ließ ihn zu Boden krachen. Schwankend kam Frank wieder auf die Füße und versuchte, Decker zu schlagen.

Decker wich duckend aus und fasste daraufhin Frank am Arm, um ihn an die Wand zu drücken. »Wir sind fertig miteinander«, knurrte er. »Fertig.«

Frank riss den Kopf zurück und traf Decker am Kinn. Decker taumelte rückwärts und riss die Hände hoch, als Frank versuchte, ihn erneut zu treffen. In dem Moment brachen die Polizisten die Tür ein und schrien alle an, sich auf den Boden zu legen. Frank griff ein weiteres Mal an, aber der größte Polizist packte ihn und drückte ihn nieder, bevor Decker getroffen wurde.

Es war vorbei.

Das musste es sein.

Nachdem die Beamten seine Aussage aufgenommen und Frank in Handschellen abgeführt hatten, war Decker so erledigt, dass er ein paar Tage hätte schlafen können. Stattdessen vernagelte er sein Fenster mit Brettern und erklärte seinen Nachbarn, was passiert war. Diese drückten ihr Beileid aus und sahen ihn dabei nicht an, als wäre er Abschaum. Tatsächlich galt ihr Abscheu seinem Vater und nicht ihm.

Wenn er das vielleicht früher begriffen hätte, hätte er nicht den einzigen Menschen verloren, der ihm je etwas bedeutet hatte.

Nein, das stimmte nicht ganz. Andere Menschen hatten ihm sehr viel bedeutet, aber er hatte sich nur in diesen einen verliebt.

Bevor er es sich noch anders überlegen konnte, befand er sich vor dem Haus der Montgomerys. Er brauchte … er brauchte eine *Mom.* Er klopfte einmal und erwachte blinzelnd aus dem Gedankenschleier, in den er sich verstrickt hatte. Was zur Hölle dachte er nur? Er hatte diese Brücken niedergerissen. Er hatte Miranda verlassen und jetzt besaß er die Unterstützung nicht mehr, von der er nie gedacht hatte, dass er sie einmal wirklich brauchen würde.

Er drehte sich um und ging mit gebrochener Seele auf sein Fahrzeug zu.

»Decker?«

Er hörte Maries Stimme und erstarrte.

»Decker, Schatz, was ist los?«

Er drehte sich um und seine Hände zitterten. »Ich … ich …«

»Komm herein, Schatz. Wir bringen das in Ordnung.«

Sie klang so sicher, aber er wusste, dass das nicht der Fall war. »Frank ist wieder im Gefängnis und Mom möchte, dass ich die Kaution für ihn stelle«, platzte er heraus. »Ich kann nicht hierbleiben, Marie. Du weißt das. Ich habe es verdorben. Ich habe es total verdorben. Ich werde Miranda nie wieder zurückbekommen. Ich habe sie verloren, weil ich sie weggestoßen habe.«

Marie hob das Kinn. »Komm herein, Süßer. Wir bringen das in Ordnung. Wir sind Familie, Schatz.«

Er schüttelte den Kopf und sie stampfte auf ihn zu. Sie war im Vergleich zu ihm so winzig. Tatsächlich konnte sie nicht viel größer sein als Miranda.

»Du bist mein Sohn, Decker. Ich weiß, dass wir nie die Chance hatten, das offiziell zu machen, aber ich habe dich zusammen mit meinen anderen Kindern aufgezogen. Ja, du hast es mit meinem kleinen Mädchen vermasselt, aber der Mann, den ich aufgezogen habe, wird das wieder hinbekommen. Du wirst um Gnade winseln, auf den Knien rutschen und diesem Mädchen zeigen, dass du der Mann bist, den es braucht. Du musst für meine Tochter da sein, komme, was da wolle. Kein Weglaufen mehr.«

»Sie sollte mir nicht vergeben.«

Marie schüttelte den Kopf. »Das könnte sie aber. Sie wird es nicht vergessen, aber andererseits wirst auch du das nicht. Jetzt beweg deinen Hintern ins Haus und wir werden deinen Abend retten. Du musst etwas essen und brauchst Gesellschaft. Dieser Mann …« Sie schüttelte den Kopf. »Dieser Mann, der sich dein Vater nennt, bedeutet nichts. Er ist aus deinem Leben verschwunden und wir werden dafür sorgen, dass das auch so bleibt. Und was Francine anbelangt … nun, wenn sie einen Ausweg braucht, sind wir für sie da. Ich werde nie verzeihen können, was dir als Junge zugestoßen ist, aber ich werde niemals diese Frau für Franks Taten beschuldigen. Geh jetzt ins Haus, Decker. Wir lieben dich, Schatz. Wir werden das in Ordnung bringen.«

Er schluckte schwer und nickte, als er Marie einen Arm um die Schultern legte. Sie tat es ihm gleich, indem sie einen Arm um seine Taille legte, und er seufzte.

Harry und Marie waren die Menschen, die ihn aufgezogen hatten. Sie waren diejenigen, denen er nachzueifern versuchte, und nicht diesem Chaoten, von dem er abstammte.

Wenn er das nur früher erkannt hätte, hätte er Miranda vielleicht nicht verloren. Vielleicht hatte Marie recht und er könnte seinen Weg zu ihr zurück finden, indem er um Gnade bettelte. Er würde alles tun, um sie zurückzubekommen.

Er hoffte nur, sie würde ihn nehmen.

295

Kapitel Zweiundzwanzig

MIRANDA BEDECKTE ihr Gesicht mit den Händen.

»Ich habe dir gesagt, dass es schlimm steht«, bemerkte Griffin leise. »Aber jetzt ist Frank von der Bildfläche verschwunden und Decker hat Francine bei ihrer Schwester untergebracht. Dieser Teil ist vorbei.«

Sie nickte und sog die Luft ein. Ihre Beine und ein Arm waren immer noch in Gips, aber sie befand sich auf dem Weg der Besserung. Sie konnte weder laufen noch irgendetwas selbstständig tun, aber sie musste nicht mehr jedes Mal weinen, wenn sie sich bewegte.

Griffin und sie waren sich wirklich nahegekommen.

Gott sei Dank konnte sie sich selbst waschen, wenn er ihr den Gips gut verpackte, weil … naja, nein danke.

»Ich kann nicht glauben, dass sein Dad einfach so in sein Haus eingebrochen ist. Er hat wirklich den Verstand verloren.«

Sie legte den Kopf zurück auf das Sofa und versuchte, eine bequeme Stellung zu finden. Das war im Augenblick leichter gesagt als getan.

Griffin setzte sich vor ihr auf den Couchtisch. »Mom sagt, dass Decker wirklich anfängt, alles hinter sich zu lassen.«

Sie runzelte die Stirn. »Was genau lässt er hinter sich?« Ihr Puls wurde schneller und sie biss sich auf die Lippe.

Ihr Bruder schüttelte den Kopf und fluchte. »Verdammt, das meinte ich nicht. Es tut mir leid. Ich meine, er kommt in Bezug auf seinen Vater voran. Nicht in Bezug auf dich.« Er schloss die Augen. »Es tut mir leid. Die ganze Situation ist einfach so merkwürdig. Ich bin nicht daran gewöhnt, vor dir oder ihm auf der Hut sein zu müssen. Nicht dass es wichtig wäre, weil du diejenige bist, die auf mehr als eine Weise Schmerzen leidet. Ich werde jetzt einfach den Mund halten. Man sollte glauben, dass ich besser mit Worten umgehen könnte, wenn man bedenkt, womit ich meinen Lebensunterhalt verdiene.«

Eine Träne rann über ihre Wange hinab und sie schüttelte den Kopf, dankbar, dass ihr diese Bewegung keine allzu großen Schmerzen mehr verursachte. Es war nicht Griffins Schuld, dass die Dinge so unbehaglich waren. Diese Schuld lastete ganz allein auf ihren und Deckers Schultern. Sie wollte nicht diejenige sein, die Decker von ihrer Gruppe abspaltete. Sie wusste, dass sie mit der Tatsache fertigwerden müsste, dass Decker ein Teil ihrer Familie sein *musste*, selbst wenn er nicht mit ihr zusammen war. Er mochte vielleicht nicht ihren Nachnamen tragen, aber ihre Eltern hatten ihn schon lange adoptiert, bevor sie sich in ihn verliebt hatte.

Jetzt musste sie sich den Konsequenzen stellen.

Sie wollte nicht, dass die anderen Stellung bezogen, obwohl einige das bereits getan hatte. Ihre Mom und ihr Dad hatten sich allerdings herausgehalten. Sie waren für sie beide eine Stütze, wenn sie auch aus unterschiedlichen Beweggründen handelten. Das war nur einer der vielen Gründe, warum sie ihre Eltern liebte. Aber jetzt wurde sie wieder gesund und war allein, und Decker fand heraus, wer er wirklich war … alleine.

Gott, was für ein Mist.

»Soll ich dir etwas zu essen machen?«, fragte Griffin, der offensichtlich versuchte, das Thema zu wechseln.

»Ich bin nicht hungrig, aber wenn du es bist, dann tu dir keinen Zwang an.« Sie zog eine Augenbraue hoch, als er sich nicht rührte. »Geh und arbeite oder tu irgendetwas, Grif. Du musst hier nicht sitzen und mich beobachten. Es ist nicht so, als würde deine Anwesenheit meine Knochen zusammenflicken.« Sie versuchte zu witzeln, aber als er zusammenfuhr, wusste sie, dass sie es falsch angegangen war. »Es tut mir leid. Mir geht es gut, Grif, wirklich. Geh und arbeite an deinem nächsten großen Roman. Wenn ich etwas brauche, werde ich mit dieser kleinen Glocke klingeln.« Sie nahm die Glocke zur Demonstration vom Sofa hoch und ließ sie ein paarmal ertönen.

Griffin kniff die Augen zusammen und rieb sich den Kiefer. »Mein Gott, das Ding hat den perfekten Klang, um meine Zahnfüllungen schmerzen zu lassen. Was zum Teufel hat Austin sich nur gedacht?«

Miranda lachte. »Ich denke, er wollte einfach nur dafür sorgen, dass ich mich bemerkbar machen kann, wenn ich dich brauche.«

Griffin erhob sich und brummte vor sich hin. »Leif bekommt von mir ein Schlagzeug zu Weihnachten.«

»Ich bin ziemlich sicher, dass Maya bereits geplant hat, ihm eins zu schenken.«

Er fluchte und fuhr sich mit einer Hand über den Kopf. »Na schön, eine Elektrogitarre. Dieses Kind kann seine eigene Ein-Mann-Band gründen und Austin bis zum Gehtnichtmehr auf die Nerven gehen.«

»Ich denke, dass die beiden mit dem neuen Baby, das unterwegs ist, genügend Krach im Haus haben werden.«

Ihr Bruder sah sie mit einem schmalen Lächeln an und winkte ihr zu, als er zurück in sein Büro ging. Der Mann musste arbeiten, und sie wusste, dass er nicht so viel schaffte, wie er sollte, seit sie hier war.

Zusätzlich dazu fing es aufgrund ihrer Bewegungsunfähigkeit und seiner Nachlässigkeit langsam an, im Haus ein bisschen chaotisch zu werden. Gott sei Dank hatte Meghan – mit Unterstützung von Wes und Storm – eine Haushaltshilfe eingestellt. Meghan hatte vorbeikommen wollen, um zu helfen, aber Miranda hatte sie gebeten, das nicht zu tun. Ihre Schwester hatte augenblicklich genügend Probleme in ihrem eigenen Leben zu bewältigen und sie musste sich auf ihre Kinder und ihre Zukunft konzentrieren. Miranda würde sich hier erholen, während Meghan eine Pause brauchte, doch im Augenblick gab es einfach andere Prioritäten.

Allein im Wohnzimmer war sie ihren Gedanken ausgesetzt, und manchmal war das keine gute Sache. Sie konnte nicht anders, als an Decker und seine sogenannte Besserung denken.

Vielleicht fand er endlich einen Weg, als der Mann zu leben, der er war, und nicht als der, der zu sein er glaubte, aber sie wusste es nicht.

Sie vermisste ihren Freund und sie vermisste den Mann, in den sie sich verliebt hatte, aber sie konnte nicht ihren Körper heilen und ihm helfen, seine Seele zu heilen, wenn er das nicht wollte. Es war nicht so, dass sie diejenige sein wollte, die alles für ihn besser machte, aber es wäre schön gewesen, wenn er seine Probleme selbst gelöst hätte, *bevor* er ihr das Herz aus der Brust gerissen hatte.

Gott, sie verabscheute, wie schwach das klang. Wenn sie vorankommen wollte, müsste sie ihn aus ihrem Herzen und ihren Gedanken verstoßen. Sie musste sich vergegenwärtigen, dass sie ihren Job hatte, wenn sie zurückkehrte, und eine Familie, die sie liebte. Und so, wie die Dinge um sie herum bröckelten, wurde sie ebenso von ihrer Familie gebraucht. Außerdem würde sie in der Lage sein, ihre Zukunft zu gestalten … und zwar allein.

Sie konnte das schaffen, aber das bedeutete nicht, dass sie das wollte.

Sie war nicht sicher, wo sie Decker jetzt noch in ihr Leben hätte einfügen können. Er wollte nicht riskieren, was immer sie gehabt hatten, also hatte er es weggeworfen, doch nun gehörte er nach Aussage ihrer Eltern in *deren* Leben, und das bedeutete, dass er irgendwann wieder in *ihrem eigenen* Leben sein würde. Sie fand es nicht selbstsüchtig von ihren Eltern, dass sie ihn aufgenommen hatten. Keineswegs. Er war schon immer dort gewesen und sie war es, die die Regeln geändert hatte. Außerdem brauchte Decker ihre Eltern.

Miranda wünschte sich nur, er würde sie ebenfalls brauchen.

Es klingelte an der Tür und sie seufzte. Sie wünschte,

selbst aufmachen zu können, aber mit diesem Gips an den Beinen war das unmöglich.

Sie wartete darauf, dass Griffin aus seinem Büro kam und die Tür öffnete, aber niemand erschien.

Es schellte wieder und Miranda schloss die Augen. Ihr Bruder musste angefangen haben zu schreiben. Manchmal war er so in seine Arbeit vertieft, dass er Dinge wie die Türklingel … und Hygiene … einfach ignorierte.

Es war kein Wunder, dass Austin ihr die Glocke besorgt hatte, die Griffin Zahnschmerzen verursachte. Die konnte er nicht ignorieren. Sie nahm sie und klingelte ein paarmal, bis ihr Bruder in den Flur hinausstolperte.

»Lieber Gott, hör auf damit. Um Gottes willen, hör bitte auf.«

Sie zeigte mit der Glocke zur Tür und Griffin verdrehte die Augen, während sich ein schwaches Erröten auf seinen Wangen abzeichnete.

»Entschuldige, ich war ins Schreiben vertieft.«

Wieder klingelte es an der Tür.

»Ich komme, ich komme.« Er öffnete die Tür und Miranda beobachtete, wie sein Körper erstarrte. »Was zum Teufel tust du hier?« Sie versuchte, an ihrem Bruder vorbeizuschauen, um zu erfahren, wer es war, aber sie konnte sich nicht richtig bewegen. Es war nicht sehr hilfreich, dass sie aufgrund von Griffins Reaktion das Gefühl hatte, bereits zu wissen, um wen es sich handelte. Sie wusste allerdings nicht, ob sie recht haben wollte oder nicht.

»Kann ich bitte mit Miranda sprechen?«

Deckers tiefe Stimme strich über sie hinweg und sie bebte. Sie wusste nicht, ob es von ihrem Verlangen, dem Schmerz oder der Anspannung kam, und sie war nicht sicher, ob sie bereit war. Gott, sie verabscheute es, so schwach zu sein. Nein, das war keine Schwäche. Es war einfach zu viel auf einmal. Sie hatte ihn seit der Zeit vor dem Unfall nicht mehr gesehen. Die anderen sagten, dass er die ganze Nacht im Warteraum verbracht hatte und dann der Erste gewesen wäre, der sie zu Gesicht bekommen hatte. Aufgrund der Tatsache, dass er direkt danach gegangen war, wollte sie am liebsten schreien, aber er hatte ihr geschrieben, er hätte das getan, um sie zu beschützen.

Was für ein törichter Mann.

Sie brauchte keinen Schutz.

Sie sah auf ihre Gipsverbände herab. Dies waren außergewöhnliche Umstände.

»Sie will dich nicht sehen, Mann«, entgegnete Griffin. »Ich bin mir nicht einmal sicher, ob ich dich sehen will. Du bist ein verdammtes Arschloch, wenn ich daran denke, was du ihr angetan hast.«

»Ich weiß, das bin ich, Grif. Ich bin obendrein ein verdammter Idiot. Es tut mir so verdammt leid, dass ich dein Vertrauen verletzt habe, aber ich muss Miranda sehen.«

Die Tränen brannten ihr in den Augen, aber sie zwang sie zurück. Sie hatte über ihren Verlust genügend geweint. Das wollte sie nicht wieder tun.

»Sie will dich nicht sehen«, wiederholte Griffin. »Du musst jetzt gehen.« Ihr Bruder stieß ein Seufzen aus, das sich in ihre Seele brannte. »Vielleicht … vielleicht will ich dich eines Tages auch wiedersehen, aber im Augenblick sehe ich nur den Mann, der meine kleine Schwester verletzt hat, und ich glaube nicht, dass ich damit umgehen kann.«

Eine einsame Träne glitt ihre Wange hinab und sie verfluchte sich selbst. Verdammt. Sie hatte nicht wieder weinen wollen und dennoch war die Tatsache, dass ihr Bruder ebenfalls verletzt war, einfach zu viel, um es zu ertragen.

»Griffin«, rief sie mit heiserer Stimme aus, »lass ihn rein. Ich werde mit ihm reden.«

Mit gerunzelter Stirn sah Griffin über seine Schulter. »Das musst du nicht. Er kann gehen und wir können es hinter uns lassen. Ich möchte nicht, dass du dich übernimmst während deiner Genesung.«

Sie hielt einen Gipsarm in die Luft. »Ich genese gerade und ich kann genesen, während ich mit ihm rede. Lass ihn rein. Es wird das Unvermeidliche nur hinauszögern, wenn wir ihn jetzt rausschmeißen, okay?«

Griffin seufzte und lenkte den Blick zu Decker zurück.

»Ich würde ja sagen, dass ich dich umbringe, wenn du ihr wehtust, aber das hast du bereits getan.«

Miranda zuckte bei seinen Worten zusammen.

»Es ist nur … tu einfach nichts, was wir alle bedauern würden«, sagte Griffin leise und trat beiseite, bevor er sie ansah. »Ich werde wieder in mein Arbeitszimmer gehen. Läute diese verdammte Glocke, wenn du mich brauchst.« Er küsste sie auf den Scheitel, bevor er verschwand.

Nachdem ihr Bruder den Raum verlassen hatte, drehte sie sich endlich zu Decker um.

Ihr Herz raste.

Was für ein dummes Herz.

Er stand in der Tür und das Sonnenlicht hinter ihm rahmte seinen Körper ein, sodass er wie ein boshafter Engel aussah. Offensichtlich ließen ihre Medikamente sie durchdrehen.

Sie weigerte sich, ihm in diesem Moment in die Augen zu sehen, denn sie fürchtete sich davor, was sie sagen würde, sobald sie das tat. Stattdessen richtete sie den Blick nach unten, wo sie Gunner zu Füßen seines Herrchens erblickte. Dem Hund hing die lange Zunge aus dem Maul, doch sein Blick war ernst.

»Hey, Junge«, sagte sie und ihre Stimme klang ein wenig höher als normal. »Ich habe dich vermisst.« Es war sicherer, zu dem Hund zu sprechen als zu dem Mann.

Gunner sah zu Decker auf und kam dann zu ihr. Decker pfiff und Gunner blieb stehen.

»Es ist in Ordnung. Solange er nicht auf mich springt, ist alles in Ordnung.« Sie sah Decker immer noch nicht an, während sie diese Worte sagte.

»Sei vorsichtig, Gunner«, ermahnte Decker ihn.

Der Hund ging langsam auf sie zu und schnüffelte an ihrem Gips, ehe er seine feuchte Nase in ihre Hand legte. Sie stieß ein Kichern aus und war überrascht, wie sehr sie Gunner vermisst hatte.

»Oh, Süßer, du bist eine Augenweide«, sagte sie leise.

Gunner hechelte und sie streichelte seinen Kopf. Sehr viel mehr konnte sie an seinem Körper nicht erreichen, aber er schien glücklich zu sein. Sie wusste, dass sie das Unvermeidliche hinauszögerte, aber sie war nicht sicher, ob sie es schaffte aufzusehen.

»Miranda.«

Sie schloss die Augen und setzte Gunners Streicheleinheiten fort. Gott, es tat so weh. »Du hast mich verlassen«, sagte sie leise. »Du hast mich allein und blutend in einem Krankenhauszimmer zurückgelassen. Du hast einen verdammten *Brief* hinterlassen. Begreifst du, wie ich mich deshalb fühle? Als wäre ich ein *Niemand*. Als wäre ich deiner Worte oder deiner Zeit nicht wert.«

Sie schluckte schwer und als sie die Augen aufschlug, kniete Decker vor ihr und war zwischen Gunner und dem Hocker eingezwängt.

»Es tut mir so verdammt leid, Mir.« Sein Blick verdunkelte sich und sie erkannte die Qual darin. Sie war sich einfach nicht sicher, ob es all das wert war.

Sie liebte diesen Mann. Sie liebte ihn mit Leib und Seele und dennoch hatte er alles weggeworfen.

»Ich habe dich geliebt, Decker.«

»Geliebt? Vergangenheit?« Seine Stimme brach, aber sie ignorierte es. Wenn nicht, würde sie vielleicht ihre Meinung ändern – obwohl sie für den Augenblick nicht sicher war, was sie überhaupt tun würde.

Sie leckte sich die Lippen und streichelte abermals über Gunners Kopf. Decker rührte sie nicht an, aber sie konnte die Hitze seines Blickes spüren.

»Ich weiß nicht, Decker. Nein, ich weiß es. Ich liebe dich immer noch.« Es kam ihr zu Bewusstsein, dass sie das noch nie zuvor zu ihm gesagt hatte. »Verdammt. Es hätte nicht so sein sollen. Es hätte nicht so schmerzhaft sein sollen. Die Liebe ist nicht dazu bestimmt, mir das Gefühl zu geben, innerlich zu sterben, Decker. Verstehst du das? Ich habe dir alles von mir gegeben und du hast alles weggeworfen. Ich weiß, dass ich dir vor dem Unfall nie gesagt habe, ich würde dich lieben, aber es hat sich in all meinen Handlungen gezeigt. Ich wollte dich nicht verschrecken, wie ich es in deiner Küche getan habe, und dann hast du es trotzdem mit der Angst bekommen. Ich weiß nicht, was ich tun soll, Deck. Ich weiß nicht, was ich denken soll.«

Er streckte die Hand nach ihr aus und wollte sie an ihr Gesicht legen, doch dann besann er sich eines Besseren. Gut, denn sie war nicht sicher, was sie tun würde, wenn er sie berührte.

»Ich weiß, Miranda. Tief in meinem Inneren weiß ich es. Ich habe mir allerdings gesagt, dass du es nicht tust. Ich habe mir eingeredet, dass du einen Mann wie mich nicht lieben kannst, einen Mann mit einer Familie wie meiner. Ich habe mich geirrt. Ich habe mich so sehr geirrt. Ich habe meine Furcht davor, wer ich sein könnte, über das gestellt, was wir tatsächlich hatten. Ich hätte dir das Gleiche sagen sollen, Miranda. Ich hätte dir sagen sollen, dass ich dich liebe.«

Blinzelnd schnappte sie nach Luft. »Nein. Das wirst du nicht tun. Du wirst mir meine Liebe nicht zurück ins Gesicht schleudern und dann die Worte ebenfalls sagen. So funktioniert das nicht.« Sie konnte sich nicht bewegen und sie hasste das Gefühl, in der Falle zu sitzen. Und dennoch läutete sie nicht die Glocke, um damit Griffin zu ihrer Rettung herbeizurufen.

Sie würde sich selbst retten.

»Das tue ich nicht, Miranda. Bitte. Bitte hör einfach zu, okay? Ich weiß, ich habe nicht das Recht, dich darum zu bitten, aber ich frage dich trotzdem. Wenn ich fertig bin und du dann nichts mehr von mir wissen willst, werde ich gehen. Ich werde tun, was immer du von mir verlangst, damit du glücklich bist.«

Sie schüttelte den Kopf. »Ich bin nicht glücklich, Decker, und dass du mich verlässt, könnte mich in keiner Weise glücklich machen. Ich werde dich nicht verletzen, weil ich verletzt bin. Aber ich werde mir anhören, was du zu sagen hast.« Sie sah ihm in die Augen und erkannte die Liebe, die darin mit Hoffnung vermischt war, und dieses Mal wendete sie den Blick nicht ab. Sie wusste nicht, was sie als Nächstes tun würde, aber sie wusste, dass sie zuhören musste. Wenn sie das nicht täte, würde sie den gleichen Fehler machen wie er im Krankenhaus. Wenn sie fortliefe, weil sie Angst hatte, würde sie das bereuen. Decker tat das zweifellos schon, aber damit war nicht einfach alles in Ordnung gebracht.

»Ich bin nicht der Mann, der mein Vater ist. Ich habe sehr lange gebraucht, bis ich das begriffen hatte. Er ist ein Trunkenbold, ein Betrüger, ein Lügner und ein Missbrauchstäter. Er hat meiner Mutter auf jede erdenkliche Weise das Leben genommen, ohne sie umzubringen. Ich hatte solche Angst, dass ich eines Tages überschnappen und wie er werden würde.«

Sie schüttelte den Kopf. »Du weißt, dass das nicht der Fall ist, Decker.«

»Ich weiß das. Jetzt. Taten formen einen Mann. Nicht Angst. Ich habe nie auch nur ein einziges Mal Dinge getan, die er getan hat. Ich bin kein Trunkenbold. Ich bin kein Schläger. Was mich mehr verängstigt hat, als ich für möglich gehalten hätte, waren die Blutergüsse und roten Abdrücke, die ich an dem Abend vor dem Unfall auf deiner Haut hinterlassen habe.«

Sie machte große Augen und verstand endlich. »Decker, nein. Diese ... diese Abdrücke waren etwas zwischen uns beiden. Ich *wollte*, dass du mich schlägst. Ich wollte, dass du meine Hüften so fest packst. Das war eine Sache zwischen zwei Menschen, die einander lieben. Das ist nicht im Geringsten mit dem vergleichbar, was dein Vater deiner Mutter angetan hat.« Sie leckte sich die Lippen. »Wenn du das glaubst, dann macht es alles billig, was wir miteinander hatten. Verstehst du das?«

Sie fuhr zusammen und erinnerte sich daran, dass Griffin wahrscheinlich alles hören konnte, was sie sagten, aber es kümmerte sie nicht. Nicht wirklich. Sie alle hatten ihre Geheimnisse und ihre eigenen Bedürfnisse. Griffin würde sich einfach damit abfinden müssen.

»Ich verstehe es, Mir. Ich verstehe es so gut. Ich habe das, was wir getan haben, als eine Ausrede benutzt. Ich war verängstigt. Ich bin Manns genug, um das zuzugeben. Bei meiner Tat habe ich allerdings den einen Menschen verletzt, der mir mehr als alles andere bedeutet.« Er streckte die Hand aus und berührte ihre Finger. Es war der einzige Körperteil von ihr, den er erreichen konnte, da sie noch immer den Gipsverband trug.

»Ich liebe dich, Miranda Montgomery. Ich liebe, was wir miteinander hatten und was wir haben könnten. Ich war ein Dummkopf, davonzulaufen und zu glauben, dass ich dich dadurch beschützen würde. Ich hätte niemals diese Entscheidung für dich treffen sollen. Das tut mir doppelt leid. Du gehörst nicht der Art Frau an, die es jemals einem Mann überlässt, Entscheidungen für sie zu treffen. Und genau das habe ich getan. Ich weiß nicht, wie ich das je wiedergutmachen soll, aber ich werde den Rest meines Lebens damit verbringen, es zu versuchen, wenn du mich lässt.«

Er drückte ihre Finger und sie erwiderte den Druck, ohne nachzudenken. Die Hoffnung in seinem Blick flackerte auf und sie schluckte schwer.

»Ich weiß nicht, ob ich dir vertrauen kann, Decker.«

Da. Sie hatte es gesagt.

Er nickte, doch die Hoffnung schwand nicht aus seinem Blick. »Ich weiß. Und das tut mir leid. Ich kann alle möglichen Versprechen abgeben und in meinem Herzen wüsste ich, dass ich sie einhalte, doch ich wüsste nicht, was ich tun sollte, es sei denn, du gibst mir eine Chance.«

Er hob ihre Hand und küsste ihre Fingerspitzen.

Sie ließ ihn gewähren.

»Ich werde alles tun, um dir zu beweisen, dass ich deiner wert bin, Mir.«

Sie schüttelte den Kopf und sein Gesichtsausdruck verfinsterte sich. »Decker, du warst meiner immer wert. Das war nie das Problem. Es war immer nur deine Befürchtung, nicht gut genug für mich zu sein.«

Er nickte. »Ich werde mich nicht in meinen Vater verwandeln«, antwortete er und seine Stimme klang dieses Mal kräftiger. »Ich werde dich bis an mein seliges Ende lieben, Miranda. Lass mich dich lieben. Bleib bei mir. Du musst mir nicht vergeben, denn meine Tat ist unverzeihlich, aber liebe mich trotzdem.«

Sie biss sich auf die Lippe. »Ich vergebe dir, Decker. Du

hast es getan, weil du töricht bist und nicht nachdenkst. Oder vielleicht hast du zu viel gedacht.«

Er schluckte schwer und sie beobachtete, wie sich sein Kehlkopf bewegte. »Willst du mich immer noch haben? Willst du mir gestatten zu versuchen, es wiedergutzumachen?«

Sie holte tief Luft und mit einem Nicken wagte sie den Sprung. Sie liebte Decker Kendrick, und zwar schon seit Ewigkeiten, wie es schien. Die unerwarteten Wendungen, die sich in ihrem Leben ereigneten, waren Dinge, auf deren Erscheinen sie gefasst gewesen war, obwohl sie nicht gewusst hatte, dass sie so schmerzhaft sein würden. Wenn sie davonlief, weil sie Angst hatte, verletzt zu werden, dann liebte sie ihn nicht genügend.

Doch das tat sie.

Sie liebte ihn genügend.

Sie streckte ihre freie Hand aus und legte sie an sein Gesicht. Er drehte sich und küsste ihre Handfläche. »Ich liebe dich, Decker. Ich liebe dich genug, um das Geschehene hinter mir zu lassen.«

Dann lächelte er und seine Augen leuchteten auf. »Ich werde dir alles zeigen, Mir. Ich werde dir genau zeigen, wie sehr ich dich liebe. Ich möchte nicht, dass du jemals wieder das Gefühl hast, mir nicht vertrauen und dich nicht an mich lehnen zu können. Ich werde der Mann sein, den du brauchst, der Mann, den du dir wünschst.«

Darauf lächelte sie. »Oh, Decker. Das bist du bereits.«

Er beugte sich zu ihr und streifte mit den Lippen über ihre. Sie sank an ihn, sehnte sich nach ihm. Sie hatte das vermisst. Sie hatte *ihn* so sehr vermisst, dass sie kaum atmen konnte.

Er zog sich zurück und lehnte seine Stirn an ihre. »Ich werde nicht mehr als das hier tun, bis du wieder gesund bist. Ich möchte dir nicht wehtun.«

Sie erkannte die Wahrheit in seinem Blick und lächelte. »Damit kann ich leben.«

»Das hoffe ich. Und während du dich erholst, warum

kommst du nicht mit zu mir nach Hause?« Er räusperte sich. »In *unser* Zuhause. Ich kann dir dort zur Seite stehen.«

Sie erwiderte seinen Blick und ihr wurde ganz warm. »Mir gefällt, wie das klingt.«

Wieder küsste er sie und sie verliebte sich ganz von Neuem in ihn. Die Dinge würden niemals einfach sein, aber so war die Liebe nun einmal. Es war nicht der Traum eines kleinen Mädchens, das den Nachbarsjungen mochte. Liebe war etwas, das zwischen zwei Menschen aufflackerte, die füreinander bestimmt waren, selbst wenn sie das nicht sofort erkannten.

Sie liebte Decker Kendrick schon, seit sie ein kleines Mädchen war. Jetzt war sie erwachsen und lebte ihr eigenes Leben mit dem Mann, den zu haben sie nie für möglich gehalten hätte.

Das war keine schlechte Art, gesund zu werden.

Oder zu leben.

~

DREI MONATE *später*

DECKER GRINSTE, als Miranda sich ihm entgegenbog. »Das ist es, Süße, nimm mich. Nimm alles.«

Sie schlang die Beine um seine Taille und zog ihn noch tiefer. »Fang an, dich zu bewegen, Decker. Ich schwöre, dass ich die Hand nach unten schiebe und mich selbst befriedige, wenn du nicht anfängst, deinen Teil zu tun.«

Decker überfiel sie mit einem innigen Kuss und fickte ihren Mund mit der Zunge, während er seine Hüften im gleichen Rhythmus bewegte. Sie keuchte unter ihm und wand sich und stöhnte.

Er zog sich zurück und schob sich nach unten, um eine ihrer Brustwarzen in seinen Mund zu saugen. Er biss in ihre Knospe und es gefiel ihm, wie sie unter ihm erschauderte. Sie verschlang die Finger mit seinem Haar und presste ihn noch fester an sich. Er schnippte ihre Brustwarze mit der Zunge und zog sich dann zurück, wobei er ihrer anderen Brustwarze die gleiche Aufmerksamkeit zukommen ließ.

»Decker, ich werde …« Ihre Worte erstarben, als sie zum Höhepunkt kam und ihre Muschi sich um seinen Schaft anspannte.

Es war zu viel, und als er ihr folgte und sich in ihr erlöste, setzte er seine Stöße trotzdem fort.

»Jesus, ich liebe dich.«

Mit verträumten Augen lächelte sie zu ihm auf und ihre Bewegungen waren träge, als sie mit den Händen über seinen Rücken streichelte.

»Ich liebe dich auch.« Sie berührte eine wunde Stelle an seinem Rücken und er zuckte zusammen. »Mist. Es tut mir leid. Ich habe vergessen, dass deine neue Tätowierung dort hinten ist.«

Er lächelte, als er sie küsste. »Deshalb war ich oben.«

Sie schnaubte und verdrehte die Augen. »Ich liebe die Tatsache, dass du die Montgomery-Iris auf deinem Rücken trägst. Jetzt bist du offiziell einer von uns.«

Bei ihren Worten wurde ihm die Brust eng und er nickte. Austin und Maya hatten beide an seinen Tätowierungen gearbeitet, und noch nie hatte er sich mehr zugehörig gefühlt.

Er hatte die Tätowierung auf seinem Rücken, diese Verbindung zu einer Familie, die zu haben er nie geglaubt hatte, und er hatte die Liebe einer Frau, die ihn nach mehr streben ließ.

Er hatte die Grenzen der Versuchung überschritten, um alles zu gewinnen, und doch würde er es ohne Zögern noch einmal tun.

Decker hätte sich nicht mehr wünschen können.

Er hatte seine Montgomery. Er war ein glücklicher Mann.

Biografie

Carrie Ann Ryan ist eine *New York Times* und USA Today Bestsellerautorin moderner und übersinnlicher Liebesromane. Außerdem schreibt sie Literatur für junge Erwachsene. Ihre Arbeit umfasst die »Montgomery Ink Reihe«, »Redwood Pack«, »Fractured Connections« und die »Elements of Five«-Reihe. Weltweit hat sie über vier Millionen Bücher verkauft.

Sie hat bereits während ihres Chemiestudiums mit dem Schreiben begonnen und hat seitdem nicht mehr aufgehört. Inzwischen hat Carrie Ann mehr als fünfundsiebzig Romane und Novellen fertiggestellt – und ein Ende ist nicht in Sicht. Carrie Ann wurde in Deutschland geboren und hat schon überall auf der Welt gelebt. Wenn sie sich nicht gerade in ihrer emotionalen und aktionsgeladenen Welt verliert, liest sie gern, während sie sich um ihr Katzenrudel kümmert, das mehr Anhänger hat als sie selbst.

Besuchen Sie Carrie Ann im Netz!
carrieannryan.com/country/germany/
www.facebook.com/CarrieAnnRyandeutsch/
twitter.com/CarrieAnnRyan
www.instagram.com/carrieannryanauthor/

Bücher von Carrie Ann Ryan

MONTGOMERY INK REIHE:

Delicate Ink – Tattoos und Überraschungen (Buch 1)
Tempting Boundaries – Tattoos und Grenzen (Buch 2)
Harder than Words – Tattoos und harte Worte (Buch 3)

**Und auch die folgenden Bücher von Carrie Ann Ryan
werden in Kürze auf Deutsch erhältlich sein:**

Aus der »Montgomery Ink Reihe«:
Written in Ink (Buch 4)
Ink Enduring (Buch 5)
Ink Exposed (Buch 6)
Inked Expressions (Buch 7)
Inked Memories (Buch 8)
Fallen Ink (Buch 9)
Restless Ink (Buch 10)
Jagged Ink (Buch 11)
Wrapped in Ink (Buch 12)
Sated in Ink (Buch 13)
Embraced in Ink (Buch 14)
Seduced in Ink (Buch 15)
Inked Persuasion (Buch 16)
Inked Obsession (Buch 17)
Inked Devotion (Buch 18)

* 9 7 8 1 9 5 0 4 4 3 6 1 1 *